Le frisson de minuit

DE LA MÊME AUTRICE AUX ÉDITIONS J'AI LU

Féérie de Noël
Trois mariages et cinq prétendants
Quatre filles et un château
Sept minutes au paradis
Sentiments et convenances

Les Wilde

1 – *La coqueluche de ces dames*
2 – *Le retour du guerrier*
3 – *Le parti idéal*
4 – *La plus délurée de la famille*
5 – *Le dernier amour du duc*
6 – *La petite souris en robe de bal*
7 – *La provocatrice*

Les sœurs Essex

1 – *Le destin des quatre sœurs*
2 – *Embrasse-moi, Annabelle*
3 – *Le duc apprivoisé*
4 – *Le plaisir apprivoisé*

Les plaisirs

1 – *Passion d'une nuit d'été*
2 – *Le frisson de minuit*
3 – *Plaisirs interdits*

Il était une fois

1 – *Au douzième coup de minuit*
2 – *La belle et la bête*
3 – *La princesse au petit pois*
4 – *Une si vilaine duchesse*
5 – *La jeune fille à la tour*

Les duchesses

1 – *La débutante*
2 – *Le couple idéal*
3 – *Lady Harriet*
4 – *Lady Isidore*
5 – *Jemma de Beaumont*
6 – *Le duc de Villiers*
7 – *Trois semaines avec lady X*
8 – *Quatre nuits avec le duc*
9 – *Ma duchesse américaine*

Les débutantes

1 – *Le mariage, non jamais !*

ELOISA
JAMES

LES PLAISIRS – 2

Le frisson de minuit

Traduit de l'anglais (États-Unis)
par Catherine Plasait

J'AI LU

POUR elle

Titre original
MIDNIGHT PLEASURES

Éditeur original
Delacorte Press, Random House, Inc., New York

Le frisson de minuit est dédié aux femmes du Regency Loop, talentueuses, généreuses et infiniment bien informées. Pleine de questions, j'ai fait irruption dans leur cercle, et elles m'ont répondu par des bibliographies, des faits historiques, le tout avec gentillesse et encouragements. J'aimerais remercier particulièrement les auteurs qui ont abandonné leurs propres travaux pour se pencher sur mes manuscrits : Mary Balogh, Karen E. Harbaugh, Emily Hendrickson, Nancy Mayer et Eliza Shallcross.

1

Londres, manoir des Brandenburg, décembre 1804

Lady Sophie York, fille unique du marquis de Brandenburg, avait refusé la demande en mariage d'un baron, ainsi que celles de deux chevaliers, d'une poignée de messieurs fort convenables et d'un vicomte, qui avait de façon fort conventionnelle réclamé l'honneur d'obtenir sa main dans le bureau de son père. Elle avait de même écarté un marquis au beau milieu d'une chasse, et le simple M. Kissler à Ascot. De moins heureuses jeunes filles ne comprenaient pas Sophie. En deux saisons, elle avait évincé la plupart des partis les plus recherchés. Mais, désormais, il n'y aurait plus de demandes en mariage, officielles ou non. Les mauvaises langues seraient d'accord : la jeune fille avait jeté son dévolu sur un homme de haute naissance. Lady Sophie serait comtesse à la prochaine saison.

Elle s'adressa une grimace dans le miroir, en songeant aux visages curieux et aux nombreuses révérences qu'elle aurait à affronter au bal des Dewland. Elle en frémissait intérieurement, avec une hésitation tout à fait inhabituelle chez elle. Portait-elle la tenue adéquate pour annoncer ses fiançailles ? C'était une robe de soie argent arachnéenne. Peut-être la couleur lui permettrait-elle de disparaître parmi la foule des femmes fardées, décolletées, vêtues de couleurs vives qui égaieraient la salle de bal. Le gris argent était une couleur pour les nonnes, se dit-elle, amusée. Mais une religieuse s'évanouirait sur-le-champ si elle devait porter cette toilette de style Empire, avec la taille haute et les rubans qui s'enroulaient autour du corsage, la ligne souple qui jouait sur ses formes.

La marquise de Brandenburg entra dans la chambre.

— Es-tu prête, Sophie ?

— Oui, maman, répondit la jeune fille qui renonça à l'idée de se changer, car elles étaient déjà en retard.

La marquise l'observait en plissant les yeux. Elle-même portait une robe de satin souris, rebrodée de fleurs, qui ressemblait terriblement à celles qui étaient à la mode une vingtaine d'années plus tôt, lorsqu'elle s'était mariée.

— Cette tenue est indécente ! déclara-t-elle sèchement.

— Oui, maman.

C'était la réponse systématique de Sophie aux reproches acerbes de sa mère. Elle prit son châle, son réticule, et se dirigea vers la porte.

Héloïse semblait soudain un peu hésitante, et elle la regarda, étonnée. La marquise, d'origine française, semblait considérer le monde comme un champ de bataille dont elle aurait été le général en chef. Il était rare de la voir peu sûre d'elle.

— Ce soir, dit-elle, on va annoncer que tu as accepté d'épouser le comte de Slaslow.

— Oui, maman.

Il y eut un bref silence. Quel était le problème ? se demanda Sophie. Sa mère était rarement à court de paroles !

— Il demandera certainement quelque preuve de ton affection.

— Oui, maman, dit Sophie en baissant les yeux pour dissimuler son amusement.

Élevée dans un couvent, Héloïse était arrivée à sa nuit de noces affreusement mal préparée. Elle avait épousé un Anglais tellement féru de la France qu'il n'acceptait que des serviteurs français. La nourrice de Sophie était française, les femmes de chambre, les valets de pied et naturellement le cuisinier étaient français. Héloïse ne pouvait imaginer les conversations crues qui avaient cours à la nursery. La jeune fille n'avait nul besoin d'être mise au courant sur ce que les hommes attendaient des femmes !

— Tu peux lui autoriser un baiser, deux au plus, reprit Héloïse. Je suis sûre que tu comprends l'importance de ces limites, Sophie. Ta réputation...

Sophie, les yeux brillants, regarda sa mère qui fixait obstinément un point sur le mur opposé.

— Tu as tenu à choisir des robes qui ne sont que de minces bouts de tissu. Tout le monde peut constater que tu ne portes pas de corset. Parfois, je me demande même si tu mets une chemise. J'ai souvent été embarrassée par ton attitude... pour le moins coquette. Tu as la chance de faire un excellent mariage, et j'exige que tu ne gâches pas tout en encourageant le comte à prendre des libertés avec toi.

Sophie sentait la colère monter en elle.

— Suggérez-vous que mon comportement n'a pas été correct jusqu'à présent, maman ?

— Absolument ! Quand j'avais ton âge, il me semblait aussi impossible de me retrouver seule avec un homme que de partir pour l'Amérique ! Aucun de mes soupirants ne m'avait embrassée, à part mon fiancé. Je savais tenir ma place. Mais toi, tu n'as aucun respect pour ton rang. Tu nous as toujours gênés, ton père et moi, par ton comportement dévergondé.

Malgré elle, Sophie eut de la peine.

— Je n'ai jamais rien fait de mal, maman, protesta-t-elle. Tout le monde s'habille à la mode française, et les manières sont plus libres aujourd'hui que de votre temps.

— J'endosse ma part de responsabilité. J'ai fermé les yeux sur tes extravagantes escapades, et la plupart de tes incartades. Mais à présent tu vas te marier, et ce que l'on peut pardonner à une fougueuse jeune fille serait inacceptable pour une comtesse.

— Quelles incartades ? Jamais je n'ai autorisé un homme à prendre des libertés avec moi !

— Je sais que la chasteté est un mot démodé, mais le concept ne l'est pas ! rétorqua vertement la marquise. Tes plaisanteries déplacées et ta coquetterie te font paraître plus légère que tu ne l'es en réalité. En fait, Sophie, tu as des manières de courtisane !

Sophie demeura un instant stupéfaite et indignée, puis elle respira un bon coup.

— Je n'ai jamais rien fait de mal, maman, répéta-t-elle avec fermeté.

— Comment oses-tu me dire cela, alors que lady Prestlefield vous a trouvés, Patrick Foakes et toi, dans les bras l'un de l'autre ? Tu te conduis comme une gourgandine, et tu te laisses surprendre par la pire commère de tout Londres ! Si au moins tu avais été fiancée à ce garçon… Mais des baisers volés dans le petit salon, un soir de réception ! Tu m'as profondément embarrassée, Sophie. Alors j'insiste : je t'interdis d'accorder au comte de Slaslow davantage que quelques gages d'affection. Encore une erreur de cette sorte et ta réputation sera définitivement ruinée. En outre, le comte de Slaslow aurait toutes les raisons d'annuler sa proposition, s'il soupçonnait ton tempérament dissipé !

— *Maman !*

— Dissipé ! répéta la marquise. Que tu as d'ailleurs hérité de ton père. Et il t'a encouragée dans cette voie. Du jour où il t'a autorisée à apprendre toutes ces langues étrangères, il t'a soutenue dans une attitude fort peu digne. Il n'y a rien de plus inconvenant pour une dame que d'étudier le latin.

Elle interrompit d'un geste la protestation de sa fille.

— Heureusement, continua-t-elle, tout ceci est bien terminé. Lorsque tu seras comtesse, tu seras beaucoup trop occupée par ta maison pour te lancer dans ces inutiles études.

Soudain, elle revint à sa préoccupation de départ.

— Évidemment, si tu avais épousé Foakes, tous les ragots se seraient éteints d'eux-mêmes, mais comme tu as refusé sa demande en mariage, ta réputation en a souffert. Personne ne veut croire que c'est toi qui l'as repoussé !

— Je ne pouvais pas accepter sa proposition, objecta Sophie. Il me l'a faite uniquement parce que lady Prestlefield était entrée dans la pièce. C'est un libertin, dont les baisers ne signifient rien.

— Je ne m'y connais guère en baisers qui ne signifient rien, déclara la marquise, hautaine. J'aimerais que ma fille possède la même sagesse que moi. Quelle importance, si Foakes est un viveur ? Un noceur peut faire un excellent mari. Et il est immensément riche. Que veux-tu de plus ?

Sophie examinait le bout de ses souliers de satin. Il était difficile d'expliquer sa haine des séducteurs sans faire référence à son père, qui poursuivait de ses assiduités toutes les jeunes Françaises immigrées. Or, vu la situation critique de la France, il n'avait pas chômé, ces dernières années !

— J'aimerais épouser un homme qui me respecte, dit-elle.

— Te respecter ! Crois-moi, tu n'as pas choisi la meilleure manière d'atteindre ton but, ma fille ! Je te garantis que pas un homme à Londres ne te considère comme une personne irréprochable. Quand j'ai fait mes débuts dans le monde, on écrivait des poèmes vantant ma modestie, mais ces vers ne pourraient s'adresser à toi ! En fait, conclut Héloïse avec amertume, je pense que tu es vraiment la fille de ton père... Vous vous liguez tous les deux pour faire de moi la risée de la haute société.

Sophie prit une nouvelle inspiration, car des larmes commençaient à lui piquer les paupières.

Héloïse s'adoucit quelque peu.

— Je ne veux pas être trop dure, mais je m'inquiète pour toi, Sophie. Avec le comte de Slaslow, tu auras un bon époux. Ne mets pas tes fiançailles en danger, je t'en supplie.

La colère de la jeune fille s'envola, remplacée par une vague de culpabilité. Sa mère avait enduré bien des humiliations publiques, à cause de l'amour immodéré de son époux pour les Françaises. Et à présent, elle-même était la source de ragots.

— Je ne voulais pas vous mettre dans l'embarras, maman, dit-elle doucement. J'ai été prise de court quand lady Prestlefield m'a trouvée avec Patrick Foakes.

— Si tu n'avais pas été seule avec lui, elle ne t'aurait pas surprise, rétorqua sa mère avec une logique infaillible. Une réputation n'est pas un sujet de plaisanterie, Sophie. Jamais je n'aurais imaginé que l'on puisse traiter mon enfant de fille facile, pourtant c'est bien ce que l'on dit de toi.

Sur ce, Héloïse sortit de la chambre en fermant la porte derrière elle.

Cette fois, les larmes menaçaient de déborder. Ce n'était pas la première fois que la marquise fondait sur un membre de la maisonnée, tel un ange vengeur surgi d'une tragédie grecque, et en général, Sophie parvenait à ignorer ses amers reproches.

Mais ce soir, sa mère avait touché un nerf sensible, car elle se rendait compte qu'elle était à la limite des convenances. Ses robes étaient les plus osées de tout Londres, et son attitude nettement provocante.

Elle avait entendu cent fois les vers composés pour sa mère : *Parmi un millier de jeunes vierges / Voici la Diane dont la chevelure...* Elles avaient les mêmes cheveux d'un blond vénitien, mais ceux d'Héloïse encadraient sagement son visage, pris dans un chignon impeccable, tandis que les boucles de Sophie n'obéissaient jamais aux épingles ou aux rubans. En outre, elle les avait coupés court, avant que les autres Britanniques aient eu le courage de suivre la mode française. Maintenant que toutes les débutantes avaient adopté cette coiffure, elle avait décidé de les laisser repousser.

Mais sa mère ignorait combien il lui avait été douloureux de refuser la demande en mariage de Patrick Foakes. Elle se laissa tomber sur son lit. Elle se rappelait le bal des Cumberland, le mois dernier... L'excitation ressentie, lorsqu'il avait été clair que Patrick la courtisait. Le coup au cœur quand elle avait croisé son regard...

Elle éprouvait encore un étrange émoi en revoyant l'invite dans ses yeux, la façon dont son sourcil droit s'était haussé, l'arrogance virile de son expression.

Elle avait passé la soirée le cœur battant, les jambes flageolantes. Il avait exercé une telle fascination sur elle qu'elle attendait avec impatience les moments où il apparaissait à son côté, où elle apercevait sa chevelure brune striée d'argent à l'autre bout de la salle... Lors du souper, au milieu des gens installés à une petite table ronde, elle frémissait chaque fois que sa jambe frôlait la sienne ou que leurs bras se touchaient accidentellement.

Ils avaient dansé ensemble une fois, puis deux. Une troisième fois aurait équivalu à l'annonce de leurs fiançailles.

Sophie n'avait pas dit un mot durant leur seconde danse, qui les séparait puis les ramenait brusquement l'un contre l'autre. Elle avait eu peur que Patrick ne devine la faiblesse qui s'emparait d'elle, chaque fois qu'ils se retrouvaient unis.

Quand il avait pris son bras pour la conduire hors de la salle de bal, comme pour aller chercher un verre de sabayon, puis qu'il l'avait entraînée vers un salon désert, elle n'avait pas protesté. Patrick s'était adossé au mur pour la contempler en souriant d'un air taquin. Les émotions des dernières heures avaient dû monter à la tête de Sophie, car elle lui avait rendu son sourire, se comportant comme la fille facile qu'on l'accusait d'être.

Patrick l'avait prise dans ses bras, et son geste avait un parfum d'inévitable. Pourtant, l'ardeur charnelle de ce baiser avait été un choc. Sophie avait déjà été embrassée, tant de fois que sa mère se serait évanouie si elle avait pu en avoir la moindre idée, mais ce baiser-là n'était pas le tendre hommage auquel elle était habituée.

Il avait la violence d'un orage d'été. Commencé dans la douceur, il devint brûlant d'une passion ponctuée de gémissements. Patrick releva la tête, lança un juron de surprise, et il prit de nouveau ses lèvres tandis que ses mains couraient sur son dos et ses reins.

Il était injuste de dire qu'ils s'embrassaient, lorsque lady Prestlefield était entrée dans la pièce sur la pointe des pieds. Oui, ils s'étaient embrassés, encore et encore, mais à ce moment-là, ils se tenaient debout l'un en face de l'autre, et Patrick caressait du doigt sa lèvre inférieure. Elle le regardait, désorientée, à court de mots, ayant perdu tout sens commun...

— Zut ! murmura-t-elle en s'ébrouant.

La voix de son père lui parvenait, et sans doute lui criait-il de se dépêcher. Elle savait précisément pourquoi il était si pressé. Il venait de se lancer à l'assaut d'une jeune veuve, Mme Dalinda Beaumaris, et il devait avoir rendez-vous avec elle au bal.

Cette idée renforça sa décision. Peu importait qu'elle eût sangloté toutes les nuits depuis qu'elle avait refusé la demande en mariage de Patrick, un mois auparavant. Elle avait eu raison. Il lui suffisait de se rappeler le soulagement qu'elle avait lu dans son regard quand, le lendemain du bal, dans la bibliothèque, elle avait dégagé ses mains des siennes et avait répondu « non » fort poliment. Qu'elle ne l'oublie surtout pas !

Elle ne se laisserait pas briser le cœur par un libertin, comme sa mère. Elle ne deviendrait pas une vieille dame aigrie, à force de voir son mari danser avec des Dalinda ou des Lucienne. Elle ne pourrait peut-être pas empêcher son époux de folâtrer avec d'autres, mais au moins resterait-elle indifférente à ses aventures.

« Je ne suis pas idiote », se dit Sophie.

Et ce n'était pas la première fois !

On frappa à la porte. Elle se leva.

— Entrez !

— Sa Seigneurie serait heureuse que vous la rejoigniez en bas, annonça Philippe, l'un des valets de pied.

Sophie ne se faisait pas d'illusions. Le message avait été différent. « Allez chercher cette chipie ! » avait dû hurler le marquis. Philippe avait alors été envoyé sur un signe de tête du majordome. La dignité toute française de ce dernier, et la haute opinion qu'il avait de son rôle lui interdisaient de s'abaisser à porter ce genre de message.

Elle sourit.

— Dites à mon père que je descends tout de suite, s'il vous plaît.

Philippe sorti, elle prit son éventail, s'arrêta un moment devant le miroir de sa coiffeuse. L'image qu'elle vit était celle qui avait enflammé le cœur de dizaines de gentilshommes, avait déclenché vingt-deux demandes en mariage et une infinité de compliments dithyrambiques.

Menue, elle arrivait tout juste à l'épaule de Patrick, et la légère robe argentée soulignait ses formes, particulièrement ses seins qui prenaient du volume sous le corsage ajusté.

Elle frissonna. Ces derniers temps, elle ne pouvait se contempler sans se rappeler le contact de la poitrine musclée de Patrick.

Mais il fallait partir. Elle attrapa son châle et sortit de la chambre.

2

L'après-midi du bal des Dewland, il y eut au ministère des Affaires étrangères une réunion exceptionnelle de jeunes gentilshommes, présidée par le ministre en personne. Lord Breksby prenait de l'âge, mais en même temps il devenait de plus en plus à l'aise avec le pouvoir. Aussi, bien qu'il reçût ses visiteurs un peu affalé dans son fauteuil, et que sa chevelure blanche persistât à pencher d'un côté au lieu de rester sagement attachée en arrière, il n'avait rien de comique.

Lord Breksby était aux Affaires étrangères depuis sept ans, et il voyait le monde comme un théâtre de marionnettes dont il tirait les ficelles. L'un de ses principaux talents, aux yeux de William Pitt et du gouvernement anglais en général, était son art de la manipulation.

— Il convient d'utiliser les outils en sa possession, avait-il expliqué un soir à sa femme, alors qu'ils terminaient leur gelée à l'orange.

Lady Breksby avait acquiescé avec lassitude, alors qu'elle rêvait d'un cottage à la campagne, près de sa sœur, où elle pourrait cultiver des roses.

— L'Angleterre a sous-employé sa noblesse, reprit-il. Certes, les aristocrates ont tendance à mener une vie désordonnée. Regardez les dégénérés qui entouraient Charles II...

Lady Breksby songeait à la nouvelle variété de roses baptisée Princesse Charlotte. Pourraient-elles grimper le long d'un mur ? Elle imaginait la façade sud couverte de rosiers.

Lord Breksby, de son côté, pensait aux libertins de naguère. Rochester était sans doute le pire, avec toutes ces perverses poésies sur les prostituées. C'était un débauché, et tout cela parce qu'il s'ennuyait dans la vie.

— Mais c'est du passé, conclut-il. Nos jeunes d'aujourd'hui sont bien plus utiles, si on sait les prendre comme il faut. Ils ont de l'argent, et ils ont de la classe, ma chère. Indispensable, lorsqu'il faut traiter avec l'étranger. Voyez Sélim III, par exemple. Il dirige l'Empire ottoman, ma chère.

Lady Breksby hocha poliment la tête. À mieux y réfléchir, se disait-elle, les Princesse Charlotte étaient sans doute trop lourdes pour grimper. Les meilleures avaient de petites corolles… comme ce ravissant spécimen qui couvrait le portail de Mme Barnett. Mais comment connaître leur nom ?

— Cet homme est ébloui par Napoléon, même si celui-ci a envahi l'Égypte il y a à peine six ans. Il le prend pour Dieu le Père, à ce que l'on dit. Il lui a reconnu le titre d'empereur, et maintenant, il projette lui-même de changer son titre de sultan pour celui d'empereur !

Breksby se demanda s'il allait reprendre de la gelée, mais il y renonça. Ses gilets le boudinaient déjà un peu. Il revint au sujet qui le préoccupait.

— À nous d'éblouir également Sélim, sinon il marchera la main dans la main avec Napoléon et déclarera la guerre à l'Angleterre. Alors, comment l'épater ? Nous allons leur envoyer la fleur de notre noblesse. Les impressionner avec quelques-uns de nos gentilshommes les plus représentatifs. Voilà la solution.

Lady Breksby acquiesça docilement.

— C'est une merveilleuse idée, très cher…

Finalement, cette conversation eut un double résultat. Lord Breksby fit envoyer une série de messages à travers Londres, tandis que lady Breksby écrivait une lettre à sa sœur, qui vivait encore dans leur village natal de Hogglesdon, pour lui demander d'aller, si elle le voulait bien, jusque chez Mme Barnett s'enquérir de la variété de ses rosiers.

Lord Breksby recueillit les fruits de son idée plus tôt que son épouse – Mme Barnett, hélas, était décédée, et sa fille ignorait le nom des fleurs si convoitées.

Le premier à arriver au ministère des Affaires étrangères fut Alexander Foakes, comte de Sheffield et de Downes. Breksby se leva pour l'accueillir avec cordialité. Il avait envoyé Sheffield en Italie, un an auparavant, pour une mission fort délicate qu'il avait magnifiquement menée à bien.

— Bonjour, milord. Comment se portent vos filles et votre ravissante épouse ?

— À merveille, répondit Alex en prenant un siège. Pour quelle raison m'avez-vous fait venir ?

Breksby eut un sourire engageant. Il était trop âgé pour se laisser impressionner par ces impétueux jeunes gens. Il s'appuya au dossier de son fauteuil, les mains jointes.

— Je préférerais que tout le monde soit là pour en parler, dit-il, mais je me hâte de préciser que je ne vous ai pas convoqué pour vous confier une mission au nom du gouvernement. Pas du tout. Nous hésitons à nous mêler de la vie privée d'un homme qui a des enfants…

Alex haussa un sourcil ironique.

— Sauf lorsqu'il s'agit d'enrôler des soldats.

Il faisait allusion à la pratique qui consistait à enlever des jeunes gens pour les envoyer au front, de gré ou de force.

— Hum… Mais nous n'exerçons jamais de pressions sur les nobles. Nous comptons simplement sur leur générosité et leur patriotisme.

Alex ravala un ricanement sceptique. Breksby était une sorte de vieux Machiavel, qu'il valait mieux ne pas contrer de face.

— Toutefois, votre présence ici n'est pas superflue, car j'ai une proposition pour votre frère, ajouta Breksby.

— Cela risque de l'intéresser, dit Alex qui savait que Patrick sauterait sur l'occasion d'un voyage à l'étranger.

Il était rentré en Angleterre depuis environ un an, et il paraissait s'ennuyer à mourir. En outre, il était particulièrement irritable depuis que Sophie York avait refusé de l'épouser.

— C'est bien ce que je pensais, murmura Breksby.

— Où envisagez-vous de l'envoyer ?

— J'espère qu'il acceptera de se rendre dans l'Empire ottoman, au cours de l'été prochain. Nous avons entendu dire que Sélim III avait l'intention de se faire couronner empereur, comme Napoléon, et nous aimerions que l'Angleterre soit représentée à ce simulacre de cérémonie. Comme il est inenvisageable d'envoyer les fils du roi George...

Il leva les yeux au ciel en évoquant les princes écervelés et ivres plus souvent qu'à leur tour.

— Je suis certain que votre frère sera un parfait ambassadeur de notre pays, conclut-il.

Alex acquiesça. Patrick rentrerait avec un bateau rempli de marchandises d'importation, ce qui semblait une rétribution tout à fait raisonnable.

— Maintenant, si je vous ai demandé d'assister à cette petite réunion, c'est pour un problème de noblesse.

— De noblesse ? s'étonna Alex.

— Exactement. Certes, votre frère représentera l'Angleterre avec grandeur. Il a les moyens de s'habiller avec faste, et le gouvernement, naturellement, le chargera de remettre un somptueux cadeau à Sélim. Nous songeons à un sceptre incrusté de rubis, semblable à celui du roi Edward II. Nous y mettrons encore plus de rubis, car Sélim est fort vulgaire et il apprécie particulièrement cette pierre précieuse. Mais la véritable question est celle-ci : que pensera-t-il de Patrick Foakes ? Étant donné les relations délicates entre nos deux pays, il s'agit d'un point d'importance.

— Patrick a obtenu l'estime des chefs d'Albanie et d'Inde, fit remarquer Alex. Je crois même qu'Ali Pacha l'a supplié d'entrer dans son cabinet, or vous savez que l'Albanie est envahie de Turcs. Je ne pense pas qu'il y ait là le moindre problème.

— Vous ne m'avez pas compris, mon cher. Sélim est fasciné par les titres : *empereur* Sélim !

Alex, qui regardait pensivement le tapis, releva la tête pour regarder son interlocuteur droit dans les yeux.

— Vous avez l'intention d'attribuer un titre à Patrick.

Ce n'était pas une question, et un grand sourire éclaira son visage.

— C'est merveilleux ! s'écria-t-il.

— Il y aura de petites difficultés, mais elles se résoudront facilement, affirma lord Breksby.

— Il peut avoir la moitié de mes propriétés, et la moitié de mon titre, déclara Alex.

Alexander Foakes, en tant que comte de Sheffield *et* de Downes, régnait sur deux domaines.

— Mon cher ami ! s'indigna Breksby. Jamais nous ne ferions cela ! Briser un titre héréditaire, pas question ! Toutefois... nous pourrions libérer un autre de vos titres.

Alex réfléchissait. Il était non seulement comte de Sheffield et de Downes, mais aussi vicomte de Spencer.

— Je pensais à votre titre écossais, précisa Breksby.

Alex était un peu perdu.

— Un titre écossais ?

— Quand votre arrière-grand-mère a épousé votre arrière-grand-père, le titre de son père – duc de Gisle – s'est éteint, puisqu'elle était fille unique.

— Oh, bien sûr !

Alex avait entendu parler de son arrière-grand-mère écossaise, mais jamais il ne lui était venu à l'esprit que le titre avait disparu.

— J'aimerais demander au roi de donner ce titre à votre frère. Il me semble que le motif est juste, puisqu'il s'agit de gagner Sélim à la cause anglaise.

S'il n'était pas suffisamment impressionné par notre ambassadeur, il risquerait de nous déclarer la guerre, afin d'imiter son cher Napoléon, bien sûr. Je suppose que le fait que vous soyez jumeaux, Patrick et vous, jouera en sa faveur. Après tout, il n'est votre cadet que de quelques minutes.

Alex hocha la tête. Comme Breksby ne parlait d'un projet que s'il était sûr de le mener à bien, Patrick serait duc de Gisle dans quelques mois.

La porte s'ouvrit sur le majordome du ministre, qui annonça :

— M. Patrick Foakes. Le comte de Slaslow. Lord Reginald Petersham. M. Peter Dewland.

Breksby ne perdit pas de temps en formules de politesse.

— Je vous ai fait venir, messieurs, parce que vous possédez chacun un excellent navire.

— Mon Dieu ! s'écria Braddon Chatwin, le comte de Slaslow. Je ne le crois pas, monsieur. À moins que mon chargé d'affaires n'en ait acheté un derrière mon dos !

Lord Breksby lui lança un regard sévère. Apparemment, les rapports qu'il avait reçus sur les capacités intellectuelles de Slaslow n'étaient pas exagérés.

— Vous en avez gagné un en jouant à l'écarté avec...

Il chaussa ses lunettes pour consulter une feuille sur son bureau.

— ... avec un certain Sheridan Jameson. Un marchand, je crois.

— Oh, vous avez tout à fait raison ! s'écria Braddon, soulagé. C'était un soir où nous nous sommes arrêtés dans une auberge sur la route d'Ascot. Vous vous souvenez, Petersham ?

— Je me rappelle que vous avez joué, confirma Petersham.

— Et j'ai gagné un bateau ! ajouta Braddon, tout réjoui.

— Le gouvernement veut-il les réquisitionner ? s'enquit Patrick un peu sèchement.

Il possédait trois bons navires et n'avait aucune envie de s'en séparer.

— Non, non ! assura lord Breksby. Nous nous demandions si l'un d'entre vous accepterait de faire du cabotage, le long de la côte du pays de Galles, au cours des prochains mois. Nous y avons fait construire des fortifications, mais vous savez combien ces gens sont difficiles à gérer. Ils ne suivent jamais les ordres, là-bas.

Les cinq jeunes gens attendaient la suite.

— Voilà tout, messieurs, reprit Breksby. Nous pensons qu'il y a une petite chance pour que Napoléon essaie d'envahir l'Angleterre en partant du pays de Galles.

Braddon fronça les sourcils.

— Pourquoi ferait-il cela ? Il est beaucoup plus simple de franchir la Manche. Je l'ai traversée moi-même en six heures !

Il avait dû en faire voir à sa mère quand il était enfant, celui-là ! se dit Breksby. Cet idiot ignorait que la Manche était bloquée à la circulation ?

— Je crains que Napoléon n'ait imposé un blocus sur la Manche, expliqua-t-il avec la plus grande courtoisie. C'est la raison pour laquelle je demande de l'aide à l'un d'entre vous. Certes, je pourrais faire surveiller les fortifications par notre flotte, mais nous avons justement besoin de tous nos navires. Voilà pourquoi je serai très reconnaissant à celui qui acceptera cette mission.

— Je ne peux pas partir avant la fin de la saison, répliqua vivement Braddon. Je me suis fiancé ce matin, et ma mère m'a averti que je serai obligé d'assister à toutes sortes de réceptions. Et puis, naturellement, il faut que je me marie.

Breksby dressa l'oreille. Il aimait connaître toutes les alliances qui se concluaient dans l'aristocratie.

— Dois-je comprendre que lady Sophie York a accepté de vous épouser ?

— Oui ! répondit Braddon, rayonnant.

Alex croisa le regard de Patrick alors qu'ils se levaient pour offrir leurs félicitations au futur époux. Il vit la lueur de dérision qui passait dans le regard de son jumeau, le sarcasme qui teintait son sourire.

Patrick se tourna vers le ministre.

— J'accepte cette mission, dit-il.

Lord Breksby se leva aussi, s'appuyant à son bureau.

— Magnifique, magnifique ! approuva-t-il. À présent, si vous m'accordez un peu de votre précieux temps, je vais vous montrer où *devraient* se trouver les fortifications.

Il y avait de l'ironie dans sa voix. Les Gallois étaient des gens têtus, qui avaient du mal à accepter la férule anglaise, aussi doutait-il fortement de l'existence de ces fortifications.

Patrick acquiesça et, tandis que les autres prenaient congé, il se rassit. Alex n'avait pas bougé.

Lorsqu'ils furent seuls tous les trois, Breksby expliqua brièvement la situation de l'Empire ottoman.

— Je n'aurai pas besoin du titre, déclara Patrick d'un ton sans réplique.

Alex sourit. Il avait été sur le point de dire à Breksby que son frère n'accepterait pas de devenir duc.

Mais lord Breksby ne se lançait jamais sans avoir effectué des recherches. Il savait que Patrick Foakes avait plus d'argent que la plupart des gentilshommes – au moins autant, sinon plus, que son frère. Il savait également qu'il n'avait aucune envie de posséder un titre. À sa connaissance, il n'avait jamais manifesté la moindre jalousie concernant le rang de son jumeau, par exemple.

Mais Foakes était aussi un fort brillant tacticien, qui s'était trouvé dans des situations délicates pendant ses voyages en Orient. Il comprendrait mieux que personne l'admiration sans bornes que vouait Sélim III au décorum occidental, et particulièrement aux titres de noblesse.

— Vous ne serez pas obligé de vous en servir, dit-il avec une indifférence délibérée. Vous pourrez même y renoncer à votre retour de Turquie, cela nous est égal. Toutefois, nous préférerions que vous ne mettiez pas cette mission en danger en refusant le titre.

Patrick, parfaitement détendu, réfléchissait.

Les doigts joints, le ministre observait les deux frères. Quel spectacle que ces jumeaux athlétiques, aux visages identiques, avec leurs chevelures indisciplinées striées de fils d'argent !

Assis dans leurs fauteuils, ils évoquaient deux grands chats en train de faire la sieste au soleil. Mais, à la réflexion, il s'agissait plutôt de tigres : dangereux, prêts à bondir d'un instant à l'autre.

Quand Patrick haussa enfin les épaules, signifiant qu'il acceptait l'idée du titre, Breksby esquissa un sourire.

— Il faudra environ six mois pour que ce soit officiellement accepté. Vous devriez arriver à Constantinople largement à temps pour assister au couronnement. Nos orfèvres auront terminé le sceptre en avril. Je ne vois donc là aucun problème.

— Je ne veux pas que tout ceci soit rendu public, dit Patrick.

Ils savaient pourtant que dès qu'il deviendrait duc de Gisle, on ne parlerait plus que de cela dans Londres.

Prudent, le ministre ne répondit pas. Il se leva, contourna son bureau. Les deux frères se levèrent aussi, et Breksby les raccompagna à la porte, un large sourire aux lèvres :

— Puis-je être le premier ? « Votre Grâce »...

Il esquissa une révérence, tandis que son absurde chevelure tombait d'un cran vers la droite.

Patrick n'explosa que lorsqu'ils se retrouvèrent dehors.

— Quel pompeux imbécile ! Il s'amusait comme un fou ! Laissons-le envoyer les princes de sang en Turquie !

Alex sourit.

— Pas de ça avec moi, Patrick. Tu meurs d'envie de te rendre à ce couronnement. Jamais tu ne refuserais une occasion d'aller en Turquie !

Patrick lui sourit en retour.

— Tu as raison, je l'avoue. J'ai beaucoup entendu parler de Sélim, quand j'étais à Lhassa.

Il avait passé quatre ans à voyager à travers le Tibet, l'Inde et la Perse.

— Et alors ? Comment est-il ?

— Terriblement snob. À l'époque, il faisait la tournée des capitales européennes, et son père s'arrachait les cheveux en le voyant adopter les coutumes occidentales, rapporter toutes sortes de vêtements à la mode... ainsi que des femmes, à Constantinople.

— Crois-tu réellement qu'il risque de lancer son armée à la suite de Napoléon ?

— C'est possible.

Ils arrivaient à leurs carrosses.

— Te rends-tu compte, petit frère, que tu as un rang plus élevé que le mien, désormais ? dit Alex.

Patrick eut l'air un instant déconcerté, puis ses yeux se mirent à pétiller de malice.

— C'est vrai ! Je suis duc, alors que tu es seulement comte !

Alex éclata de rire. Les deux frères avaient toujours considéré que le titre de comte était simplement une source de soucis.

— Si j'avais été duc, le mois dernier, elle aurait accepté de m'épouser... reprit Patrick, soudain sérieux.

Alex savait de qui il parlait, et il secoua la tête.

— Lady Sophie York n'est pas ce genre de femme, Patrick.

Sophie était la meilleure amie de son épouse, et il doutait qu'elle eût refusé d'accorder sa main à Patrick pour des raisons de titre.

— Alors, pourquoi va-t-elle épouser Braddon ? s'irrita Patrick. Braddon !

— Je ne pensais pas que tu t'intéressais autant à l'avenir de lady Sophie...

Patrick l'ignora.

— Braddon est gras, stupide, et il a beaucoup moins d'argent que moi. Mais il est comte, l'un des membres respectés de l'aristocratie !

— Tu es injuste. Elle l'aime peut-être.

Patrick ricana.

— L'amour ! Pas une femme de notre milieu ne croit à ces sornettes ! Excepté Charlotte, peut-être...

Alex sourit à l'évocation de son épouse, mais il répéta :

— Je ne pensais pas que tu te souciais autant de l'avenir de lady Sophie.

Le jeune homme haussa les épaules.

— Je m'en moque ! Qu'elle fasse ce qui lui plaît. Mais je suis mauvais perdant, tu le sais mieux que personne. Je suis furieux de penser que j'ai été battu parce que Braddon a un titre, et pas moi.

Alex demeura silencieux quelques secondes. À quoi bon argumenter davantage ? Après tout, Sophie York avait peut-être réellement envie d'être comtesse.

— Iras-tu au bal des Dewland, ce soir ?

— Je l'avais oublié, répondit Patrick. Mais je dîne avec Braddon, et il tiendra sûrement à s'y rendre ensuite... Je crains qu'il ne me demande d'être son garçon d'honneur ! ajouta-t-il avec une grimace.

— J'essaierai d'y aller, dit Alex en donnant une tape amicale dans le dos de son frère. Attends de voir la tête des marieuses, quand elles apprendront la nouvelle ! Tu vas devenir le parti le plus convoité de Londres.

Patrick frissonna.

— Raison de plus pour m'embarquer immédiatement vers le pays de Galles !

3

Quand on annonça l'arrivée de Sophie York au bal des Dewland, un frisson de murmures parcourut la salle.

Sophie était délurée, indocile, grommelaient dans leur coin les vieilles filles acariâtres.

La plus belle femme d'Angleterre, estimaient les autres. Petite, mais voluptueuse. Coquette, mais fille de l'aristocrate la plus guindée du pays, la marquise de Brandenburg. Les commentaires acides d'Héloïse avaient flétri la réputation de plus d'une jeune personne. Alors, bien sûr, les jugements de la marquise rendaient plus savoureuse encore l'attitude de sa fille.

Sophie s'arrêta en haut des marches, tandis que son père plongeait dans la foule, sans doute à la recherche de la charmante Dalinda. La marquise le suivit, raide d'une réprobation qui ne s'était pas atténuée avec les années.

La jeune fille parcourut la salle des yeux en essayant d'apercevoir, se persuada-t-elle, le comte de Slaslow.

Mais elle savait, au fond d'elle-même, que se réveillaient sa faiblesse et son manque de moralité, comme disait sa mère. Elle cherchait en fait un homme aux épaules si larges qu'il semblait toujours un peu mal à l'aise en habit de soirée, un homme aux cheveux striés d'argent. Elle n'avait pas vu Patrick depuis qu'elle avait refusé sa demande en mariage, et elle ne l'apercevait pas parmi les nombreux invités.

Sa mère, au pied de l'escalier, se retourna, irritée.

— Sophie ! grinça-t-elle.

Sophie descendit docilement, et Héloïse lui saisit le poignet.

— Cesse de te donner en spectacle !

Déjà, les jeunes gens se massaient autour d'elle, lui demandant avec des regards implorants de leur accorder une danse. Héloïse lui lança un coup d'œil menaçant, avant d'aller s'installer dans le coin des chaperons, où seulement les femmes dont le titre égalait la férocité avaient le droit de siéger.

Insouciante, Sophie partagea son temps entre ses admirateurs, mais c'était inutile. Le lendemain, dans deux jours au plus, le *Times* publierait une note :

Le comte de Slaslow annonce son prochain mariage avec lady Sophie York, fille du marquis de Brandenburg. La cérémonie aura lieu en l'église St. George, et la présentation officielle dans la salle du chapitre de l'ordre de la Jarretière, au palais St. James.

Les commères en tomberaient à la renverse, et tout Londres saurait que la célèbre héritière avait enfin fixé son choix. En février, elle serait mariée à Braddon Chatwin, « le gentil comte », comme on l'appelait parfois. Braddon était gentil, en effet, et il ferait un plaisant compagnon. Sans doute aimait-il ses chevaux plus que n'importe quel être humain, mais au moins ne jouait-il pas trop aux courses.

Et il semblait capable d'affection, ce qui était exactement le tour que Sophie entendait donner à leur union. Ils auraient de beaux enfants, c'était important, et il entretiendrait ses maîtresses avec discrétion. Oui, se dit-elle en s'élançant sur la piste avec son premier cavalier, Braddon était gentil, il n'avait pas de gros défauts, donc ils seraient sûrement heureux...

La soirée avançait, et ni son fiancé ni « quelqu'un d'autre » ne s'était montré. Sophie dansait avec sa grâce habituelle, et seuls les plus observateurs de ses chevaliers servants remarquèrent qu'elle manquait de sa légendaire vivacité. Un dandy fut sèchement rabroué dans sa déclaration d'amour, alors qu'elle était connue pour ses réponses légères et amicales.

La jeune fille avait l'impression de marcher sur une corde raide. Elle cessa de chercher une chevelure poivre et sel. À quoi bon ? Elle allait devenir comtesse, et non pas l'épouse de Patrick Foakes.

Elle fut accompagnée au souper par le fils de l'hôtesse, Peter Dewland, un élégant et doux jeune homme qu'elle connaissait depuis des années. Il était reposant, car il n'avait pas l'air d'imaginer que la reine de Londres allait lui tomber dans les bras, s'il s'en donnait la peine. En fait, il ne l'avait jamais courtisée, et c'était bien ainsi.

— Comment va votre frère ? demanda-t-elle.

L'aîné de Peter avait été gravement blessé lors d'un accident d'équitation, et il était confiné dans son lit depuis trois ans.

— Son état s'améliore, répondit Peter avec un grand sourire. Il suit le traitement d'un médecin allemand qui réside à la Cour. Avez-vous entendu parler de lui ? Il s'appelle Trankelstein. J'ai cru qu'il s'agissait d'un charlatan, mais ses massages semblent efficaces. Quentin peut quitter la chambre, maintenant, et il souffre moins. Il passe presque toutes ses journées dans le jardin, car il ne supporte plus d'être enfermé.

Sophie, pour la première fois de la soirée, eut un véritable sourire.

— C'est merveilleux, Peter !

— Si vous voulez, reprit-il après une légère hésitation, vous pourriez faire sa connaissance, lady Sophie. Il est dans la bibliothèque, et je sais qu'il aimerait vous remercier pour le feu d'artifice que vous avez aidé à organiser.

— Je ne mérite aucun remerciement ! se récria-t-elle. C'est le comte et la comtesse de Sheffield qui en ont eu l'idée. Je me trouvais simplement chez Vauxhall, ce soir-là.

L'épisode remontait à un an, à présent. Un feu d'artifice avait été tiré dans le jardin des Dewland, en l'honneur de Quentin. Sophie, entourée de ses admirateurs par cette belle nuit d'été, s'était réjouie des magnifiques fusées qui illuminaient le ciel.

Elle avait regardé sa très chère amie, Charlotte, qui se tenait près du comte de Sheffield, le frère jumeau de Patrick Foakes, et elle l'avait vue s'appuyer contre lui, protégée par la nuit complice.

Sophie l'avait taquinée, le lendemain. Comment, elle avait osé se tenir si près d'Alex, elle l'avait autorisé à mettre les bras autour de sa taille, elle l'avait regardé d'un air énamouré... ? Maintenant, elle comprenait mieux l'attitude de Charlotte.

Son corps lui devenait étranger. Elle était nerveuse, parce que l'autre jumeau Foakes n'était pas là et qu'une intimité à peine ébauchée lui manquait. Son esprit la trahissait.

C'était écœurant, humiliant !

Elle cessa de se flageller et se leva.

— Si nous allions voir votre frère ?

Peter repoussa son assiette.

— Avec plaisir. Je vais demander à ma mère de nous accompagner.

Sophie acquiesça, surprise de sa propre étourderie. Elle n'avait certes pas besoin qu'on la voie s'éloigner une fois de plus avec un homme !

La vicomtesse quitta un groupe d'amis pour se diriger avec les deux jeunes gens vers la bibliothèque. Jamais elle n'aurait critiqué l'attitude de Sophie. Cette jeune personne avait du cœur, se disait-elle.

Kitty Dewland avait remarqué, d'un regard tout maternel, que son cher Peter ne semblait pas attiré par lady Sophie et que, sauf si elle se trompait – ce qui arrivait rarement –, lady Sophie paraissait amoureuse du comte de Slaslow. Les rumeurs qu'elle avait entendues sur un prochain mariage confirmaient cette impression.

Kitty eut un soupir extasié. Quelle merveilleuse soirée elle avait passée, lors de l'annonce officielle de ses fiançailles avec Thurlow ! Elle avait éprouvé un frisson délicieusement pervers en faisant le tour de la pièce, devant les jeunes filles dont l'avenir n'était pas assuré comme le sien...

Kitty chassa ce souvenir et pénétra dans la bibliothèque, afin de présenter son fils à lady Sophie.

Quentin n'était pas du tout tel que Sophie l'avait imaginé. Elle se rappelait vaguement un visage très pâle derrière une fenêtre, le soir du feu d'artifice, mais celui qui se tourna vers elle était hâlé, bien plus que ceux des jeunes mondains qui passaient leurs nuits à jouer et leurs journées à se promener dans des voitures fermées. Il avait des traits fins, un peu marqués par la douleur, mais il était fort séduisant et respirait l'intelligence.

Il se leva avec une apparente aisance pour lui baiser la main. Cependant elle devina, lorsqu'il se laissa retomber dans le fauteuil, l'effort que cela avait dû lui coûter. Elle s'assit aussitôt, afin de ne pas le gêner, sur un petit tabouret près de la cheminée.

Peter approcha un autre fauteuil tandis que sa mère se dirigeait vers l'honorable Sylvester Bredbeck, venu au calme reposer son pied atteint de goutte.

Quentin observait la jeune fille sans le moindre embarras.

— Passez-vous une bonne soirée, lady Sophie ? demanda-t-il d'une voix un peu traînante.

Elle rougit légèrement. Elle devinait une ombre de sarcasme dans son intonation, et elle ne se sentait pas d'humeur badine. En vérité, les reparties brillantes qui étaient de bon ton dans leur milieu semblaient soudain lui avoir échappé.

— Pas particulièrement, répondit-elle franchement.

— Hum... Peut-être voudriez-vous vous reposer un peu de cette indispensable gaieté, et disputer une partie de backgammon ?

Sophie hésita un instant. Les dames ne se livraient pas à des jeux de société pendant les bals. Mais elle était chaperonnée par leur hôtesse en personne, et elle avait besoin d'apaiser un peu ses nerfs à vif. Braddon et Patrick avaient fort peu de chances de se rendre dans la bibliothèque, aussi jouirait-elle d'une brève accalmie avant de retourner auprès des autres invités.

— J'en serai ravie, dit-elle.

Peter bondit pour chercher une petite table de jeu. Sophie et Quentin placèrent leurs pions en silence, tandis que les flammes jetaient des ombres dansantes sur les murs lambrissés.

Le jeu progressa rapidement, jusqu'à ce que Sophie lance une seconde paire.

Quentin adressa un regard pétillant à son frère.

— Ce jeu n'était peut-être pas une bonne idée. Elle a une chance incroyable.

Sophie sourit. Sortir des paires était l'un de ses talents, ce qui rendait son grand-père fou autrefois, dans son enfance ! Elle but une gorgée de champagne. Elle se sentait soudain beaucoup mieux. La bibliothèque était un refuge délassant.

Elle lança encore une paire, et elle pouffa lorsque Quentin s'en plaignit, puis elle éclata de rire quand elle termina la partie avec un double six.

Ce fut l'instant que choisirent les deux hommes qu'elle avait cherchés toute la soirée, pour pénétrer dans la bibliothèque. Braddon, en compagnie de son ami Patrick Foakes.

Ravi, Braddon se précipita vers elle.

Mais Patrick s'arrêta sur le seuil. La chevelure de Sophie brillait, mélange de cinquante couleurs, du roux au doré le plus pur. Des boucles s'échappaient de son chignon, que l'on devinait douces comme la soie.

Il faillit tourner les talons. Sophie riait, ses yeux scintillaient... jusqu'à ce qu'elle le voie. Son sourire s'effaça instantanément.

Braddon, après avoir salué le petit groupe, se tenait, béat d'admiration, devant sa future épouse.

Patrick se dirigea vers la cheminée. Il n'allait tout de même pas perdre contenance, à cause d'une chipie qui avait refusé de lui accorder sa main pour se donner à un homme plus titré que lui ! Elle avait eu ce qu'elle voulait. Elle était désormais fiancée au seul comte qui se trouvât sur le marché du mariage, cette année-là. Et compte tenu du fait qu'il ne restait qu'un duc célibataire, le vieux Siskind affublé de huit enfants, elle avait tiré le gros lot. Sauf si Patrick devenait duc lui-même !

Elle croisa son regard, puis se détourna, aussi rose que la coupe de champagne qu'elle tenait à la main. Braddon s'était agenouillé sur le tapis, et il remettait les pions en place, heureux de constater que sa fiancée connaissait ce jeu. Sophie s'efforça de lui sourire.

Depuis son fauteuil à haut dossier, Quentin avait vu la charmante lady Sophie se raidir. Il se retourna afin de voir la cause de ce changement.

Il tendit la main en déclarant d'un ton un peu sarcastique :

— Patrick, mon ami ! Viens donc me dire bonsoir !

— Quentin !

Patrick fut près du fauteuil en deux enjambées, ses yeux bruns brillant de plaisir.

— Je te croyais cloué au lit, vieux !

— C'était le cas, jusqu'à ces derniers mois.

— Tu as une mine superbe !

— Je suis vivant, répondit simplement Quentin.

Patrick s'accroupit devant lui.

— J'ai pensé à toi, quand j'étais en Inde et qu'un maharadjah a menacé de me décapiter si je ne me prosternais pas devant son idole. Cela m'a rappelé ta tyrannie, au collège !

Sophie n'en pouvait plus. Ainsi accroupi, Patrick était à sa hauteur, juste à côté d'elle. Instinctivement, elle admira les longues jambes musclées sous le pantalon étroit, puis elle se détourna, nerveuse comme une chatte, et s'éloigna de lui autant que le permettait son siège.

Patrick, qui avait découvert que cette jeune personne avait encore le don de l'émouvoir, commençait à se sentir mal à l'aise. Son doux parfum lui chatouillait les narines, une fragrance innocente, légère, comme celle des fleurs de cerisier. Ses sens s'enflammaient. Il aurait eu envie de jeter Sophie sur son épaule et de l'emporter dans une chambre !

Il se leva, sombre, baissa les yeux vers elle.

— Votre serviteur, lady Sophie, dit-il en s'inclinant. Pardonnez-moi, je ne vous avais pas vue...

La jeune fille s'empourpra. Bien sûr que si, il l'avait vue ! Elle était pétrifiée par son regard, et elle se contenta d'un signe de tête. Elle aurait été incapable de proférer un son.

Il était aussi beau que le mois précédent, sauf que l'expression de tendresse était remplacée par de l'ironie. Ses cheveux étaient indisciplinés, comme c'était la mode à Londres, mais ils le devaient aux chevauchées en plein air, et non aux cosmétiques. D'un noir d'ébène, ils étaient parsemés de fils d'argent, comme si la lune les caressait.

Elle se ressaisit. On aurait dit une couventine sous le regard d'un libertin ! Et la vicomtesse Dewland, bien qu'elle parlât toujours avec Sylvester Bredbeck, les observait avec attention.

Sophie se leva gracieusement et adressa un vrai sourire à Quentin. Celui-ci se leva à son tour en s'aidant des bras du fauteuil.

Elle fit la révérence.

— Je vous en prie, restez assis.

Quentin était bouleversant, avec son visage crispé de douleur.

— Je serais très heureux de vous revoir, lady Sophie. Peut-être m'accorderez-vous ma revanche, un jour où je serai plus chanceux ?

— Avec grand plaisir.

Elle se tourna vers Peter, à qui elle offrit un lumineux sourire. Son regard passa ensuite froidement sur Patrick, puis elle alla vers Braddon.

— Milord.

Braddon lui offrit son bras, qu'elle accepta, et ils traversèrent la pièce, les délicats souliers argentés de Sophie foulant les fleurs écarlates du tapis persan. Elle était terriblement consciente des regards des deux hommes qui la suivaient. Quentin, toujours debout, et Patrick, avec un demi-sourire cynique qui donnait envie de lui lancer un vase à la figure.

Je ne me retournerai pas vers ce... cet infâme séducteur, se dit-elle. Et elle tint parole.

De son côté, Patrick la regardait s'éloigner vers l'annonce de ses fiançailles, avec une rage brûlante. Il aurait voulu traverser la pièce, la prendre dans ses bras, l'arracher à Braddon.

Il était sûr qu'il ne lui faudrait qu'un instant pour que Sophie redevienne la femme frémissante qu'il avait tenue contre lui, cette femme dont l'émoi semblait si réel que, s'il n'avait su qu'elle était une créature frivole, il aurait pu... Il aurait pu quoi ?

Peter s'excusait et retournait vers la salle de bal, mais Patrick ne fit pas mine de le suivre. Il se laissa tomber sur le tabouret délaissé par la jeune fille, et joua machinalement avec les pièces du backgammon. Quand il releva les yeux, il croisa le regard lucide de son ami.

Quentin avait toujours joui d'une parfaite maîtrise de soi, même lorsqu'ils étaient au collège. À l'époque, Patrick entrait dans des colères noires, sautait sur son frère pour le frapper, mais Quentin s'exprimait seulement par quelques paroles bien senties.

Il s'appuya au dossier de son fauteuil de cuir et ferma les yeux.

— Je me trompe, ou est-ce que Braddon t'a déjà chipé une de tes belles amies, une actrice rousse ? demanda-t-il sans la moindre méchanceté.

— Arabella Calhoun. L'été dernier. Et elle est encore sa maîtresse... Lady Sophie, ajouta Patrick avec une sorte de rage, n'a jamais été une de mes « belles amies ». J'ai demandé sa main, et elle me l'a refusée.

Quentin rouvrit les yeux.

— Toi ?

Sous le regard amusé de son ami, Patrick se détendit un peu et finit par sourire.

— J'avoue que cela m'a fait un coup !

— En effet, avec toutes les femmes qui te pourchassent... Peter me tient au courant des potins mondains. Depuis le mariage de ton frère – il y a quoi, un an ? –, tu es devenu l'enfant chéri de la bonne société, paraît-il.

— Non.

— Tu fuis les attentions des jeunes filles à marier. En Inde, tu es devenu si riche que c'en est vulgaire, ajouta malicieusement Quentin.

— Si nous jouions ?

— Évincé par la belle Sophie York ! Il faut que je demande à mère de l'inviter à prendre le thé.

— Elle va être fort occupée, ces temps prochains, dit Patrick d'un ton indifférent. Je suppose qu'en ce moment même, ils reçoivent des félicitations.

— C'est allé jusque-là ?

— Oui. Elle n'est pas folle, Quentin. Elle cherchait un titre.

— Malheureusement, Braddon est bête comme ses pieds. Elle ne le supportera plus au bout d'un mois !

— Si nous jouions ? répéta Patrick avec impatience.

— D'accord.

Derrière les lourdes portes de chêne, la soirée battait son plein. Mais, dans la bibliothèque, on n'entendait que le tintement des dés contre le bois poli. Un buste de Shakespeare veillait sur les têtes penchées des deux jeunes gens.

Après la troisième partie, Patrick brisa l'atmosphère sereine. Il leva vers son ami un regard caustique.

— Dois-je aller offrir mes vœux à l'heureux couple ?

Quentin demeurait imperturbable.

— Je vais me retirer. Tu m'as épuisé, avec tes problèmes.

Il se leva, s'appuya un instant au haut dossier de son fauteuil.

— Je suis content que tu sois revenu d'Orient, Patrick.

— Je suis désolé, pour ce fichu cheval.

Quentin eut un petit rire.

— Sans doute que je ne monte pas assez bien. J'espère te revoir bientôt.

Les deux hommes quittèrent la bibliothèque ensemble, l'un pétri de force et de grâce viriles, l'autre aux muscles noués qui refusaient d'obéir à ses ordres.

Quentin traversa le couloir vers le refuge de sa chambre, tandis que Patrick partait dans l'autre direction, vers une femme inaccessible.

4

Les valets de pied se tenaient bien raides dans l'entrée de marbre, quand Patrick descendit de la bibliothèque. Le manoir se vidait de ses invités, et le bruit de ses pas résonnait, alors qu'une heure plus tôt, il était noyé dans celui des conversations, des souliers sur le parquet, des instruments à cordes.

Dans la salle de bal, les bougies des appliques brûlaient encore, mais celles du grand lustre central vacillaient. L'immense pièce avait des allures de caverne, avec çà et là quelques groupes qui s'attardaient en attendant que le jour se lève, de ceux qui considéraient qu'une soirée était un échec s'ils rentraient chez eux avant six heures du matin.

Elle était partie, bien sûr. Jamais lady Sophie York ne se serait trouvée avec les noctambules : ce n'était pas à la mode. Il fallait s'en aller avant les premiers bâillements, avant que les retardataires ne soient pris de boisson. Mais Braddon... Braddon n'avait jamais su lorsqu'il était correct de prendre congé, ce pauvre lourdaud !

Patrick n'eut aucun mal à le trouver, affalé dans un fauteuil, à converser en gesticulant avec quelqu'un qu'il ne pouvait voir. Sans doute s'agissait-il de chevaux, songea Patrick avec un élan d'affection pour son camarade. Cher vieux Braddon ! Dommage que l'Angleterre soit si petite, et que les femmes doivent se partager entre des hommes qui s'étaient connus à l'âge de six ou sept ans, dans les couloirs du collège...

Il accéléra le pas quand il vit enfin l'interlocuteur de Braddon.

— Alex !

Le nom retentit dans la pièce presque vide.

Son jumeau l'accueillit d'un sourire.

— Je t'attendais. Quelle corvée ! Braddon s'est lancé dans l'une des élucubrations dont il a le secret !

Patrick s'assit près de son frère, soudain rasséréné.

Penché en avant, Braddon avait les yeux brillants, le menton tremblant d'excitation.

— Ce n'est pas une élucubration, Patrick, c'est la réalité ! Ma vie est enfin pleine, complète... bouclée !

Il sourit et croisa les doigts sur son gilet brodé.

— Félicitations, dit doucement Patrick.

Braddon ne sembla pas discerner la menace diffuse dans la voix de son ami, et il poursuivit avec autant d'enthousiasme :

— Seigneur, elle est magnifique ! Les plus belles hanches que j'aie jamais vues, et ses seins... Ils sont comme... comme des...

Les mots lui manquaient, et ce n'était certes pas la première fois de sa vie !

— Ils sont beaux, et gros pour une personne de sa taille !

Patrick avait des sueurs froides, ses poings se crispaient. Il allait frapper cet abruti !

— Je l'ai rencontrée dans l'écurie, continuait Braddon sans remarquer son expression meurtrière. Je l'ai serrée contre la porte, je l'ai un peu pincée, et... Dieu, jamais je n'avais éprouvé...

Il eut le souffle coupé, car une main de fer l'avait saisi à la cravate et l'étranglait. Il se tut, la bouche ouverte, sans esquisser un geste pour se défendre.

Patrick se rendit soudain compte qu'il n'avait aucun droit de punir un homme qui avait lutiné sa future épouse. Il laissa Braddon retomber dans le siège, dont les ressorts protestèrent bruyamment contre ses cent kilos.

Le silence s'était fait dans l'immense salle. Les quelques retardataires avaient été alertés par le bruit du fauteuil et ils étaient aux aguets, comme les chiens qui flairent la trace du cerf. Il se passait quelque chose !

— Braddon parlait de sa nouvelle maîtresse, dit Alex à voix haute et claire.

Braddon avait l'air complètement désorienté.

— Je croyais qu'Arabella t'était indifférente, Patrick, dit-il d'un ton geignard. Tu aurais dû me dire plus tôt que tu te souciais d'elle.

Patrick se rassit et s'obligea à se détendre.

— La prochaine fois, pose la question, grommela-t-il.

Le petit groupe, de l'autre côté de la pièce, se remit en cercle afin de commenter l'événement. Tout le monde connaissait l'ancienne maîtresse de Foakes, l'actrice Arabella Calhoun, et l'on savait qu'elle s'était mise sous la protection du comte de Slaslow. Intéressant, mais personne ne pensait que cela pût contrarier Patrick Foakes le moins du monde.

On racontait même que Foakes avait payé le loyer de la dame pour six mois, et envoyé une copie de la facture à Slaslow avec quelques mots de félicitations. Mais comme la dispute semblait terminée, les derniers invités commencèrent à se diriger vers la porte, afin de boire un dernier verre avant d'aller se coucher.

Braddon était profondément choqué par le regard insistant de Patrick qui ne le quittait pas.

— Enfin, vieux, se défendit-il avec une pointe d'indignation, il y a un an que je l'entretiens ! Tu ne pouvais pas imaginer que je la garderais définitivement ! Je lui ai payé une pension pour six mois, et je lui ai envoyé un collier d'émeraudes. Que voulais-tu de plus, Patrick ? Que je l'épouse ?

Patrick ouvrit la bouche, la referma, et ce fut Alex qui prit calmement la parole :

— J'aimerais que tu me parles de cette Madeleine. Où l'as-tu trouvée ?

Le regard méfiant de Braddon allait de l'un à l'autre jumeau.

— Tu ne connais pas Madeleine, n'est-ce pas ? Elle est à moi, rien qu'à moi, Foakes !

Patrick eut un sourire ironique.

— Nous avons assez partagé comme ça, Braddon, tu ne trouves pas ?

— Arabella, c'était une chose. Madeleine est différente. Elle est à moi seul, et pour toujours !

— Curieux, fit remarquer Alex.

Braddon se tourna vers lui, agressif comme un chien qui veut garder son os.

— Pas du tout ! Mon propre père a entretenu la même maîtresse pendant trente-six ans. Je le sais, puisque je paye encore ses factures ! Cela ne me dérange pas, d'ailleurs, car elle est plutôt gentille. Et puis elle était belle, contrairement à ma mère. Je vais prendre le thé avec elle, de temps en temps, et nous parlons de mon père.

— Mais ta femme, ta future épouse est très belle, objecta Alex.

— Ce n'est pas pareil.

Braddon était parfaitement sérieux. Et il tentait d'expliquer ce à quoi il avait réfléchi, depuis que son père lui avait présenté Mme Burns. L'ancien comte de Slaslow avait exigé de lui le plus profond respect vis-à-vis de cette femme, et il avait jeté à son fils un regard furibond parce qu'il ne saluait pas assez vite sa maîtresse. Braddon s'était alors incliné, comme s'il se trouvait devant le roi George.

Puis ils s'étaient installés tous les trois autour d'une tasse de thé, et il avait contemplé avec admiration le décor luxueux, les beaux jardins visibles derrière les portes-fenêtres. Enfin il avait vu la photo d'un petit garçon sur le piano... son demi-frère ! L'enfant était mort à l'âge de sept ans, lui avait appris Mme Burns.

Le comte était venu la prendre par les épaules, après cet aveu.

Braddon avait compris, sans en éprouver de rancœur, que son père avait aimé son frère plus que lui, plus que ses sœurs, et qu'il avait aimé Mme Burns, et non son épouse.

Il avait réfléchi longuement – ce dont il n'avait guère l'habitude –, et était arrivé à la conclusion que cette relation que son père entretenait avec Mme Burns, c'était ce qu'il voulait pour lui.

Aussi, quand son père avait été mourant, avait-il ordonné au valet de faire sortir tout le monde. Puis il avait introduit Mme Burns en secret. Avant de quitter la pièce lui-même, il l'avait regardée, assise sur le lit, penchée vers le moribond, et celui-ci, qui n'avait pas prononcé un mot depuis des jours, avait murmuré « ma bien-aimée ». Il était mort durant la nuit, sans rien dire d'autre, et Braddon avait pris une résolution.

Certes, il se marierait, comme le souhaitait sa sorcière de mère, et il aurait des enfants. Jusqu'à présent, il avait fait trois demandes en mariage, et c'était la dernière qui avait porté ses fruits. Donc, cet aspect de sa vie était réglé. Mais il voulait une Mme Burns, une Mme Burns *à lui*.

Or, miracle, il venait de la trouver !

— Elle s'appelle Madeleine. Miss Madeleine Garnier, dit-il, sur la défensive, au cas où Patrick aurait déjà tenté de la séduire. Tu la connais ?

Patrick semblait amusé, à présent, et Braddon se calma.

— Jamais entendu parler. Je n'aurai aucune intention coupable, parole d'honneur !

En tout cas, pas envers Madeleine, ajouta-t-il intérieurement, ce qu'Alex devina sans qu'il fût besoin de mots. Le problème, avec les jumeaux, c'était qu'ils ne pouvaient rien se cacher.

Patrick s'éclaircit la gorge.

— Tu connais cette Madeleine depuis longtemps ?

Braddon pinça les lèvres.

— Miss Garnier, s'il te plaît, corrigea-t-il. Non, je l'ai rencontrée tout récemment. C'est ce que je racontais à Alex, quand tu es arrivé. Le destin, sûrement ! J'ai enfin trouvé une épouse qui me convienne – ma mère est au septième ciel – et ma Madeleine. Tout cela la même semaine ! Et tu sais quoi encore ? J'aime bien l'idée d'épouser Sophie York. Elle a du caractère. Peut-être arrivera-t-elle à éloigner ma mère. Elles se disputeront, et ma mère refusera de mettre les pieds à la maison.

Il était extatique.

— Il faudra quand même que tu t'accommodes de sa mère ! ironisa Patrick.

Il appréciait assez la redoutable marquise de Brandenburg, mais elle allait terroriser le pauvre Braddon.

D'ailleurs, ce dernier frissonna.

— Je ne serai pas souvent là. J'envisage d'acheter une maison pour Madeleine sur Mayfair. Qu'en penses-tu ?

Patrick sentit de nouveau la colère monter en lui.

— Tu ne peux pas faire ça ! aboya-t-il. Ta propre demeure est à Mayfair. Loge plutôt miss Garnier à Shoreditch.

— Non ! répondit Braddon, les dents serrées. Je veux ma Madeleine près de moi. Je n'ai pas honte d'elle.

— Il ne s'agit pas de ça, intervint Alex. Tu ne vas tout de même pas blesser ton épouse. Quand lady Sophie sera ta femme, elle risquera de rencontrer *ta* Madeleine.

— C'est pour ça que j'ai choisi Sophie York, déclara Braddon, triomphant. Elle connaît la musique, cela ne la dérangera pas. À vrai dire, j'ai l'intention de les présenter l'une à l'autre, au bout de quelque temps.

Patrick était complètement dépassé. Son ami avait perdu l'esprit, c'était la seule explication. Sinon, pourquoi aurait-il voulu une maîtresse, alors qu'il avait Sophie ?

Et Sophie ? Qu'adviendrait-il d'elle, quand son imbécile de mari s'afficherait en ville avec sa tendre amie ? Il en avait le cœur serré !

— J'ai beaucoup fréquenté Sophie, ces derniers temps, dit Alex. C'est la meilleure amie de ma femme, et je ne dirais pas que c'est une personne avertie. En fait, elle est particulièrement naïve pour une jeune femme qui sort dans le monde depuis deux ans.

— Bah ! s'impatienta Braddon. Tu as sûrement entendu ce que l'on raconte sur elle. Bon sang, on penserait qu'elle a embrassé tous les hommes de Londres ! Cela m'est égal, au demeurant. Mais, même si elle est naïve, elle sait bien à quoi ressemble un mariage. Elle a eu l'exemple de son père sous les yeux. Toutefois, je n'envisage pas de me conduire comme lui. Ma Madeleine n'aura pas envie de sortir dans le monde, ce n'est pas son genre. Donc je ne valserai pas avec ma maîtresse devant ma femme et nos amis. Je vois plutôt une calme vie de famille. Je ferai attention de ne pas blesser Sophie, de ne pas être trop exigeant. J'irai mon chemin dès que nous aurons eu un héritier, et nous resterons bons amis. Après tout, les femmes n'aiment guère être déformées par des grossesses successives. Avec un peu de chance, nous aurons des jumeaux du premier coup, et ensuite nous n'aurons plus besoin de nous en préoccuper. Tu ne trouves pas que c'est un plan fameux, Patrick ?

Écœuré, celui-ci s'abstint de tout commentaire.

Braddon fit la moue.

— Tu es comme le chien du jardinier, Patrick. Le chien du jardinier ! Tu ne voulais plus d'Arabella. Bon sang, tu es parti en la laissant chez moi sans même un au revoir ! Et tu n'es revenu que six jours plus tard. Six satanés jours ! À quoi pensais-tu ? Et si tu ne te souciais pas d'elle à l'époque, en quoi cela te gêne-t-il que je la quitte ?

— Pourquoi diable voudrais-tu que cela me gêne ! fulmina Patrick. Ça n'a rien à voir avec Arabella !

Braddon bondit sur ses pieds et fit quelques pas nerveux.

— Alors pourquoi es-tu en colère contre moi ? Qu'est-ce que cela peut te faire si je prends une maîtresse, puisque tu n'as jamais vu Madeleine ?

Patrick cligna des yeux.

— Je me soucie de la façon dont tu traites Sophie York, dit-il en choisissant soigneusement ses mots.

— Ah, tu es vraiment le chien du jardinier ! éclata Braddon. Je sais que tu ne l'as pas demandée en mariage. J'ai entendu dire que tu l'avais embrassée, et qu'ensuite tu ne l'avais pas trouvée assez bonne pour toi. Eh bien, je ne partage pas ta façon de voir, Patrick Foakes. Sophie est assez bonne pour moi.

Même le visage de Braddon pouvait prendre quelque dignité quand on le provoquait, se dit Alex, amusé.

Patrick se leva brusquement.

— Triple idiot ! cria-t-il. J'ai demandé sa main ! Je l'ai demandée !

Il y eut un silence, durant lequel Braddon se mordit la lèvre, augmentant ainsi sa ressemblance avec un bouledogue.

— Tu lui as proposé de t'épouser ? Toi ? Et elle a refusé ?

Patrick se rassit avec un soupir. Comment rester en colère contre un pareil nigaud ?

— C'est exact. Je suis allé chez elle le lendemain, à dix heures, après avoir pris des forces grâce à un verre de brandy. J'ai réglé la question avec son père, mais cela n'a pas marché avec elle.

Il eut soudain une bouffée de tendresse en se rappelant les grands yeux hésitants de la jeune femme. Elle ne s'était pas attendue à sa visite, de toute évidence – ce qui ne parlait guère en faveur de Patrick. Mais il était là, il déclarait ses intentions... Et elle avait refusé. Il n'avait pas vraiment envie de savoir pourquoi.

— Je n'en reviens pas ! murmura Braddon, encore sous le choc. Moi, Braddon Chatwin, j'ai pris une femme à l'un des frères Foakes ? Arabella ne compte pas, évidemment ! ajouta-t-il avant de se tourner vers Alex. Tu te rappelles, quand tu es rentré d'Italie et que je t'ai parlé de la plus jolie femme de Londres, celle que je voulais épouser ? Bon sang, trois semaines plus tard, tu t'étais fiancé avec elle !

Alex éclata de rire.

— Mon épouse, en effet. Je te dois tout, Braddon, ironisa-t-il.

— Sophie York a évincé Patrick, et elle a accepté de m'épouser ? répétait Braddon, ahuri.

Pour un peu, il aurait gambadé de joie. Patrick leva les yeux au ciel.

— Messieurs, dit Alex, pour passionnante que soit cette conversation, il est temps que je rentre.

— Peur de te faire gronder ? se moqua son frère.

Alex répondit d'un sourire.

— Charlotte s'inquiète si je suis dehors trop tard, et Sarah doit encore parfois téter la nuit…

— Pouah ! intervint Braddon. Je ne comprends pas pourquoi tu as autorisé ta femme à nourrir elle-même votre enfant, Alex. C'est répugnant !

Il fronça les sourcils, signe immanquable d'une intense réflexion.

— Jamais je ne permettrai à ma Madeleine de faire une chose pareille, je te le garantis. Je ne veux pas qu'elle devienne une vache laitière !

— Je préfère ignorer que tu viens de traiter mon épouse de vache laitière, murmura Alex qui croisa le regard de Patrick. Te verrai-je au dîner, demain soir ?

— Bien sûr ! coupa Braddon. C'est mon garçon d'honneur, il faut qu'il assiste au souper de fiançailles !

Patrick haussa les épaules.

— Pourquoi pas ? J'ai envie de voir ma petite nièce nourrie au sein.

— Pouah ! répéta Braddon avec fougue. J'espère que Sophie ne pense pas nourrir ses enfants. Parce qu'il n'en est pas question. Pas sous mon toit. C'est dégoûtant !

Alex jeta un coup d'œil d'avertissement à son jumeau.

Patrick brûlait de colère, mais il suivit le conseil tacite de son frère. La façon dont Braddon entendait traiter sa femme ne le regardait pas.

— Bien ! déclara gaiement celui-ci en tirant sur le bas de son gilet. Aimerais-tu venir saluer Arabella, un de ces jours, Patrick ? Elle se produit au Duke's Theater ces temps-ci, et je suis sûr qu'elle serait ravie de te revoir. Elle joue Juliette. Un joli rôle pour elle, non ? Encore qu'elle soit bien incapable de mourir d'amour ! Sais-tu que lorsque j'ai rompu avec elle, elle m'a écrit un mot glacial, où elle affirmait que j'étais sa vie et sa joie, ou quelque chose d'aussi stupide, et que puisque ma passion pour elle s'était éteinte, elle ressentait un grand besoin de sécurité. Conclusion : elle voulait que je lui achète une maison. La garce !

Patrick marchait devant lui.

— Tu vas le faire ? lança-t-il par-dessus son épaule.

Il y eut un silence, et Patrick lui jeta un coup d'œil amusé.

— Tu es une belle proie, non ?

Il ralentit pour laisser son ami le rejoindre.

— Tu me diras quand elle aura trouvé la demeure de ses rêves. Je partagerai la facture avec toi.

Leurs pas résonnaient dans le silence. Le vicomte et la vicomtesse s'étaient retirés, il ne restait plus qu'un valet aux yeux las pour leur souhaiter bonne nuit.

— Je peux payer tout seul ! rétorqua Braddon.

— Ma foi, j'aimerais participer quand même.

Braddon le regarda avec curiosité.

— Ainsi, tu es réellement rentré d'Inde riche comme un nabab ?

Patrick, d'un coup de tête, rejeta ses cheveux en arrière.

— Mon père m'a envoyé en Orient tout seul, et sans mon frère, je n'avais plus envie de faire les quatre cents coups. Alors c'est venu naturellement.

C'était vrai. Il avait pris grand plaisir au rythme délicat des négociations avec les Indiens.

Trouver les bonnes routes d'acheminement, dénicher les pièces rares, surveiller le chargement de cages à oiseaux, de soies si fines qu'elles se déchiraient au moindre coup d'ongle, de cartons de plumes de paon : tout cela lui avait plu infiniment. Il avait pris des risques, mais il en avait été largement récompensé. En fait, sa fortune ne pouvait se comparer qu'à celles de quelques privilégiés, dont son frère. Les gentilshommes comme Braddon, dont les exploits financiers se limitaient à élever un cheval de course, formaient une race en voie de disparition.

Alex monta dans son carrosse. Patrick renonça à l'idée de faire un tour vers l'entrée des artistes du Duke's Theater, et finalement, il renvoya son propre attelage. Il demeura dans la rue déserte en regardant sa voiture s'éloigner.

Une fine pluie se mit à tomber, l'atmosphère sentait la poussière et le crottin de cheval. Il rajusta sa cape et s'élança sur le trottoir à grandes enjambées. Marcher le détendait, son estomac se dénouait.

Patrick avait arpenté les étouffantes ruelles de Canton, il s'était promené sous les arcades de Bagdad, il avait sillonné des villages de montagne au Tibet. Un jour, dans une rue de Lhassa, il avait entendu un chœur de bengalis, ces petits oiseaux chanteurs qu'il avait ensuite importés en Angleterre et qui étaient devenus la coqueluche de Londres.

Il n'avait pas besoin de beaucoup de sommeil, et c'était souvent en marchant que les idées lui venaient. Mais à présent, au lieu de réfléchir, il broyait du noir. Rien que de se rappeler la douce courbe de la poitrine de Sophie York, il sentait le désir lui vriller les reins. Alors il continua à marcher, tentant de la chasser de son esprit.

Bon sang, il avait eu une maîtresse en Arabie… Comment s'appelait-elle ? Perliss. Jusqu'à ce qu'un pacha s'amourache d'elle, et réciproquement. En l'espace de quelques heures, elle était devenue une épouse respectée – la vingt-quatrième, ou la vingt-cinquième. Cela ne l'avait pas bouleversé, même si les talents et les longues jambes de Perliss lui avaient manqué sur le moment.

Mais il avait tout juste embrassé Sophie ! Et il l'avait tenue dans ses bras une fois auparavant, mais c'était lorsque sa belle-sœur luttait contre la mort, dans la pièce voisine. Ce soir-là déjà, il avait été ému, bien qu'elle n'en eût pas conscience. Elle pleurait toutes les larmes de son corps sur le sort de son amie. Et Charlotte avait survécu.

Patrick avait pris son temps. Sophie était retournée dans sa famille le lendemain de la naissance du bébé de Charlotte. En séducteur chevronné, il ne l'avait pas suivie ; il avait préféré attendre que les nobles commencent à rentrer à Londres, fin novembre.

Mais alors, quand il avait transformé la Belle au bois dormant en une créature sensuelle qui se blottissait dans ses bras, elle l'avait repoussé. Non qu'il eût réellement envie de se marier, bien sûr, mais vu les circonstances...

Des semaines avaient passé, et il n'avait connu aucune femme depuis sa demande en mariage avortée. Il ne cessait de penser à Sophie York. Simple frustration sexuelle, se dit-il. S'il avait un brin de bon sens, il irait au Duke's Theater voir si Arabella acceptait de passer quelques heures dans son lit, en souvenir du bon vieux temps.

Mais ses jambes ne lui obéissaient pas, elles se dirigeaient tout droit vers la maison. Du diable s'il laisserait Sophie épouser Braddon ! Il eut une vision odieuse : Braddon retirait son gilet brodé et s'apprêtait à effectuer le devoir conjugal. Seulement jusqu'à ce qu'il ait un fils.

Que ferait Sophie, ensuite ? Elle deviendrait l'une de ces dames blasées qui prenaient des amants parmi les époux de leurs amies, ou couchaient avec leur jardinier...

Il arriva enfin devant chez lui, mais la marche n'avait pas opéré sa magie. Il avait le cœur battant, les poings serrés.

La soirée de fiançailles...

Il monta lentement les marches du porche, passa devant son majordome qui se précipita aussitôt après vers le quartier des domestiques pour se jeter au lit. Patrick entra dans sa chambre et congédia son valet.

Le souper que Charlotte donnait pour Sophie.

Je lui parlerai, songea-t-il.

Lui parler ? Il avait plutôt envie de passer les mains sur les boutons roses de ses seins voluptueux, de la serrer contre lui, sensuel contact de courbes délicates et d'un corps tout en muscles qui étaient faits l'un pour l'autre.

Je la prendrai, se dit-il. Je la prendrai, un point c'est tout.

Lord Breksby, ce soir-là, alla se coucher fort content de lui. Il croisa les bras sous sa tête coiffée d'un bonnet de nuit.

— Voyez-vous, ma chère, annonça-t-il à sa femme ensommeillée, parfois, je pense que j'ai du génie.

Lady Breksby répondit d'un simple grognement, aussi décida-t-il de s'endormir.

Il rêva de sceptres incrustés de rubis, elle rêva de roses grimpantes.

Patrick rêva qu'il dansait avec Sophie en portant un insigne de duc.

Sophie rêva qu'elle embrassait son futur mari, Braddon Chatwin, qui se transformait soudain en lapin et bondissait au loin. Elle en était plutôt soulagée.

Alex ne rêva pas. Sarah faisait ses dents, et elle pleura la moitié de la nuit.

— Nous devrions nous féliciter qu'elle ait de bons petits poumons, lui dit son épouse à trois heures du matin.

Alex soupira et se rendit une fois de plus à la nursery.

Si le comte de Sheffield rêva tout éveillé qu'il voguait vers l'Empire ottoman en compagnie de son frère, loin du bébé trempé qui hurlait dans ses bras, qui aurait pu le lui reprocher ?

5

Sophie, baignée, maquillée et coiffée, roulait vers sa soirée de fiançailles. Elle était seule. La voiture la déposerait à Sheffield House une heure avant l'arrivée des invités, afin qu'elle puisse bavarder avec Charlotte. Elle s'enfonça dans les confortables coussins de velours saumon.

Sa mère, la marquise, s'asseyait toujours au bord de la banquette, le dos droit comme si elle avait avalé un parapluie, accrochée à la poignée de secours. Tandis que Sophie adorait mouler son dos aux coussins.

Elle se sentait délicieusement sensuelle, et son cœur était léger, or cette joie avait une cause absurde : Patrick Foakes serait au souper. Elle le verrait et, peut-être, si l'on dansait ensuite… Elle l'espérait vivement. Alors il pourrait, il voudrait la tenir dans ses bras.

La voiture cahotait sur les pavés, et prit brusquement un virage. Sophie se rattrapa à la poignée. Quel ennui d'être si petite ! Elle ne pouvait se caler dans un coin, comme les hommes. André conduisait de nouveau trop vite.

Le carrosse reprit une allure normale. Elle portait une robe couleur beige doré. C'était son plus grand effort pour se rapprocher du blanc auquel sa mère tenait tant. Le blanc était ce que portaient pratiquement toutes les jeunes filles à marier de Londres. Blanc comme innocence, fiançailles, virginité… Sophie tapa du pied, exaspérée.

L'or n'était pas virginal. Quel était le titre de la pièce qu'elle avait vue, la semaine précédente ? *Éros vaincu ?* Non, pas ça. *Cupidon battu ?* Non, c'était Éros, pas Cupidon. Cupidon était le dieu de l'Amour, Éros celui du Désir. En tout cas, Éros portait une courte toge d'or pâle, tandis qu'il traversait la scène en visant les gens de ses flèches dorées. La pièce était terrible, l'une de ces tragédies dans lesquelles une pieuse jeune femme tombe amoureuse d'un libertin, par la faute d'Éros. À la fin, elle se jetait – de façon fort peu convaincante, aux yeux de Sophie – du haut d'un pont.

Voilà ce dont elle avait besoin, se dit-elle. Un petit dieu vêtu d'une tunique assortie à sa robe, qui planterait une flèche dans le cœur de Patrick Foakes. Quoique... Maintenant qu'elle y repensait, il avait fait exactement cela avec le libertin de la pièce... Et l'homme avait sans scrupule abandonné l'héroïne et son bébé.

Sophie eut un petit sourire. Elle ne craignait pas que Patrick manquât de désir pour elle – elle le lisait dans son regard, qui s'assombrissait quand il la voyait. Donc, elle n'avait pas besoin d'Éros, mais de Cupidon... Voilà. Cupidon vêtu d'une tunique d'un blanc virginal, qui transpercerait Patrick Foakes de sa flèche. Car une chose était certaine : les libertins ne tombaient jamais amoureux, et lorsque cela leur arrivait, c'était pour peu de temps.

Elle respira un bon coup. Le rêve que Patrick tombât amoureux d'elle n'était pas réalisable. Quoi qu'il attendît d'elle, ce n'était pas le mariage. Certes, elle le verrait ce soir, mais ce serait à l'occasion de ses fiançailles avec un autre homme.

Malgré tout... son cœur chantait. Même sa chevelure, qui tombait librement dans son dos en boucles élaborées, rêvait de ses caresses...

Le carrosse s'arrêta brutalement devant la demeure des Sheffield, les chevaux se cabrèrent, battant l'air de leurs sabots avant de retomber sur le sol dans un tintement de harnais.

— Vaudrait mieux que le maître te voie pas jouer comme ça avec les chevaux, André, fit remarquer le valet de pied qui se tenait à côté du cocher.

Il bondit à terre pour ouvrir la portière. Tout le monde savait que la jeune fille ne se plaindrait jamais d'un trajet aussi mouvementé, mais la douairière était sévère, quand elle le voulait.

Sophie était cependant un peu endolorie. Son épaule avait heurté la paroi, et elle avait été projetée entre les deux sièges. Elle accepta l'aide du domestique pour descendre du carrosse.

— Philippe, dit-elle, voudriez-vous informer André que j'ai l'impression d'être une jatte de crème que l'on a voulu transformer en beurre ?

Philippe dissimula un sourire.

— Certainement, madame, je lui transmettrai le message.

Elle monta vivement les marches de marbre de Sheffield House et s'arrêta pour sourire au majordome qui lui ouvrait la porte.

— Comment allez-vous, McDougal ?

— Ah, lady Sophie, vous êtes particulièrement en beauté, ce soir !

Elle lui tendit sa pelisse de velours et lui lança un regard interrogateur.

— Vous trouverez la comtesse dans ses appartements, précisa-t-il.

Il la regarda disparaître dans l'escalier. Une gentille jeune femme, cette lady Sophie, songea-t-il. Menue et frêle comme une fée, mais son sourire... son sourire aurait réchauffé la lune.

Quand Sophie fit irruption dans la suite de Charlotte, celle-ci était assise à sa coiffeuse, et elle se retourna, épanouie.

— Sophie ! Comme c'est gentil d'être venue si tôt !

— Ne vous levez pas, ma chérie, dit Sophie en posant un baiser sur la joue de son amie. Je vois que Marie s'est lancée dans une coiffure compliquée.

La caméraste créait un chignon composé de tresses, de rubans et de fleurs.

— Bonsoir, Marie, dit aimablement Sophie.

— Mon Dieu ! s'écria la servante. Votre robe !

La robe de la jeune fille s'était froissée lorsqu'elle avait été malmenée dans la voiture. Marie alla sonner.

— On va s'en occuper tout de suite, lady Sophie. Ôtez-la. Tenez, ajouta-t-elle en lui tendant un peignoir de soie. Mettez cela en attendant.

Elle l'aida à passer la robe délicate par-dessus sa tête, puis Sophie enfila le déshabillé dont elle releva les manches, avant de s'asseoir au bord du lit.

— Comment vont les filles, Charlotte ?

— Très bien, sauf que Pippa a décidé que tout le monde devait lui obéir. C'est un despote en herbe.

— Elle a toujours été comme ça ! répliqua Sophie en riant. Rappelez-vous comme elle chassait toutes les nurses, les unes après les autres... et elle avait seulement un an ! Quel âge a-t-elle, maintenant ? Deux ans, trois ? Attendez un peu qu'elle en ait seize !

— Vous n'avez pas tort, admit la jeune femme.

— Regardez, Charlotte. Vous êtes une géante, comparée à moi.

Les manches du peignoir ne voulaient pas rester relevées, et elles couvraient les mains de Sophie.

Charlotte fit la grimace.

— C'est vrai, je me sens géante quand je marche près de vous. Une vraie perche.

— Non ! Vous avez l'air d'une princesse et moi de votre page, rectifia Sophie, ses yeux bleus pétillant d'amusement.

— Bravo ! Je vous retrouve ! s'écria Charlotte.

— Que voulez-vous dire ?

— Vous semblez de nouveau heureuse. Vous paraissiez si fragile, ces dernières semaines... Comme une personne qui a pris une décision difficile et se demande si c'est la bonne.

— Vous n'y allez pas par quatre chemins ! dit Sophie qui croisa le regard de son amie dans le miroir.

Charlotte pivota sur son tabouret, sans se soucier de Marie qui marmonnait en ramassant des épingles sur le tapis.

— Vous êtes sûre de vous, Sophie ? Absolument sûre ?

Sophie acquiesça, affrontant son regard sans broncher. Charlotte poursuivit :

— Parce que... eh bien, Braddon est charmant, naturellement, mais il n'est pas très...

— Beau ? Intéressant ? Intelligent ? suggéra Sophie avec une petite grimace.

— Comment pouvez-vous l'épouser ? éclata enfin son amie. Vous ne comprenez pas qu'il vaut mieux se marier avec quelqu'un de séduisant, d'intelligent ?

— Je ne veux pas me marier avec votre beau-frère, Charlotte, expliqua patiemment Sophie. Reconnaissez que je suis la seule à savoir ce qui est le mieux pour moi. Je refuse d'épouser un libertin.

— Mais Braddon *est* un libertin ! Je me rappelle fort bien ce que vous m'avez dit un jour : il a plus de maîtresses qu'un avocat n'a de causes à défendre !

Une étincelle amusée passa dans les yeux de Sophie.

— Je me moque du nombre de ses maîtresses. Je l'aime bien. Il est fiable. Ce n'est pas un sentimental, et il sera discret dans ses aventures extra-conjugales. Il me l'a promis lui-même.

— Vous voulez dire que vous avez parlé de ses liaisons ?

Charlotte était fascinée et horrifiée à la fois.

— C'est lui qui a abordé le sujet, et j'avoue en avoir été un peu surprise. Mais voilà comment sera notre union : calme, raisonnable, amicale. Je veux du calme. Ce n'est pas ce que vous souhaitiez, alors Alex et vous êtes parfaitement heureux ensemble. Moi, je tiens à un mariage où aucun des deux partenaires ne sera aveuglé par la passion. Vous vous rappelez comment Alex s'est conduit, vis-à-vis de vous ?

Elle hésita un instant avant d'ajouter :

— Quand vous avez été obligée de partir en *Écosse* ?

— Inutile de montrer autant de tact, ironisa Charlotte. Je vous l'accorde, Alex s'est comporté comme un monstre. Mais tout cela est du passé, et maintenant...

Charlotte se contempla dans le miroir, tandis que Marie tressait un ruban de satin dans une mèche de ses cheveux. L'évocation de son époux lui faisait monter le rose aux joues.

— Je sais ce que vous voulez dire, reprit Sophie avec dans la voix un curieux mélange d'indifférence et de désespoir. Mais le grand amour, ce n'est pas pour moi. Vous aimeriez que je connaisse votre bonheur, cependant chacun trouve son bonheur où il le peut. Pour moi, épouser un homme pour lequel j'éprouverais la passion que vous éprouvez pour Alex ne me paraît pas indispensable. Vos parents sont heureux, pas les miens.

Elle empêcha Charlotte d'intervenir en poursuivant rapidement :

— Je ne voulais pas me montrer indiscrète sur le mariage de vos parents, mais tout le monde est au courant de ce qui existe entre les miens. Il ne se passe pas un mois sans que mon père apparaisse dans le *Morning Post*, sous un pseudonyme ou un autre. Ma mère n'engage pas une seule Française âgée de moins de soixante-dix ans. Ce qui signifie que nous avons remercié plus de servantes que votre mère n'en a engagé dans toute sa vie !

Charlotte soupira. La logique de son amie était imparable, mais elle se trompait tout de même.

— Je ne vois pas ce que viennent faire vos parents dans le choix entre Braddon et Patrick.

— J'aime bien Braddon, répéta Sophie. Jamais je ne tomberai amoureuse de lui, donc je ne deviendrai pas aigrie, comme ma mère, s'il s'occupe davantage de ses maîtresses que de moi. Avec Patrick... ce serait différent.

— Vous savez qu'il sera là, ce soir ?

Sophie releva vivement la tête. Elle avait jusque-là contemplé sa mule dorée en agitant nerveusement le pied.

— Oui.

Dans les profondeurs de son regard, Charlotte discerna une douloureuse confusion, qui lui arracha un sourire. Peut-être toutes les belles théories de Sophie n'avaient-elles pas d'importance. Si elle trouvait un moyen de les jeter dans les bras l'un de l'autre, ce soir...

On frappa à la porte, et une servante entra en tenant la robe dorée sur ses bras tendus, comme une offrande à une déesse païenne.

— Madame...

Elle esquissa une raide révérence.

— Mon Dieu, Bess ! intervint Marie avec l'autorité d'un membre estimé du personnel, juste au-dessous du majordome et du valet personnel du comte. Tu devras apprendre à être plus gracieuse, si tu veux devenir camériste. Allons, file !

Bess ne se le fit pas dire deux fois.

— Venez, lady Sophie.

La jeune fille se leva, et Marie commença par humecter rapidement sa chemise arachnéenne afin qu'elle colle à ses jambes, puis elle passa la robe en prenant soin de ne pas abîmer sa coiffure.

La soie chuchota en tombant doucement autour de son corps. Elle sentait bon la fleur d'oranger et la chaleur du fer.

— Parfait ! s'écria Marie, satisfaite, après avoir attaché les boutons au dos. Si vous voulez bien m'accorder une minute, le temps que je termine la coiffure de ma maîtresse, je m'occuperai de mettre de l'ordre dans vos boucles.

— Quelle jolie robe ! commenta Charlotte.

— Merci. Elle vient de chez Valentin Carême.

Marie posa les dernières épingles dans le chignon de Charlotte, qui se leva en se sentant la tête un peu lourde. Elle s'approcha de la caméristе, qui était grimpée sur un tabouret afin de lui passer sa robe écarlate. L'un des inconvénients à être si grande !

On toqua à la porte. Marie se précipita, puis elle referma vivement la porte au nez de celui qui avait frappé.

— C'était Keating, madame. Les Heppleworth sont arrivés.

Charlotte tendit son poignet, auquel Marie attacha un bracelet de rubis.

— C'est ravissant, Charlotte ! s'écria Sophie.

Le rouge des pierres rehaussait celui de la robe, et mettait en valeur la chevelure brune de Charlotte.

— Un cadeau d'anniversaire de mon amoureux, plaisanta Charlotte. Pour fêter notre vie paisible. Si nous descendions, afin d'exercer notre charme sur les hommes de l'assemblée ? *Tous* les hommes...

Sophie jeta un coup d'œil dans le miroir et tira sur son corsage de façon qu'il cache tout juste l'aréole rose. Charlotte éclata de rire.

— Vous ne pourriez être plus séduisante, Sophie !

— Ma foi, répondit la jeune fille, les yeux scintillants de malice, je ne vois pas pourquoi je n'intéresserais pas les hommes de la soirée. Je ne suis que fiancée, pas encore morte !

— Vous êtes tellement française, parfois !

— J'aime bien être française, le soir. On peut être anglaise toute la journée, particulièrement pour monter à cheval. Et s'habiller ensuite comme une Française, penser comme une Française, à partir de six heures.

Charlotte réfléchit tandis qu'elles descendaient l'escalier.

— À quel point serez-vous française, une fois mariée ? demanda-t-elle enfin.

Sophie lui adressa un regard rieur.

— Vous cherchez à savoir si je serai fidèle à mon époux ?

— Oui.

— Je le serai, parce qu'il est bien trop compliqué de se lancer dans des liaisons illicites. Je flirterai, bien sûr, et j'aurai un chevalier servant attitré. Une dame mariée doit avoir des admirateurs. Mais je n'ouvrirai ma chambre à personne. Quel intérêt ?

Elle eut un délicieux haussement d'épaules.

Ce geste était typiquement français, se dit Charlotte. Mais l'ignorance de la jeune fille sur les plaisirs de la chair était bien britannique. Elle sourit. Si Patrick ressemblait à son jumeau sur ce plan, il saurait lui faire comprendre ce qu'elle perdait en portant la bague de Braddon à son doigt.

Une fois en bas, elles se dirigèrent vers le salon jaune, où les attendaient les invités.

— Magnifique ! souffla Sophie. Cette pièce s'harmonise parfaitement à ma robe.

Elle avait raison. Le salon jaune avait des tentures ambre pâle, le tapis était un peu plus sombre, ce qui mettait merveilleusement sa toilette en valeur.

Patrick n'était pas encore arrivé. Sophie avait développé un sixième sens, en ce qui le concernait, et elle n'avait pas besoin de regarder pour savoir qu'il n'était pas là.

Braddon se précipita vers elle, et elle fit la révérence. Il s'inclina. En se redressant, il tira machinalement sur son gilet, qui avait tendance à remonter sur sa bedaine naissante. Sophie baissa poliment les yeux.

Braddon salua Charlotte, avant d'offrir son bras à sa fiancée d'un air important. Ce soir, il allait présenter officiellement sa future épouse à sa famille, et il avait soigneusement étudié la hiérarchie à respecter.

— Mère d'abord, murmura-t-il en l'entraînant vers l'autre bout de la pièce. Puis mes sœurs, et enfin ma grand-mère, parce qu'elle a un caractère épouvantable, mais elle est aussi duchesse, alors...

La famille de Braddon était bien connue, et seuls les indulgents la traitaient de « difficile ». Les autres disaient carrément que la comtesse de Slaslow était une mégère. Mais Sophie avait survécu vingt ans sous les sèches réprimandes de sa propre mère, aussi ne se laissait-elle pas troubler aisément.

Braddon s'arrêta devant sa mère, sur la pointe des pieds, comme s'il s'apprêtait à s'enfuir le plus loin possible. La comtesse parut jeune à Sophie, pour une personne affublée d'une telle réputation. Miraculeusement, elle n'avait pas de rides, malgré ses cinquante ans bien sonnés.

Sophie plongea dans une respectueuse révérence.

La comtesse se leva.

— Lady Sophie, dit-elle d'une voix mielleuse mais assez forte pour qu'on l'entendît dans tout le salon, nous vous sommes infiniment reconnaissants de tirer notre pauvre Braddon de son triste état de célibataire.

Elle jeta un regard noir à son fils, qui recula légèrement.

— Savez-vous que plus de trois jeunes filles ont déjà refusé de l'épouser ? Où avaient-elles la tête ? Mais elles étaient très jeunes. Il fallait une personne plus mûre pour apprécier les brillantes qualités de notre Braddon.

Bien joué ! songea Sophie. En deux phrases, la comtesse était arrivée à faire passer Braddon pour un benêt, et elle pour une vieille fille au désespoir.

— En effet, murmura-t-elle.

Elle n'avait aucune envie de se disputer avec la mère de son fiancé.

— Et comment se porte votre chère maman ? demanda la comtesse avec un sourire empoisonné.

— À merveille, je vous remercie. Elle ne va pas tarder, j'en suis certaine.

— Pauvre chère, reprit Prudence Chatwin. Nous savons tous quel fardeau elle doit porter. Votre père... Mais, motus et bouche cousue !

La jeune fille se mordit la lèvre.

— Il faut que je vous présente à mes sœurs, dit vivement Braddon. Excusez-nous, madame.

Sophie traversa lentement le salon. Elle avait besoin de se remettre, avant de rencontrer les sœurs de Braddon.

— Elle ne peut pas s'en empêcher, expliqua celui-ci, embarrassé. Elle dit tout ce qui lui passe par la tête, et...

— Et ce qui lui passe par la tête est toujours désagréable à entendre.

— C'est vrai. Mais cela ne signifie pas qu'elle désapprouve mon choix, précisa-t-il en tapotant maladroitement le bras de sa compagne. Elle m'a répété cent fois, la semaine dernière, qu'elle n'aurait jamais cru que je me débrouillerais si bien. Seulement, elle ne se rend pas compte de ce qu'elle dit, ou elle ignore l'effet que ses paroles produisent, enfin, quelque chose comme ça... Et je n'ai pas été rejeté par plus de trois femmes ! conclut-il, indigné. Deux seulement. Vous, vous avez accepté de m'épouser.

Sophie sourit devant ce discours embrouillé.

— Ma mère n'est guère plus tolérante, dit-elle.

Mais elle n'a rien à voir avec ce dragon, ajouta-t-elle en son for intérieur.

Elle saluait la deuxième sœur de Braddon, quand elle perçut soudain la présence de Patrick. Trois femmes qui se tenaient près de la porte eurent des rires émoustillés, et elle se raidit. Elle ne se retournerait pas ! Elle sourit aimablement à la jeune personne qui se trouvait devant elle. Margaret avait de toute évidence tenté de discipliner sa chevelure en semblant de chignon, mais de petites mèches raides tombaient autour de son visage.

— Lady Sophie, grinça-t-elle, combien d'enfants avez-vous l'intention de donner à notre chef de famille ?

Sophie recula d'un pas, légèrement inquiète.

— Euh... je ne sais pas. Ce sera à la grâce de Dieu.

Le regard de Margaret s'adoucit.

— Les enfants sont le plus grand cadeau de Dieu. En tant que chef de famille, le comte de Slaslow se doit d'avoir au moins cinq, voire six enfants. On ne sait jamais...

Elle plissa les yeux, fixant la taille de sa future belle-sœur.

— Évidemment, je vous ai déjà vue danser, cependant je n'avais jamais pensé à vous sous cet angle...

Sophie tourna vers son fiancé un regard interrogateur, mais Braddon l'évita.

— Vous avez les hanches larges, décréta Margaret, son examen terminé. Bien sûr, vous devrez faire des enfants le plus tôt possible... Votre mère aurait-elle eu des difficultés à procréer ? Vous êtes fille unique, il me semble, à moins que vous ayez perdu des frères ou sœurs ?

— Pas à ma connaissance.

Margaret pinça les lèvres.

— Allons, ne nous décourageons pas. Lorsque votre père mourra, son titre disparaîtra avec lui, lady Sophie. Je suis certaine que vous comprenez l'importance de cette question.

— En fait, le titre passera à mon cousin.

— Un cousin n'est pas un fils, la réprimanda sèchement Margaret. Je suis sûre que votre père considère que son titre est perdu.

Pour autant qu'elle sache, se disait Sophie, son père se moquait du titre. S'il avait voulu un fils, il aurait honoré son épouse au-delà du deuxième mois de leur mariage. Du moins était-ce la version de sa mère.

— Il est important, continuait Margaret, de commencer dès que possible. Vous n'êtes pas toute jeune, et les grossesses sont plus difficiles, passé un certain âge.

Sophie sentait la chaleur grimper le long de sa colonne vertébrale.

— Je n'ai pas encore vingt ans, fit-elle remarquer un peu froidement. Je pourrai donner à Sa Seigneurie huit ou neuf sources de joie.

Elle adressa à son futur mari un sourire de pure forme.

— Excellente attitude ! approuva Margaret. J'ai moi-même donné un enfant à mon époux neuf mois tout juste après notre mariage, et je me félicite d'en avoir eu sept autres, en à peu près autant d'années.

— Grand Dieu ! murmura la jeune fille.

Une voix amusée intervint :

— Lady Sophie ne pourrait mieux choisir son modèle, madame Windcastle. Je suis certain qu'elle sera une très... fertile partenaire pour notre cher vieux Braddon.

Ce dernier jeta un regard de reproche à son camarade.

— Pardon, pardon, dit Patrick, une lueur malicieuse dans les yeux. « Fertile » fait un peu trop penser à une jument.

— Pas du tout ! s'écria Margaret. Je ne vois pas pourquoi il serait indécent de parler d'enfants. Trop de jeunes femmes redoutent les grossesses, et qu'arrive-t-il ? La lignée de leur époux disparaît. Leur titre disparaît. Imaginez qu'il n'y ait plus de comte de Slaslow ! conclut-elle d'un ton mélodramatique.

— En effet, répliqua Patrick d'une voix de velours. Lady Sophie pourrait être opposée à l'idée d'avoir des enfants, et ce serait alors un désastre pour les Slaslow...

Braddon tira sur son gilet en regardant sa fiancée, qui semblait ravaler un fou rire.

— Allons saluer ma grand-mère.

Margaret souriait de toutes ses dents.

— En fait, lady Sophie vient de nous avouer qu'elle désirait huit ou neuf enfants.

— Huit ou neuf ? répéta Patrick, moqueur. Mon Dieu, et moi qui craignais que lady Sophie ne soit qu'une poupée de salon !

La jeune fille ne put s'empêcher de sourire.

— Pas du tout, dit-elle, singeant Margaret. J'ai toujours souhaité avoir dix enfants – c'est un chiffre tellement *rond* ! Mais, compte tenu de mon âge avancé, je devrai me contenter de neuf.

— Bravo ! s'écria Patrick. J'aime les femmes qui n'ont pas peur d'assumer leurs devoirs. Pas toi, Braddon ?

Celui-ci contemplait Sophie d'un air horrifié. Neuf enfants ? Elle avait bien dit « neuf » ? Aurait-il demandé la main d'une poulinière dans le genre de sa sœur ?

— J'ai hâte d'être une vieille dame, déclara Sophie, doucereuse. Les attentions masculines sont parfois tellement... ennuyeuses. Ne trouvez-vous pas, Margaret ? Je peux vous appeler par votre prénom, puisque nous allons devenir sœurs.

Margaret sourit.

— Certainement, ma chère Sophie.

— Oui, les hommes sont souvent lassants. La façon dont ils supplient, dont ils implorent...

— Supplier et implorer ? s'enquit Patrick avec un sourire diabolique.

— Exactement. Supplier et implorer.

Braddon prit la main de Sophie et la posa au creux de son bras.

— Il est temps d'aller voir ma grand-mère. Excusez-nous, Margaret, Patrick...

Sophie ne put résister davantage. Elle adressa son plus beau sourire à la *fertile* Mme Windcastle, puis elle lança un coup d'œil à Patrick... un coup d'œil franchement provocant entre ses cils.

Le regard qu'il lui rendit était plus un ordre qu'une prière, et il n'avait certainement rien de suppliant ni d'implorant. Elle frémit de tout son être tandis qu'il s'attardait sur ses seins, ses jambes...

Comme elle s'éloignait en compagnie de Braddon, elle baissa les yeux sur son corsage. Elle avait l'impression qu'il avait glissé, que sa poitrine était dénudée. Mais tout était en ordre.

6

Sophie passa le dîner à bavarder avec Braddon, assis à sa droite, et un ami de son fiancé, David Marlowe, à sa gauche, en ignorant résolument Patrick Foakes. Il était placé assez loin sur la longue table, mais elle pouvait l'apercevoir quand elle tournait légèrement la tête, ce qu'elle ne s'autorisa que rarement. David, un jeune vicaire venu de la campagne pour l'occasion, était charmant.

— Vous avez du courage, si vous épousez Braddon, lui dit-il.

— Pourquoi ?

Sophie but une gorgée de champagne. Elle laissait délibérément le vin lui monter à la tête, car les petites bulles éveillaient en elle une joie un peu factice, mais bien agréable.

— Braddon était une telle plaie, au collège ! Il fallait lui enfoncer les matières dans le crâne, chaque veille d'examen. Le problème, c'était surtout ses inventions. Il a failli être renvoyé à plusieurs reprises.

— Des inventions ? répéta la jeune fille qui n'écoutait qu'à moitié.

De l'autre côté de la table, cette insupportable petite Française de Daphné Blanc flirtait outrageusement avec Patrick. Sophie se mit à tapoter le sol du bout du pied, en voyant Daphné se pencher vers le jeune homme et caresser son bras de l'épaule.

David lui parlait toujours.

— Par exemple, un jour, Braddon a décidé de se faire passer pour son oncle aux yeux de M. Woolton, l'un de nos professeurs. L'oncle de Braddon est un célèbre explorateur, et Woolton avait dit combien il aimerait le rencontrer. Alors Braddon a eu l'idée de se déguiser pour lui faire croire qu'il était l'explorateur en question, et de lui chanter les louanges de son neveu, afin de rendre Woolton plus indulgent envers lui.

— C'est absurde ! rétorqua Sophie, intéressée malgré elle. Quel âge avait-il ?

— Treize ou quatorze ans, dit David en riant. Croyez-moi, nous avons tout tenté pour l'en dissuader, mais Braddon ne voulait pas en démordre. Il adorait le théâtre, c'est d'ailleurs la raison pour laquelle…

Il se mordit la langue. On ne racontait pas à une dame que son futur époux choisissait généralement ses maîtresses parmi les actrices !

— C'est la raison pour laquelle… ? insista Sophie, curieuse.

— C'est pourquoi tant de ses plans comportaient un élément théâtral, se rattrapa David.

— Comment cela s'est-il passé avec M. Woolton ?

— Braddon est allé sur High Street acheter un vêtement invraisemblable, un manteau noir avec une grande bande rouge en bas. Absolument ahurissant, mais il affirmait que c'était une tenue d'explorateur. Et il s'est collé barbe et moustache sur le visage.

— Alors ?

— Ça a été un désastre. Woolton l'a sûrement démasqué à la première seconde, bien que Braddon ait prétendu qu'il lui a offert un café, et que la comédie a capoté seulement lorsqu'il lui a demandé où il avait acheté son manteau. Braddon a répondu que c'était un cadeau de la tribu des Trigelloos qui vivait sur un sommet des Alpes.

Sophie se tourna vers son fiancé, qui discutait à grand renfort de gestes avec sa voisine, miss Barbara Lewnstown.

— J'ai du mal à y croire, dit-elle à David. Jamais je ne l'aurais pensé doué d'une telle imagination !

— Oh, ce n'était pas lui qui avait mis les détails au point, avoua le jeune homme. Tout venait de Patrick. Il inventait des tas d'aventures, censées s'être déroulées en Afrique ou dans les Alpes, et Braddon devait les rapporter à M. Woolton... Malheureusement, la sœur de notre professeur tenait une boutique sur High Street, et c'est elle qui avait vendu le manteau à Braddon. Woolton l'y avait sans doute remarqué En tout cas, il l'a fort mal pris, et Braddon a été renvoyé pendant trois semaines.

— Seigneur ! s'écria Sophie. Votre scolarité me semble beaucoup plus amusante que la mienne !

— Le collège était ennuyeux, mais Braddon avait sans cesse de nouvelles inventions, et Patrick, ce chameau, l'encourageait. À eux deux, ils mettaient au point des projets invraisemblables.

Sophie risqua un coup d'œil de l'autre côté de la table, mais elle s'aperçut avec horreur que Patrick la regardait d'un air amusé. Elle se sentit rougir et se retourna vers David.

— J'imagine fort bien Patrick Foakes en train de se lancer dans ce genre de mensonges !

Pourquoi oubliait-elle sans cesse qu'il était le pire des libertins, exactement le genre de personne qu'elle ne voulait pas fréquenter ?

— Il ne s'agissait pas de mensonges, rectifia David. En fait, Patrick est d'une honnêteté au-delà de tout soupçon. Je l'ai entendu cent fois se disputer avec Alex au sujet des mensonges. Il hait le mensonge. Il se mettait en colère si Alex racontait le moindre bobard, fût-ce pour échapper à une leçon de musique.

À cet instant, Charlotte se leva, indiquant que les dames devaient quitter la salle à manger. Sophie se joignit à elles.

Une fois qu'elles furent réunies dans un petit salon, Charlotte tapa dans ses mains.

— Si nous dansions ? proposa-t-elle.

Les plus jeunes applaudirent avec enthousiasme, et même la mère de Sophie concéda que ce serait acceptable.

Aussi, quand les hommes se levèrent à leur tour, on les conduisit dans le jardin d'hiver. Enveloppés d'un agréable parfum de cigare et de cognac, ils trouvèrent les dames en train de donner des ordres aux domestiques qui roulaient les tapis, poussaient fauteuils et sofas contre le mur.

Charlotte avait considéré qu'ils seraient perdus dans l'immense salle de bal, mais une dizaine de couples convenait parfaitement à ce salon. Et comme il faisait particulièrement doux pour la saison, elle fit ouvrir les portes-fenêtres, tandis qu'on allumait des torches sur la terrasse.

Le comte de Sheffield lui-même ouvrit des yeux étonnés. Où son épouse avait-elle déniché des torches de cette taille ? Et pourquoi ne lui avait-elle pas parlé des douze musiciens qui accordaient leurs instruments à un bout de la pièce ?

— Je suis sûre que vous appréciez mon idée, Alexander chéri, lui dit Charlotte avec une gracieuse révérence.

Il salua en retour, mais lorsqu'il se redressa, il la souleva dans ses bras et l'emporta hors de la pièce.

Quelques dames poussèrent un petit cri scandalisé, mais Charlotte se contenta d'un joyeux éclat de rire. La mère de Sophie frémit d'indignation, avant de reprendre la conversation avec son futur gendre.

Dans le hall, Alex laissa glisser sa femme jusqu'à ce qu'elle pose les pieds par terre.

— Qu'avez-vous derrière la tête, madame mon épouse ?

Charlotte sentait les grandes mains de son mari descendre vers ses reins.

— Alex !

Des valets continuaient leurs va-et-vient.

— Essaieriez-vous d'influencer la jolie Sophie sur le choix de son compagnon ? s'enquit-il.

Les mains descendaient encore, et Charlotte sentit ses genoux faiblir.

— Pas du tout !

Alex lui mordilla l'oreille.

— D'accord, se reprit-elle. J'aimerais donner à votre frère une chance de...

— J'adore quand votre voix se voile de cette façon... Pourquoi n'irions-nous pas jeter un coup d'œil aux enfants ?

— Non !

— Si.

— Non !

Elle se dégagea.

— Vous n'êtes qu'un pervers ! dit-elle en riant. Imaginez ce que doit penser la mère de Sophie ! Vous savez combien elle est à cheval sur les convenances.

— Elle doit penser ce qu'elle a toujours pensé. Que vous m'avez dévoyé. Et si elle pouvait deviner que vous essayez de ruiner le beau mariage de sa fille, elle vous écorcherait vive, ma chérie !

— Eh bien, nous ne le lui dirons pas. J'ai besoin de votre aide, Alex. Ne souhaitez-vous pas voir votre jumeau heureux ?

— Je ne suis pas absolument certain que Sophie soit celle qu'il lui faut. Il ne montre d'ailleurs guère de goût pour le mariage.

— Ce n'est pas le problème. Ils sont sur le point de tomber amoureux l'un de l'autre. Alors, si Sophie épouse Braddon et *qu'ensuite* elle tombe amoureuse de Patrick...

Alex se frotta le menton.

— Je comprends.

— Ou si Patrick épouse une femme qui ne lui convient pas, juste par vengeance ?

Alex connaissait bien les dangers qu'il y avait à se tromper en matière de mariage !

— Que voulez-vous que je fasse ? demanda-t-il d'un ton de conspirateur.

— Que vous occupiez Braddon.

Le comte et la comtesse rentrèrent dans le salon d'hiver comme si de rien n'était, comme s'il était courant d'emporter son épouse dans ses bras en pleine soirée mondaine !

Patrick était appuyé au piano, alors que Daphné Blanc jouait un air langoureux en lui jetant un regard enamouré.

Charlotte pinça son mari.

— Vous voyez ?

Les yeux d'Alex s'assombrirent de tendresse.

— Vos désirs sont des ordres, comtesse. Comme toujours, ajouta-t-il avec un clin d'œil.

Tandis que Braddon s'inclinait devant Sophie, celle-ci remarqua que Patrick invitait miss Blanc à danser. Sophie et Braddon se lancèrent sur la piste en gardant une distance respectueuse, et la jeune fille surprit l'expression approbatrice de sa mère.

Soudain, Braddon la bouscula.

— Désolé, lady Sophie, s'excusa-t-il, un peu essoufflé. Foakes est fort mauvais danseur. Il l'a toujours été !

Sophie regarda par-dessus son épaule. Patrick ne se souciait pas des autres couples, en effet. Il tenait la main de Daphné très haut, et ajoutait aux pas traditionnels une série de tourbillons qui les menèrent au bout de la pièce. Là, il regarda sa partenaire en riant.

— J'ai la tête qui tourne, milord ! se plaignit Daphné d'un ton guindé.

Braddon s'arrêta dans un soupir de soulagement.

— Voilà ! dit-il en s'épongeant le front. Il fait chaud, ici ! Aimeriez-vous marcher un peu dehors ? Je suis certain que personne n'y verra d'objection, compte tenu de notre statut.

Sophie le regarda d'un air incertain.

— Notre statut de fiancés, expliqua-t-il patiemment.

Il était habitué à ce qu'on le comprenne mal, et n'en prenait pas ombrage.

— D'accord.

Ils se dirigèrent vers la terrasse, comme la majorité des autres danseurs. Mais quand Sophie vit Patrick accompagner miss Blanc avec sollicitude, elle se détourna.

— Venez, Braddon ! déclara-t-elle vivement.

Il la contempla avec étonnement. Déjà, elle contournait les jarres de fleurs et se dirigeait vers le jardin.

Il se précipita à sa suite.

Sophie s'arrêta à l'extérieur du cercle de lumière dispensé par les torches.

— Vous avez raison, mon cher, dit-elle en lui tapotant le bras de façon encourageante. Personne ne prêtera attention à nous, compte tenu de notre statut.

— Il fait plutôt sombre, ici, fit-il remarquer, désorienté.

Que faisaient-ils dans le jardin ? Qu'allaient penser les autres invités ?

La jeune fille s'appuya contre un arbre. Sa robe prenait des reflets dorés qui semblaient répondre à la lumière argentée de la lune.

— Aimeriez-vous m'embrasser ?

Braddon ne prit pas le temps de réfléchir.

— Non, répondit-il spontanément.

— Non ?

— C'est-à-dire... oui, bien sûr, balbutia-t-il en s'apercevant de sa gaffe.

Cela présageait mal de l'avenir !

— Enfin, je... je ne pense pas à vous sur ce plan-là, précisa-t-il, s'enfonçant davantage.

— Vous ne pensez pas à moi sur ce plan ? répéta-t-elle.

Heureusement, songea-t-il, Sophie n'était pas du genre hystérique. Elle paraissait plutôt songeuse et, en fait, elle était ravissante. Il préférait les femmes un peu plus dodues, mais Sophie York serait une fort jolie comtesse.

— Vous êtes très belle, dit-il.

— Merci, Braddon, soupira Sophie. Je crois que nous ferions mieux de rejoindre les autres.

Elle était à la fois humiliée et désarçonnée. L'homme qu'elle allait épouser ne pensait pas à elle comme à une personne qu'on avait envie d'embrasser – et celui à qui elle pensait, dans cette optique, l'ignorait totalement.

Alex apparut sur le seuil d'une porte-fenêtre et demanda en souriant :

— Puis-je vous emprunter votre bien-aimé quelques minutes, lady Sophie ?

Après avoir tiré sur son gilet et salué d'une façon un peu pataude, Braddon suivit bien volontiers son camarade, abandonnant sa fiancée sur la terrasse. Elle se dirigea lentement vers sa droite – surtout pas vers la gauche, car *il* s'y trouvait.

Lucien Blanc l'accueillit aimablement. C'était l'un de ses admirateurs préférés, pourtant elle le considéra avec une certaine froideur. N'était-ce pas sa sœur qui jouait les oies blanches, pendue au bras de Patrick ?

— Pauvre de moi ! s'écria-t-il, ses yeux bruns emplis de gaieté. J'ignore pourquoi je suis en disgrâce auprès de mon Anglaise favorite… Dites-moi que ce n'est pas à cause de vos prochaines noces, lady Sophie ! Mon cœur sera toujours à vos pieds, mariage ou non.

Elle ne put s'empêcher de sourire devant cette galanterie ostentatoire.

Lucien s'approcha davantage, et son accent rendait ses paroles plus charmantes encore.

— Vous devez savoir, lady Sophie, qu'un véritable Français ne laisserait jamais une babiole comme le mariage l'empêcher de déposer son cœur aux pieds de l'amour de sa vie.

— J'en suis certaine, répliqua-t-elle en riant. Mais, hélas, nous sommes liés par nos usages.

— Quel dommage ! Au moins, promettez-moi que vous me garderez comme chevalier servant, même une fois comtesse. Je vous…

Il fut interrompu par Charlotte qui tapait dans ses mains.

— Écoutez-moi, tous, déclara-t-elle avec entrain, terminons cette soirée par un jeu démodé, voulez-vous ? Que diriez-vous de jouer à cache-cache, ou à colin-maillard ?

— Cache-cache ! Cache-cache ! s'écrièrent plusieurs jeunes femmes.

— Entendu.

Charlotte montra un long foulard de soie écarlate.

— C'est lady Sophie qui se cache, puisqu'elle est la reine de la soirée. Celui qui la trouvera prendra le foulard et se cachera à son tour. La seule règle est de répondre sincèrement, quand on vous demande si vous avez le foulard.

Il y eut quelques questions, et Charlotte dut expliquer les règles du jeu, ainsi que ce qu'elle y avait ajouté – le foulard, par exemple. Les yeux des jeunes gens brillaient, car toutes les possibilités étaient offertes, durant ce genre de distraction.

Des valets plantèrent des torches allumées le long des allées du jardin, les transformant en chemins d'étoiles.

Charlotte noua le foulard autour du cou de Sophie et lui murmura à l'oreille :

— Allez dans le pavillon d'été.

Sans réfléchir, Sophie s'élança en courant dans une allée.

Elle se sentait malheureuse, vraiment malheureuse. Charlotte avait-elle raison, lorsqu'elle prétendait qu'épouser Braddon était une sottise ?

Une fois dans le pavillon, elle se laissa tomber sur un banc, ravie de cet instant de répit. Au loin, elle entendait la voix claire de Charlotte compter jusqu'à cent.

Non. Elle avait raison de se marier avec Braddon. Pour être tout à fait franche, ce n'était pas la réaction de son fiancé à un éventuel baiser qui la bouleversait, mais l'attitude de Patrick avec Daphné Blanc. Or en épousant Braddon, elle éviterait tout sentiment de jalousie, et c'était ce qu'elle souhaitait.

Un peu rassérénée, elle s'appuya au treillage qui recouvrait le mur. Elle envisageait d'avancer la date du mariage, car une fois qu'elle serait l'épouse de Braddon, elle cesserait sans doute de désirer le pire des libertins...

Elle ouvrit les yeux quand elle sentit que l'on tirait doucement sur le foulard.

— Oh ! Je ne vous avais pas entendu !

— Hmm...

Patrick tirait un peu plus fort, et elle baissa docilement la tête afin de le laisser prendre le foulard. Brusquement intimidée, elle croisa son regard.

— Vous rêviez aux délices du mariage ? demanda-t-il.

Elle se leva. Elle savait fort bien où tout cela risquait de les mener. Elle fit un pas en avant, mais Patrick se tenait à présent sur le seuil, un pied sur la dernière marche du porche, et il ne bougea pas.

Elle frissonna.

— Les délices du mariage... répéta-t-elle, pensive, une ombre de sourire au bord des lèvres. Est-ce si merveilleux ?

— Je le crois, répondit Patrick, imperturbable.

Dieu qu'elle était séduisante, avec sa tête penchée, ses cheveux tombant sur une épaule, son cou si blanc dans la lumière de la lune.

Il s'approcha et caressa sa chevelure.

— Que faites-vous ?

Sophie n'était pas inquiète. En fait, elle avait attendu cet instant toute la soirée. Elle sentait sa chaleur à travers le léger tissu de sa robe.

— Connaissez-vous un poème qui dit : « Vos lèvres sont rouges, douces et délicieuses » ?

Il jouait avec la soie de ses cheveux.

— Connaissez-vous ce poème, Sophie ?

— Non, murmura-t-elle.

Il lui renversa légèrement la tête en arrière, tandis que son autre main l'attirait contre son corps musclé. Elle gémit lorsqu'il posa les lèvres sur sa gorge offerte.

— « Vos lèvres sont des cerises, dont elles ont la saveur délicate », poursuivit Patrick en ponctuant ses paroles de petits baisers.

— Est-ce là l'un des « délices du mariage » ?

Sophie essayait en vain de ne pas se laisser emporter par le tourbillon de sensations qui l'envahissait.

— Entre autres.

Ses mains couraient à présent sur tout son corps, ses reins, ses hanches, la courbe généreuse de ses seins.

— Je ne crois pas...

Elle fut bâillonnée d'un baiser, un baiser autoritaire, riche de promesses. Instinctivement, elle s'ouvrit pour lui et enfouit les mains dans ses cheveux.

Quand Patrick se détacha d'elle pour tendre l'oreille en direction de Sheffield House, elle oscilla vers lui.

— Vous êtes un trésor, chuchota-t-il d'une voix un peu enrouée. Sophie...

Elle sourit.

— Un trésor dont vous posséderiez la clef ?

Il l'attira de nouveau à lui.

— C'est curieux, dit-il. Ils semblent continuer à jouer, bien que nous ayons le foulard.

En effet, Sophie entendait au loin les cris de joie des participants.

Elle revint brusquement à la réalité.

— Non ! On risque de nous voir !

Patrick cessa aussitôt de l'embrasser.

— C'est la seule chose qui vous préoccupe, n'est-ce pas ? Si on nous trouvait ensemble, vous seriez obligée de m'épouser.

Sophie ne comprit pas bien la signification de ses paroles. Le visage de Patrick était pris dans un rayon de lune qui accentuait l'ossature de son visage, l'ombre des cils sur ses joues. Elle ne put s'empêcher de le caresser.

— Vous êtes beau, murmura-t-elle.

Il se dégagea.

— Je crains, lady Sophie, que votre fiancé ne se languisse de vous.

Le ton était courtois, mais il avait les dents serrées.

Elle faillit protester, y renonça. Il avait raison.

L'expression du jeune homme se durcit, et il noua le foulard à son bras.

— J'ai été ravi de cet instant passé avec vous, comtesse. Comme toujours.

Sur ces mots, il s'éloigna.

Sophie frissonna dans la douceur de la nuit, et deux larmes roulèrent sur ses joues.

Seigneur, elle l'avait fait ! Elle avait gâché sa vie en tombant amoureuse d'un libertin... Deux larmes suivirent les premières.

Au moins, il ne saurait jamais. Personne ne saurait jamais. À partir de cet instant, elle allait s'arranger pour que tout Londres soit persuadé qu'elle était follement amoureuse de Braddon. Car si l'on devinait les sentiments qu'elle éprouvait à l'égard de Patrick, elle mourrait de honte...

En rentrant du jardin, elle rencontra deux jeunes femmes qui parlaient avec excitation de foulards et de baisers volés. Toutes les trois rentrèrent dans la demeure, mais les rires de Sophie sonnaient faux à ses propres oreilles.

Avec cette soudaineté typique du climat anglais, une averse s'abattit sur les torches, et les domestiques fermèrent vivement les portes.

Braddon, assis près de sa mère, vit arriver Sophie avec un évident soulagement.

— Milord, dit-elle en lui offrant un sourire éblouissant.

— Lady Sophie, répondit-il. Une nouvelle danse commence. Me ferez-vous le plaisir de me l'accorder ?

Comme ils se lançaient dans une série de pas laborieux, la jeune fille eut un instant de doute. Une vie entière de ce genre de distractions l'attendait. Rien ne pouvait laisser supposer que la bedaine de Braddon fondrait, après le mariage... À la vérité, il atteindrait sûrement la corpulence de son défunt père.

Elle leva les yeux vers son regard amical.

— Vous êtes-vous bien amusée dans le jardin, lady Sophie ? lui demanda-t-il. Quel jeu infernal nous a proposé lady Sheffield ! J'ai eu le foulard, un moment, mais Patrick Foakes est arrivé et il en avait un autre, tout semblable au mien ! Apparemment, elle s'est jouée de nous.

En effet, se dit Sophie. Deux foulards... Et comment Patrick avait-il pu la trouver si vite ?

— Si nous allions nous asseoir, Braddon ? suggéra-t-elle. J'aimerais beaucoup que nous parlions un peu.

Braddon fut soudain inquiet. En général, cela n'augurait rien de bon.

Quelques minutes plus tard, il était carrément en état de choc.

— Mais... mais... lady Sophie !

— Je ne peux pas attendre. Mes sentiments pour vous sont tellement forts !

L'angoisse se lisait dans les yeux de son fiancé. Elle comprit qu'il était inutile de lui répéter qu'elle voulait s'enfuir avec lui par amour. Elle baissa le ton.

— C'est ma mère, reprit-elle en posant la main sur son bras. Elle me met les nerfs à bout. Vous et moi sommes des adultes, pour l'amour du Ciel !

— Absolument.

Braddon n'était toujours pas convaincu, mais il compatissait lorsque Sophie parlait de sa mère. Ils avaient au moins ce point en commun.

— Je sais ce que vous voulez dire, confia-t-il à voix basse. Ma mère a... Mais vous la connaissez.

— Alors, enfuyons-nous !

Il secoua la tête.

— C'est impossible, ma chère. Ce ne serait pas convenable. En outre, jamais ma mère ne vous le pardonnerait, et j'en entendrais parler pour le reste de mes jours. Elle me rappelle encore souvent le jour où j'ai désobéi en allant voir un combat de coqs. Et j'avais douze ans !

Sophie se fit aussi séduisante que possible. Une moue charmante se dessina sur son visage.

— Braddon, vous n'avez tout de même pas peur de votre mère ?

— Bien sûr que si ! répliqua-t-il. Ma mère est une vieille pie terrifiante, tout le monde vous le dira.

Elle affûtait ses arguments, quand une voix sévère interrompit la conversation. La marquise de Brandenburg s'était plantée devant eux, la poitrine palpitant d'indignation.

— Cette soirée est d'un mauvais goût ! déclara-t-elle.

Sophie se tourna machinalement vers son père, mais celui-ci discutait sagement avec Sylvester Bredbeck. Il s'était d'ailleurs fort bien tenu toute la soirée, autant qu'elle pût en juger.

Braddon se leva vivement pour offrir son siège à sa future belle-mère. Celle-ci s'assit, malgré l'envie manifeste qu'elle avait de rentrer chez elle.

— Miss Daphné Blanc est introuvable, fit-elle remarquer, acide. Ainsi que le frère de notre hôte, Patrick Foakes. On les a vus pour la dernière fois dans le jardin, ajouta-t-elle avec un regard mauvais à sa fille, mais depuis, ils ont disparu.

Braddon, qui avait entendu parler de l'aventure entre Daphné et Patrick, se hâta de répondre :

— Ils ne vont pas tarder à reparaître, j'en suis certain.

Sophie fixait ses mains crispées sur ses genoux.

— À mon avis, cette jeune personne ne sera pas assez stupide pour refuser d'épouser Foakes, reprit la marquise avec agressivité.

Elle était folle de rage à l'idée que sa fille ait pu se compromettre avec un individu dont c'était le passe-temps favori.

Sophie sentit contre la sienne l'épaule réconfortante de Braddon qui avait approché une chaise.

— Patrick m'a dit que lady Sophie avait repoussé ses avances, ce que je considère comme une grande chance pour moi.

Il prit les mains croisées de la jeune fille et les secoua pour les dénouer, puis il les baisa affectueusement.

La marquise lui lança un coup d'œil approbateur. C'était un gentil garçon. En fait, il rappelait à Héloïse les jeunes gens qui la courtisaient avant son mariage.

Le cœur de Sophie s'affolait. Patrick allait se marier... avec cette chipie de Daphné !

— Maman, dit-elle, j'ai un début de migraine. Permettez-vous à lord Slaslow de me raccompagner à la maison ?

Héloïse la considéra sévèrement. Sa fille allait-elle gâcher ses fiançailles par quelque comportement hardi qui rebuterait le comte ? Mais non. Sophie était effectivement pâle, et elle semblait lasse. Elle en conçut une inquiétude toute maternelle.

— Bien sûr. Je vais chercher ton père, et nous ferons nos adieux aussi vite que possible. Je présenterai tes excuses ainsi que celles de lord Slaslow à nos hôtes, dès que je les verrai. Dépêche-toi de rentrer, et demande à Simone de te faire une tisane. Rien de tel que les tisanes de Simone pour guérir le mal de tête.

Sophie sourit, se leva et s'accrocha de ses doigts gourds à la manche de Braddon. Il était si complaisant ! se dit-elle avec gratitude tandis qu'ils traversaient le salon où les invités ne parlaient que de la disparition de Daphné, de Patrick, et de Lucien Blanc. Tout le monde pensait que Lucien avait provoqué Patrick en duel, et qu'ils échangeaient le nom de leurs témoins.

Sophie, entre-temps, songeait à une nouvelle tactique.

— Voyez-vous, Braddon, dit-elle quand ils furent installés dans leur carrosse, ce qu'il nous faut inventer, c'est un moyen d'éviter ces soirées formelles et ces ennuyeuses réceptions qui vont nous rendre fous pendant les quatre mois à venir… sauf si nous élaborons un plan intelligent.

— Un plan, répéta Braddon.

N'y avait-il pas une lueur d'intérêt dans son regard ?

— Vous pourriez vous acheter une grande cape noire, insista Sophie. Et si vous savez où en trouver, vous pourriez aussi louer une de ces fausses barbes, comme en portent les acteurs.

— Bon sang ! s'écria Braddon, tout excité. Je connais une adresse. Mais dans quel but ?

— Pour notre fugue ! répliqua Sophie. Naturellement, après le mariage, nous mènerons une vie calme. Plus de mises en scène théâtrales. Ceci sera notre dernière folie… Et il nous faut simplement un plan astucieux pour la mener à bien !

Braddon soupira. Des images de perruques et de fausses moustaches dansaient dans sa tête.

— Parce que, continuait Sophie, si nous laissons nos mères régenter ce moment de notre existence, elles continueront quand nous serons mariés. La mienne m'a annoncé son intention de passer toutes ses journées avec moi, lorsque je serai installée.

— Vraiment ? dit-il d'un ton caverneux.

— Oui. Et ce sera encore pire avec des enfants. Nos deux mères seront sans cesse chez nous… Il faut absolument avancer vers la liberté.

Braddon était un peu perdu. Que venait faire la liberté dans cette histoire ?

— Je ne comprends pas pourquoi j'aurais besoin d'une grande cape noire.

— C'est pour que personne ne vous reconnaisse, quand vous m'enlèverez. Les gens ne font attention qu'aux habits. Avec une cape et une fausse barbe, vous pourriez être n'importe qui.

Il y eut un silence.

— C'est sans doute vrai, reprit-il, mais je ne vois toujours pas pourquoi…

— Si nous ne nous enfuyons pas, coupa Sophie, autant ne pas nous marier du tout. En vérité, si vous ne vous présentez pas chez moi demain à minuit, jamais je ne vous épouserai, Braddon Chatwin !

Contrarié, il se dit que sa fiancée avait finalement un côté hystérique. Et elle allait froisser le velours de sa veste, tant elle lui serrait le bras.

Cependant, il redoutait la réaction de sa mère, si elle apprenait que Sophie avait rompu leurs fiançailles. Et puis, il s'imaginait déjà en train de se grimer, de se coller une fausse barbe sur le visage. C'était tellement amusant ! Personne ne le considérait avec condescendance, personne ne le traitait d'idiot, lorsqu'il était déguisé.

— Inutile de vous énerver, dit-il enfin. Entendu, je viendrai.

Sophie sentait qu'il fallait conclure rapidement, avant qu'il ait le temps de se ressaisir, ou d'en parler à l'un de ses amis.

— Je vous attendrai demain, déclara-t-elle. Demain à minuit. Mais surtout, n'en parlez à personne, cela ferait tout rater. Je m'arrangerai pour avoir une échelle sous ma fenêtre. Quand vous arriverez, dans votre grande cape noire, vous grimperez jusqu'à moi, et vous m'enlèverez.

Braddon était fasciné par l'idée de monter l'échelle, sa cape flottant au vent, et d'emporter une femme dans ses bras puissants ! Et puisque de toute façon il allait épouser Sophie, à quoi bon tergiverser ?

— D'accord, dit-il. Minuit.

La voiture s'arrêtait, et le valet de pied vint ouvrir la portière. Braddon descendit en se sentant plus viril que jamais. Il tendit la main à Sophie, qui la pressa avec confiance. Sur l'escalier de marbre, elle s'immobilisa une marche au-dessus de lui, afin d'être à sa hauteur.

— Vous êtes mon héros, murmura-t-elle.

Émerveillé, il se pencha pour effleurer respectueusement ses lèvres, avant de remonter en voiture.

Sophie pénétra chez elle, lasse mais satisfaite. Quelle importance, si Patrick Foakes épousait cette Française qui s'était jetée à sa tête ? Une fois mariée, elle ne penserait plus à lui, ni à ses yeux troublants, ni à ses mains caressantes.

Plus jamais !

À Sheffield House, un vent d'excitation parcourut le salon lorsqu'on vit entrer Patrick Foakes en compagnie de son frère, le comte. Miss Daphné Blanc n'avait toujours pas reparu.

Barbara Lewnstown, qui se targuait d'être la meilleure amie de Daphné, l'imaginait déjà mariée avec l'honorable Patrick Foakes.

— Patrick, s'écria-t-elle, où est ma très chère Daphné ?

Il semblait singulièrement indifférent quand il répondit :

— À peine étions-nous dehors qu'un insecte l'a piquée sous l'œil. Cela s'est mis à enfler de façon fort disgracieuse, et Charlotte l'a emmenée afin de lui appliquer un onguent.

Il ne paraissait pas touché par le sort cruel qui frappait Daphné. La malheureuse ne pourrait plus se montrer pendant une semaine, voire davantage !

7

Braddon Chatwin se réveilla le lendemain, baigné dans un délicieux parfum d'aventure. Moustaches et capes noires avaient hanté ses rêves.

Puis la mémoire lui revint. Lady Sophie voulait qu'il l'enlève, elle tenait à ce qu'il se déguise, elle menaçait de ne pas l'épouser s'il ne se montrait pas à minuit... Péniblement, il essaya de dénouer les fils de cette histoire.

À la lumière du jour, cela ressemblait à une histoire de fous. S'ils se réfugiaient à Gretna Green, tout le monde penserait qu'ils avaient couché ensemble. Heureusement, se dit Braddon avec satisfaction, ce n'était pas à cela qu'elle pensait. Les jeunes femmes bien nées ne connaissaient rien au sexe, aussi Sophie ignorait-elle ce qui se raconterait au sujet de leur fugue. Mais, étant donné que rien ne les empêchait de se marier sagement à St. George quatre mois plus tard, les gens tireraient des conclusions désagréables. Ce n'était pas comme s'il s'agissait d'un mariage d'amour.

Il sonna pour avoir son chocolat chaud et croisa les bras sous sa tête. Ce qu'il fallait, maintenant, c'était qu'il élabore un plan de génie pour berner sa future épouse. En d'autres termes, un plan qui déjoue le sien, car pour rien au monde il ne ferait quelque chose d'aussi absurde que de partir se marier en Écosse, quand il n'y était pas du tout obligé !

En outre, le voyage prendrait au moins deux ou trois jours à l'aller, et autant au retour. Se rendre en Écosse au mois de décembre ! Certes, il n'était pas tombé un flocon de neige, cette année. Mais il n'était pas question qu'il abandonne *sa* Madeleine, fût-ce une semaine ! La simple évocation de la jeune femme lui donnait envie de bondir hors du lit !

Il s'assombrit. Madeleine ne sauterait pas de joie, s'il allait la voir. Elle était d'une chasteté exaspérante. En fait, elle ne semblait pas du tout succomber à ses lettres enflammées, à ses cadeaux qu'elle refusait systématiquement, ou à aucun de ses efforts pour la prendre comme maîtresse à vie. Elle avait déclaré que cela ne l'intéressait pas, un point c'est tout. Il avait eu beau lui expliquer qu'une jeune fille de sa position ne pouvait espérer faire un beau mariage, elle ne paraissait pas s'en soucier.

Il se torturait l'esprit en dégustant son chocolat.

Peut-être Madeleine s'inquiétait-elle pour son avenir ? La situation de courtisane n'était pas des plus sûres, et elle ne croyait sans doute pas qu'il entendait la garder à jamais. Devait-il convoquer son homme d'affaires et lui faire rédiger un contrat qui lui assurerait une bonne rente ? Alors, elle comprendrait qu'il s'agissait d'une liaison durable, et non d'un caprice.

Le vrai problème était tout de même de faire céder lady Sophie, tout en lui laissant croire que c'était elle qui menait le jeu. S'il lui envoyait un message, elle romprait aussitôt leurs fiançailles. Braddon, affligé de trois sœurs aînées, avait connu bien des femmes hystériques, et il sentait que sa fiancée était sur le point de devenir incontrôlable. Non, il fallait qu'il se rende chez elle à minuit... mais pas pour aller à Gretna Green.

Il se leva enfin. Il n'aurait jamais dû penser à Madeleine, car il savait qu'il ne ferait rien de bon tant qu'il ne l'aurait pas vue, qu'il ne lui aurait pas volé un baiser, si toutefois son père n'était pas dans les parages de l'écurie.

Car il était attentif, ce père ! On aurait pu croire qu'il veillait sur une vraie dame, à la façon dont il reprochait à Braddon de ternir sa réputation et autres fariboles de ce genre. Braddon ne parvenait pas à lui faire comprendre qu'une fille qui habitait au-dessus d'une écurie n'avait *pas* de réputation à préserver, qu'elle devait s'en fabriquer une !

Quand Kesgrave vint l'habiller, Braddon lui fit part de son amusante réflexion, mais le majordome demeura comme toujours imperturbable, et se contenta de lui demander s'il voulait porter sa jaquette bleue.

Le jeune homme soupira. Heureusement qu'il était de bonne composition, avec tous les benêts qui l'entouraient !

— Non, Kesgrave, répondit-il. La fauve. Je vais faire une promenade à cheval.

— Avant le petit déjeuner ? s'enquit le majordome, l'air réprobateur.

Quelle plaie d'avoir des domestiques qui l'avaient connu bébé ! songea Braddon.

— Je sors, insista-t-il, sur la défensive.

Une fois prêt, il se faufila dehors comme un enfant qui se sauve en cachette et s'engagea à cheval sur la route qui menait aux écuries du père de Madeleine.

Le vaste bâtiment était calme, à cette heure matinale. Plus tard, des hommes se grouperaient sous les grands chênes de la cour, à regarder les lads sortir des pur-sang aux impressionnants poitrails.

Il descendit lourdement de sa monture et jeta les rênes à un gamin qui rôdait dans les parages en espérant gagner un shilling.

Il se dirigea vers la grande bâtisse. Madeleine ne venait pratiquement jamais aux écuries l'après-midi, toujours à cause de sa « réputation ». Braddon s'en félicitait plutôt, car cela signifiait qu'il n'avait pas à entrer en compétition avec les hommes qui fréquentaient l'endroit.

Il avança dans le long couloir qui sentait les embrocations. Quand il y avait cette odeur, Madeleine n'était pas loin, car c'était elle qui se chargeait des petites blessures.

La jeune femme était dans la dernière stalle, agenouillée, la jambe d'une jument pliée devant elle. Elle l'avait sûrement entendu arriver, mais ne se retourna pas. Elle continuait à parler doucement à l'animal, tout en lui appliquant un onguent.

Braddon, embarrassé, se dandinait d'un pied sur l'autre.

— Milord, dit-elle sans le regarder, si cela ne vous ennuie pas, vous pourriez tenir la tête de Gracie pendant que je la soigne ?

— Comment savez-vous qu'il s'agit de moi ?

Elle lui lança enfin un coup d'œil par-dessus son épaule.

— Vous venez tous les jours à cette heure-ci, milord.

— Hum...

Le ton n'était guère aimable. Madeleine ne souhaitait-elle pas le voir ? Il vint s'accroupir près d'elle.

— Qu'est-ce qu'elle a ?

— Foulure à la jambe droite.

Braddon en profita pour se rapprocher un peu.

— Milord !

Elle semblait contrariée. Il n'y aurait pas de baiser, aujourd'hui. Mais pourquoi avait-il fallu qu'il s'amourache d'une jeune Française au tempérament de diablesse et à la moralité d'une nonne ? Elle n'était pas aussi belle qu'Arabella, la maîtresse qu'il avait volée à Patrick l'année précédente. En fait, objectivement, elle était plutôt petite et râblée.

Pourtant, son cœur battait plus vite dès qu'il la regardait. Penché vers elle, il apercevait son ample poitrine. Il risqua une main sur son épaule.

— Non !

Surpris, il croisa le regard furibond de sa bien-aimée.

— Pourquoi non ? demanda-t-il.

Elle bondit sur ses pieds, tirant sur son épaisse jupe de laine. Son accent français plus prononcé encore, comme toujours lorsqu'elle était en colère, elle s'écria :

— N'essayez pas de m'entortiller !

— Entortiller ? Vous voulez dire : embobiner.

— C'est ce que j'ai dit ! s'impatienta-t-elle.

Qu'avait-elle à faire de cet aristocrate faible d'esprit ? Comment travailler correctement quand il la suivait partout, bouche bée d'admiration, et se mettait sans cesse en travers de son chemin ?

Il saisit la jeune femme dans ses bras, si vivement qu'elle n'eut pas le temps d'appeler à l'aide avant que les lèvres de Braddon ne s'abattent sur les siennes. En même temps, il la fit sortir du box de Gracie – prouvant ainsi que, contrairement à ce que racontaient ses camarades, il était capable de faire deux choses à la fois.

Malgré elle, Madeleine se laissa aller un instant. La vie avait été si dure, ces dernières années ! C'était le paradis de se sentir en sécurité entre ses grands bras. Elle avait l'impression qu'il la protégeait de tous les malheurs.

Elle se secoua cependant et repoussa le jeune homme qui murmurait à son oreille. Encore des promesses en l'air, sûrement ! Elle en saisissait le sens global. Son soupirant était ce que sa mère aurait appelé un libertin. Il voulait la compromettre, et non l'épouser.

Il la reprit dans ses bras.

— N'ayez pas cet air triste, Madeleine. Je déteste vous voir triste.

Perplexe, elle plongea dans son regard bleu.

— Je ne suis pas triste. J'ai seulement pensé un instant à ma mère.

— Vous sembliez triste, insista Braddon.

— Elle me manque ! lâcha Madeleine contre son gré.

Elle ne voulait pas partager ses émotions avec ce dépravé.

Braddon lui baisa l'oreille.

— Un jour, vous serez mère, Madeleine, vous aurez vos propres enfants, et vous oublierez.

Elle respira un bon coup.

— Pas si vous arrivez à vos fins, rétorqua-t-elle. Vous voulez faire de moi une courtisane, or ces femmes n'ont jamais d'enfants. Elles ne peuvent pas se le permettre, avec leur mode de vie.

Il sourit. C'était le bon sens français qui parlait.

— Nous aurons des enfants, promit-il. Je l'ai su dès que je vous ai vue. Jamais je n'avais eu envie d'en avoir, auparavant.

La jeune femme s'adoucit. Il était exactement ce qu'elle désirait, ce noble anglais. Un peu sot, sans doute, mais doté d'un cœur d'or. Et puis il était rassurant, de stature imposante. Dans son esprit, un homme se devait d'être imposant. Elle saurait l'empêcher de se ridiculiser... Mais non ! Elle ne serait la maîtresse de personne, même si elle devait rester chaste toute sa vie.

Elle le repoussa.

— Partez ! Allez-vous-en !

Braddon avait du mal à comprendre. Elle avait de nouveau l'air furieux.

— Il est possible que je sois obligé de m'absenter quelques jours.

Était-elle déçue ?

— Tant mieux. Comme ça, je pourrai travailler.

Non. Elle n'était pas déçue... Il y eut un petit silence.

— Où serez-vous ? s'enquit-elle finalement.

— Il faut que je fugue. Enfin, lady Sophie veut que je l'enlève, mais pas moi. Alors je grimperai à l'échelle pour aller la chercher, mais je ne l'emmènerai pas à Gretna Green, parce que je refuse de m'enfuir. D'ailleurs, personne ne s'enfuit en hiver.

Le cœur de Madeleine battait douloureusement dans sa poitrine.

— Lady Sophie souhaite vraiment que vous l'enleviez ?

— Oui. Je ne suis pas certain qu'elle me convienne aussi bien que je vous l'avais dit. Elle a eu une crise de nerfs, hier soir, et elle a déclaré que si je ne venais pas l'enlever à minuit, elle ne m'épouserait pas.

La jeune femme, malgré le poids qui l'oppressait, faillit éclater de rire devant l'air penaud de Braddon.

— Je ne peux pas tout recommencer, Madeleine... Maddie !

Il était arrivé à la reprendre dans ses bras et lui parlait dans les cheveux.

— Il faudrait que je reparte de zéro, poursuivit-il. Que je retourne chez Almack, pour essayer de trouver une jeune fille à peu près raisonnable... Non, il vaut mieux garder lady Sophie. Je dois simplement trouver un moyen de l'enlever sans l'enlever.

Au moins, il ne paraissait pas trop attaché à sa future épouse, songea Madeleine.

— Pourquoi ne voulez-vous pas vous enfuir avec elle ?

Braddon s'éloigna légèrement, indigné.

— Je ne vous manquerais pas ? Il me faudrait une bonne semaine pour aller à Gretna Green et en revenir, à condition que nous ne soyons pas retardés. Cela risquerait même de prendre quinze jours !

— Vous ne me manquerez pas, décréta-t-elle fermement. Et vous ne serez plus le bienvenu ici, après votre mariage.

— Eh bien moi, vous me manqueriez. D'ailleurs, je ne vous crois pas. Je pense que je vous manquerais aussi. De toute façon, je n'ai pas envie de me marier si vite.

Il se laissa tomber sur une botte de paille et l'attira sur ses genoux.

Elle poussa un petit cri effarouché, puis elle se détendit. Braddon la pressa contre son torse.

— Vous allez froisser vos vêtements, objecta-t-elle.

— Sage petite Maddie !

La « sage petite Maddie » avait l'impression que son cœur était pris dans un étau.

— Pourquoi ne feignez-vous pas de vous casser la jambe ?

Elle se mordit la langue. Qu'avait-elle à se mêler de cette histoire ?

— Me casser la jambe ? Que voulez-vous dire ?

— Avec une jambe brisée, vous ne pourriez pas grimper à l'échelle, expliqua-t-elle sèchement.

Braddon considéra cette éventualité.

— Mais oui… vous avez raison, Maddie chérie ! Je vais envoyer un mot à lady Sophie pour lui dire que j'ai eu un accident.

— A-t-elle vraiment fait une crise de nerfs ?

Il fronça les sourcils.

— Presque.

— Alors, elle ne croira pas un mot de ce que vous lui écrirez. Moi non plus, à sa place. Je penserais que c'est un prétexte pour vous défiler, et que vous êtes trop vieux jeu pour vous enfuir.

Elle fut étonnée elle-même de ses paroles. Y avait-il une pointe de rancœur dans son intonation ? Elle n'avait aucun droit de s'imaginer une seconde épousant un pair du royaume ! De toute évidence, jamais Braddon n'aurait envisagé de se marier avec elle !

— À votre avis, elle ne me croira pas ?

— Elle risque de rompre vos fiançailles.

— Rompre nos fiançailles ?

Braddon était effrayé à cette idée. Il s'accrocha à Maddie en imaginant la colère de sa mère. Il se redressa.

— J'y suis ! Il faut que je me casse la jambe pour de bon ! Je vais tomber de cheval. Ensuite, je demanderai à un ami d'aller chercher Sophie en haut de cette satanée échelle, et il l'amènera à la maison, où elle verra le plâtre. Elle ne pourra plus m'en vouloir, face à l'évidence.

Madeleine soupira. Franchement, son aristocrate anglais avait bien besoin de quelqu'un pour s'occuper de lui.

— Ne dites pas de sottises ! On ne se casse pas si facilement la jambe !

— Moi, si. Ça m'est arrivé quand j'étais petit, et le médecin m'a conseillé d'être prudent car cela pouvait se reproduire n'importe quand. Il suffit que je tombe de cheval vers la gauche, sur ma jambe fragile, et le tour sera joué.

Elle fut soudain glacée.

— Et si la fracture ne se remettait pas correctement, si vous boitiez à vie ? Alors, de toute façon, lady Sophie ne voudrait plus de vous.

— Vous croyez ?

— Toutes les dames adorent danser, déclara Madeleine avec la certitude d'une personne qui n'avait jamais fréquenté la haute société. Aucune grande dame ne voudrait d'un époux qui est incapable de danser.

— Oh...

Elle ne put résister à son ton déconfit.

— Je pourrais vous fournir un plâtre adhésif...

— De quoi diable parlez-vous ?

Braddon avait renoncé à se torturer davantage, et il caressait des lèvres la délicate oreille de la jeune femme.

— Nous avons tout le matériel nécessaire, ici, pour nos chevaux. Je vous mettrai un plâtre, et tout le monde pensera que vous vous êtes réellement cassé la jambe.

Il poussa un cri de joie.

— Bravo, Maddie !

Madeleine se tourna pour l'inciter à plus de discrétion, et il en profita pour prendre ses lèvres.

Il se passa un certain temps avant qu'ils en reviennent au problème qui les intéressait...

Quarante minutes plus tard, Braddon avait la jambe gauche de son pantalon déchirée de bas en haut, songeant vaguement à la réaction de Kesgrave.

Il y eut un moment difficile, quand Braddon refusa de montrer sa jambe nue à Madeleine et insista pour mettre lui-même la première couche de bande. Elle se vengea en lui faisant un plâtre digne d'un éléphant !

En vérité, lorsqu'il sortit de l'écurie appuyé sur son épaule, il avait l'impression de s'être effectivement brisé la jambe !

— Ne pensez-vous pas en avoir mis un peu trop ? s'inquiéta-t-il.

— Oh, non ! Votre jambe était *très* cassée. Si vous étiez un cheval, nous vous aurions immobilisé.

Braddon donna quelques pièces au gamin qui veillait sur son cheval.

— Mets-le dans un box, et appelle-moi un fiacre.

Le garçon semblait curieux.

— Vous vous êtes blessé, milord ?

Braddon lui donna un shilling supplémentaire.

— Le fiacre, répéta-t-il.

— Tout de suite !

Le gamin se précipita vers la rue, laissant le cheval attaché à un piquet.

— J'espère qu'il ne l'oubliera pas là, dit Braddon qui tenait sa botte du bout des doigts.

Kesgrave le tuerait, s'il trouvait des traces de graisse sur une botte, jambe brisée ou non.

— Ne vous tracassez pas, répondit Madeleine, je vais le mettre en lieu sûr.

Il lui lança un regard tendre.

— Je vous aime, vous savez.

Elle s'immobilisa.

— Taisez-vous ! Si papa vous entendait... Vous parlez fort !

Il haussa les épaules.

— Je suis blessé, alors que pourrait-il faire ? Et puis c'est vrai, Maddie, je vous aime...

— Vous n'êtes qu'un libertin, dit-elle durement. Vous m'aimez seulement parce que je ne vous cède pas.

Ils gagnèrent la rue où un fiacre attendait, la portière ouverte.

Madeleine fit volte-face en direction de l'écurie sans un autre mot. Soudain, une idée lui traversa l'esprit, et elle se retourna.

— Il faudra que vous reveniez me voir, quand vous voudrez que l'on retire le plâtre. Sauf si vous avouez à votre valet de chambre que c'est un faux.

— Surtout pas ! Kesgrave n'a aucun sens de l'humour. Je n'en parlerai à personne. Madeleine...

Elle était face à lui, ronde, sensuelle, avec ses cheveux châtains qui prenaient des reflets dorés dans la lumière poussiéreuse de la cour.

— Merci de votre aide.

Elle eut un éblouissant sourire.

— Il est normal pour une courtisane de s'assurer que son maître ne se marie pas.

Elle éclata de rire devant l'air dégoûté de Braddon.

— Vous n'êtes pas une simple courtisane, protesta-t-il.

— Je ne suis pas une courtisane du tout ! déclara-t-elle avant de disparaître dans l'ombre du bâtiment.

De cette place, elle observa Braddon. Il montait dans le fiacre en pestant contre le plâtre trop lourd qui heurtait la portière. Heureusement qu'il ne s'était pas vraiment brisé la jambe, car cela lui aurait fait un mal de chien !

Il était bien difficile pour elle de ne pas se sentir nostalgique, en voyant la large silhouette du jeune homme se hisser en voiture. Il serait sans doute merveilleux d'être sa maîtresse...

Maddie s'ébroua. Et la pauvre Gracie ? Elle l'avait abandonnée au beau milieu de ses soins.

Pauvre Gracie, en effet ! Elle avait dévoré le reste d'onguent préparé pour sa jambe, et quand le père de Madeleine arriva, il trouva sa fille en train de morigéner la jument à grand renfort de jurons français !

8

Patrick contempla son camarade avec incrédulité, avant d'éclater d'un rire brutal, sans joie.

— C'est ta fiancée, tu vas la chercher.

Braddon le regardait d'un air suppliant. Patrick était le seul ami auquel il pût faire confiance. Il désigna sa jambe ornée de l'énorme plâtre, qu'il avait posée sur un tabouret.

— Bon sang, vieux, je ne peux pas grimper à une échelle dans cet état !

Patrick haussa les épaules.

— Alors renonce à l'enlèvement.

— C'est là tout le problème, gémit Braddon. Je ne veux pas m'enfuir ! Si tu amènes lady Sophie ici, elle verra que je suis blessé, elle comprendra que cette fugue est hors de question. Je suis dans un satané pétrin, Patrick. Il faut que tu m'aides.

— Écris-lui.

Braddon fit la moue.

— Elle me laissera tomber. Elle est un peu hystérique, tu sais. Hier soir, elle m'a dit que si je ne montais pas la chercher dans sa chambre, elle ne m'épouserait jamais... Mais au fait, j'y suis ! s'écria-t-il soudain. Je devine pourquoi tu te conduis comme un ours mal léché ! Tu vas te marier, toi aussi ? Avec Daphné Blanc, c'est ça ?

Patrick lui jeta un regard noir.

— Ne te fais pas plus idiot que tu ne l'es, Braddon.

— Je déteste quand tu prends ce ton glacial. Tu es encore plus grincheux que ton frère, et ce n'est pas peu dire. Je ne comprends pas ce qui te hérisse. Tout le monde parlait de ton escapade au clair de lune avec miss Blanc, hier soir.

— Hier soir... avant que tu t'en ailles ?

— Exactement. Tu crois que ma mère n'a pas remarqué que vous étiez partis vous promener et que vous ne reveniez pas ?

— La demoiselle a été piquée par un insecte et elle s'est mise à pleurnicher, répondit distraitement Patrick. Quand as-tu entendu parler de ce prétendu mariage ? Avant ou après que Sophie te propose une conclusion si rapide de vos fiançailles ?

— Oh, tu ne t'en sortiras pas comme ça ! protesta Braddon. Sophie a suggéré cette fugue bien avant que tu fasses scandale. Je te l'ai dit, Patrick, c'est peut-être la première fois que je suis capable de voler une femme à l'un des Foakes, mais elle m'adore positivement.

Il s'interrompit un instant, songeur.

— Au fond, reprit-il, ce n'est peut-être pas toi qui devrais aller la chercher... Crois-tu qu'elle pourrait en prendre ombrage ?

Patrick lui lança un coup d'œil irrité. Parfois, il se demandait comment son camarade n'avait pas déjà été tué vingt fois !

— Certainement, dit-il. Donc, il vaudrait mieux que tu envoies l'un de tes domestiques. En tout cas, je refuse d'y aller.

Il termina son verre de cognac.

— Impossible ! Comment pourrais-je envoyer un valet dans la chambre d'une jeune fille de sa condition, et qui doit devenir mon épouse ? Non. Il faut que ce soit toi, Patrick. J'ai envoyé un message à Alex, mais il n'est pas venu. Je suppose qu'il ne l'a pas reçu.

— Il est parti à la campagne.

— Tu vois bien ! Je préférerais que ce ne soit pas toi qui te charges de cette mission, mais je n'ai personne d'autre sous la main. David ne peut pas le faire, puisqu'il est prêtre, et en outre il n'a pas non plus répondu à mon message. Quentin, le pauvre, est encore en plus mauvais état que moi...

— Pour l'amour du Ciel ! protesta Patrick.

— Tu sais quoi ? poursuivit Braddon avec espoir. Tu mettras ma cape, mes fausses moustaches, et elle ne saura même pas qui tu es !

Patrick se resservit de l'alcool.

— Et pourquoi le ferais-je ?

— Pourquoi ? Mais au nom de notre vieille amitié, bien sûr ! Parce que tu es pratiquement mon frère, et parce que tu connais ma mère : tu n'ignores pas de quoi elle serait capable si lady Sophie refusait de m'épouser !

Patrick soupira. Braddon le regardait avec des yeux de cocker qui sait que son maître cache un os dans son dos.

Mais, après tout, puisque Sophie ne voulait pas de lui, pourquoi ne jouerait-il pas les intermédiaires pour l'homme qu'elle souhaitait épouser ?

Braddon ne cessait pas de parler.

— Regarde ! Regarde ça, Patrick !

Il sortit d'un grand sac un objet qui ressemblait à un hérisson.

— Qu'est-ce que c'est ?

— Une barbe ! Je l'ai achetée chez le meilleur costumier, Henslowe, celui qui fournit le théâtre de Drury Lane. Et il y a aussi une cape. Tiens...

Patrick fit la grimace. Si lady Sophie avait envie de ternir sa réputation par une fugue, en quoi cela le concernait-il ? En rien, absolument rien. Alors pourquoi n'irait-il pas grimper sur cette satanée échelle ?

Braddon, qui ne le quittait pas des yeux, reprenait espoir.

— Tu vas le faire ! s'exclama-t-il. Je le savais, Patrick ! Je savais pouvoir compter sur toi. Bon sang, vieux, tu es vraiment un ami ! *Mon* ami !

— Plutôt un fou, tu veux dire. Combien de temps dois-tu garder ce plâtre ?

— Une quinzaine de jours.

— Je croyais qu'il fallait six semaines pour réparer une jambe cassée, objecta Patrick.

— Tu as peut-être raison… Mais il vaudrait mieux que tu y ailles, maintenant. Sophie m'attend à minuit. Il est moins vingt.

Patrick prit le hérisson noir que lui tendait Braddon. Il se divisait en deux : une barbe et une moustache. Braddon lui remit un petit flacon.

— Tiens, voilà la colle. Tu peux te servir du miroir au-dessus de la cheminée.

Patrick déboucha le flacon et plissa le nez.

— Non ! décréta-t-il.

— Mets au moins la cape, le supplia Braddon. Il y a un capuchon. Elle ne verra pas qui tu es, pas avant que vous ne soyez dehors. Je ne veux pas qu'elle se mette à hurler et qu'elle réveille toute la maison. Elle sera probablement contrariée que ce soit toi qui viennes la chercher, plutôt que moi.

C'était peu dire !

— En plus, poursuivait Braddon, tu auras besoin de la cape pour l'envelopper, une fois sur la terre ferme. Il ne faut pas que tu salisses la réputation de ma future épouse en te montrant avec elle au beau milieu de la nuit !

Patrick eut un sourire franchement amusé.

— Tu me demandes d'aller dans la chambre de ta fiancée, de l'emmener dans une voiture, à l'insu de ses parents, et tu t'inquiètes pour sa réputation ?

Il drapa la cape sur ses épaules, et se regarda dans la glace.

— Mon Dieu, on dirait une caricature moyenâgeuse de la Mort ! Il ne me manque plus qu'une ceinture de corde et une faux.

Braddon se mordillait la lèvre.

— La réputation de Sophie ne sera compromise que si l'on vous reconnaît. Tu l'envelopperas de la cape jusqu'à la voiture, pour que personne ne puisse voir son visage. C'est-à-dire, si quelqu'un se trouve dans la rue à cette heure indue !

Patrick soupira de nouveau. La situation était du plus haut comique !

— Je suppose que tu sais ce que tu feras d'elle, une fois qu'elle sera ici ?

Braddon hocha la tête.

— Je l'enverrai chez ma grand-mère. Elle habite à quelques rues de là et séjourne actuellement à la campagne. J'ai déjà prévenu la gouvernante, qui la raccompagnera dès demain matin chez elle, sans que personne ait entendu parler de l'affaire.

La cape était immense, et Patrick se sentait infiniment ridicule. Mais ce fut seulement une fois dans le jardin des Brandenburg, devant l'échelle dressée, qu'il comprit toute l'absurdité de la situation. Il faillit battre en retraite. Cependant, comme il allait tourner les talons, il entendit une voix sourde au-dessus de lui.

— Lord Slaslow !

Il leva les yeux vers le petit visage qui pointait à la fenêtre.

— Eh bien, descendez, si vous voulez vous enfuir ! marmonna-t-il.

Il faisait un drôle de Roméo, se dit-il.

— Lord Slaslow... Braddon, je ne peux pas ! gémit-elle.

— Pourquoi ?

La jeune fille considéra la forme sombre, en songeant que la voix de Braddon était curieusement dure, pour un homme si doux. Il devait lui en vouloir de l'obliger à se conduire de cette façon scandaleuse !

— Lord Slaslow, accepteriez-vous de monter et de parler quelques minutes ? Je vous en prie...

Sophie entendit une sorte de grognement, et l'homme approcha de l'échelle à laquelle elle s'agrippa nerveusement. Et si celle-ci tombait en arrière ? Si Braddon se retrouvait au sol, réveillant les domestiques ? S'il se blessait ? Il n'était pas franchement agile.

Mais il se mouvait avec aisance, et elle se demanda en esquissant un sourire s'il s'était exercé durant la journée. Comme il arrivait aux derniers échelons, elle recula prestement et alla s'asseoir au bord de son lit. Elle avait soufflé les chandelles, et seule la lumière de la lune éclairait la chambre.

Inquiète, elle vit son fiancé passer une jambe sur le rebord de la fenêtre. Puis il l'aperçut sur le lit et s'immobilisa un instant. Elle avait l'impression de sentir son regard sur elle, bien qu'elle ne pût voir son visage sous le capuchon.

Enfin il passa l'autre jambe et sauta à l'intérieur de la chambre. Il ne dit rien, se contentant de s'appuyer à l'embrasure.

— Je suppose que vous vous demandez pourquoi je ne suis pas prête à m'enfuir avec vous... commença Sophie. La raison pour laquelle je vous ai demandé... je vous ai demandé de monter jusqu'ici, lord Slaslow, c'est que je me suis conduite comme une sotte. Vous allez être furieux contre moi, mais je ne peux pas descendre cette échelle avec vous. Ni ce soir... ni jamais.

Elle tentait de discerner le visage de Braddon, en vain. Cette cape était fort ennuyeuse !

Elle se hâta d'aller au bout de son discours.

— J'ai été terriblement malheureuse toute la journée, j'ai tourné tout cela dans ma tête. Je ne voulais pas vous envoyer un simple message, mais je ne peux pas m'enfuir. Et je ne veux pas me marier non plus.

À ces mots, son fiancé – dont la haute silhouette devenait presque inquiétante – croisa les bras.

— Pourquoi ? dit-il seulement.

— Je sais combien il est important pour vous de vous marier, à cause de votre mère, et je suis vraiment désolée, mais... ça ne serait pas bien.

Elle se tut, infiniment mal à l'aise. Néanmoins, le silence de son compagnon l'obligea à reprendre, et toutes les idées qui l'avaient obsédée au cours de la journée sortirent dans le désordre.

— Voyez-vous, j'avais cru que nous pourrions nous entendre dans le mariage, parce que... parce que nous ne nous aimons pas. Ce n'est pas tout à fait vrai, ajouta-t-elle, car je vous aime bien, Braddon... euh, lord Slaslow. Mais nous... je n'éprouve pas pour vous le genre de sentiment qu'une épouse doit porter à son mari.

Il y eut un silence.

— Non ? fit-il.

— Non.

— Ah.

Décidément, Braddon avait une voix bizarre, plus grave que d'habitude, avec un accent de velours qui la troublait. Peut-être parce que c'était la première fois qu'ils se trouvaient seuls, hormis dans le jardin. Ce souvenir la renforça dans sa détermination.

— Vous rappelez-vous quand vous avez refusé de m'embrasser, hier soir, car vous ne pensiez pas à moi « sur ce plan » ? Eh bien, un mari devrait penser à sa femme sur ce plan ! conclut-elle hardiment.

Toujours pas de réponse. Puis le jeune homme, d'un geste fluide, franchit les quelques pas qui le séparaient du lit. Sophie, malgré ses efforts, ne parvint pas à voir son visage. Il lui prit la nuque et se pencha vers elle.

— Essayons, murmura-t-il.

Et ses lèvres descendirent sur celles de Sophie, fermes, volontaires.

— Oh...

Braddon la repoussait en arrière – ou était-ce elle qui tombait toute seule ? La bouche de Sophie s'offrit spontanément, et un grand feu s'alluma en elle. Personne ne l'avait embrassée ainsi, à part Patrick. Alors, se dit-elle, il n'avait rien de spécial, ce Patrick Foakes, puisqu'un autre pouvait éveiller les mêmes sensations ! Puis elle cessa tout simplement de penser.

Patrick ne pensait pas non plus. Il tenait la jeune fille là où il en avait rêvé, sur un lit, et le plaisir grisant qu'il éprouvait ne poussait nullement à la réflexion. Il l'embrassa jusqu'à ce qu'elle tremble de désir, les doigts noués dans ses boucles brunes.

Allongé sur elle, il la couvrit de petits baisers, légers comme des ailes de papillon, qui lui arrachèrent de doux gémissements. Elle tenta de le ramener vers sa bouche, mais il continuait de la taquiner en embrassant son visage. Puis il reprit enfin ses lèvres avec passion, tout en caressant ses seins sous la chemise de nuit.

Un petit son étranglé sortit du plus profond d'elle-même, et pourtant... Pourtant, elle ne voulait pas vivre cela avec Braddon. Même s'il était capable d'éveiller son désir – ce qui la stupéfiait –, elle ne voulait pas l'épouser !

Aussi se détourna-t-elle en murmurant :

— Non...

Ses lèvres la poursuivaient, sa langue versait du feu liquide dans ses veines.

— Non, non, non...

Finalement, elle trouva la force de le repousser et s'assit, regardant droit devant elle. Son fiancé resta allongé sur le côté, le buste redressé.

— Cela ne change rien, Braddon, dit-elle, le souffle court. Je ne sais pas pourquoi... pourquoi nous faisons ça, mais je ne souhaite pas vous épouser.

Il caressait les boucles qui cascadaient le long de son dos. Comme il ne répondait rien, elle se tourna vers lui.

Et son cœur cessa de battre.

Le capuchon avait glissé, dans la faible lueur de la lune... Son corps savait déjà que ce n'était pas Braddon, mais à présent elle voyait les longs cils, les cheveux poivre et sel, la mâchoire volontaire... Son esprit assimilait ce que son corps avait deviné au premier contact.

Elle émit un soupir léger, comme celui d'une enfant endormie.

Patrick sourit, langoureux, sans cesser de caresser ses cheveux. Puis il l'attira doucement en arrière.

— Je promets, murmura-t-il à son oreille, que je pense à vous « sur ce plan », Sophie.

Il jouait de la langue avec son lobe délicat, allumant un feu au creux de ses reins. Elle se détendit quand il prit son visage entre ses mains pour l'embrasser de nouveau. Ça, c'était bien, c'était normal... Elle ne songeait plus aux déguisements, aux fugues, aux mariages ni aux fiançailles.

Lorsqu'elle promena ses petites mains sur son visage, Patrick se détendit, lui aussi. Elle s'offrait à lui avec le charme éternel de la femme qui séduit son séducteur.

Avec une sorte de râle, il roula sur elle, et elle geignit sous son poids. Il se dégagea aussitôt.

— Je suis navré, ma chérie, j'ai oublié combien vous êtes fragile.

Sophie ne prit pas la peine de répondre. Elle avait envie de sentir ce corps musclé sur le sien, et elle le prit aux épaules, lui donna ses lèvres.

Appuyé sur un genou, il partit à la découverte de son corps, dévoila ses seins.

— Sophie, vous êtes belle... si belle !

Sa bouche suivit la trace de ses mains. Elle se cambrait à présent contre lui, en chuchotant des mots incohérents qui attisaient encore son désir. Il releva sa chemise et joua avec les boucles soyeuses de son sexe.

Elle se raidit et saisit son poignet.

— Que faites-vous ?

Elle était tremblante de passion, mais aussi de peur, et il s'immobilisa sans retirer ses doigts. Elle laissa l'enivrante sensation s'imprimer en elle et leva sur lui des yeux voilés de désir.

— Je ne ferai rien qui vous déplaise, ma chérie, dit-il en déposant de petits baisers sur son visage, avant de prendre sa bouche tandis que ses doigts plongeaient en elle, lui faisant perdre la tête.

— Mon Dieu, murmura-t-elle soudain. Vous me faites l'amour…

Patrick essayait de mettre de l'ordre dans tout ce qu'il apprenait d'elle : ses caresses innocentes, le fait qu'elle sursautait chaque fois qu'il touchait un nouvel endroit de son corps, l'étonnement qu'il lisait dans ses yeux bleus… Il avait commis l'erreur de la croire aussi experte en matière de sensualité que ses paroles et ses toilettes le laissaient supposer. Il se dégagea et lui embrassa le bout du nez.

— Je vous vois à peine, ma belle. Puis-je allumer une bougie ?

Sophie le contemplait, fascinée.

— Ma femme de chambre a dit que la lune était aussi fine qu'une moustache de souris, ce soir.

Patrick se pencha pour allumer le bougeoir sur la table de chevet, puis il se rassit sur le lit.

— Vous me regardez ! dit-elle, à la fois timide et un peu contrariée.

Elle rajusta sa chemise.

— Je vous regarde comme un homme regarde la femme qu'il désire le plus au monde, répondit Patrick d'un ton léger.

Mais son regard était de braise.

Il s'était débarrassé de la cape, sous laquelle il portait une chemise à col ouvert.

— Je n'ai jamais vu un homme sans cravate, dit-elle un peu sottement.

Un sourire éclaira le visage de Patrick puis, d'un geste vif, il passa sa chemise par-dessus sa tête et la jeta à terre. Sophie écarquilla les yeux. La flamme de la bougie dansa un instant, et des ombres orangées jouèrent sur la peau bronzée, sur les muscles.

Elle ouvrit la bouche, la referma. Encouragée par le regard de son compagnon, elle risqua une main sur son torse. Quand elle effleura ses tétons, comme il l'avait fait pour elle, il prit une brève inspiration, les yeux brûlants de désir.

Elle eut un petit sourire secret, et recommença, des deux mains. Elle sentait le cœur de Patrick battre sous ses doigts.

Elle se félicitait du pouvoir qu'elle avait sur lui, lorsqu'il la saisit à bras-le-corps pour la déposer sur ses genoux. Il sentait la nuit d'été, la folie d'été qui courait dans ses veines comme le plus enivrant des vins. Il sentait l'homme. Elle retint son souffle... et attendit.

Patrick ferma un instant les yeux, afin de résister à la vague de passion qui menaçait de le submerger. Ensuite, il lui embrassa le bout du nez.

— Vous allez m'épouser.

Sa voix ne marquait pas le moindre doute.

Elle eut un petit soupir d'acquiescement, à peine un souffle.

Il lui releva le menton.

— Sophie...

— D'accord, murmura-t-elle. C'est entendu, je vous épouserai.

Mais ce problème ne l'intéressait guère, sur le moment. Elle sentait la chaleur lui monter aux joues, monter dans tout son corps.

— Patrick ?

Il s'inclina sur sa bouche.

— Ce ne serait pas convenable, Sophie. Il faut attendre.

Un torrent de joie déferlait sur la jeune fille. Elle allait épouser un libertin, certes, mais un libertin qu'elle aimait de toute son âme. Elle passa la langue sur ses lèvres, laissa courir ses mains sur la poitrine de Patrick, descendit le long de la petite flèche qui disparaissait sous la ceinture.

Elle leva les yeux vers lui. Ses traits avaient pris une langueur sensuelle, une promesse de plaisirs inouïs animait son regard. Elle sourit.

— Vous êtes une enfant infernale ! grommela-t-il.

— Oh, Seigneur ! rétorqua-t-elle avec une moue charmante. Seriez-vous archevêque ?

Il caressa de nouveau ses seins, et elle renversa la tête en arrière.

De baiser en baiser, ils se retrouvèrent allongés sur le lit. Et cette fois, quand il releva sa chemise, au lieu de protester, elle frémit d'anticipation.

Patrick se leva un bref instant et revint à elle, nu comme au premier jour.

— Vous êtes nu ! s'écria-t-elle.

Il sourit.

— Vous aussi !

Elle s'aperçut, confuse, qu'elle n'avait en effet plus rien sur elle, et son corps lui apparut presque étranger. Il n'était qu'un tourbillon de sensations comme elle n'en avait jamais connu, ni même imaginé. Patrick posa une main câline sur son sein, puis descendit vers son ventre, et ensuite, elle ne put regarder davantage.

C'était lui qu'elle contemplait. Soudain, sa petite voix s'éleva dans le silence :

— Ça ne marchera pas. Nous ne sommes pas... assortis en taille.

Patrick se releva sur les coudes.

— Faites-moi confiance, ma chérie, dit-il avant de l'embrasser encore, séduisant, convaincant, tendre.

— En l'occurrence, je pense être meilleure juge de mes capacités...

— Fariboles ! protesta-t-il. Dieu a fait nos corps pour qu'ils s'accouplent, Sophie.

Elle mourait d'envie qu'il continue, et il poursuivit son exploration.

— Il est vrai, chuchota-t-il contre sa bouche, que ce n'est pas très agréable pour une femme, la première fois.

Mais elle ne s'en souciait déjà plus.

Elle noua les bras à son cou et se haussa vers lui, en prière silencieuse, ce qui anéantit les dernières réserves de Patrick. Il prit sa bouche et son corps dans le même souffle, étouffant le cri de la jeune fille. Puis il demeura immobile un instant.

— Je suis désolé... désolé...

Il ne semblait pas désolé du tout, songea Sophie qui oublia la douleur. Elle se concentrait sur les mots d'amour qu'il murmurait contre sa peau.

Puis il se mit à bouger lentement et, peu à peu, elle n'eut plus mal – ou, en tout cas, il y avait autre chose qui s'y mêlait. De petits soupirs lui échappaient.

Quand il se retira et glissa les mains sous ses fesses, ce fut elle qui se cambra pour le faire revenir en elle, tout entière concentrée sur un seul objectif. Qui surgit en gerbe d'étincelles dans son ventre, ses membres, telle une lame de fond.

Patrick se laissa enfin aller en ravalant un grand cri, pris par une jouissance comme il n'en avait jamais connu.

— Sophie, Sophie, Sophie... gémit-il avant de s'effondrer sur elle.

Sur la table de chevet, la chandelle oscilla sous la caresse de la brise qui entrait par la fenêtre.

9

Au bout du corridor, la mère de Sophie était assise toute droite dans son lit majestueux. Héloïse dormait seule depuis qu'elle avait découvert son époux dans les bras d'une femme de chambre, deux mois après leur mariage. Elle avait sèchement interdit sa porte au marquis, et il avait acquiescé avec raideur. Dès lors, les seuls bruits qui troublaient son sommeil étaient les retours de son époux dans ses appartements au milieu de la nuit.

Elle tira le cordon de velours placé à la tête de son lit. La marquise détestait déranger les domestiques à des heures indues, mais elle dormait habituellement comme une souche – la marque d'une conscience pure, disait-elle à son époux d'un air de reproche. Or, si elle s'était réveillée, il y avait forcément une bonne raison. Elle avait entendu une sorte de hoquet, puis un cri, elle en était sûre. Peut-être un brave homme se faisait-il dévaliser sous ses fenêtres… Elle se devait de venir en aide au malheureux.

Elle sonna de nouveau.

Sa camériste apparut enfin, un peu ahurie et passablement échevelée. Elle esquissa une révérence assez peu conventionnelle.

— Oui, madame ?

— J'ai entendu du bruit ! déclara froidement Héloïse. Demandez à Caroll d'aller voir immédiatement ce qui se passe dans la rue.

La servante salua de nouveau avant de disparaître. Héloïse se tint immobile à fixer la tenture rose bonbon de son grand lit à baldaquin. Une atroce idée lui venait à l'esprit. Et si son époux avait décidé d'amener des créatures à Brandenburg House ? Il lui semblait avoir entendu une voix de femme, à bien y réfléchir. Oui, c'était une femme. Cela lui rappelait le jour où la seconde caméristе était entrée en travail dans le hall, sans le moindre avertissement. Héloïse en avait encore des bouffées de colère. La duchesse de Beaumont était justement venue prendre le thé. Quelle humiliation ! Elle s'en souviendrait jusqu'à son dernier jour !

L'évocation de la duchesse déboucha sur celle de Braddon Chatwin. N'avaient-ils pas un lien de parenté ? Il avait de bonnes manières, ce jeune homme. Un peu sot, certes, mais quel homme ne l'était pas ? Et il était de bonne famille. Il serait fort agréable d'avoir des relations privilégiées avec la duchesse de Beaumont.

Il y eut un bruit de pas pressés dans le couloir, et la caméristе fit irruption dans la chambre.

— Oh, madame, quelle histoire ! Caroll a trouvé une échelle contre le mur de la maison, dans le jardin.

Elle s'interrompit. Elle laisserait le majordome annoncer à la marquise que l'échelle était appuyée à la fenêtre de Sophie.

Héloïse, après avoir ajusté son peignoir d'un geste déterminé, se rendit dans son antichambre, puis dans l'appartement de son époux. Elle était convaincue que l'échelle montait directement à la fenêtre de son mari. Voilà donc où en étaient les choses ! Le marquis ramenait des femmes par une échelle, comme un vulgaire libertin se serait faufilé dans une maison close !

Aussi fut-elle absolument déconcertée quand elle trouva son époux paisiblement endormi, et tout à fait seul. En outre, sa fenêtre était fermée, et à sa façon de ronfler, il devait avoir trop bu. De toute évidence, il n'attendait pas de visite !

Elle s'élança pour le secouer.

— Des cambrioleurs, George ! Des cambrioleurs !

Dans son émoi, elle ne se rendit pas compte qu'elle l'avait appelé par son prénom, une faveur qu'elle ne lui accordait jamais.

— Hein ? Quoi ? Des cambrioleurs !

Le marquis se redressa d'un bond, une mèche de cheveux sur l'œil. Héloïse sursauta. George avait-il vieilli sans qu'elle y prît garde ? Ses cheveux noirs étaient striés de blanc, et il avait l'air d'un vieil homme avec son regard embrumé. Mais ses jambes étaient encore longues et musclées, constata-t-elle lorsqu'il se leva pour enfiler une robe de chambre. Apparemment, il dormait toujours sans chemise de nuit.

Il se rua au rez-de-chaussée et se précipita vers l'arrière de la demeure. Carroll le retint par le bras.

— Milord...

Quelque chose dans son intonation glaça le sang du marquis.

— L'échelle, reprit le majordome, s'est dressée à la fenêtre de lady Sophie.

— L'échelle s'est dressée, répéta le marquis, perplexe. *S'est* dressée ? Vous ne pouvez pas parler anglais comme tout le monde, Caroll ?

Celui-ci s'abstint de lui rappeler ses origines françaises, et se contenta de répondre fermement :

— Le haut de l'échelle est appuyé contre la chambre de lady Sophie, milord. Et, ajouta-t-il avec une certaine satisfaction, la croisée est ouverte.

George en resta un instant bouche bée.

— Sa fenêtre est... ouverte ?

— Ouverte, confirma le majordome. Apparemment, lady Sophie s'est enfuie, milord.

— Enfuie...

Caroll hocha vigoureusement la tête. La marquise marchait sur les talons de son époux, or il ne voulait pas avoir affaire à elle quand elle apprendrait la nouvelle.

— Vous devriez aller voir dans sa chambre si lady Sophie a laissé une lettre, milord, conclut-il avant de disparaître par la porte de service.

Il arriva dans les quartiers des domestiques, juste à temps pour réprimer un fou rire général. La marquise était tellement à cheval sur les convenances qu'il était hilarant d'imaginer sa fille partie au milieu de la nuit !

Il leur ordonna de ne parler à personne de la disgrâce familiale – sans espérer être obéi ! – et envoya tout le monde au lit, en s'assurant que les dix-sept valets de pied étaient dans leurs chambres. Les valets étaient fort séduisants, et jamais Caroll ne s'en remettrait si lady Sophie avait filé avec l'un d'eux !

Pendant ce temps, le marquis demeurait figé sur place dans le grand hall.

Son épouse le rejoignit, un chandelier à la main, vêtue d'un peignoir de laine qui la couvrait des épaules au bout des pieds.

— Alors ? demanda-t-elle, agressive. George, de quoi s'agit-il ?

Son époux releva la tête.

— Elle est partie. Caroll dit que Sophie s'est enfuie. Notre petite Sophie...

La marquise, sans doute pour la première fois de son existence, ouvrit la bouche de fort inélégante manière.

— Non !

— L'échelle est devant sa chambre, et la fenêtre est ouverte, dit-il, malheureux. Je suppose qu'il n'y aura pas moyen d'étouffer l'affaire ?

Héloïse referma la bouche.

— C'est impossible, murmura-t-elle. Jamais elle ne nous aurait fait ça. Quelle honte !

— Croyez-vous que nous ayons été trop indulgents envers elle ? demanda George, décomposé. J'ai songé parfois à lui adresser une remarque au sujet de ses robes, mais j'ai pensé que je vieillissais, et que j'avais des notions démodées.

— Balivernes ! répliqua la marquise sans conviction.

Elle se dirigea vers l'escalier, se retourna.

— Venez, George ! Il faut aller voir si elle a laissé un mot. Peut-être ne sont-ils pas trop loin : nous pourrions les rattraper.

Docile, le marquis monta les marches derrière elle, et ils empruntèrent ensemble le corridor, comme cela ne leur était pas arrivé depuis vingt ans.

Héloïse s'arrêta un moment sur le seuil, avant d'entrer dans la chambre de sa fille. En effet, la fenêtre était ouverte, et les rideaux volaient dans la brise nocturne. La pièce était plongée dans l'obscurité.

— Voyez-vous une lettre ? demanda George.

Munie d'un chandelier, elle se dirigea vers la table de chevet. Rien. Rien non plus sur le manteau de la cheminée. Elle se retourna pour continuer sa perquisition, mais George était tout près d'elle, et elle étouffa un cri. Il souffla, éteignant involontairement la bougie. Ils n'étaient plus éclairés que par les torches du corridor qu'Héloïse avait allumées au passage.

— Il faut que nous la retrouvions le plus vite possible ! déclara-t-il.

Il saisit son épouse par les épaules et la poussa vers la porte. Elle avait l'impression d'être un paquet de linge sale – impression renforcée quand George, dans sa hâte, la heurta contre le chambranle.

Dans le couloir, elle se dégagea d'un coup sec.

— Que diable vous prend-il, milord ?

Le marquis soupira. Terminé, le « George » ! La guerre avait repris.

— Habillons-nous et partons immédiatement, Héloïse. En nous dépêchant, nous avons une chance de les retrouver cette nuit, ou demain, avant qu'ils ne franchissent la frontière. Vous le savez, il faut au moins deux jours pour atteindre l'Écosse.

— Mais qui est-il donc ? gémit Héloïse. Je n'ai jamais interdit à Sophie de choisir son époux ! Alors, pourquoi s'enfuir ? Pourquoi n'a-t-elle pas laissé de lettre ? Elle m'a forcément écrit !

Elle revenait vers la chambre de sa fille, mais George la rattrapa fermement par le bras.

— Nous n'avons pas le temps, Héloïse. Allez vous habiller. Si nous les rejoignons à temps, nous feindrons simplement de rentrer d'une soirée particulièrement tardive.

Il l'entraîna dans sa chambre.

— Tenez, mettez ceci.

Il prit une toilette au hasard dans l'armoire d'Héloïse. Celle-ci regarda la robe de bal couleur safran.

— Je ne peux pas.

Bien que son épouse fût l'une des femmes les plus guindées de Londres, songea George, on aurait pu la croire au bord des larmes.

— Mais si, vous pouvez.

Il dénoua la ceinture de sa robe de chambre et la lui ôta. Héloïse s'accrocha instinctivement au col de sa chemise de nuit.

— Vous avez cinq minutes, reprit-il d'un ton sans réplique. Je fais atteler, et quand je reviendrai, je veux vous trouver prête à partir.

Elle acquiesça en silence.

Lorsqu'il revint, elle portait une robe de serge bleue qui bâillait dans le dos, où elle n'avait pu la boutonner elle-même.

— Non ! protesta-t-il. Vous devez choisir une robe de bal. Il n'est qu'une heure et demie du matin, Héloïse. Il faut que nous ayons l'air de rentrer d'une soirée !

George fit glisser la robe de ses épaules, dévoilant sa gorge blanche. Elle recula.

— Sortez, et je m'habillerai, dit-elle d'une voix un peu voilée.

Un sourire sardonique se dessina sur les traits de George.

— Savez-vous, Héloïse, que je n'avais pas mis les pieds dans cette chambre depuis le jour de la naissance de Sophie ? J'ai été invité à voir le bébé – cinq minutes, sans doute. Ensuite, plus jamais.

Leurs regards se croisèrent, puis il se retira dans ses appartements.

Héloïse enfila la robe de bal, arrangea tant bien que mal ses cheveux, puis elle se rendit dans la chambre voisine, où George agrafa le dos de sa robe sans un mot, avant qu'ils descendent.

Caroll sortit de l'ombre.

— La marquise et moi nous rendons à un rendez-vous tardif, expliqua George. Vous serez heureux d'apprendre, Caroll, que vous vous êtes inquiété pour rien. Lady Sophie est sagement au lit.

Le majordome s'inclina en murmurant qu'il était ravi de la nouvelle. Il ouvrit la portière du carrosse. Le marquis et la marquise montèrent à la hâte.

Et où allez-vous alors, à cette heure de la nuit ? avait-il envie de demander. Et que dois-je faire de l'échelle ? Pensez-vous vraiment que lady Sophie va sonner pour son chocolat chaud à sept heures du matin ?

Il y avait au moins une réponse parmi ces questions, et Caroll ordonna à Philippe d'ôter l'échelle du jardin.

Dans la chambre de Sophie, Patrick, appuyé sur un coude, regardait la jeune femme. Elle ouvrit ses yeux d'un bleu sombre, et il passa un doigt sur ses lèvres.

— Il va nous falloir trouver une autre épouse à Braddon, vous savez. Nous ne pouvons le laisser comme ça. Quel dommage que vous n'ayez pas de sœur, ma chérie !

— Ou bien vous, répliqua-t-elle, espiègle, tandis que le rose lui montait aux joues.

Elle était au lit, dévêtue, seulement couverte d'un drap, et elle parlait à Patrick, qu'elle allait épouser et avec qui elle venait juste de…

— Vos parents étaient là tout à l'heure, dit-il avec un grand sourire. Vous dormiez comme un bébé.

— Quoi ?! coassa-t-elle.

— Votre mère ne nous a pas vus. Mais votre père, si. Il a vivement repoussé votre mère dans le couloir. Apparemment, elle pense que vous vous êtes enfuie, puisqu'elle cherchait une lettre.

Il glissa la main sous le drap.

Elle se concentrait sur son visage.

— Vous voulez dire que mon père vous a vu, et qu'il n'a rien dit ?

Patrick acquiesça.

— Mais pourquoi ? s'exclama Sophie qui ouvrait des yeux ronds. Pourquoi ne vous a-t-il pas provoqué en duel ? Pourquoi ne m'a-t-il pas traitée de créature ?

— De créature ? Où êtes-vous allée chercher ce mot démodé, mon amour ?

— C'est... c'est ainsi que ma mère appelle certaines femmes.

— Hum !

Il passa une jambe sur celles de Sophie, qui s'empourpra davantage.

— Je pense qu'il me donnait une chance de sortir d'ici, reprit-il.

Il se souleva pour baiser ses lèvres, mais à cet instant l'échelle s'écarta du mur, et disparut en silence.

— Hélas, murmura-t-il contre sa bouche, on dirait que l'heure de la découverte est imminente...

La jeune femme ne répondit pas. Ses doigts exploraient le dos musclé de Patrick, tandis qu'il l'embrassait avec passion.

À regret, il se redressa enfin et se passa une main dans les cheveux.

— Je dois partir, mon amour. Vous êtes la plus belle femme que j'aie jamais vue.

— Pourtant, quand j'ai refusé de vous épouser, le mois dernier, vous avez paru infiniment soulagé.

— Vraiment ? J'étais plutôt vexé, si vous voulez tout savoir.

— Oh...

Cela expliquait pourquoi Patrick était monté à l'échelle au lieu de Braddon. Elle n'aimait guère l'idée que son avenir dépende d'une rivalité puérile entre deux hommes, mais elle était trop heureuse pour s'en soucier réellement.

— D'ailleurs, pourquoi m'avez-vous évincé ?

Une ombre passa dans le regard de Sophie.

— Ce n'était pas vous, milord. J'étais tout à fait... enfin... Je n'envisageais pas le monde tel qu'il est. Je pensais... Je ne sais pas ce que je pensais. J'étais lâche, avoua-t-elle.

Patrick, qui enfilait son pantalon, se retourna, surpris. Lâche ? Il allait lui demander de s'expliquer, mais elle s'enquit :

— Comment allez-vous partir ? On a retiré l'échelle.

— Par l'escalier, naturellement, répondit-il avec une hauteur héritée de son aristocratique famille. Je serais étonné que votre majordome ose me questionner sur ma présence dans cette demeure.

— À votre avis, où sont allés mes parents ?

— Je pense qu'ils iront sur la route un bout de temps, puis rentreront ici. Vous devrez vous attendre à une foule de questions au réveil, ma chérie. Et j'imagine que votre mère sera fâchée contre votre père.

— C'est souvent le cas, fit remarquer Sophie.

Patrick lui jeta un coup d'œil interrogateur.

— Il dort avec trop de femmes, expliqua-t-elle.

Il s'assit au bord du lit, théâtral dans la grande cape de Braddon.

Elle leva vers lui un regard ensommeillé.

— Maman est très irritable, au sujet des maîtresses. Mais ne vous inquiétez pas, je serai accommodante.

— J'espère que ce ne sera pas trop dur, se moqua-t-il.

La jeune femme dormait presque.

— Ça ira, Patrick. Je ne suis pas du genre à faire des scènes. Maintenant que je vais vous épouser, je ne vais pas pleurnicher...

Patrick, les yeux plissés, la regarda sombrer dans le sommeil. Il venait de réaliser qu'elle n'avait pas du tout confiance en sa fidélité.

Il caressa la masse soyeuse de ses cheveux. Elle avait sûrement eu mal quand il avait pris sa virginité, mais elle n'avait pas dit un mot. Là, elle n'était pas lâche. Cependant, elle n'avait pas confiance en lui... Pourquoi ? Qu'avait-elle entendu raconter ? Sans doute des histoires sur sa conduite avant que son père ne l'expédie à l'étranger. Pourtant, elle avait accepté d'épouser Braddon, dont la réputation n'était pas meilleure que la sienne. Mais il oubliait qu'elle voulait devenir comtesse. Eh bien, à présent, elle serait duchesse !

Patrick serra les dents. Même si elle n'avait pas eu envie de l'épouser auparavant, elle n'avait plus le choix. Elle était sienne.

Avec la grâce silencieuse d'un fauve, il se dirigea vers la coiffeuse et prit le collier de perles que Sophie portait l'autre soir pour le mettre dans sa poche. Puis il quitta la pièce et ferma doucement la porte derrière lui. Il descendit l'escalier sans essayer d'atténuer le son de ses bottes sur le marbre.

Caroll avait laissé Philippe en faction dans le hall, avec pour mission d'accueillir le maître et la maîtresse lorsqu'ils rentreraient. Le valet de pied ouvrit de grands yeux en voyant un inconnu en cape noire traverser tranquillement l'entrée. Il lui ouvrit la porte, par réflexe.

Patrick lui jeta en passant un regard amusé.

— Je n'étais pas là, dit-il.

Philippe hocha la tête. Il n'était pas né en France pour rien !

— Il est toutefois possible qu'un voleur se soit introduit dans cette maison, ajouta Patrick.

— Un voleur, monsieur ?

— Malheureusement. Il y a un cambrioleur, à Londres, qui vient avec une échelle, la pose près des fenêtres ouvertes et vole les bijoux restés sur les tables de nuit. Il est fort probable qu'il ait frappé ce soir.

Philippe en eut des sueurs froides. Qu'était-il censé faire ? Le regard aristocratique lui donnait la chair de poule.

— Nous devrions peut-être appeler la police, suggéra-t-il faiblement.

Il fut récompensé d'un froid sourire.

— Ce serait une bonne idée ! lança Patrick en descendant les marches du porche.

Il monta dans une voiture qui attendait non loin, et Philippe osa enfin regarder le billet qu'il lui avait glissé dans la main.

— Fichtre !

L'inconnu venait de lui donner plus d'argent qu'il n'en gagnait en un an... assez pour sortir sa petite sœur de la famille où elle servait, et la mettre en apprentissage chez un fourreur. Il éprouva un immense sentiment de gratitude.

Puis il courut dans les quartiers des domestiques, se rappelant l'histoire du cambrioleur à l'échelle.

Voilà pourquoi une marquise extrêmement contrariée et son époux, quand ils rentrèrent chez eux une heure plus tard, trouvèrent les lumières de leur manoir allumées et quelques policiers devant leur porte.

Héloïse descendit du carrosse complètement désorientée. Sa fille était là, habillée à la hâte, les cheveux retenus par un simple ruban. De toute évidence, elle n'était pas partie... Son mari la poussa d'une main sur la taille.

— Que se passe-t-il, ici ? demanda-t-il d'un ton autoritaire.

Les yeux du chef des policiers brillaient. Enfin, le maître de maison !

— Il y a eu un cambriolage, déclara Grenable d'un air important.

— Un cambriolage ?

— Oui, monsieur. On a volé à votre fille un collier de perles de grande valeur.

— Des perles ?

La marquise semblait décontenancée.

— Oui, madame. Un collier de perles a disparu, insista Grenable avant de se tourner vers le marquis. Il y a eu quelques voleurs de ce genre, dans le passé. Nous avons trouvé les marques d'une échelle sous la fenêtre de la jeune dame, et de nombreuses empreintes de pas. Donc, je pense qu'il s'agit d'une bande de malfaiteurs. L'un d'eux est monté à l'échelle en silence, et il s'est emparé du collier qui était sur la coiffeuse, ne demandant qu'à être volé, sauf votre respect, ajouta-t-il à l'intention de Sophie qui baissa la tête, confuse.

Elle commençait seulement à comprendre ce qui se passait, après les différentes surprises de la dernière heure. Elle s'était retrouvée seule dans son lit, réveillée par les commentaires hystériques de Simone. La camériste avait apparemment constaté que la maison avait été cambriolée, ou bien était-ce un valet de pied ? Rien n'était clair. Toutefois, la douleur sourde entre ses jambes l'avait détournée de la disparition du collier. Et Patrick était parti sans un mot, sans même lui dire au revoir, pour autant qu'elle se souvînt.

La voix de Grenable, petit homme grassouillet à la barbe mitée, la tira de ses pensées :

— Il faudra que j'interroge votre fille. Je ne comprends pas bien pourquoi sa fenêtre était ouverte, étant donné que sa femme de chambre prétend qu'elle l'avait fermée avant de se retirer.

Sophie avala sa salive. Sa mère la regardait en fronçant les sourcils, et même son père arborait une expression sévère. Elle eut l'impression de jouer un rôle dont elle ne connaissait pas le texte.

— J'avais besoin d'un peu d'air, dit-elle d'une voix mal assurée.

Comme elle surprenait une lueur d'appréciation dans le regard de son père, elle fondit en larmes. Elle pleurait parce que Patrick ne lui avait pas dit au revoir, et parce qu'elle était stupéfaite de s'être ainsi laissé séduire...

Grenable, gêné d'avoir mis une jeune dame dans cet état, passa ses nerfs sur ses subordonnés.

Le marquis se rangea aussitôt au côté de sa fille. Héloïse fut un peu plus lente à réagir, étonnée de voir Sophie pleurer – ce qui ne lui était pas arrivé, à sa connaissance, depuis l'âge de six ou sept ans.

— C'est le choc, dit George en croisant le regard de son épouse. Il est très effrayant d'imaginer qu'un criminel a pu pénétrer dans votre chambre au milieu de la nuit !

Héloïse jeta un coup d'œil féroce à Grenable, qui recula d'un pas.

— Je ne vois vraiment pas en quoi ma fille pourrait vous aider à appréhender le cambrioleur, déclara-t-elle d'un ton coupant. Je vous suggère plutôt de fouiller les environs.

La marquise avait raison, songea le policier tandis que celle-ci emmenait sa fille. Cette fenêtre ouverte lui avait seulement paru un peu étrange. Il ferait mieux de retourner à Bow Street et d'envoyer une description du collier à ses meilleurs limiers.

— Je sais, je sais, dit-il au marquis. Je n'ai plus rien à faire ici. Je dois cependant vous avertir, milord, que les chances de retrouver le collier sont faibles.

Le marquis, remarquablement calme, serra la main de Grenable.

— Faites pour le mieux, mon brave. Ce n'est pas moi qui critiquerais les agents de police. Vous êtes très efficaces, toujours à traquer les malfaiteurs.

— Oui. On s'y efforce, milord.

Grenable pouvait remercier sa bonne étoile ! Au moins, ce pair du royaume ne ferait pas toute une histoire si on ne retrouvait pas le collier, se dit-il, réjoui.

Le majordome de la famille, Caroll, fut encore plus réjoui lorsqu'il s'aperçut qu'on ne le renverrait pas pour avoir osé suggérer que lady Sophie avait fait une fugue.

— N'y pensez plus, Caroll, dit aimablement son maître. C'était une conclusion logique. Mais nous vous avons dit que lady Sophie était en sécurité dans son lit, n'est-ce pas ? Dommage que sa mère et moi n'ayons pas été au courant du vol, quand nous sommes partis pour le bal… Enfin, le plus important, c'est que lady Sophie ait été dans sa chambre. Eh bien, bonne nuit, Caroll.

Le marquis s'éloigna en se frottant les mains.

Étrange comportement pour un homme qui venait de perdre un bijou de valeur, songea le majordome. Mais sans doute n'était-ce pour lui qu'une bagatelle.

10

Patrick Foakes était un peu las, le lendemain matin, en arrivant à Brandenburg House. Il avait été debout la moitié de la nuit. Braddon avait fort mal pris la nouvelle de ses fiançailles rompues. La véhémence de sa réaction avait même surpris Patrick. Il n'oublierait jamais le moment où Braddon s'était emparé d'une bouteille de porto, pour briser le plâtre de sa jambe. Il avait cru que son ami devenait fou de chagrin. Mais en réalité, il était seulement très fâché.

Il avait toujours été nerveux dès qu'il s'agissait de sa mère, se dit Patrick en attendant dans le hall. Or le mariage de Braddon était un sujet de première importance pour Prudence Chatwin.

Le majordome des Brandenburg revint en s'inclinant avec majesté.

— Le marquis va vous recevoir dans la bibliothèque.

Rien n'avait changé dans cette pièce depuis la dernière visite de Patrick, un mois auparavant. Excepté, peut-être, l'attitude du marquis de Brandenburg. La fois précédente, il l'avait accueilli chaleureusement. Patrick se rappelait avoir été surpris de le voir si content, alors qu'il avait terni la réputation de sa fille le soir précédent.

Mais à présent, le regard de George était froid comme la banquise. Lorsque Patrick pénétra dans la pièce, il congédia Caroll d'un signe de tête, et les deux hommes restèrent silencieux jusqu'à ce que le majordome eût refermé les lourdes portes de chêne.

Le jeune homme soutint sans broncher le regard courroucé de son futur beau-père, tandis que celui-ci se dirigeait vers lui.

— Je suis venu vous demander la main de votre fille, annonça-t-il d'un ton posé.

George arma alors le poing et le frappa. Le coup atteignit Patrick à la mâchoire, et un autre, tout de suite après, au coin de l'œil. Patrick recula, se rattrapa au bureau, puis il se redressa.

Le marquis haletait.

— Je ne pensais pas que vous me laisseriez faire ça, dit-il simplement.

— Je le méritais.

George se sentait un peu ridicule. Il avait passé l'âge de se bagarrer ! Il se dirigea vers une paire de fauteuils près de la cheminée, se laissa tomber dans l'un d'eux, sans même se retourner pour voir si Patrick le suivait. Le jeune homme vint s'asseoir près de lui.

— Je suis monté à l'échelle hier soir pour aider votre fille à s'enfuir avec le comte de Slaslow, dit-il calmement.

Le visage du marquis s'empourpra davantage, si cela était possible.

— Au nom du Ciel, que me chantez-vous là ?

— La fugue, poursuivit Patrick en fermant les yeux, était l'idée de lady Sophie, et elle voulait aller au bout de son projet. Cependant, Slaslow était opposé à cette idée, et quand il s'est blessé à la jambe, hier, il m'a demandé d'amener votre fille chez sa grand-mère. Il espérait la convaincre qu'un enlèvement n'était ni souhaitable ni réalisable, vu son état.

Le marquis gardait le silence.

— Lorsque je suis arrivé dans la chambre de lady Sophie, elle avait déjà décidé de rompre ses fiançailles avec Slaslow.

— Je présume qu'à présent, intervint ironiquement George, elle a changé d'avis sur votre demande en mariage ?

— Je le crois, en effet.

— Quel scandale cela va déclencher !

— Moins que si votre fille s'était enfuie avec le comte de Slaslow, rétorqua Patrick.

George, le cœur lourd, contemplait les braises dans la cheminée. Non seulement Sophie brisait ses fiançailles avec un comte, mais en outre, elle allait être obligée – s'il ne se trompait pas – de se marier à la hâte.

— Cela ne durera pas, continua Patrick. J'emmènerai mon épouse pour un très long voyage de noces. Quand nous rentrerons, la bonne société aura sûrement trouvé un autre scandale à se mettre sous la dent.

— Mais que vais-je dire à ma femme ? Elle se posera des questions sur la rapidité de ce mariage, surtout après l'annonce des fiançailles de Sophie avec un autre !

— Pourquoi ne pas lui révéler la vérité ?

— Ciel, non ! Héloïse semble dure, mais elle est en réalité assez naïve. Ce serait un coup pour elle, d'apprendre que notre fille a été séduite avant le mariage.

Patrick éprouva un vif sentiment de culpabilité. À la lumière du jour, il était choqué lui-même par son comportement. Que lui avait-il pris ? Qu'y avait-il en Sophie, pour déclencher chez lui une telle passion ? Il avait brisé toutes les règles qu'on lui avait enseignées depuis l'enfance !

— Dites à la marquise qu'il s'agit d'un mariage d'amour.

— Mariage d'amour ! s'esclaffa George. Ma femme n'a jamais cru à ces fadaises !

— Alors, pourquoi l'avez-vous empêchée de me voir dans le lit de lady Sophie, la nuit dernière ?

— Je vous l'ai dit, elle aurait eu du mal à le supporter. Elle aurait prétendu que Sophie tient de moi.

— Je veillerai sur elle, promit Patrick.

— C'est bon, c'est bon, grommela le marquis. J'ai toujours pensé qu'elle serait heureuse avec vous, même si j'espérais la voir épouser un garçon plus calme. Vous vous ressemblez, Braddon et vous, n'est-ce pas ? Deux satanés libertins.

Patrick ravala un sourire. C'était un drôle de reproche, venant de l'homme qui alimentait les rubriques mondaines ! Il n'essaya même pas de le convaincre qu'il n'avait pas l'intention de prendre une maîtresse après avoir épousé Sophie. Les aventures extra-conjugales de George prouvaient assez que, dans son esprit, les libertins ne s'amendaient jamais.

— Mon épouse a un sacré caractère, reprit le marquis, et parfois Sophie… en a vu plus qu'elle n'aurait dû.

Patrick se leva, son attitude ne trahissant en rien l'intérêt qu'éveillait la confession du marquis.

— C'est une bonne petite, ma Sophie…

George se dirigeait vers la sonnette afin de demander qu'on lui envoie sa fille à la bibliothèque.

— C'est une bonne petite, répéta-t-il. Elle m'a sorti de bien des pétrins, quand sa mère se transformait en mégère.

— Comment lady Sophie parvenait-elle à vous aider, dans ces circonstances ? s'enquit Patrick.

— Oh, en souriant, douce comme du miel, en racontant que je l'avais emmenée aux courses, ou quelque chose de ce genre… Croyez-vous qu'elle ait monté ce projet de fugue à cause de mes incartades ? Vous a-t-elle ouvert son lit, hier soir, juste parce que je suis…

— Je prends sur moi toute la responsabilité de ce qui est arrivé. Lady Sophie est innocente. Elle n'avait aucune idée de ce qui pourrait se passer, quand je suis entré dans sa chambre.

— Vraiment ? Elle…

Les portes s'ouvrirent sur Caroll.

— Milord ?

— Priez lady Sophie de venir nous rejoindre.

Caroll jeta au visiteur un regard curieux. Tout le monde savait qu'il avait demandé lady Sophie en mariage et qu'elle avait refusé. On n'ignorait pas non plus qu'elle venait d'annoncer ses fiançailles avec le comte de Slaslow. Alors que faisait Foakes dans cette demeure ?

Sophie descendit lentement l'escalier, vêtue d'une robe de matinée au col montant, orné de roses de tissu. C'était une toilette qu'elle avait portée une seule fois, avant de la reléguer aux oubliettes car elle était trop sage. Mais ce matin, affreusement confuse, elle tenait à montrer à Patrick et à son père qu'elle n'était pas une femme de petite vertu, même si elle s'était conduite comme telle, la nuit précédente.

Pour la quarantième fois depuis qu'elle était réveillée, elle sentit le rouge lui monter aux joues. Oserait-elle pénétrer dans la bibliothèque ? Que devait penser son père ? Elle avait l'estomac affreusement noué. Mais il n'y avait pas moyen d'y échapper... Caroll ouvrait les portes de la bibliothèque. Son père s'y trouvait.

À contrecœur, elle leva les yeux vers lui, et ce qu'elle lut sur son visage lui redonna un peu de courage. Il ne semblait pas sur le point de la chasser de la maison.

— Sophie, dit-il, bourru, il paraîtrait que tu doives épouser Patrick Foakes au lieu du comte de Slaslow.

Elle baissa la tête.

— Oui, papa.

— Il va nous falloir trouver un moyen de prévenir ta mère, soupira le marquis. Comme je viens de le dire à Foakes, je ne tiens pas à ce qu'elle apprenne la vérité. Elle en mourrait de honte !

— Oui, papa.

— Bien. Je vous laisse, grommela George. Mais pas longtemps ! tonna-t-il en croisant le regard amusé de son futur gendre.

Rien ne perturbait donc ce garçon ? Il avait un œil pratiquement fermé et un bleu se formait sur sa mâchoire, mais il était toujours aussi à l'aise. Diablement ennuyeux ! George sortit de la pièce en s'étranglant presque d'indignation.

La jeune femme prit une profonde inspiration, mais elle était trop gênée pour lever la tête. Elle entendit Patrick venir vers elle.

— Vous êtes ravissante, ce matin, Sophie. Une nouvelle Sophie, à vrai dire, timide, pudique...

Enfin elle le regarda, l'œil dangereusement brillant.

— Ne vous moquez pas de moi !

Il lui prit le menton.

— Pourquoi ? Notre mariage ne marchera jamais si nous sommes incapables de rire l'un de l'autre, mon amour.

Elle tressaillit en apercevant les marques sur son visage.

— Que vous est-il arrivé, Patrick ? s'enquit-elle en effleurant sa tempe.

— Ce que je méritais. Rien de grave.

Il prit ses doigts et les porta à ses lèvres, puis il baisa tendrement sa paume.

— J'ai officiellement demandé votre main à votre père, dit-il, malicieux.

— Vraiment ?

Décidément, elle avait l'esprit engourdi, ce matin !

— Voulez-vous m'épouser, lady Sophie ?

Elle écoutait à peine. La bouche de Patrick caressait le centre de sa paume, et ses jambes étaient soudain en coton.

— Oui, répondit-elle d'une toute petite voix.

Il fronça les sourcils.

— Je suis navré que nos ébats d'hier soir vous privent de choisir votre futur mari, mais je suis certain que nous nous entendrons raisonnablement bien, comme vous l'auriez fait avec Braddon.

Que chantait-il là ? Comment se sentirait-elle « raisonnable » en vivant sous le même toit que lui ? Dans le même lit ? Rien que d'y penser, elle frissonnait d'anticipation.

Ce qu'elle désirait, c'était qu'il la prenne de nouveau dans ses bras...

Comme s'il devinait ses pensées, il l'attira contre lui.

— Sophie, insista-t-il, je veux m'excuser de vous empêcher d'épouser Braddon. Je sais que vous aviez fort envie de devenir comtesse...

Sans lui laisser le temps de répondre, il prit ses lèvres avec passion.

La jeune femme ne protesta pas. Tandis qu'il jouait avec les boucles et les rubans, défaisant tout le travail de Simone, elle se fondit contre lui, tremblante, et noua les bras à son cou. Quand sa langue toucha timidement celle de Patrick, il poussa un juron et recula d'un pas.

Le père de Sophie aurait été amusé de le voir dans cet état. Il n'y avait plus rien de civilisé, chez lui. Ses yeux étaient assombris de désir, il avait le souffle court, et il ne pensait plus qu'à la renverser sur le tapis pour lui faire l'amour.

— Bon Dieu ! dit-il en se passant une main dans les cheveux.

Il croisa le regard un peu perdu de Sophie, puis il posa les yeux sur sa bouche et fut incapable de se retenir. Il la pressa contre l'évidence de son désir.

— Il faut que vous m'épousiez immédiatement, marmonna-t-il. Je vais mourir, si je ne peux pas vous emmener dans ma chambre.

Sophie sourit et glissa de nouveau un bras autour de son cou.

— Je ne vois pas pourquoi nous n'attendrions pas quelques mois, dit-elle d'une voix de miel en caressant ses lèvres du bout du doigt.

— Vous oubliez une chose, mon amour, répliqua Patrick. C'est que nous y sommes obligés.

— À cause de ceci ? demanda-t-elle, hardie, en se frottant davantage contre son bassin.

— Non ! gémit-il.

— Alors, pourquoi ?

Il la repoussa doucement.

— Tenez-vous à distance respectable, petite chipie... À cause de la nuit dernière, évidemment ! Vous pourriez être enceinte, Sophie !

Elle s'empourpra.

— Un bébé...

Bien sûr, elle était au courant. Elle avait assez entendu sa mère se plaindre de l'absence de son père dans la chambre conjugale, et du fait qu'elle n'ait pas eu d'autre enfant. Sans parler des conversations plus crues des femmes de chambre, qui discutaient inlassablement des divers moyens de contraception.

— Nous devrons nous montrer plus prudents à l'avenir. J'espère que vous n'êtes pas, comme la sœur de Braddon, obsédée par l'idée d'avoir des enfants ?

La jeune femme hésita. Ce n'était pas une obsession, mais... Que voulait-il dire ? Bien sûr, elle voulait des enfants ! Et tout homme ne désirait-il pas un fils ? Même Braddon avait déclaré qu'il lui en fallait un.

— Vous n'êtes pas intéressé par les enfants, monsieur ?

— Pour l'amour du Ciel, appelez-moi Patrick ! Après ce qui s'est passé...

Sophie rougit sous la lueur coquine de ses yeux.

— Non, les enfants ne m'intéressent pas particulièrement, poursuivit-il. J'aimerais autant ne pas en avoir.

— Mais... Pas d'héritier ?

Il eut son séduisant sourire.

— Je n'ai pas de titre à sauvegarder, alors à quoi bon s'en soucier ? D'ailleurs mon frère a deux bébés, et il en aura encore d'autres, j'en suis certain. Il y aura donc de nombreux membres de la famille pour hériter de ma fortune.

Sophie était déconcertée.

— Vous ne voulez pas du tout d'enfant ?

Patrick lui prit la main pour l'entraîner vers un sofa, où il s'assit près d'elle.

— Vous tenez tellement à être mère ? Si c'est le cas, je suis encore plus désolé pour ce qui s'est passé cette nuit. Je pensais que vous partagiez l'attitude de

Braddon à ce sujet. À ma connaissance, peu de jeunes femmes de votre rang apprécient les bébés.

Sophie ne savait plus que dire. Devait-elle avouer le pincement d'envie qui la prenait au ventre, quand elle voyait Charlotte avec sa fille ?

— J'ai toujours pensé que j'aurais des enfants, dit-elle d'une voix presque inaudible.

Patrick essaya de capter son regard, mais elle fixait obstinément les motifs de sa jupe.

— Nous pourrons peut-être en avoir un, admit-il enfin. Je ne veux pas me conduire en despote, Sophie. Si vous voulez un enfant, nous en aurons un.

Un seul ? Fille unique, elle avait toujours rêvé d'une famille nombreuse. Certainement pas dix enfants, comme elle l'avait affirmé devant la sœur de Braddon, mais elle en souhaitait plus d'un ! Elle avait passé son enfance dans la nursery, sans personne pour jouer avec elle.

Mais il était vrai qu'elle avait ruiné tous ses projets en vingt-quatre heures ! Elle s'était juré de ne jamais épouser un coureur, et elle allait s'unir au pire des libertins. Et elle aurait un seul enfant.

Elle leva les yeux, croisa son regard sombre, et sa décision fut renforcée. Il valait mieux épouser Patrick, même s'il fallait le partager avec d'autres femmes. Et s'ils devaient n'avoir qu'un enfant, qu'il en soit ainsi. Elle l'aimerait tellement qu'il ne se sentirait jamais abandonné.

Le jeune homme semblait un peu anxieux, et elle eut un sourire rassurant.

— Entendu pour un enfant, Patrick.

Il poussa un grand soupir de soulagement. La mort en couches de sa mère l'avait profondément affecté, contrairement à son frère Alex. Patrick était terrifié à l'idée de voir son épouse dans les affres de l'accouchement. Même après avoir vu Charlotte frôler la mort à la naissance de Sarah, Alex envisageait de lui offrir des frères et sœurs. Patrick, pour sa part, ne risquerait jamais la vie de son épouse pour avoir des bébés. Cela n'en valait pas la peine, à son avis.

Il serra les mains de Sophie dans les siennes.

— Voudriez-vous faire une croisière sur mon voilier, pour notre voyage de noces, ma chérie ? Je crains que Napoléon ne nous empêche d'aller sur le Continent.

Soudain, elle lui retira ses mains.

— Vous ne deviez pas épouser Daphné Blanc ? demanda-t-elle.

Il haussa un sourcil.

— La petite Française ? Je l'ai peut-être compromise, mais je vous ai encore bien plus compromise, non ?

Elle eut un regard choqué.

— Pour l'amour du Ciel ! s'écria Patrick. Bien sûr que non, je n'ai pas compromis Daphné Blanc ! Elle a été piquée par un insecte, et il a fallu la soigner. Si j'étais fiancé à Daphné, jamais je ne serais resté dans votre chambre cette nuit, Sophie !

Elle esquissa un sourire incertain. Elle était heureuse d'apprendre que Patrick n'avait pas eu l'intention d'épouser Daphné, mais elle ne croyait pas à la seconde affirmation. Bien sûr que si, il serait quand même resté dans sa chambre. Elle s'était jetée à son cou, après tout ! Les détails de la veille lui revenaient en force. À quoi avait-elle songé, en demandant à un homme de venir la rejoindre dans sa chambre ? Il fallait qu'elle ait perdu l'esprit !

Mais, à dire vrai, c'était Braddon qu'elle attendait, or celui-ci n'avait même pas envie de l'embrasser. Il ne se serait pas passé la même chose avec lui.

Patrick la contemplait avec un sentiment de frustration. De toute évidence, elle le considérait comme un homme capable de compromettre deux jeunes femmes la même semaine !

Elle souriait, mais son regard trahissait un total manque de confiance. Eh bien, elle devrait apprendre à lui faire confiance !

— Que diriez-vous de jeudi en quinze ? suggéra-t-il.

— Si tôt ?

Patrick était lui-même surpris par sa proposition. Il n'y aurait aucun danger à attendre un mois, voire six semaines. Mais il avait tellement hâte d'avoir Sophie pour lui seul !

— De toute façon, ce sera un scandale. Pourquoi ne pas nous marier et partir en lune de miel, avant que la bonne société ne comprenne que vous avez rompu vos fiançailles avec Braddon ?

Sophie demeura un instant pensive.

— Il faudra que j'envoie un message au comte de Slaslow...

Il sourit.

— Il est généralement plutôt courtois d'informer son fiancé que l'on va en épouser un autre, en effet. Mais en l'occurrence, vous n'êtes pas obligée de le faire. Je le lui ai annoncé moi-même cette nuit.

— Cette nuit ! Lui avez-vous tout dit ?

— Non. Je lui ai simplement expliqué que vous aviez décidé de vous marier avec moi plutôt qu'avec lui, déclara-t-il d'un ton coupant.

Il y eut soudain un froid qui troubla la jeune femme.

— Je suis désolée, s'excusa-t-elle. Je ne voulais pas insinuer que vous vous étiez vanté... Comment a-t-il réagi ?

Patrick plissa les yeux. Sophie regrettait-elle de ne pas épouser Braddon ? Son camarade avait-il raison lorsqu'il prétendait qu'elle était folle de lui ?

— Il était contrarié, évidemment. Mais bon sang, Sophie, nous n'y pouvons rien ! s'exclama-t-il en la soulevant du sofa. Vous êtes à moi, je ne peux pas vous rendre à Braddon. Il n'y a pas de retour en arrière possible.

Les yeux de Sophie s'emplirent de larmes. Elle était épuisée par le manque de sommeil, par le tour incompréhensible que prenait la conversation. Quand Patrick l'attira contre lui, elle lui offrit ses lèvres afin qu'il la console.

— Embrassez-moi… s'il vous plaît, souffla-t-elle.

Sans se faire prier, il la poussa contre un siège à haut dossier et la sentit répondre fougueusement à ses caresses. Il goûta ses petits soupirs de plaisir, l'étreinte de ses bras. Peu importait l'amour qu'elle portait à Braddon, finalement.

Un coup discret fut frappé à la porte, et ils se séparèrent. Patrick contempla le visage empourpré de Sophie, ses lèvres gonflées, ses doigts tremblants. Il s'arrangerait pour qu'elle tombe amoureuse de lui, et qu'elle oublie Braddon, se promit-il, atténuant ainsi un peu sa culpabilité d'avoir pris sa virginité…

Quelques minutes plus tard, alors que la jeune femme était montée s'entretenir avec sa mère, il s'assit près du marquis afin de discuter des modalités du mariage. Il cita des chiffres qui firent ouvrir au marquis des yeux effarés.

— Seigneur, mon ami, êtes-vous un nabab ?

— Quelque chose d'approchant, répondit Patrick, laconique.

George n'avait jamais particulièrement souhaité que sa fille épousât une fortune. Il était plus important pour lui d'avoir un gendre bien né, et qu'elle aimerait. Cependant, quel père n'aurait pas été heureux de savoir que son enfant allait vivre dans l'opulence ?

— Je vais demander à mon notaire de tout consigner par écrit, conclut George. Je regrette de vous avoir frappé, ajouta-t-il, penaud.

— Je l'avais mérité, répéta Patrick avec un sourire. Heureusement, j'ai un oncle évêque, et je vais lui demander une licence spéciale dès cet après-midi.

Le marquis fut surpris.

— Une licence ?

— J'ai décidé que le meilleur moyen d'éviter les inconvénients d'un scandale, était de nous marier très vite et de quitter Londres pour un long voyage de noces.

— Oh, je vois, dit George, qui en réalité ne voyait rien du tout.

— Ce sera considéré comme un mariage d'amour, expliqua patiemment Patrick.

— Oh, je vois.

Le jeune homme hésita un instant. Devait-il parler à son futur beau-père du titre que lui accorderait sans doute le Parlement ? Finalement, il décida d'attendre la proclamation officielle. Il s'inclina devant le marquis.

— Puis-je vous rendre visite de nouveau demain, monsieur ?

— Bien sûr. Venez donc dîner, j'aurai les contrats rédigés. Ensuite, vous pourrez épouser ma fille quand il vous plaira.

— Merci, milord.

George le regarda sortir de la pièce, vaguement sonné par les événements de la matinée. Bon sang, il se doutait bien que c'était un mariage d'amour, il n'était pas fou ! Il avait vu comme les yeux de Patrick brillaient, lorsqu'il avait déclaré vouloir épouser Sophie sans tarder.

Pensif, il tira sur les pans de sa veste. Il se rappelait comme si c'était hier le désir ardent qu'il avait éprouvé pour Héloïse, les heures qu'il avait passées à tenter de la persuader de s'enfuir avec lui ! Mais non, elle tenait aux convenances…

Il eut un sourire nostalgique en se souvenant qu'il sanglotait presque de désir inassouvi, à l'époque… Mais tout changeait, dans la vie !

11

Sophie ouvrit la porte de la nursery pour trouver Charlotte, la comtesse de Sheffield, assise sur un tabouret près de la cheminée, tandis qu'une toute petite fille potelée peignait ses boucles brunes.

— Pippa ! Aïe, chérie ! Il faut que tu sois très douce, si tu veux devenir un jour cameriste.

Sophie éclata de rire.

— Vous ne pensez pas que Pippa montre un peu trop d'ambition, Charlotte ?

La jeune comtesse se retourna, épanouie.

— Regarde qui vient nous rendre visite, Pippa ! s'écria-t-elle.

La « future camériste » lâcha sa brosse et se jeta contre les jambes de Sophie.

— Lady Sophie ! Lady Sophie !

Celle-ci prit la fille de Charlotte dans ses bras.

— Si tu continues à grandir comme ça, Pippa, je ne pourrai plus te porter !

L'enfant s'accrochait à son cou.

— Vous savez que je vais bientôt avoir trois ans, lady Sophie ?

— Vraiment ? Et moi qui croyais que ton anniversaire n'arriverait pas avant longtemps... Jusqu'à ce que l'été soit venu et parti.

— L'été arrive bientôt, répondit sérieusement la fillette. On est presque à Noël, et tout de suite après, c'est l'été.

Sophie rit de nouveau.

— Où as-tu pris cette sagesse, Pippa ?

Toute fière, la petite se rengorgea.

— Parfois, je préférerais être née oiseau, surtout une hirondelle, mais maman dit qu'elle m'aime mieux comme ça.

Elle tiraillait le bord de sa robe rose.

Sophie embrassa le bout de son nez et la posa à terre.

— Ainsi, Charlotte, vous préférez que votre petite fille porte une robe plutôt que des plumes ?

Pippa se laissa tomber sur le tapis aux pieds de Charlotte.

— Les mamans sont comme ça, lady Sophie. Elles aiment que leurs bébés portent des robes et ne se salissent pas. Vous verrez, quand vous en aurez !

— Et si c'est un petit garçon ?

— Un petit garçon ?

Déconcertée, Pippa fronça les sourcils. On ne parlait guère de garçon, à la nursery.

— Maman et Sarah sont des filles, dit-elle. Katie aussi.

Sarah était le bébé, et Katie la nurse.

— Je sais, Pippa. Mais si j'ai un petit garçon, il n'aura peut-être pas envie de porter des robes.

— Vous aurez une fille ! décréta Pippa. Vous croyez que ce sera bientôt ?

Charlotte pouffa de rire.

— Non ! s'écria Sophie. Non, je n'envisage pas d'avoir de bébé dans un proche avenir, fille ou garçon.

— Pourquoi ? Maman a dit qu'elle avait donné une soirée pour vos fiançailles, alors vous allez habiter dans une maison à vous, et vous aurez plein de place. Avec qui vous vous mariez ? Il est gentil ?

Sophie s'assit près de Charlotte et de la fillette.

— Je devais épouser un très gentil monsieur qui s'appelle Braddon…

Du coin de l'œil, Sophie vit son amie lever la tête, intéressée.

— Et ce gentil monsieur, Braddon, il ne veut pas une petite fille ?

— Quand elle a une idée dans la tête, intervint Charlotte, Pippa ne la lâche pas facilement... Vous avez dit : « je devais » ?

Sophie évita son regard.

— En vérité, j'ai changé d'avis, je n'épouserai pas Braddon. Alors il faudra qu'il aille chercher un bébé ailleurs.

Charlotte eut un sourire triomphant, tandis que Pippa venait tapoter la main de Sophie.

— Vous savez, puisque vous n'aurez pas de petite fille tout de suite, vous pourriez emmener Sarah chez vous. Maman a deux enfants, elle peut vous en donner un.

— Pippa, je t'ai déjà dit de cesser d'offrir ta sœur à tout le monde. Vous n'êtes pas la première à jouir de sa générosité, Sophie. Elle a déjà proposé Sarah à la sœur de Katie, à la plupart des domestiques et, plusieurs fois, à ma mère !

Sophie tentait de garder son sérieux.

— Si un jour j'ai une petite fille, dit-elle à l'enfant, je t'emprunterai parfois à ta maman. Tu pourras apprendre à mon bébé comment rester propre.

La fillette se releva, dévoilant une robe toute froissée.

— Quelle bonne idée ! s'écria-t-elle. Quand vous déciderez vraiment de vous marier, je mettrai ma plus jolie toilette, et je serai *très* sage !

La porte de la nursery s'ouvrit sur Katie, un bébé à moitié endormi dans ses bras.

— Voilà le petit trésor, madame, dit-elle doucement. Elle vient de se réveiller.

Charlotte se leva pour prendre la petite.

— C'est l'heure de la tétée, mon amour... Quant à vous, Sophie York, je crois que nous avons à parler. Si nous allions prendre le thé dans mon boudoir ?

— Oui ! Oui ! Moi aussi ! cria Pippa.

— Je crois, chérie, que Katie a besoin d'être coiffée.

La fillette alla chercher son peigne, partagée entre l'envie de descendre avec lady Sophie et celle de pratiquer son art préféré : la coiffure !

— Regardez l'état de votre robe, lady Pippa ! gronda gentiment la nurse.

Pippa lissa sa jupe.

— Au début, j'ai fait attention, Katie. Et puis j'ai oublié...

— Oh, mon Dieu ! s'écria la nurse. Je suis tout ébouriffée, et je ne m'en rendais pas compte ! Heureusement que lady Pippa est là pour s'en occuper...

Elle s'assit sur un tabouret, retira sa coiffe, et la fillette entreprit d'ôter les épingles de son chignon.

Sophie s'accroupit près d'elle.

— Viendrais-tu passer un moment avec moi, un de ces jours ? Nous irons manger des glaces.

— Oui, lady Sophie ! Papa dit que les glaces sont mon vice. Vous savez ce que ça veut dire ?

— Cela signifie que tu aimes beaucoup les glaces.

— Et vous, c'est quoi votre vice, lady Sophie ?

Pippa la contemplait de ses grands yeux noirs, en haussant des sourcils semblables à ceux de son père... et de son oncle.

Le désir d'avoir une petite fille comme toi, songea la jeune femme.

— Sophie adore aussi les glaces, dit Charlotte depuis la porte. Et c'est un vice bien suffisant !

Sur un dernier signe amical, Sophie la suivit dans l'escalier.

Une fois dans le boudoir, Charlotte s'installa dans un fauteuil à bascule pour nourrir Sarah, tandis que Sophie arpentait nerveusement la pièce. Ce salon n'avait rien de conventionnel, contrairement à bien d'autres. Certes, ce n'était pas là que Charlotte travaillait – son atelier de peinture se trouvait au deuxième étage – mais c'était une pièce chaleureuse, où les livres n'étaient pas toujours bien rangés sur les étagères, où il y avait parfois des papiers par terre près de la cheminée. Une pièce qui tolérait l'inconvenance d'une comtesse qui nourrissait elle-même son enfant, sans prendre la peine de se retirer dans sa chambre !

Enfin, Charlotte leva vers son amie des yeux brillants d'excitation.

— Alors ?

Sophie contemplait le bébé qui tétait, ses petits doigts accrochés à la dentelle du corsage.

— Alors ? répéta-t-elle, taquine. J'ai rompu avec Braddon.

— Oh, Sophie, c'est merveilleux ! Braddon n'était pas assez intelligent pour vous. Jamais il ne vous aurait comprise, et il a des idées très arrêtées, vous savez. Vous l'auriez à la fois terrifié et scandalisé. Il est gentil, je vous l'accorde, mais ce n'est pas un homme pour vous.

— Qui le serait, à votre avis ? s'enquit malicieusement Sophie.

Charlotte garda un silence prudent. Si son amie ne voulait pas épouser Patrick, libre à elle, bien qu'elle considérât qu'ils étaient faits l'un pour l'autre.

— Oh, mon Dieu, feignit de se lamenter Sophie. J'ai peur que vous n'aimiez pas mon nouveau fiancé !

— Votre nouveau fiancé ?

— Vous n'imaginez pas que la femme la plus célèbre de Londres – depuis que vous vous êtes rangée et avez cessé de faire scandale – accepterait de ne pas être fiancée pendant une seule seconde !

Sophie pouffa et esquissa quelques pas de danse.

— Bien sûr, je n'ai laissé tomber Braddon que lorsque j'ai eu un remplaçant.

Charlotte fit la grimace.

— Cessez d'être cynique, Sophie. Ce n'est pas vous, et je déteste quand vous prenez ces airs légers.

— Pardonnez-moi, dit Sophie en souriant. Je ne voulais pas être si désinvolte.

Elle s'interrompit. Elle était gênée d'avouer qu'elle allait épouser Patrick, après avoir tant affirmé qu'il n'en était pas question !

Elle s'approcha vivement du fauteuil et se pencha sur Sarah.

— Oh, quelle ravissante petite oreille !

Elles admirèrent un moment le bébé en silence, puis Charlotte reprit, sévère :

— Ne détournez pas la conversation, Sophie York ! Dites-moi à qui vous allez accorder votre main. Pas à Reginald Petersham, tout de même ?

— Non. Il est charmant, mais un peu bizarre. D'autres suggestions ?

Charlotte serra les lèvres. Elle n'allait pas prononcer le nom de Patrick.

— Que pensez-vous du duc de Siskind ? demanda Sophie, impudente.

Son amie écarquilla les yeux.

— Oh, non ! Il est vieux, et il a huit enfants !

Sophie caressait la petite tête ronde de Sarah.

— Mais j'adore les enfants ! dit-elle en baissant les yeux pour cacher son amusement.

— Non, gémit Charlotte. Il a au moins soixante-cinq ans !

— Ce n'est pas lui, avoua Sophie. Je veux des enfants à moi.

En tout cas un, songea-t-elle.

— Finalement, j'ai accepté d'épouser Patrick, déclara-t-elle légèrement. Il insistait tellement !

Il fallut quelques secondes à Charlotte pour digérer la nouvelle, puis elle poussa un cri de joie. Sarah, effrayée, se mit à pleurer, et elle l'installa de nouveau contre son sein, avant de passer son bras libre sur l'épaule de son amie.

— Maintenant, nous sommes sœurs ! dit-elle, rayonnante.

Enfant unique, Sophie avait toujours rêvé d'avoir une sœur. Voilà que son vœu était exaucé !

— Sœurs... répéta-t-elle.

Les questions se bousculaient sur les lèvres de Charlotte.

— Mais comment ? Quand ? Où irez-vous en voyage de noces ? Oh, lui avez-vous dit que vous aimez les langues étrangères ? Et votre mère, qu'en pense-t-elle ?

— Mère a eu environ trois crises de nerfs hier, causées par mon ingratitude, mais aujourd'hui c'est mon fiancé la cible de son courroux, car il voulait que la cérémonie ait lieu dans deux semaines. Mère refusait d'envisager un mariage avant trois mois, et finalement il semblerait qu'ils soient tombés d'accord pour six semaines. C'est son oncle, l'évêque de Winchester, qui officiera. D'ailleurs, vous savez certainement que son oncle est évêque...

Charlotte sourit, et Sophie retint son souffle. Son amie allait-elle lui poser des questions précises sur ces brusques fiançailles ?

Elle se dépêcha de poursuivre.

— Maman tient à un grand mariage, bien que mon père ait essayé de l'en dissuader. Elle est convaincue que c'est le seul moyen de me sauver de la honte sociale. Les servantes sont déjà en train de coudre des couvertures roses pour les chevaux, car maman veut que les invitations soient portées dans les règles.

Charlotte tirait ses propres conclusions.

— Pour l'amour du Ciel, Sophie... dit-elle en souriant. Même Henrietta Hindermaster, quand elle a rompu ses fiançailles avec le duc de Siskind, a attendu trois mois avant d'épouser le majordome de son père !

Sophie se sentit rougir. Elle avait adopté une attitude sophistiquée depuis si longtemps, qu'il était surprenant de voir à quel point elle redoutait le scandale. Elle dont les robes arachnéennes faisaient jaser depuis son premier bal !

Charlotte eut un sourire de sympathie.

— Pauvre Sophie ! Il ne manquerait plus que Patrick ait grimpé jusqu'à votre balcon pour vous enlever...

Son amie s'empourpra davantage, et Charlotte s'écria :

— Il l'a fait ?!

Sophie était prise entre une crise de fou rire et un embarras grandissant. Elle se leva, rejeta ses cheveux en arrière.

Comme elle se taisait, Charlotte plissa les yeux.

— Je veux tout savoir, Sophie York !

Patrick évitait soigneusement le regard de son frère, tandis qu'il essayait de décider ce qu'il allait lui dire. Bon sang ! Pourquoi n'avait-il pas demandé à lady Sophie ce qu'elle envisageait de raconter à Charlotte ? Il avait le sentiment que les femmes se confiaient tout, mais cela signifiait-il qu'elle régalerait son amie des détails qui avaient précipité leur mariage ?

Les jumeaux, assis dans le vestiaire de la salle de boxe qu'ils fréquentaient régulièrement, se reposaient d'un assaut avec leur maître. Ils s'étaient lavés, et un valet attendait pour les aider à s'habiller. Les messieurs qui rembourraient leurs vêtements, par exemple, avaient toujours besoin que l'on vérifie si les rembourrages tombaient bien.

Certes, se dit le petit Billy Lumley, ces deux-là n'avaient pas besoin de rembourrage, mais peut-être lui donneraient-ils un pourboire. Aussi patientait-il, leurs manteaux à la main.

Patrick étendit ses longues jambes et fit signe au domestique de se poster un peu plus loin. Alex, qui enfilait une chemise propre, lui lança un coup d'œil interrogateur.

— Je me marie dans six semaines, dit enfin Patrick avec l'ombre d'un sourire. J'ai pensé que tu souhaiterais être là...

Il y eut un silence.

— Daphné Blanc ? demanda enfin Alex d'un ton neutre.

— Non. Celle que tu avais choisie pour moi. Sophie York.

Alex eut un grand sourire.

— Je l'aime beaucoup. Et mère l'aurait appréciée aussi.

— Oui.

Ils demeurèrent un instant silencieux, à penser à leur mère, à la façon dont elle entrait en riant dans la nursery pour les prendre dans ses bras et leur donner des baisers... Jusqu'à ce qu'elle décède en mettant au monde un petit garçon mort-né. Ils s'étaient alors retrouvés avec leur père, un homme taciturne atteint de goutte, qui n'avait pas tardé à les envoyer en pension et les expédiait pendant les vacances chez qui voulait bien les accueillir.

Alex fut le premier à se lever.

— Pourquoi si vite ?

— Une lubie.

— Une lubie ?

Alex fit signe à Billy de lui apporter son manteau qu'il enfila sans la moindre difficulté, à la grande déception du garçon.

— Tu peux parler ! rétorqua Patrick en donnant un généreux pourboire au valet.

— Et ensuite ? demanda Alex, les yeux pétillants d'amusement.

— Nous partirons en croisière le long de la côte sur le *Lark*.

— Le long de la côte ?

— Depuis le *Lark*, je pourrai observer discrètement les fortifications de Breksby au pays de Galles. Le moment ne me paraît pas si mal choisi.

Alex fit une petite grimace.

— Cette idée que Napoléon puisse envahir le pays de Galles est ridicule ! Napoléon – à condition qu'il ait assez de vaisseaux – se dirigera plutôt vers le Kent ou le Sussex. Il ne possède que des navires à fond plat ! Il ira directement de Boulogne au Kent.

Patrick haussa les épaules.

— C'est tout de même une excellente excuse pour notre voyage de noces.

— On n'a pas besoin d'excuse, Patrick !

Alex avait gâché sa propre lune de miel, pour une stupide histoire de jalousie.

— Ne recommence pas les mêmes erreurs que moi, ajouta-t-il.

Patrick sourit.

— Ne te tracasse pas. Et puis, je ne ferai pas un mariage comme le tien, Alex. Oh, il sera réussi, j'en suis certain, mais rappelle-toi que Sophie voulait épouser Braddon Chatwin. Je ne pense pas que nous partagerons une fusion émotionnelle semblable à la vôtre.

Alex haussa un sourcil étonné.

— Elle voulait le titre de Braddon, insista Patrick.

— Et que pense-t-elle de ton titre de duc ?

— Je ne lui en ai pas parlé.

— Comment cela, tu ne lui en as pas parlé ! Tu attends le jour de vos noces ?

— Pas spécialement. Simplement, le sujet ne s'imposait pas. J'irai seul en Turquie, et je ne pense pas que Sophie soit très intéressée par un événement qui aura lieu dans presque un an.

Alex lui lança un regard de biais.

— Tu es sûr de vouloir te marier, Patrick ?

— Si je dois me passer la corde au cou, pourquoi pas avec Sophie ? J'ai de l'affection pour elle, et elle est…

— Incroyablement belle, termina son frère.

— Certes… admit Patrick en souriant à l'évocation de sa fiancée.

— Et remarquablement intelligente.

— Oui, à sa manière un peu légère et mondaine. Elle sera une plaisante compagne.

— Légère ? s'écria Alex en riant. Un jour, petit frère, demande-lui de te parler de ses études de langues !

— Il faut que j'y aille, dit Patrick, nerveux.

L'heure approchait du dîner avec sa fiancée et ses futurs beaux-parents. Il ne se réjouissait pas particulièrement de ce repas, mais ensuite il prendrait la jeune femme dans ses bras, avec ses lèvres au goût de cerise, ses petits gémissements de plaisir... Il fallait à tout prix qu'il se rappelle pourquoi il commettait la bêtise de se passer la corde au cou, lui qui s'était juré de ne jamais tomber dans ce piège !

— Donc, tu considères ton mariage comme un fleuve tranquille qui coulera une soixantaine d'années ? dit Alex avec un clin d'œil tandis qu'ils sortaient de la salle de boxe. En fait, ce sera tellement formel que Sophie se rendra à peine compte que tu pars quelques mois en Turquie. Et tu lui diras au revoir aussi gaiement que si tu allais passer une semaine au pavillon de chasse ?

— Le cœur et la beauté sont deux choses différentes, répliqua Patrick. Crois-moi, j'ai côtoyé des créatures de rêve pendant des années, et jamais mon cœur n'en a souffert.

— Parfait, tu es un sage ! ironisa son frère. Nous verrons bien. Tu accepterais un petit pari ?

— Sur quoi ?

— Ton cœur. Je te parie cinq cents couronnes que d'ici un an, tu avoueras être fou de ton épouse.

— Jamais je n'accepterais d'argent d'un amoureux transi comme toi ! répliqua Patrick avec un rire bref. Ce n'est pas parce que tu es devenu d'une sensiblerie désespérante que je dois suivre le même chemin !

— Alors, tu ne risques rien à parier...

— Je remettrai tes cinq cents couronnes à une œuvre de charité en ton nom, rétorqua Patrick d'un ton doucereux. Parce que tu n'as pas plus de chances de gagner ce pari que de me voir dormir en chemise de nuit ou demander la charité.

Alex ne cachait pas son amusement.

— Tu oublies, cher frère, que je t'ai vu en compagnie de Sophie. Tu la désires tellement que tu baves dès que tu l'aperçois ! Quand *tu* me donneras les cinq cents couronnes, je t'achèterai une chemise de nuit ornée de dentelle de Bruges !

12

Six semaines plus tard, Sophie avait toujours l'impression que le mariage arrivait trop vite. Sa robe nuptiale avait été ajustée pour la dixième fois. Cinq couturières s'en occupaient comme s'il s'agissait de la toilette d'une reine.

Elle soupira. Si cela avait été une journée normale, elle se serait mise au travail une heure ou deux... Elle se dirigea vers son secrétaire et jeta un coup d'œil à son manuel de grammaire turque, là où les autres jeunes femmes posaient leurs cartons d'invitation et leurs lettres.

Elle s'en emparait quand sa mère entra dans la chambre.

— Sophie, je pense que...

Héloïse s'interrompit.

— Encore l'un de tes livres étrangers ?

— Oui, maman.

— Comment ai-je pu avoir une fille aussi écervelée ? Tu ne te rends pas compte qu'une femme mariée doit renoncer à ces enfantillages ? Les langues étrangères sont des bêtises puériles auxquelles tu dois renoncer, comme à toutes les autres matières scolaires.

Sophie hésita.

— Peut-être Patrick ne verra-t-il pas d'inconvénient à ce que je parle quelques langues étrangères ? Il me semble fort accommodant.

— Ne dis pas de sottises, Sophie. Les hommes détestent les bas-bleus, et ils ont raison. Les femmes cultivées sont ennuyeuses à mourir !

Sophie ravala la réplique qui lui montait aux lèvres. Elle était sans doute l'une des jeunes femmes les plus érudites de Londres, pourtant jamais ses soupirants ne l'avaient trouvée ennuyeuse !

— Seigneur, grommela la marquise, je regrette de t'avoir laissée continuer dans cette voie...

Sophie regarda sa mère s'agiter dans la pièce en remettant des bibelots en place. Elle ne s'était jamais penchée sur le don des langues de sa fille. Mais elle l'avait autorisée à étudier le français, l'italien, le gallois, puis l'allemand et le turc, car Sophie avait eu la chance de faire la connaissance d'une émigrée turque par l'intermédiaire de son professeur d'allemand.

— Je ne suis pas complètement stupide, poursuivait la marquise en ouvrant l'armoire et en fronçant les sourcils devant les toilettes de sa fille. Ton père essaie de me ménager, mais je comprends pourquoi ce mariage doit avoir lieu à la hâte. Aussi nous dispenserons-nous des explications d'usage qu'une mère donne à sa fille sur la nuit de noces.

Sophie était à la fois honteuse et embarrassée.

— De toute façon, continuait Héloïse avec un soupir, ce n'est pas très important. J'aimerais te donner des conseils qui rendraient ton mariage différent du mien, mais je ne sais que te dire.

La jeune femme sentit des larmes lui piquer les yeux.

— Tout va bien, maman...

Héloïse se laissa tomber dans un fauteuil à haut dossier.

— Non, tout ne va pas bien, Sophie. J'ai gâché mon union avec ton père. Après toutes ces années où je l'ai rendu coupable de tout, je commence à me demander si je n'aurais pas pu agir différemment. Peut-être ai-je été trop sévère.

Sophie s'assit en face de sa mère. Elle était arrivée à la même conclusion : si la marquise avait fermé les yeux sur les incartades de son mari, ils auraient été plus heureux, et elle aurait sûrement aujourd'hui des frères et des sœurs.

— Je ne pouvais pas, murmura Héloïse. Je n'étais pas faite comme ça, et je me suis mariée à dix-huit ans à peine. Tu en as vingt, et tu es plus insouciante que moi. Je t'en prie, Sophie, je t'en supplie, détourne-toi quand ton époux courtisera d'autres femmes. Accueille-le ensuite dans ton lit sans rechigner. Ne fais rien qui puisse le contrarier, comme d'étaler ton talent pour les langues.

Sophie tenta de se montrer rassurante.

— J'essaierai, maman. Je ne dirai jamais à Patrick que je parle autre chose que l'anglais, et je ne lui ferai pas de reproches s'il dort avec d'autres femmes. Je sais pertinemment que j'épouse un libertin.

— Ignore ses incartades, insista la marquise, une lueur inquiète dans le regard. Le vrai plaisir, dans le mariage, ce sont les enfants.

La jeune femme esquissa un sourire.

— J'aurais aimé te donner les frères et sœurs dont tu avais tellement envie, Sophie ! s'écria sa mère avec passion. Tu te souviens ? Tu en réclamais à cor et à cri. Mais qu'y pouvais-je ? Ton père et moi ne nous parlions plus, et je ne savais comment remédier à la situation. Nous n'avions plus qu'un point commun : toi, Sophie. Crois-moi, les enfants peuvent représenter un lien important entre toi et ton mari, si l'orgueil ne vient pas tout gâcher.

— Patrick ne veut qu'un enfant, maman, lâcha Sophie.

Héloïse digéra l'information.

— J'en suis désolée pour toi. Je sais combien tu aimes les petits. Tu prendras bien soin de lui, alors... T'es-tu parfois demandé pourquoi j'étais si stricte sur le choix de tes amies ?

Sophie hocha la tête. Elle n'avait jamais le droit d'aller voir d'autres enfants, et sa gouvernante avait l'ordre formel d'éloigner tous ceux qui pourraient s'approcher d'elle, lors de leurs brèves promenades.

— Il fallait que je te protège, Sophie. Tu es ma fille unique.

Héloïse avait repris contenance.

— Mais ce n'est pas le nombre d'enfants qui importe, c'est le plaisir que tu tires de ton mariage. Une union comme la mienne - amertume d'un côté, indifférence de l'autre - est pire qu'un mariage sans enfants.

La marquise s'empourpra légèrement, avant de reprendre :

— Pour être claire, ne refuse jamais ton lit à ton mari. Je n'aurais pas dû chasser ton père de ma chambre. J'ai été une sotte capricieuse. Maintenant, à presque quarante ans, je donnerais tout pour revenir en arrière. Ne fais pas comme moi, Sophie. Quelle que soit ta rancœur, ne la montre jamais à Patrick, et ne le bannis pas de ton lit. Sauf si tu attends un enfant.

— C'est promis, maman, murmura docilement Sophie.

Simone, la caméristе, pénétrait dans la chambre, suivie d'une armée de servantes chargées de papier de soie. Elle fit la révérence.

— Je vous demande pardon, madame, mais nous sommes prêtes à faire les malles de lady Sophie.

Héloïse se leva, caressa les cheveux de sa fille.

— Il ne pourra s'empêcher de tomber amoureux de toi, ma chérie. Je suis sûre que mes conseils sont inutiles.

Sophie sourit mais, après le départ de sa mère, elle demeura un instant immobile, serrant bien fort le petit livre relié de cuir. Héloïse, en tant qu'épouse, avait commis l'erreur de refuser une situation qu'elle ne pouvait contrôler. En d'autres termes, si Patrick regardait ailleurs, la jeune femme devrait feindre de ne pas le remarquer.

Lord Breksby pianotait sur son bureau, manifestant une nervosité inhabituelle.

— C'est une infamie !

Un petit homme vêtu de façon banale lui lança un coup d'œil amusé.

— Napoléon a toujours été fort ennuyeux, acquiesça-t-il.

— Bien plus que cela ! gronda Breksby qui s'en étranglait de rage. Comment espère-t-il s'en sortir ?

— C'est un coup de chance que nous ayons tout découvert, fit remarquer son interlocuteur.

Breksby soupira.

— Il vaudrait mieux que j'en parle à Patrick Foakes.

— À ma connaissance, Foakes prépare son voyage de noces... le long de la côte.

Le petit homme savait visiblement pourquoi Patrick avait choisi cette destination pour sa lune de miel.

— En effet. Damnation !

— À quoi bon le mettre au courant ?

Le petit homme baissa les paupières. Il en savait davantage sur les agissements secrets de plusieurs gouvernements que Breksby lui-même. C'était exaspérant, mais vrai.

— Comment pourrais-je me taire ? Il risque gros. Si le sceptre explosait...

— Le sceptre n'explosera que si nous laissons la substitution se faire. Le sceptre est la clé, et Foakes ne l'a pas. Nous, si.

Il se dirigea vers la porte.

— Mieux vaut ne pas prendre le risque qu'il en parle à son épouse, reprit-il avant de sortir. Les hommes amoureux sont dangereux.

Breksby contempla la porte qui s'était refermée sur lui. Il se rassit, sortit une feuille de papier et rédigea un message adressé à l'honorable Patrick Foakes... qu'il déchira un instant plus tard.

Le petit homme avait raison. C'était irritant, il avait toujours raison, mais... Peut-être la meilleure idée était-elle d'envoyer le sceptre tel qu'il était. S'il était remis à Foakes seulement une heure avant que celui-ci ne l'offre à Sélim, le risque serait considérablement réduit. Un sceptre piégé ! Quelle idée absurde ! Mais si Foakes apportait un tel objet au couronnement de Sélim, et s'il explosait, il en résulterait un imbroglio catastrophique pour l'Angleterre. Sélim se sentirait gravement insulté, en supposant qu'il survive à l'explosion. Il se rangerait aussitôt du côté de Napoléon, et déclarerait la guerre à l'Angleterre.

— Enfer et damnation ! marmonna Breksby.

Il convoqua son valet, mit son chapeau. Il fallait que le Conseil des ministres soit au courant du complot de Napoléon.

Ce soir-là, le marquis et la marquise de Brandenburg se retrouvèrent au salon pour attendre leur fille. Ils avaient un dîner de famille. Leur dernier dîner de famille, songea Héloïse, le cœur serré. Le lendemain, leur enfant quitterait la maison pour l'église St. George, et elle n'y reviendrait plus qu'en visite.

Elle accepta le verre de sherry que lui proposait Caroll et se dirigea vers la vaste fenêtre donnant sur les jardins. Elle repensait à sa conversation avec Sophie... Jamais elle n'avait osé prononcer de telles opinions à haute voix, et elle se sentait vaguement embarrassée de se trouver dans la même pièce que son mari.

Mais si George remarqua sa tension, il ne le montra pas. Il semblait parfaitement joyeux quand il vint la rejoindre.

— Je crois qu'ils seront heureux ensemble, ma chère. Et vous ?

Héloïse sentit sa respiration s'accélérer étrangement. Depuis qu'elle avait revu son mari nu, l'image de son torse et de ses jambes se superposait à celle de sa banale présence. Il était là, près d'elle, tout habillé, et elle frémissait en retrouvant des impressions du début de leur mariage.

Un souvenir lui revint, importun. George avait coutume de l'embrasser indéfiniment sur la nuque. Elle se tourna vers lui. Il regardait le parc.

— George, dit-elle en rougissant.

Il posa sur elle son regard gris et mit la main sur sa nuque, cet endroit auquel elle pensait précisément. Il n'avait pas eu de geste aussi intime depuis des années.

Elle demeura immobile, comme un animal terrifié. C'était le moment de montrer du courage. Mais il était difficile de surmonter des années d'indifférence. Les mots restaient au fond de sa gorge, et elle baissa la tête, désespérée.

George déplia la main et se mit à caresser doucement la base de son cou. Il arrêta seulement lorsque Caroll introduisit Sophie au salon.

13

Sophie s'éveilla de fort bonne heure, et elle sortit de son lit pour aller regarder à la fenêtre le jour se lever. Qu'était-on censé faire, le matin de son mariage ? Dormir, lui conseillerait sa mère. Dormir afin d'être au mieux de sa forme. Mais elle ne pouvait pas dormir.

Son cœur battait la chamade. Elle s'appuya à la croisée par laquelle Patrick était entré dans sa chambre, en se répétant pour la centième fois qu'elle ne se trompait pas. En regardant bien, on discernait encore sur le rebord les traces de l'échelle.

Une grosse charrette passa dans la rue, menée par deux hommes sales de leur nuit de travail. La ville s'éveillait. À Covent Garden, les maraîchers devaient installer leurs étals, les marchands d'oiseaux ouvraient leurs échoppes à Spitalfields. Enfant, elle adorait voir les rangées de chardonnerets et d'alouettes, de linottes et de verdiers. Aujourd'hui, l'idée des petites cages à oiseaux lui donnait envie de pleurer.

— Ne sois pas stupide ! se dit-elle à voix haute.

Pourquoi dramatisait-elle son mariage, comme si on l'obligeait à s'y soumettre ?

Elle serra ses bras autour d'elle. Elle désirait Patrick, elle le voulait, comme Juliette avait voulu Roméo. Sans doute plus encore, car elle avait vécu une nuit d'amour merveilleuse avant de l'épouser !

Alors, pourquoi se tracassait-elle ? Elle appuya son front contre la vitre froide. Deux carrioles de livraison tournèrent le coin de la rue, le premier phaéton de la matinée passa en cahotant sur les pavés.

Un matin normal, elle aurait sonné pour qu'on lui apporte une tasse de chocolat, puis elle aurait travaillé deux heures avant de prendre un bain. Un instant, elle faillit se laisser tenter par son traité de grammaire turque, mais les paroles de sa mère lui revinrent à l'esprit. Il s'agissait de distractions enfantines...

Dehors, la gouvernante choisissait à présent des légumes dans une charrette des quatre saisons, arrêtée devant la porte.

La marquise lui avait cependant donné de bons conseils, songea Sophie. Patrick ne saurait jamais qu'elle étudiait les langues étrangères, si cela devait le contrarier. Quant à lui refuser l'accès de son lit... elle n'en avait aucune envie !

L'essentiel était de ne pas le laisser deviner qu'elle s'était prise d'une absurde tendresse pour lui. S'il l'ignorait, elle pourrait jouer le rôle de l'épouse avertie, qui laisse son mari batifoler à sa guise. Mais elle était glacée en pensant à l'humiliation qu'elle éprouverait, si par malheur il découvrait combien elle l'aimait !

— Je ne le lui dirai jamais, murmura-t-elle.

Un peu réconfortée, elle s'aperçut soudain que ses orteils se recroquevillaient de froid, et elle courut se réfugier sous sa couverture.

Quand elle rouvrit les yeux, le soleil entrait à flots dans la pièce. Elle se tourna sur le dos. Elle avait rêvé en italien, ce qui ne lui était pas arrivé depuis qu'elle avait commencé à apprendre cette langue, quatre ans auparavant. Un curieux petit rêve, dont les détails lui échappaient. Il s'agissait d'un bal masqué, où elle était déguisée en gitane, un chapeau de paille noué sous le menton...

Elle fit la grimace. La mascarade allait commencer. Résolument, elle tira le cordon de sonnette et se leva.

Héloïse avait chaud au cœur en contemplant l'assistance réunie dans l'église St. George, ce mercredi à trois heures de l'après-midi. Elle avait battu le rappel de leurs parents, ainsi que de ceux de Patrick, qui se limitaient à un frère, Alex, et une tante. Bien qu'ils ne fussent pas très nombreux, tous étaient fort en vue. C'était l'oncle de Patrick qui officierait, et la tante, Henrietta Collumber, occupait une place de choix à côté de la mère de la mariée.

— Cessez de vous retourner, Héloïse ! disait Henrietta avec l'autorité que lui conféraient ses quatre-vingts ans. Ils sont tous là, ne vous inquiétez pas. Ils se figurent que c'est le mariage d'amour du siècle !

Héloïse la considéra avec une profonde antipathie. Pouvait-elle se permettre de rembarrer cette vieille pie ? Non. Elle se contenta de se tourner vers l'autel. Elle avait été heureuse d'apprendre que le comte de Slaslow serait le garçon d'honneur de Patrick : cela ferait taire les mauvaises langues ! Slaslow semblait un peu maussade, mais c'était dans son tempérament. En réalité, elle était persuadée que Sophie serait plus heureuse avec Patrick Foakes.

Celui-ci, imperturbable, se tenait en haut de la nef avec son jumeau. Contrairement à Braddon Chatwin, qui se dandinait d'un pied sur l'autre, les frères Foakes étaient immobiles comme le roc.

Soudain, un murmure parcourut l'assemblée, et Sophie apparut, une main posée sur le bras de son père.

Héloïse avait persuadé sa fille de porter du blanc et, dans la lumière diffusée par les vitraux, elle paraissait innocente, fragile, presque irréelle. Personne n'aurait pu imaginer qu'il s'agissait d'une jeune personne qui attirait le scandale comme un aimant. Même les mauvaises langues devaient hésiter à se demander pourquoi ce mariage avait été précipité. La chevelure de la jeune femme cascadait dans son dos, parsemée de boutons de roses blanches. Elle ressemblait à une princesse russe, ou à une fée sortie d'un conte irlandais.

Sa robe de satin ivoire à taille haute était ornée d'une sur-robe qui se terminait en traîne. Les manches étaient courtes, le décolleté pudique, et elle portait de longs gants de satin. Quand Valentin Carême lui avait montré sa toilette, elle avait gémi qu'elle aurait l'air d'une douairière...

Certes, c'était sans doute la robe la plus sage qu'elle eût portée depuis ses débuts dans le monde. Mais les petites mains de Carême avaient ajouté une note originale et charmante : de la dentelle dorée qui soulignait le corsage et le bord de la traîne.

Dieu, cet homme savait mettre les femmes en valeur ! Avec la dentelle qui rappelait la teinte de ses cheveux, Sophie était une ravissante icône or et ivoire. Une icône blasphématoire, évidemment, car ce n'était pas avec respect que les hommes présents la contemplaient, mais avec le désir au creux des reins.

Patrick en eut le souffle coupé tandis qu'il la regardait venir à lui, les paupières baissées. Elle ne les releva que lorsque le marquis et elle eurent atteint l'autel.

Alors, un bref instant, leurs regards se croisèrent, et Sophie s'empourpra. Un sourire apparut sur les lèvres de Patrick, une intense chaleur l'envahit.

Au moins, il savait pourquoi il se mariait. Il n'avait jamais éprouvé – et n'éprouverait jamais – un désir comme celui que Sophie éveillait en lui. Malgré la présence du prêtre, il prit sa main dans la sienne.

L'évêque lui jeta un regard de réprobation sous ses sourcils broussailleux. Richard avait accepté de célébrer le mariage en souvenir de son frère, le père de Patrick. Dieu sait si les garçons en avaient fait voir à leur père ! Mais Sheffie aurait été heureux d'assister à cette scène :

— Marions-les, et ils se calmeront, avait-il coutume de dire.

Il n'avait pas suivi son propre conseil puisque, au lieu de les ligoter dans un mariage arrangé, il les avait envoyés sur le Continent et en Orient. Il avait eu de la chance de les voir revenir sains et saufs. Toutefois, Richard n'avait pas eu l'occasion de les rencontrer depuis la mort de son frère.

Il rajusta sa haute mitre, qui avait une fâcheuse tendance à glisser en arrière et à osciller comme un bateau dans la tempête.

— Mes chers amis, commença-t-il, nous voici réunis sous le regard de Dieu...

Sophie se mit à trembler tandis que la voix profonde de l'évêque emplissait la nef. Patrick lui tenait toujours la main, et elle en éprouvait une vague de désir qui lui donnait envie de s'enfuir en courant. Sa nouvelle vie s'étendait devant elle, grise et vide, marquée par l'humiliation et le chagrin de voir son mari s'amuser avec d'autres femmes...

Richard poursuivait la cérémonie, tout en remarquant que Patrick gardait la main de Sophie dans la sienne. Bah, ce serait considéré comme un geste romantique par les assistants, et il fallait bien cela pour faire accepter ce mariage peu conventionnel !

Il revint à son neveu. Le bougre avait des sourcils sarcastiques, se dit-il, qui lui donnaient l'air d'un diablotin, même en ce lieu saint.

Enfin, il se tourna vers la jeune femme :

— Veux-tu prendre cet homme pour époux, vivre avec lui...

Mais Sophie avait la tête pleine d'images de sa mère en larmes, elle revoyait tous les mensonges que son père lui avait imposés, elle imaginait un mariage gâché par les trahisons... Elle leva vers Patrick un visage angoissé.

La pression se resserra sur sa main, comme s'il devinait ses pensées, et il eut un sourire au fond des yeux.

Alors Sophie redressa les épaules et répondit d'une voix claire :

— Je le veux.

Au moins, Patrick entrait dans une famille convenable, se dit l'évêque. Les femmes se devaient d'être petites et fragiles. Oui, menues et faibles, c'étaient les meilleures épouses. Richard ferma le livre de prières. La cérémonie était terminée.

— Je vous déclare mari et femme, conclut-il en redressant sa mitre.

Les lèvres de Sophie remuèrent, mais aucun son n'en sortit.

Richard fronça les sourcils. Un juron français avait-il échappé à cette mariée tremblante ? Non. Elle était trop bien élevée pour jurer, en quelque langue que ce fût.

— Tu peux embrasser la mariée, dit-il jovialement à son neveu.

Patrick dévisagea la jeune femme. Elle leva les yeux vers lui, des yeux d'un bleu si sombre qu'ils paraissaient presque noirs. Un instant, il fut surpris par la réticence qu'il y lisait, puis il l'attira à lui. Elle resta passive entre ses bras, les lèvres dures, indifférente.

Bon sang, se dit-il, il fallait qu'il lui arrache un baiser romantique, afin de renforcer l'idée que l'amour avait provoqué la rapidité de cette union. Il la serra davantage, se fit plus exigeant, et soudain elle céda, se fondit contre lui. Il en eut la tête qui tournait. Un flot de désir le submergea.

Enfin ils se séparèrent et se regardèrent longuement. Patrick, en état de choc, respirait avec difficulté. Sophie pensait à la façon éhontée dont elle s'était pressée contre lui. S'était-on aperçu que ses genoux flageolaient ?

Un murmure passa sur l'assemblée. Les membres de la bonne société étaient habitués à voir les jeunes mariés descendre la nef au son des trompettes, et non à perdre du temps à se regarder.

— Ciel, on pourrait croire qu'il s'agit d'un vrai mariage d'amour, chuchota lady Pénélope Luster à sa meilleure amie. La façon dont il la contemple... J'en ai le vertige !

— Ne dites pas de sottises, Pénélope ! rétorqua sa compagne. C'est exactement comme ça qu'il la regardait quand je les ai trouvés ensemble à mon bal, il y a peu de temps. Croyez-moi, ça n'a rien à voir avec l'amour. Mais vous ne pouvez pas le savoir, puisque vous n'avez jamais été mariée.

Agacée, Pénélope esquissa une grimace. Sarah Prestlefield était une robuste douairière de plus de cinquante ans, et – Pénélope en aurait donné sa main à couper – jamais lord Prestlefield ne l'avait regardée comme Patrick venait de regarder sa jeune épouse.

— Peu importe, déclara-t-elle. Pour moi, c'est le couple le plus romantique du monde.

Lady Prestlefield eut un petit reniflement incrédule.

— Je vais vous dire, Sarah, insista Pénélope, il faudrait être stupide pour penser qu'une femme en possession de ses moyens puisse préférer Slaslow à Patrick Foakes.

Sarah eut l'air exaspéré.

— C'est vous qui êtes stupide, Pénélope. Slaslow est comte. Aucune femme de bon sens ne le rejetterait au profit d'un fils cadet, fût-il aussi riche que Foakes.

Les nouveaux mariés descendaient l'allée, et Patrick tenait son épouse tout contre lui, renforçant la conviction de Pénélope.

Le comte de Slaslow marchait juste derrière son ex-fiancée, et sa ressemblance avec un bouledogue la fit frissonner. Pour Pénélope, les yeux de braise de Patrick l'emportaient largement sur la silhouette épaisse de Braddon. Richesse et titre n'avaient rien à voir avec ce... cette sensualité qu'il dégageait.

— Regardez ! chuchota lady Prestlefield. Quentin Dewland marche de nouveau. Je croyais que les médecins l'avaient condamné au lit...

Pénélope ne jeta qu'un coup d'œil indifférent à Quentin, pour se retourner bien vite vers le jeune couple. Les lourdes portes venaient de s'ouvrir, et les Foakes se tenaient debout en haut des marches. Un rayon de soleil tombait sur la mariée, mince flamme dorée. Patrick se pencha une nouvelle fois pour l'embrasser.

— Vous penserez ce que vous voudrez, dit-elle à son amie, mais c'est bien un mariage d'amour. Et je me moque de l'opinion des autres.

Pénélope était habituellement plutôt calme, mais elle pouvait se montrer têtue comme une mule.

— Très bien, Pénélope, très bien, murmura lady Prestlefield. Je suis d'accord avec vous. Et vous savez combien Maria aime les romances. Regardez-la, elle pleure dans son mouchoir...

Lady Maria Sefton était l'une des dames les plus influentes de la bonne société.

Ainsi, Patrick Foakes put-il épouser dans la précipitation la plus jolie femme de Londres, et s'en sortir sans mal. Plutôt que de leur tourner le dos en chuchotant d'acides commentaires, les gens de la bonne société rayonnaient et se félicitaient de leur propre générosité. Ils étaient tellement charmants, ces jeunes gens !

Braddon ravala élégamment son amertume.

— C'était comme Roméo et Juliette, répondit-il à lord Winkle qui, lors du bal suivant la cérémonie, lui demandait s'il n'en voulait pas à Patrick de lui avoir volé sa fiancée. Je ne pouvais tout de même pas me mettre en travers de leur chemin. Comme Tristan et...

Il s'interrompit, incertain. Comment s'appelaient donc ces amants dont il avait étudié les aventures à l'école ?

— Tristan et Iseult ? intervint gentiment miss Cécilia Commonweal, surnommée Sissy.

— Exactement !

— Toutefois, fit remarquer Sissy, Tristan trahit son oncle par amour pour Iseult, alors c'est moins romantique que Roméo et Juliette. Abélard et Héloïse sont aussi un couple célèbre, mais je crois qu'il est arrivé un malheureux accident à Abélard. Ce n'est pas non plus l'exemple idéal.

Braddon la considéra avec intérêt. Elle n'était pas mal, malgré ses grandes dents et sa façon essoufflée de s'exprimer. Une semaine auparavant, il aurait pu envisager de la demander en mariage. Mais tout cela était terminé.

Comme il ne répondait pas, Sissy poursuivit :

— En fait, l'histoire de Roméo et Juliette est plutôt triste, ne croyez-vous pas, lord Slaslow ? Il s'est empoisonné...

Braddon sourit, tout en parcourant la pièce des yeux. Sa mère était-elle là ? Dans ce cas, il ferait mieux de disparaître.

Elle avait fort mal pris la rupture de ses fiançailles, et s'était évanouie sur un sofa en réclamant des sels. Mais lorsque Braddon avait tenté de s'éclipser, laissant ses sœurs s'occuper d'elle, elle avait bondi sur ses pieds et lui avait infligé un sermon, afin de lui rappeler qu'il devait se marier sans perdre une seconde.

Eh bien, il allait se marier, mais pas avec le genre de jeune fille dont rêvait sa chère mère. Dieu merci, il n'avait invité aucun de ses amis à rencontrer Madeleine. Il ne lui restait plus qu'à parler à Sophie, avant de pouvoir se retirer. Il avait fait son possible pour convaincre le Tout-Londres que Patrick et Sophie s'étaient mariés par amour.

Soudain il se raidit, comme un chien qui sent une piste. Il avait aperçu quelque chose d'alarmant.

— Miss Commonweal...

Il s'inclina. Il avait été entraîné par un expert – sa mère – et ses saluts étaient si profonds que c'en était inquiétant. Sissy vit sa tonsure naissante plonger, puis se redresser.

Elle posa une main gantée sur son bras.

— Voudriez-vous me raccompagner près de ma mère, milord ?

Braddon se mordit la lèvre.

— Je ne peux pas, miss Commonweal. Votre mère parle avec la mienne et...

Elle eut un sourire complice. Elle n'ignorait rien des mères irritables.

— Ne préféreriez-vous pas vous entretenir un moment avec les jeunes mariés ? proposa-t-il. Ils viennent d'entrer dans la pièce.

— J'en serai ravie, milord, répondit Sissy, soulagée elle aussi.

Ils se frayèrent un chemin parmi la foule et, une minute plus tard, Sissy se retrouva devant Patrick Foakes, qu'elle connaissait à peine.

— Excuse-nous un moment, veux-tu, Patrick ? fit Braddon en entraînant lady Sophie à l'écart.

Sissy était morte d'embarras. Que pouvait bien dire Braddon à Sophie ? Et qu'en pensait le jeune marié ?

Patrick Foakes avait le don de demeurer imperturbable. Pourtant, Sissy songea qu'il valait mieux l'avoir comme ami que comme ennemi.

— J'ai entendu dire que vous partez en voyage de noces ? lança-t-elle, un peu nerveuse. J'imagine que vous n'allez pas sur le Continent, compte tenu de la situation politique...

Patrick lui sourit. Comment s'appelait-elle, déjà ? Sissy, sans doute... Mais pourquoi portait-elle ces ridicules plumes de paon sur la tête, alors que les élégantes y avaient renoncé depuis longtemps ?

— Nous ferons seulement une croisière le long de la côte, répondit-il. Nous embarquons dès ce soir.

— Ce soir ? Je croyais que les navires ne pouvaient partir qu'avec la marée, or...

Patrick ne l'entendait plus. Que faisait donc Braddon avec son épouse ?

Son épouse... Cette expression lui plaisait. Il apercevait son bras mince, derrière une colonne, tandis que Sissy Commonweal continuait à discourir sur les marées.

Patrick était assez content de lui. Il avait fait ce qu'il fallait. Il avait pris la virginité de la jeune femme avant le mariage, aussi pourraient-ils jouir ce soir de tous les plaisirs sans angoisse. D'abord, il ferait glisser sa robe, puis il embrasserait son épaule, descendrait le long de son bras...

Il fut interrompu par deux éléments : d'abord, miss Commonweal avait cessé de parler ; ensuite, il devenait de plus en plus contrarié. Cet aparté entre Sophie et Braddon n'était pas le meilleur moyen de convaincre les gens que ce dernier se moquait de leurs fiançailles rompues ! D'ailleurs, de quoi parlaient-ils ?

Sissy, horriblement gênée, fixait le bout de ses souliers roses.

Toute la pièce entendit soudain la voix sèche du comte de Slaslow. Il criait presque :

— Vous me devez au moins ça, tout de même !

Puis Sissy se rendit compte que Patrick était sorti de sa rêverie et lui souriait aimablement. Il avait sûrement entendu Slaslow, mais ne semblait pas s'en soucier.

— Voulez-vous danser ? proposa-t-il en la prenant par le bras pour la mener vers la piste.

— Eh bien...

Elle regarda Braddon et Sophie, qui étaient en grande discussion.

— Ne préféreriez-vous pas danser avec votre épouse ?

Le sourire de Patrick se fit un peu plus lointain.

— Pas du tout, puisque je souhaite danser avec vous.

Sur ce, il emmena cette ennuyeuse jeune personne dans la file des danseurs.

Sissy, cramoisie, se retrouva sur le parquet avec Patrick, certaine que tout le monde les regardait.

— Mon Dieu, je dois être toute rouge... murmura-t-elle.

Patrick haussa un sourcil ironique.

— Non. Pourquoi, vous devriez ?

— Oui ! Je danse avec le marié, et votre réputation, votre épouse...

— Miss Cécilia... ou puis-je vous appeler Sissy ?

Comme elle acquiesçait, il continua :

— Ma foi, Sissy, dans un an, nous pourrons danser dans cette même salle sans que personne nous remarque.

Elle fronça les sourcils.

— Pourquoi dans un an ?

— Dans un an, nous serons tous les deux de vieux mariés, et Dieu sait que l'on ne prête aucune attention à deux personnes mariées qui dansent ensemble.

— Oh, je... balbutia Sissy. De toute façon, je ne serai pas mariée.

Le visage malheureux de la jeune fille éveilla la compassion de Patrick.

— Mais si, vous verrez.

— Non...

Elle était tellement désemparée qu'elle se surprit à lui confier ses pires angoisses.

— Je tombe toujours amoureuse de jeunes gens qui ne plaisent pas à ma mère et, comme elle le dit, ils ne viennent jamais gratter à ma porte...

Elle s'interrompit brusquement, confuse de se montrer aussi vulgaire, mais Patrick se contenta de rire en la regardant si gentiment qu'elle en eut le cœur à l'envers.

— Je vais vous donner un conseil. Choisissez le jeune homme que vous voulez. Puis, chaque fois que vous lui parlerez, regardez-le droit dans les yeux. Peu importe ce qu'il dira, même si c'est complètement stupide, affirmez qu'il vient d'émettre une idée follement intéressante. Les jeunes gens sont timides, il faut les encourager.

Sissy l'écoutait avec fascination.

— Vous croyez ? Pourtant, ma mère dit toujours que je ne dois pas laisser mourir une conversation. Alors souvent, je me retrouve en train de discourir toute seule !

— Laissez parler les hommes. Ils adorent le son de leur voix. Et ne leur montrez jamais votre savoir. Lorsque vous serez mariée, vous pourrez disserter tant qu'il vous plaira sur les courants océaniques, si vous le souhaitez.

Ils étaient arrivés au bout de la ligne et revenaient dans l'autre sens en tourbillonnant, jusqu'à ce que Patrick la dépose devant sa mère.

Il s'inclina solennellement.

— Cette danse fut un plaisir, miss Commonweal.

Elle fit la révérence.

— Merci, monsieur.

Il se pencha pour murmurer à son oreille :

— Et débarrassez-vous de ces plumes, Sissy.

Sur un clin d'œil, il disparut, tandis que la jeune fille répétait ses paroles dans sa tête. Puis elle s'aperçut que sa mère esquissait un sourire.

— Ma chérie, dit-elle, j'aimerais te présenter Fergus Morgan. M. Morgan vient juste de rentrer d'un long voyage à l'étranger.

Le jeune homme qui la saluait, avec ses yeux bleus et sa légère calvitie, était plutôt sympathique.

— On m'a raconté que vous êtes férue de littérature, dit-il, un peu nerveux.

— Absolument ! intervint sa mère. Cécilia est imbattable en littérature.

— Maman exagère, je le crains, protesta doucement Sissy en regardant Fergus droit dans les yeux.

— Dommage, répliqua celui-ci en fronçant les sourcils, car j'avais l'intention de créer un cercle de poésie. Je rentre d'Allemagne, où les clubs poétiques font fureur parmi les jeunes gens.

— C'est une idée follement intéressante ! s'écria Sissy, les yeux brillants.

Et elle était sincère.

Le jeune homme se rengorgea.

— Me permettrez-vous d'être votre cavalier au souper, miss Commonweal ? Après cette danse, bien sûr...

Sissy sourit et faillit répondre que c'était un projet « follement intéressant ».

— Avec plaisir. Vous pourrez m'en apprendre un peu plus sur les cercles poétiques...

Près de la colonne, à l'autre bout de la pièce, Braddon et Sophie discutaient âprement.

Il avait entamé la conversation avec autorité.

— Sophie, avait-il déclaré, il faut que vous écoutiez attentivement ce que j'ai à vous dire...

Elle le regarda, surprise. « Sophie » ? Il s'était toujours adressé à elle de façon formelle.

— J'ai besoin de votre aide, poursuivit-il avec un peu moins d'assurance.

Elle lui sourit. Elle était si heureuse qu'elle aurait apporté son aide à n'importe qui.

— Je serai ravie de vous rendre service.

Il se détendit légèrement.

— Voilà, Sophie. Vous le savez, je dois me marier rapidement.

Elle acquiesça avec sympathie.

— Eh bien, j'ai trouvé la femme que je souhaite épouser.

Il avala sa salive. Il arrivait au plus difficile.

— Le problème, reprit-il, c'est que Maddie – Madeleine – n'est pas une dame.

Sophie réfléchit un moment, puis elle ouvrit de grands yeux.

— C'est un homme ?

— Mais non ! s'exclama Braddon. C'est une courtisane !

Elle faillit éclater de rire devant son expression choquée.

— C'est une dame dans son cœur, assura-t-il, et je ne veux épouser personne d'autre. J'aurais pu aller jusqu'au bout avec vous, Sophie, mais je ne recommencerai pas. C'est Madeleine qu'il me faut.

Elle cligna des yeux en l'entendant traiter si légèrement leurs fiançailles. Au moins, elle n'avait pas à redouter de lui avoir brisé le cœur !

— Qui est-ce ?

— Son père s'appelle Vincent Garnier. Il veille sur sa réputation comme si c'était une duchesse. Personne ne la connaît à Londres – personne sauf moi, je veux dire. Ils sont venus de France à cause des troubles politiques, et elle ne parle même pas un excellent anglais.

Il prit une profonde inspiration :

— Son père est entraîneur de chevaux.

Sophie tressaillit.

— Vous ne pouvez pas épouser la fille d'un entraîneur, Braddon !

Ce dernier sourit.

— Je n'en ai pas l'intention. J'épouserai la fille d'un aristocrate français guillotiné en 1793.

La jeune femme demeura un instant bouche bée.

— Oh non, Braddon... C'est impossible !

— Pas du tout ! répliqua-t-il, inflexible. Et vous allez m'aider.

Elle secoua la tête.

— Vous me devez au moins ça, tout de même ! Vous avez rompu nos fiançailles sans préavis, le lendemain du jour où vous m'aviez persuadé de vous enlever ! Imaginez-vous de quoi j'ai l'air, maintenant ?

Sophie rougit, embarrassée.

— Je suis désolée, Braddon, dit-elle humblement. Mais je ne puis... Que pourrais-je faire pour vous aider à épouser cette... fille d'entraîneur ?

— Vous serez son professeur. Vous lui apprendrez les bonnes manières. Vous connaissez toutes les règles de l'étiquette. Vous les lui enseignerez, puis elle se rendra à un bal en prétendant être une aristocrate française. Alors je la rencontrerai, et je l'épouserai le plus vite possible, avant que l'on ne se pose des questions à son sujet.

— Vous êtes fou, murmura-t-elle, fascinée par sa détermination. Ça ne marchera jamais. On ne transforme pas une fille d'entraîneur en membre de l'aristocratie française.

— Je ne vois pas pourquoi, insista Braddon en prenant l'air têtu de bouledogue que sa famille redoutait tant. Il n'y a rien de difficile à être une dame. Et puis Madeleine est française, on ne peut s'attendre à ce qu'elle se comporte tout à fait comme une Anglaise. Il y a des quantités de nobles français à Londres, et je parierais que la moitié sont des imposteurs.

Sophie avait, en effet, entendu son père dire la même chose.

— Cela ne résout pas le problème de transformer votre amie en dame.

— Elle l'est par nature ! affirma Braddon. Ce ne sera pas difficile, Sophie. Racontez-lui comment on s'habille, comment on agite un éventail, ce genre de choses. Vous pouvez le faire, et vous me le devez. Vous m'avez abandonné, et je ne veux plus demander en mariage une jeune fille dont je me soucie comme d'une guigne.

— Ce n'est pas moi qui me suis cassé le tibia, objecta-t-elle en jetant un coup d'œil sceptique à sa jambe.

— Je vais commencer son éducation, Sophie. Je lui enseignerai ce que je sais, mais je ne pourrai que lui dire ce que ma mère a seriné à mes sœurs durant des années. Il faut que vous m'aidiez. Je l'aime !

Patrick faisait le tour de la salle de bal en direction de son épouse et Chatwin, mais il était arrêté sans cesse par des invités qui lui offraient leurs félicitations. Il avait presque atteint son but, lorsque lord Breksby jaillit devant lui comme un diable de sa boîte.

— Félicitations, milord, dit-il. Et mes remerciements. J'ai entendu dire que vous alliez faire une petite croisière le long de la côte, et je suppose que vous jetterez un œil de temps en temps vers les terres ?

Patrick le salua.

— Certainement.

— J'ai hâte de vous entendre parler de ces fortifications à votre retour. Et j'espère que votre mariage ne sera pas un obstacle à votre voyage à l'étranger, l'année prochaine ?

Patrick haussa les épaules.

— Certes non, répondit-il avec hauteur.

Le ministre baissa le ton.

— Alors, quand vous rentrerez de votre lune de miel, il faudra que je vous parle du cadeau dont nous avions discuté...

Patrick mit quelques secondes à comprendre. Ah oui, le sceptre !

— Je suis à votre disposition.

Breksby se frotta les mains.

— Parfait, parfait ! Nous avons un petit souci à ce sujet. Rien d'important, mais je préfère vous mettre au courant.

Au nom du Ciel, à quoi le vieux bonhomme faisait-il allusion ? S'ils n'arrivaient pas à incruster suffisamment de rubis dans ce satané sceptre, qu'y pouvait-il ? Il salua de nouveau.

— Je viendrai vous voir dès mon retour, promit-il.

Lorsqu'il atteignit enfin la colonne, Sophie et Braddon avaient disparu. Il observa la foule en essayant d'éviter les regards curieux. Il ne vit Sophie nulle part, mais sa belle-sœur apparut à son côté.

— Sophie est allée se refaire une beauté, annonça Charlotte d'un air mutin.

Il fut irrité. Était-il donc si limpide ?

— Je croyais qu'elle s'était enfuie avec mon garçon d'honneur, dit-il, sarcastique.

Elle éclata de rire.

— Ah, les jeunes époux ! Je pourrais disparaître de la salle de bal pendant une heure entière sans qu'Alex remarque mon absence !

— Je ne parierais pas là-dessus, à votre place ! intervint une voix derrière elle.

Son mari lui prit la taille.

— Oh, mon Dieu ! gémit Patrick. Oncle Richard est arrivé !

En effet, leur oncle, débarrassé de sa tenue d'évêque, faisait son entrée dans toute sa splendeur. Dans l'exercice de ses fonctions, il était fort digne, mais en habit de soirée, il avait tout l'air d'un vieux dandy, vêtu de blanc et d'or, avec un gilet et des parements rouge et argent.

— Il ne lui manque qu'un porte-épée pour sembler sorti du siècle dernier, pouffa Alex.

Patrick se dirigea vers son oncle, suivi d'Alex et Charlotte. Mais avant qu'ils aient atteint la porte de la salle de bal, Sophie apparaissait sur le seuil. Patrick la vit accueillir le vieux monsieur avec un sourire charmant. Quand il les rejoignit, l'évêque ronronnait comme un chat devant un bol de crème.

— En effet, ma chère, disait-il. Bien sûr, en tant que troisième fils, j'étais destiné aux ordres. Mais on m'a souvent pris pour un membre du Parlement, et une fois même pour un comte vénitien.

Il tapota la main de Sophie avec plus de chaleur qu'il n'en avait manifesté durant la cérémonie.

— Vous êtes une charmante jeune femme, ma chère. Charmante, en vérité ! Je suis certain que Patrick et vous serez heureux.

Les quelques curieux qui se tenaient non loin ne perdirent pas une miette de la scène. S'il y avait eu quelque chose de choquant dans cette union, l'évêque ne se serait pas montré si enthousiaste.

— Car cela fera de l'ombre à l'évêque si un enfant naît dans sept mois, n'est-ce pas ? se moqua lady Skiffing.

Celle-ci se nourrissait d'intrigues et ne se sentait jamais aussi comblée que lorsqu'elle pouvait anéantir la réputation de quelqu'un.

Sarah Prestlefield avait finalement décidé de soutenir la conviction de son amie Pénélope : la promptitude de ce mariage était causée par l'amour, et non par une conduite scandaleuse.

— Seuls les grincheux pourraient suggérer une telle chose, décréta-t-elle. Lady Sophie a fait un véritable mariage d'amour, et bien que ce ne soit pas souvent le cas parmi les gens de qualité, aucun d'entre nous n'oserait insinuer que ces chers enfants se marient pour des raisons inconvenantes.

Lady Skiffing n'était pas convaincue, mais lady Prestlefield avait un rang plus élevé que le sien. Elle changea de sujet.

— Savez-vous que Mme Yarlblossom, la veuve rousse qui vit à Chiswick, se vante de compter un prince indien parmi ses soupirants ?

Sarah Prestlefield fut fascinée.

— Vous parlez de la drôlesse qui élève seize chiens de manchon ?

Pendant ce temps, Sophie se tourna vers son époux, dont le regard recelait une telle promesse qu'elle ne put s'empêcher de jeter un coup d'œil à l'évêque, pour voir s'il avait surpris le message.

— Ne vous inquiétez pas pour oncle Richard, chuchota Patrick à son oreille.

Il la prit par la taille. Serait-il toujours capable de la troubler ainsi ? Le simple contact de sa main la faisait fondre.

— Il est temps de nous retirer, ma chérie, dit-il d'une voix rauque.

Elle sursauta.

— Nous retirer ?

Bien sûr, elle savait que Patrick et elle quitteraient le bal ensemble… Ses malles avaient été emportées le matin même, et si Simone avait surmonté sa crainte de l'eau, elle devait déjà se trouver à bord du *Lark*.

Mais elle n'avait pas réellement imaginé leur départ du bal. Seule dans une voiture avec Patrick… Dans un lit avec lui !

— Nous ne pouvons pas partir maintenant, dit-elle vivement. J'ai à peine parlé à votre oncle.

Elle se dégagea pour rejoindre l'évêque qui conversait avec Charlotte.

— Depuis que je suis ce régime, je me sens parfaitement bien, et vous devez convenir que j'ai une excellente mine. Le Dr Read m'autorise une seule tasse de chocolat par jour, du gruau d'avoine trois fois par jour, et une pomme au four une heure avant le dîner.

Sophie avait la tête qui tournait, à l'idée de sa lune de miel.

L'évêque lui sourit aimablement.

— N'hésitez pas à me poser des questions sur mon régime, ma chère. Le Dr Read est renommé pour la qualité de ses prescriptions.

— Euh...

Aucune question pertinente ne venait à l'esprit de Sophie, beaucoup trop consciente de la présence de son époux juste derrière elle.

— Quelle sorte de pommes préférez-vous, monsieur ?

Patrick jouait avec les boucles sur sa nuque.

— Excellente question, ma chère ! J'aime les reinettes. Mon domestique les rôtit sur une brique lavée à l'eau de source.

— Si vous voulez bien nous excuser, mon oncle, intervint Patrick, mon épouse et moi devons embarquer...

— Embarquer ? Sur un bateau ? Ne me dis pas que tu vas emmener cette malheureuse enfant en haute mer !

Richard semblait en avoir la nausée.

— Nous allons faire un petit voyage le long de la côte, oncle Richard.

— Assez près des terres, j'espère... Très bien. Mais en général, les dames n'apprécient guère ce genre de distraction. Je crains que vous ne soyez malade, ma chère enfant. Essayez les pommes. Faites chercher des reinettes dès ce soir, avant d'appareiller. N'oublie pas, Patrick, c'est important !

Patrick croisa le regard amusé de son frère.

— Je n'y manquerai pas, oncle Richard, répondit-il gravement. Je suis certain que l'estomac de Sophie se portera mieux avec une pomme rôtie.

L'évêque suivait son idée.

— Il n'y aura peut-être pas de brique à bord, Patrick. Il faut aller en chercher tout de suite... Oui, vous feriez bien de partir sur-le-champ, afin de régler ces détails avant d'appareiller.

Malgré sa nervosité, Sophie ne put s'empêcher de sourire. L'évêque était aussi préoccupé qu'elle, mais pas par le même sujet.

— Ma mère ! s'écria-t-elle soudain en regardant autour d'elle.

Patrick la prit par le bras.

— Elle attend près de la porte pour vous dire au revoir.

Charlotte l'enlaça et murmura quelques mots à son oreille. Sophie se redressa.

— Je n'ai pas entendu ce que vous disiez...

Son amie se pencha de nouveau et répéta. Sophie devint écarlate, mais parvint à acquiescer.

— Que lui avez-vous dit ? demanda Alex à sa femme tandis qu'ils regardaient le couple s'éloigner.

Charlotte tourna vers son époux un regard brillant de désir.

— Oh... dit-il d'une voix profonde. Peut-être pourriez-vous me le répéter à l'oreille, à moi aussi ?

Elle hocha la tête, malicieuse.

Quand Sophie et Patrick atteignirent la porte, les parents de la mariée les attendaient.

La jeune femme fit une révérence. Héloïse, les yeux pleins de larmes, regarda la tête blonde qui s'inclinait devant elle.

Elle la prit dans ses bras.

— Ma fille, dit-elle en français. Sois heureuse, ma chérie. Je te souhaite tout le bonheur du monde dans ta vie de femme.

— Je serai heureuse, maman.

Son père la pressa contre lui, avant de serrer la main de Patrick.

— Prenez bien soin de notre petite, dit-il.

Il avait les traits un peu tirés, mais il semblait rayonner de joie.

Sophie l'embrassa sur le front.

— Ne vous inquiétez pas, papa, tout ira bien.

Comme ils franchissaient le seuil, la marquise s'étrangla dans un sanglot. George la regarda, stupéfait, puis il passa un bras autour de ses épaules.

— Ne vous inquiétez pas, Héloïse. Patrick est un homme honnête, solide...

Elle le repoussa et se dirigea vers un petit salon désert. George l'y suivit. Des larmes roulaient sur les joues de sa femme, et il en eut le cœur serré. Jamais il ne l'avait vue pleurer ainsi.

Il lui prit les mains.

— Qu'y a-t-il, mon cher cœur ?

Les sanglots d'Héloïse redoublèrent.

— Vous ne pouvez pas comprendre... Elle est tout ce que j'ai !

George s'immobilisa et, un moment, on n'entendit plus dans la pièce que le bruit des pleurs de son épouse. Puis il l'attira dans ses bras, posa sa tête contre son épaule.

— Je suis là, Héloïse.

Quand elle se contenta de secouer la tête, il répéta :

— Je suis là. J'ai toujours été là...

Ce fut seulement lorsqu'elle releva la tête, les yeux noyés de larmes, qu'elle comprit ce qu'il disait.

Elle ouvrait la bouche pour répondre, mais George s'empara de ses lèvres, l'empêchant de protester. Il l'embrassa longuement. Puis il murmura, d'une voix voilée de passion :

— Reprenez-moi, Héloïse. Je vous en prie, reprenez-moi...

14

Sophie dormait à poings fermés quand elle fut poussée doucement contre... contre quoi ? Le lit tanguait sous les vagues. Elle avait le nez enfoui dans de fins draps qui sentaient la citronnelle, mais le parfum était noyé par l'air marin.

Elle ouvrit les yeux sur la plus somptueuse cabine de bateau qu'elle eût jamais vue – ou plutôt imaginée, car elle n'avait jamais mis les pieds sur un voilier avant la veille. Patrick avait acheté le lit en Inde. C'était un lit en alcôve, dont le côté ouvert était marqué de deux colonnes, le long desquelles couraient des guirlandes de fleurs peintes en rouge. Elle en suivit un instant les arabesques.

Puis elle oublia les fleurs car là, tout près d'elle, reposait un bras musclé... Sophie sourit. Patrick était couché sur le ventre, le visage tourné de l'autre côté. Elle ne voyait que sa crinière de cheveux noirs striés d'argent. Il semblait nu et, en rougissant, elle s'aperçut qu'elle ne portait pas non plus de vêtement de nuit.

Des images osées lui revinrent à l'esprit, éveillant des fourmillements dans son ventre et au creux de ses genoux.

Le drap révélait le torse puissant du jeune homme, et elle se rappela comment elle s'était accrochée à ses épaules, cambrée contre sa poitrine, comment elle avait gémi, prié, supplié...

Sans bruit, elle se redressa pour admirer son époux, dont la peau dorée épousait étroitement les muscles.

Soudain, avec un petit grognement, il se retourna, et les draps glissèrent davantage. Machinalement, Sophie remonta le drap sur ses seins. Mais Patrick ne s'était pas réveillé, et les battements de son cœur s'apaisèrent.

Comme il était beau, mon Dieu ! Elle le contemplait, émerveillée. Des cils, aussi bruns que ses sourcils arqués, ombraient ses joues. Hardiment, elle laissa son regard courir sur ce corps magnifique. Après tout, c'était son mari !

Elle rougit davantage en repensant aux feulements de Patrick durant la nuit. Il n'irait pas tout de suite chercher une autre femme, se dit-elle, et elle se détendit.

Elle effleura du bout des doigts la courbe de sa hanche. En dessous, il y avait « la chose », qu'elle avait envie de voir à la lumière du jour...

Elle souleva le drap de quelques centimètres et se penchait pour regarder, lorsqu'un rire étranglé retentit. Avant qu'elle eût le temps de comprendre ce qui lui arrivait, elle était clouée au matelas, comme une tortue renversée, se dit-elle, indignée. Les yeux sombres de Patrick brillaient d'amusement.

— Vous... êtes réveillé depuis longtemps ?

— Assez longtemps, répondit-il d'une voix profondément sensuelle.

Il baisa ses lèvres, et elle frissonna de plaisir.

— Assez longtemps pour savoir que ma jeune épouse était réveillée aussi. Assez longtemps pour vous voir serrer ce drap contre vos jolis seins... Seigneur, Sophie, savez-vous combien vos seins sont magnifiques ?

Elle baissa les yeux sur sa poitrine généreuse.

— Ils conviennent à la mode française, murmura-t-elle.

Qu'était-elle censée répondre ? Elle ne s'était jamais vraiment intéressée au sujet.

Mais la bouche de Patrick descendit les taquiner, et elle ne put retenir un gémissement. Il glissa un genou entre ses jambes en chuchotant quelques mots à son oreille…

Plus tard seulement, quand le drap eut renoncé à sa fonction et se trouva entortillé sur le plancher, Sophie songea à lui demander ce qu'il avait dit. Allongée sur le côté, elle traçait un dessin sur le torse de son mari.

— Qu'avez-vous dit de mes seins ?

Patrick avait la paupière lourde. Faire l'amour avec sa femme lui donnait presque envie de pleurer. Ce devait être le rite du mariage, songea-t-il. Savoir qu'on allait être avec la même femme, pour le reste de ses jours, devait transformer un acte agréable en acte magique.

— Hmm ? dit-il en l'attirant à lui.

Elle répéta sa question un peu timidement.

Il ouvrit un œil.

— Ai-je dit qu'ils étaient somptueux ?

Elle acquiesça.

— Après.

— Je ne me souviens pas. Peut-être devrais-je les regarder encore, pour voir si la mémoire me revient…

Il la renversa sur le dos et descendit, afin d'avoir les yeux à hauteur de ces deux fruits ravissants. Il les toucha, les soupesa dans ses mains.

— Ai-je dit qu'ils étaient plus gros que des pommes sauvages ?

— Non, souffla Sophie.

— De toute façon, ils n'en ont pas la couleur, reprit-il sur le ton de la conversation. Les pommes sont rouges, tout le monde le sait, alors que vos seins sont blancs comme du lait, avec juste une pointe de rose.

Il jouait avec le bout dressé, et elle avait du mal à respirer.

— Vous ai-je dit qu'ils étaient meilleurs que le vin ?

Cette fois, il taquina l'aréole de la langue.

— Non.

— Alors, ils ont le goût du miel.

— Je ne crois pas que ce soit ça, répliqua Sophie d'une toute petite voix.

— Ai-je dit que votre peau est plus douce que...

À court d'imagination, il aspira un petit bout rose dans sa bouche.

Lorsqu'il releva la tête, la jeune femme avait les yeux voilés de désir, pantelante.

— Maintenant, il faut nous occuper de l'autre, n'est-ce pas ?

Elle le tira pour le faire remonter vers elle, ignorant ses protestations amusées.

— Attendez, ô femme insatiable ! Je viens de me rappeler précisément ce que j'ai dit. Vous sembliez curieuse de mon anatomie quand je me suis réveillé, ce matin. Je vous offrais simplement l'occasion de satisfaire votre soif de connaissance.

Sophie rougit, mais elle laissa son regard courir le long de la poitrine, puis du ventre plat de Patrick. Et encore plus bas. Ses doigts suivirent le chemin de ses yeux.

— Mmm, murmura-t-elle.

— Que veut dire ce « Mmm » ?

La main de Sophie laissait des traces de feu sur sa peau. Quant à elle, elle avait totalement perdu le fil de la discussion.

— Pour compléter mon éducation, dit-elle, j'ai encore besoin d'effectuer quelques recherches.

Cette fois, ce fut de la bouche qu'elle suivit le même chemin.

— Assez de recherches ! gronda-t-il d'une voix altérée.

Et il la saisit entre ses bras pour l'emporter dans un tourbillon de passion.

Quand Patrick et Sophie firent enfin leur apparition sur le pont, le soleil était haut dans le ciel.

Elle cligna des yeux et frissonna légèrement. Aussi loin que portât le regard, ce n'était que vagues frangées d'écume et mouettes criardes.

— Sommes-nous en haute mer ?

— Sans doute pas. Tant qu'il y a des mouettes, nous ne sommes pas loin de la terre. De toute façon, nous ne nous éloignerons guère du rivage, au cours de cette croisière. Nous allons contourner la Cornouailles, et ensuite nous accosterons au pays de Galles.

Patrick envisagea un instant de lui parler des fortifications, mais il y renonça. Il avait le temps, et ce n'était pas un sujet tellement romantique.

— Dommage que nous ne puissions pas aller en Italie, comme mes parents pour leur voyage de noces, dit-il. À Livourne.

— Livourne, répéta Sophie, fascinée. Vous voulez dire Livorno ?

— Exactement. Vous avez étudié la géographie, à l'école ?

— Oh non, répondit-elle, prudente. J'ai été élevée au couvent de Cheltam, où l'on juge que la géographie est inutile pour les dames, puisqu'elles ne sortent jamais d'Angleterre.

— Où avez-vous appris le nom italien de Livourne, alors ?

Patrick surveillait machinalement l'état de ses voiles et les manœuvres de l'équipage.

— Cela fait partie des choses que l'on apprend ici ou là.

— Vous parlez italien ?

— Non ! lança-t-elle vivement. Je... ne connais pas grand-chose aux langues étrangères...

Et s'il trouvait la grammaire turque qu'elle avait cachée au milieu de ses sous-vêtements ? Quelle idiote ! Peut-être devrait-elle la jeter par-dessus bord, quand il ne la regarderait pas ?

— Personne ne s'attend à ce qu'une jeune femme de bonne éducation connaisse d'autre langue que la sienne, assura Patrick, réconfortant. Et encore, beaucoup de celles que j'ai rencontrées chez Almack n'en étaient pas capables. Vous devez parler couramment français, avec vos origines.

Elle acquiesça.

— Je suis un âne en langues étrangères, avoua-t-il en lui tendant un quartier d'orange. Je baragouine le français, et dans les autres langues, je ne connais que quelques mots. Savez-vous quelle est la phrase la plus importante, quel que soit le pays ?

Sophie secoua la tête.

— Essayez de deviner.

Elle réfléchit. Sa connaissance des langues était tellement académique qu'elle avait du mal à s'imaginer en terre étrangère.

— « Où puis-je trouver un agent de police ? » risqua-t-elle.

Il leva les yeux au ciel.

— Croyez-moi, les forces de l'ordre sont souvent plus une complication qu'autre chose.

— « Pourriez-vous m'indiquer une auberge ? »

— Non.

Il détacha un nouveau quartier d'orange, qu'il lui présenta.

— « Me feriez-vous l'honneur d'accepter ce modeste cadeau, de ma part et de celle de mon pays, ô très gente dame ? »

Elle éclata de rire.

— Je sais le dire en quatorze langues, précisa-t-il. Malheureusement, c'est la seule chose que je sache en gallois, alors nous devrons nous contenter de l'anglais.

Sophie déglutit. Il était trop tard pour révéler qu'elle parlait gallois couramment.

Patrick se méprit sur son air inquiet.

— Ce n'est pas grave, ma chérie. Tous les Gallois parlent anglais. Et ceux qui ne le parlent pas feraient mieux de l'apprendre... Ils feraient mieux aussi de se mettre au français, ajouta-t-il. Certains prétendent que Napoléon va envoyer des troupes depuis Brest, passer au large de la Cornouailles pour accoster au pays de Galles et prendre les Anglais à revers.

— Oh, Bonaparte...

La jeune femme avait du mal à se concentrer, car il taquinait ses lèvres avec un nouveau morceau d'orange.

— Ne nous inquiétons pas pour lui. Le *Lark* est l'un des vaisseaux les plus rapides qui soit. Napoléon n'a que des bateaux à fond plat.

— Le *Lark* est-il un voilier de Baltimore ?

Patrick lui jeta un coup d'œil surpris.

— Oui. Il a une coque en forme de V, conçue pour fendre les vagues.

Sophie sentit l'irritation la gagner devant l'étonnement de son mari.

— Croyez-vous que je ne sache pas lire ? Le *Times* parle des chantiers navals de Fells Point depuis au moins cinq ans !

Il avala, sans y penser, la tranche d'orange qu'il voulait lui offrir.

— Je ne connais pas grand-chose aux jeunes femmes anglaises de bonne éducation. Ma mère est morte quand j'étais enfant et depuis, je n'ai pas passé beaucoup de temps en Angleterre.

— Je sais, grommela-t-elle. Et après votre retour, vous n'avez pas fréquenté de dames !

Patrick se mit à rire.

— À la vérité, la taquina-t-il, on ne peut pas dire que ce n'étaient pas des dames, mais ce n'étaient pas des dames convenables.

Il aimait bien l'esprit vif et la langue acérée de son épouse. Il la poussa contre la rambarde et se moula à son corps.

Elle le regarda avec envie.

— Vous avez visité quatorze pays ?

— Au moins.

— Comme j'aimerais voyager ! J'adorerais connaître l'Orient.

— Que font les dames de la bonne société, toute la journée ?

De nouveau, Sophie avait du mal à suivre.

— Elles... vont en visite... elles reçoivent.

— Cela paraît affreusement ennuyeux. Et quoi encore ?

— Elles courent les boutiques.

— Pourquoi ?

Les hanches de Patrick ondulaient doucement.

— Patrick ! Si on nous voyait !

— Il n'y a rien à voir, affirma-t-il en posant les deux bras autour d'elle sur le bastingage. Alors, qu'achètent-elles ?

— Oh, des chapeaux, des robes, répondit vaguement Sophie.

Elle n'était pas experte sur ce sujet, car elle convoquait toujours Antonin Carême chez elle.

— Vous voulez dire qu'elles font des courses tous les jours ?

— Pas moi ! se défendit-elle.

Puis elle se rappela que Patrick était un libertin. Bien qu'il prétendît le contraire, il devait être au courant des occupations féminines. Ne passait-il pas tout son temps à courtiser les femmes ?

— Comme vous le savez, les dames ne pensent qu'à leurs atours, lança-t-elle.

— Vraiment ?

Il la poussait de nouveau des hanches, et elle se sentait toute chaude à l'intérieur.

Soudain, elle eut le cœur serré en songeant à ce qu'elle abandonnait, dans ce mariage. Ses études… Au fond d'elle-même, elle n'était pas résignée à devenir une matrone dont la principale occupation serait de visiter les boutiques de Bond Street. Certes, il était important d'être bien habillée, mais il était tellement plus passionnant d'apprendre de nouvelles choses !

Patrick l'observait, un peu déconcerté. Qu'y avait-il dans la journée d'une dame, qui la rendait tout à coup si triste ?

— Ma très convenable épouse aimerait-elle se retirer et prendre un bain ? demanda-t-il en effleurant son front d'un baiser. Parce que son très convenable époux désirerait s'entretenir avec son capitaine.

Le regard de Sophie retrouva sa vivacité.

— Avec plaisir !

Il la libéra à contrecœur.

Une fois de retour dans la cabine, elle envoya une Simone au teint verdâtre chercher de l'eau chaude, puis elle s'immobilisa, le dos à la porte de noyer.

La pièce était luxueuse. Tous les meubles étaient arrimés au mur ou au plancher, hormis les chaises, qui pouvaient être accrochées à une rampe par mauvais temps.

Et elle était seule. Elle ne s'était pas trouvée seule depuis qu'elle avait épousé Patrick... Elle soupira, goûtant le silence.

Simone revint avec deux jeunes membres de l'équipage, qui portaient de lourds seaux d'eau chaude. En un rien de temps, le tub de cuivre, qui était fixé dans un coin de la cabine, fut rempli d'une eau parfumée à la fleur de cerisier, et Sophie renvoya sa camériste nauséeuse dans sa propre cabine.

Elle se prélassa dans son bain en songeant à la veille. Sur le moment, elle n'avait pas eu le temps de penser, or il y avait tant de sujets de réflexion...

Par exemple, qu'allait-elle faire pour Braddon ? Son plan était irréalisable. Jamais une fille d'entraîneur de chevaux ne pourrait se faire passer pour une aristocrate française.

Sophie avait vu sa mère réduire en miettes la fille d'un marchand. Une jeune fille pouvait être docile, belle, avoir été élevée dans une école prestigieuse, peu importait. Héloïse et ses amies étaient les juges les plus sévères du monde. Elles disséquaient la conversation de la jeune personne, la façon dont elle s'éventait, dont elle baissait les yeux, et elles décelaient finalement son point faible.

C'était impossible ! décida Sophie. Il fallait à tout prix qu'elle persuade Braddon de renoncer à ce projet. Il devait abandonner l'idée d'épouser Madeleine.

Elle finit par s'apercevoir que l'eau avait refroidi. Elle sortit du bain, s'enroula dans une serviette et, sans y penser, prit son manuel de grammaire turque.

Avec un sourire de pur bonheur, elle se plongea dans l'étude des verbes.

— *Seni seviyorum*, murmura-t-elle. « Je vous aime. » *Seni seviyor*, « il vous aime ».

Elle s'ébroua et s'attela à des phrases plus correctes.

Elle désobéissait à sa mère... et c'était une sensation délicieuse. Pas étonnant que Braddon l'eût choisie pour éduquer Madeleine. Elle-même l'avait été par la plus aristocratique des institutrices, la marquise de Brandenburg. Ce qu'Héloïse ignorait sur les convenances, on n'avait pas besoin de le connaître.

Avec un sentiment de culpabilité, Sophie posa son livre de grammaire, au cas où Patrick surgirait dans la cabine. Jamais un homme n'accepterait une épouse qui en savait plus que lui, avait répété sa mère.

Elle soupira en repensant à l'aveu d'ignorance de son mari sur les langues étrangères. La marquise avait sûrement raison.

Pauvre Héloïse ! Elle avait passé des années à essayer de la faire renoncer à ses études. Particulièrement celle du latin.

— Le latin sied aussi mal aux femmes qu'une barbe ! disait-elle, blanche de colère.

Mais George avait pris le parti de sa fille, et celle-ci passait des matinées à réciter ses déclinaisons.

Sophie repensa aux conseils de sa mère qui menaient tous au même but : trouver un mari. La Madeleine de Braddon aurait du pain sur la planche, si elle voulait arriver au résultat souhaité... Elle chassa Braddon et sa dulcinée de son esprit, et reprit son manuel de grammaire. Avec un peu de chance, elle aurait le temps de se familiariser avec la conjugaison au passé, avant le retour de Patrick.

Quand il revint enfin dans leur cabine, il s'attendait à trouver une épouse de mauvaise humeur. D'après ce qu'on lui avait raconté, les jeunes mariées avaient horreur de rester seules, surtout lorsqu'on les privait du plaisir de prendre le thé avec des amies et de faire des courses. Il s'était absenté trois heures.

Toutefois, il découvrit Sophie dans un fauteuil, paisible, vêtue d'un ravissant déshabillé de soie. Il avait épousé une véritable beauté ! Les boucles de la jeune femme, encore humides, cascadaient sur ses épaules, et ses yeux avaient des reflets bleu marine.

— Où est votre caméristе ? demanda-t-il.

Elle leva vers lui un regard brillant.

— Simone a le mal de mer, alors je l'ai envoyée se reposer dans sa cabine.

Patrick avala sa salive. Son épouse devait avoir mal, trop mal pour poursuivre les exercices sensuels du matin... Il vint s'accroupir devant elle.

Sophie sourit. Elle se sentait merveilleusement heureuse. Le mariage était agréable, et elle était parvenue à maîtriser l'imparfait turc. Elle gardait en mémoire une courte phrase : *Seni sevdi* – « je l'aimais ».

Délibérément, elle se pencha en avant, laissant son peignoir s'ouvrir un peu.

— Savez-vous, Patrick, qu'il n'existe pas d'équivalent anglais pour le français « déshabillé » ?

Les yeux du jeune homme s'assombrirent.

— Que veut dire « déshabillé » ?

— Dévêtu, ou à demi dévêtu. On peut dire aussi « négligé ».

Il agrandit l'échancrure du peignoir et parcourut sa gorge de petits baisers.

— Oh, mon érudite épouse m'apprend encore un mot. Que signifie « négligé » ?

Sophie pouffa en caressant ses épaules musclées.

— Comme si vous n'en aviez pas acheté des centaines dans votre vie !

Patrick releva la tête.

— Pourquoi faut-il que ce soit ma propre femme qui me traite de libertin ?

Il avait prononcé le dernier mot en français, et elle le félicita pour son accent.

— Je ne suis pas un libertin, poursuivit-il, toujours en français, et je n'achèterai plus de négligé pour une autre femme que la mienne.

Sophie ferma les yeux. Il était incroyablement érotique d'entendre Patrick parler français. Elle-même n'avait appris l'anglais que vers l'âge de six ans, et le français était la langue la plus proche de son âme.

Son cœur battait follement, et elle s'inclina pour caresser ses lèvres.

— Embrassez-moi, mon époux.

Il se releva, la saisit dans ses bras et l'emporta vers le lit nuptial où ils roulèrent tous les deux...

Sur le pont inférieur, aucune cloche ne sonna pour demander que l'on portât à dîner dans la cabine du maître. En cuisine, le chef français, engagé à prix d'or, devenait fort irritable.

— Mon souper est entièrement gâché, se lamentait Florent.

Le rôti pouvait attendre, mais le poisson, son chef-d'œuvre, était irrécupérable.

Simone fut heureuse de ne pas être obligée de quitter sa cabine, car les vagues de nausée se succédaient. Sa maîtresse n'avait pas besoin d'aide. Elle avala du laudanum en riant toute seule. Lady Sophie devait dormir en tenue d'Ève ! se dit-elle.

Ce fut seulement quand tout le monde dormit, excepté l'homme de quart, que Sophie et Patrick se glissèrent silencieusement vers la cuisine.

La soupe d'asperges les attendait, la bouteille de champagne était toujours dans son seau de glace fondue, les petits pains avaient durci mais ils étaient mangeables.

Ils s'assirent sur la table, trop paresseux pour sortir les chaises attachées à leur barre, et dégustèrent un souper frugal arrosé de champagne.

Un festin de roi !

15

— Il n'en est pas question, Braddon, je ne le ferai pas !

À Londres, le comte de Slaslow s'occupait de ce qui l'obsédait depuis que le *Lark* avait largué les amarres, deux semaines auparavant. Il suppliait Madeleine.

— Mais que risquerait-on à essayer, ma douce ?

La jeune femme, qui étrillait le flanc de Gracie, ne leva même pas les yeux.

— Ce n'est pas bien. Vous me demandez de mentir.

Elle serrait les dents, comme Braddon lui-même quand il s'entêtait.

Il leva les yeux au ciel.

— Vous ne comprenez pas que la fin justifie les moyens ?

— Justifie *quoi* ?

Comme d'habitude lorsqu'elle ne comprenait pas, l'accent français de Madeleine se faisait plus prononcé.

— Justifie les moyens, répéta-t-il, un peu embarrassé. C'est une expression qui veut dire… que l'on peut mentir un peu, pour arriver à un bon résultat.

— Ce n'est pas ce que disent les philosophes français, rétorqua-t-elle sèchement. Jean-Jacques Rousseau prétend que les bons sauvages, qui sont innocents, ne mentent jamais.

Braddon s'efforçait d'ignorer les citations que Madeleine lui jetait parfois à la tête. Il s'enhardit jusqu'à lui caresser la joue. Ces derniers temps, elle s'était comportée en véritable tyran et ne lui avait pas accordé un seul baiser.

Elle passa de l'autre côté de la stalle, afin que la robuste Gracie fasse obstacle entre eux.

— S'il vous plaît, Maddie. Je vous en prie. Je veux que vous soyez ma comtesse, murmura Braddon. Que vous portiez mes enfants. Que vous viviez dans ma demeure. Je ne veux pas vous quitter au matin pour rentrer chez moi. Vous comprenez ? Je désire que vous soyez ma femme, pas ma maîtresse !

— On ne peut pas toujours avoir ce que l'on désire, marmonna Madeleine, dont l'expression s'adoucissait pourtant.

Elle bouchonnait Gracie avec moins d'énergie.

Il regarda le petit morceau de cou, qu'on apercevait sous le fichu amidonné. Dieu, comme il avait envie de goûter cette chair blanche !

— Il s'agit seulement de trois semaines, Maddie ! Dans trois semaines, je vous rencontrerai à un bal, je tomberai fou amoureux de vous, et nous nous marierons avec une dérogation spéciale, comme Patrick et Sophie. Ensuite, personne ne s'interrogera plus sur votre passé. Vous serez comtesse de Slaslow, or on ne discute pas les origines d'une comtesse.

Pour la première fois, la jeune femme sembla hésiter.

— Je n'en serai pas capable, dit-elle en posant le front contre le ventre de la jument. Je ne suis pas une aristocrate, Braddon, seulement la fille d'un entraîneur de chevaux…

Il sentait déjà souffler le vent de la victoire.

— Depuis quand les entraîneurs de chevaux citent-ils Diderot et Rousseau ? Votre père a plus de livres que de selles !

Elle le regarda droit dans les yeux.

— J'ai reçu une bonne éducation, c'est vrai. Je sais lire, mais cela ne fait pas de moi une dame. Je ne sais pas danser, je ne connais rien aux manières des ladies. Je suis capable de réduire une fracture, mais je n'ai jamais tenu une aiguille à broder.

Braddon passa sous le cou de Gracie pour aller la rejoindre.

— Ne vous sous-estimez pas, Madeleine. Vous êtes une dame, bien plus que beaucoup de femmes que je connais. La broderie est une bagatelle, mes sœurs y sont nulles, ma mère s'en plaint assez. Elles ne jouent ni de la harpe ni de l'épinette, et elles chantent abominablement. Ce n'est pas cela qui fait une dame.

Elle lui jeta un regard implorant.

— Vous refusez de comprendre, Braddon. Et mes vêtements ? Je n'ai rien d'élégant, or lady Sophie est tellement à la mode !

Elle lisait parfois le *Morning Post*, où l'on parlait des endroits que lady Sophie fréquentait, où l'on décrivait ses toilettes. La simple idée de la rencontrer terrifiait Madeleine, alors la perspective de l'avoir comme professeur de bonnes manières... !

— Sophie se chargera de tout ça ! répondit négligemment Braddon. Je lui donnerai de l'argent pour qu'elle vous habille.

Gracie l'obligeait à se serrer contre la jeune femme.

— C'est impossible ! cria-t-elle, exaspérée, en frappant de la main le dos de la jument.

Celle-ci renâcla et recula, pressant davantage les deux jeunes gens l'un contre l'autre.

— Que faites-vous ?

Cette fois, elle semblait vraiment furieuse.

— Poussez-vous ! Je vous... je vous vois venir, espèce de débauché !

En guise de réponse, il noua les bras autour d'elle.

— Je vous aime, Maddie. Je vous aime et je vous veux. Je vous en prie, ma chérie, faites ça pour moi, afin que nous puissions nous marier...

— Non ! s'obstina-t-elle en tentant de se dégager.

Braddon était collé à ses hanches de façon tout à fait indécente !

— Alors, je vous épouserai quand même, dit-il avec une calme détermination. Nous vivrons en Écosse, ou en Amérique. Peu importe, du moment que nous serons ensemble.

Madeleine eut un haut-le-corps.

— Vous ne pouvez pas. Vous êtes comte, on vous bannirait.

Il resserra son étreinte.

— Je suis sérieux, murmura-t-il en frottant sa joue contre sa chevelure odorante. Je n'épouserai personne d'autre que vous, et si vous refusez de vous faire passer pour une aristocrate, je vous épouserai pour ce que vous êtes.

— Votre famille vous reniera ! dit-elle, horrifiée.

— Je me fiche de ma famille, rétorqua-t-il sans hésitation.

— Votre mère...

Braddon était soudain tout heureux.

— Elle ne me manquera pas.

— Non, non, non ! Je ne peux pas accepter un tel sacrifice.

— Ce n'est pas un sacrifice, Maddie. Et ne vous inquiétez pas, notre fils héritera quand même du titre.

— Mais... il sera considéré comme un paria !

Il haussa les épaules.

— À ce moment-là, la bonne société aura peut-être tout oublié. Et puis, quelle importance ?

Madeleine se rembrunit. Son esprit pratique ne pouvait ignorer l'avenir comme le faisait Braddon. Aller vivre en Amérique ? Il était fou ! Tout le monde savait que ce continent était habité par des criminels et des sauvages ! Malgré ce que prétendait Rousseau, elle ne croyait pas que les Indiens ne songeaient qu'à faire le bien.

— Non, dit-elle. S'il y a une chance pour que notre fils naisse avec l'approbation de la société, nous devons la tenter. Même s'il faut pour cela que je mente, que j'apprenne à me comporter comme une dame...

Braddon s'empara de sa bouche, en murmurant des mots d'amour contre ses lèvres. Elle l'écarta.

— Oh, non ! Vous oubliez papa ! Jamais il ne sera d'accord !

Il lui caressait le dos pour la réconforter, en insistant sur le bas de ses reins.

— Marions-nous cette nuit, Maddie. Nous irons à la frontière...

La jeune femme se dégagea, et elle eut un ravissant froncement de sourcils.

— Vous êtes un vaurien ! s'écria-t-elle. Dieu seul sait pourquoi j'ai envie de vous épouser !

Il la reprit dans ses bras.

— C'est vrai ? Vous en avez envie ? Vous allez m'épouser ? Oh, Maddie...

Il prit sa bouche avec fougue.

Elle sentit une intense chaleur monter de ses genoux à sa poitrine. Ce n'était peut-être pas le plus brillant des hommes, son Braddon, mais ses baisers la grisaient comme un vin capiteux.

Lorsque le *Lark* arriva à sa première escale sur la côte galloise, Patrick et Sophie, assis sur le pont, jouissaient d'un rare moment de température agréable. La jeune femme battait son mari au backgammon.

— C'est injuste, se plaignait-il. Vous n'avez aucune autre stratégie que de sortir des doubles une fois sur deux !

Sophie sourit.

— Mon grand-père disait en effet que c'était mon seul talent, au jeu.

Patrick lui lança un coup d'œil admiratif.

— Vous vous défendez fort bien aux échecs, ma chérie.

— Bah ! Vous m'avez battue deux fois sur trois.

— Oui, mais normalement, je gagne à chaque fois ! Et je n'ai encore jamais été battu par une femme, ajouta-t-il d'un ton un peu pincé.

— Cela me déchire le cœur, cher Patrick, de vous voir souffrir à ce point.

Il montra les dents.

— Vous êtes une sorcière, femme. Une épouse sorcière.

Sophie se lécha délicatement les lèvres.

— Voyons... quel sort pourrais-je bien vous jeter ?

Il ne put s'empêcher de caresser sa bouche d'un doigt.

— Vous avez les lèvres les plus désirables du monde, ma sorcière.

Les yeux brillants, elle prit l'index de Patrick dans sa bouche.

— C'est peut-être vous qui m'avez jeté un sort, finalement, murmura-t-elle.

Patrick se levait, quand on toussota discrètement derrière lui.

Le capitaine Hibbert, sa casquette à la main, semblait soucieux.

— Je vous demande pardon, monsieur. J'aimerais que vous jetiez un coup d'œil vers l'est et que vous me donniez votre opinion... Excusez-moi, madame.

Sophie sourit. Elle l'aimait bien, ce capitaine, avec sa timidité un peu gauche. Elle se leva.

— Ce n'est rien.

Le capitaine salua maladroitement et retourna à son poste, tandis que Patrick regardait vers l'est, où le ciel virait au bleu-vert.

— Un orage se prépare-t-il ? demanda la jeune femme.

— C'est un ciel pommelé, répondit Patrick en passant un bras autour de ses épaules. Vous voyez la rangée de petits nuages, sur la droite ? Hibbert a bien fait de nous prévenir avant que nous descendions à la cabine. Mon épouse m'aurait retenu au lit pendant des heures, ajouta-t-il à son oreille.

Sophie s'appuyait contre lui, et il la serra davantage, rassurant.

— Ne vous inquiétez pas. Ce navire résiste à tous les grains. Il nous est même arrivé, à Hibbert et à moi, de rencontrer des ouragans.

Il frémissait en songeant aux moments où le voilier grinçait, le bois craquait, les voiles claquaient, le vent hurlait... Affronter une tempête était le seul moyen de tester le tempérament d'un navire. Les bateaux n'allaient jamais aussi vite que lorsqu'ils étaient pris par la tempête.

— Mais il n'y aura rien de semblable aujourd'hui, conclut-il.

Elle le regarda, surprise.

— Pourquoi ?

Il baisa tendrement ses lèvres.

— Parce que vous êtes à bord.

Elle le regarda s'éloigner vers le capitaine, puis elle regagna sa cabine.

Une heure plus tard, le *Lark* approchait de la côte en cherchant un endroit pour passer la nuit.

— Là, capitaine ! cria la vigie.

Patrick et Hibbert se tournèrent vers lui.

— Quoi ?

— Je vois une lumière !

Patrick prit une longue-vue et discerna une anse étroite et profonde, invisible à l'œil nu. Derrière brillaient les lumières de ce qui ressemblait à un vaste bâtiment.

— Peut-être un ancien monastère, dit-il à Hibbert.

Le capitaine pointa à son tour la longue-vue.

— Ça ira, dit-il avec sa concision habituelle.

Il alla prendre la barre, car il ne faisait confiance à personne pour une manœuvre aussi délicate que d'amener le *Lark* dans un port inconnu.

Patrick rejoignit sa cabine en sifflotant. Il faillit frapper, puis y renonça. Avec un peu de chance, il surprendrait Sophie dans son bain !

Mais il la trouva assise dans son fauteuil favori, en train de lire. Elle n'entendit pas la porte s'ouvrir, et il resta là un moment, à la contempler.

Absorbée par sa lecture, elle remuait les lèvres. Pauvre chérie ! songea-t-il. L'éducation que recevaient les femmes était tellement rudimentaire qu'elle devait encore lire mot à mot...

Enfin elle entendit le bruit de ses bottes sur le plancher, alors qu'il approchait. Elle poussa un petit cri, bondit de son siège, puis se rassit, l'air contrarié.

— Vous m'avez fait peur !

— J'espérais vous trouver en « déshabillé ».

Elle eut un sourire un peu contraint.

— Que faisiez-vous ? demanda-t-il.

— Je vous attendais, répondit-elle, le regard innocent.

— Ne mentez pas, Sophie. Vous lisiez. D'ailleurs, vous êtes assise sur votre livre.

Elle le regarda calmement.

— C'est vrai.

Elle se rappelait ce qu'avait dit l'ancien camarade de classe de Patrick, David. Son mari détestait les mensonges, toutes les sortes de mensonges. Mais il serait fâché s'il apprenait ce qu'elle était en train de faire !

Elle devait lire un roman sentimental et ne voulait pas qu'il le sache, songea Patrick, aussi s'éloigna-t-il avec tact. Mais, tout en changeant de chemise, il la vit du coin de l'œil ranger soigneusement son livre dans un tiroir.

Il était vraisemblable qu'Héloïse n'avait jamais autorisé sa fille à lire de la véritable littérature, se dit-il, et elle aurait eu une crise d'apoplexie si elle l'avait trouvée avec un roman populaire... C'était sans doute à cause de la très guindée marquise que la jeune femme lisait avec difficulté.

Il faudra que j'en parle à Sophie, se promit-il. Je ne peux pas avoir une épouse qui a honte de lire, ou qui pense que les romans sont immoraux...

— Vous devriez sonner Simone, dit-il. Nous accosterons bientôt. Il y a un ancien monastère où nous pourrons passer la nuit. J'espère qu'ils auront un lit confortable, car sur le *Lark*, ce sera un peu agité. Je préfère que nous affrontions la tempête sur la terre ferme.

Sophie l'observait avec attention. Un instant, lorsqu'il avait fait remarquer qu'elle était assise sur son livre, il avait eu une telle expression ! Comme s'il savait qu'il s'agissait d'une grammaire turque et se moquait d'elle. Mais elle avait dû se tromper.

Elle sonna Simone, et Patrick déposa un baiser sur son front.

— Venez donc sur le pont, quand vous avez envie de lire, ma chérie, dit-il.

Dès qu'il fut sorti, elle choisit une robe chaude dans son armoire. Patrick l'appelait souvent « chérie » et, bien qu'elle sût que c'était une formule courante entre époux, elle en avait à chaque fois les jambes tremblantes et les larmes aux yeux.

Un peu plus tard, Simone fit irruption dans la cabine, échevelée, les joues rouges.

— Il faut partir, madame ! Un mauvais vent se lève, et le ciel est pommé, d'après John.

— Pommelé, rectifia Sophie, qui n'avait enfilé que ses bas.

— Peu importe son nom, il a une vilaine couleur, et John dit qu'il faut quitter le bateau !

Simone s'était prise d'affection pour John, le second, et elle se piquait de s'y connaître désormais en navigation.

Avec un soupir, la jeune femme acquiesça, et Simone lui passa la robe à la hâte.

— Pas le temps de vous coiffer correctement, reprit-elle en attachant les cheveux de sa maîtresse en chignon rudimentaire.

La camériste avait fini par surmonter le mal de mer, mais il n'était pas question qu'elle reste sur le voilier par gros temps. Pour rien au monde ! Le *Lark* allait sûrement briser ses amarres et se lancer sur les vagues. Pour finir au fond de l'océan, elle en était persuadée !

En quelques minutes, elle avait posé une pelisse sur les épaules de Sophie, lui avait donné un manchon de fourrure et l'avait poussée vers la porte.

Sur le pont, les marins affalaient les voiles et attachaient les mâts.

Sophie alla rejoindre Patrick au bastingage. Le ciel semblait de taffetas moiré, cuivre strié de jaune, et les nuages n'étaient plus que de minces traînées. Le vent s'était levé.

Patrick rayonnait d'excitation.

— Vous voyez ce ciel plombé, Sophie ? Le vent souffle, mais entre les bourrasques, l'air est lourd, immobile.

Elle acquiesça. Elle était heureuse que le *Lark* ait jeté l'ancre.

Il y eut un bruit sourd, un cri. Les hommes d'équipage avaient mis un canot à la mer.

— Maintenant, voilà le plus difficile, dit Patrick gaiement. Vous faire descendre, votre cameriste et vous, par l'échelle de corde. Nous ne pouvons aller jusqu'au rivage, il n'y a pas assez de fond.

Elle se pencha pour regarder le flanc du navire, contre lequel l'échelle flottait de façon inquiétante. En outre, l'eau avait une teinte grisâtre qui promettait un bain glacial à celui qui y tomberait.

— Je vais vous porter, proposa-t-il.

— Mais non ! protesta Sophie. Je descendrai toute seule… Simone !

La camériste était visiblement terrorisée.

— Si vous descendez cette échelle sans crier, sans vous évanouir et sans tomber ou demander de l'aide, je vous donnerai la robe de bal avec les roses de tissu, déclara sa maîtresse.

— Celle qui a une traîne ?

Sophie hocha la tête.

Le visage de la domestique prit une expression déterminée. Sans plus d'hésitation, elle s'approcha et permit à un marin de la placer en haut de l'échelle.

Elle commença à descendre bravement. Sophie attendit qu'elle eût atteint l'esquif et fût assise sur un banc, pour se diriger à son tour vers l'échelle. Elle allait enjamber le bastingage, quand deux grands bras l'encerclèrent.

— Et vous, vous ne voulez pas de récompense pour ne pas crier ?

Sophie pouffa.

— M'offrirez-vous l'un de vos gilets brodés ?

— Le seul que je possède a été brodé par ma tante Henrietta de bleuets et de campanules. Il est horriblement voyant, et bien trop grand pour vous.

— Mon Dieu ! gémit Sophie. Je crains que vous n'ayez raison. Je n'ai pas le courage de descendre cette échelle... Surtout que l'enjeu est vraiment insuffisant.

— Chipie !

Patrick lui mordillait l'oreille, et elle s'appuya contre son torse solide. Une douce chaleur l'envahissait, malgré le grésil qui lui fouettait les joues.

— Ainsi, les toilettes n'ont guère d'attrait pour ma chère épouse ?

— J'adore les atours ! protesta Sophie.

— Cependant, vous ne passez pas des heures à vous habiller, et vous ne discutez pas indéfiniment de dentelles et autres colifichets... Des baisers vous sembleraient-ils un stimulant suffisant ?

— Je pense que je les ai gratuitement, fit-elle remarquer, doucereuse.

— C'est vrai. Demandez-moi ce que vous voudrez, alors, c'est accordé.

— Très bien, dit-elle en tentant d'ignorer la langue qui caressait son oreille. J'aime beaucoup...

Elle ne trouvait rien qu'elle pût dire à haute voix. Quand Patrick la touchait, elle avait le cerveau en capilotade.

— La demoiselle française rend tripes et boyaux, monsieur ! annonça un marin en désignant le canot.

En effet, Simone était penchée au-dessus de l'eau, et elle gémissait lamentablement. Sophie s'approcha de l'homme d'équipage pour descendre, mais Patrick la retint.

— Attendez.

Il passa une jambe sur le premier barreau de l'échelle, s'accrocha et lui tendit l'autre bras.

— Je peux certainement descendre toute seule, protesta la jeune femme.

— Non, répondit-il d'un ton sans réplique.

Devant son air autoritaire, elle remit son manchon à un marin, puis elle hésita de nouveau.

— Je ne vois pas pourquoi je ne me débrouillerais pas sans aide, grommela-t-elle.

Mais déjà le marin l'avait remise à son époux, qui tint son corps menu contre lui et descendit l'échelle de corde sans effort apparent.

— Désolé, s'excusa-t-il. Vous êtes *ma* femme.

Il la déposa dans le canot, où elle s'assit près de Simone qui continuait à vomir.

— L'équipage ne vient pas ? demanda-t-elle à Patrick.

— Non, il reste sur le bateau.

Il n'ajouta pas que c'était la première fois qu'il désertait son navire par gros temps.

— Le canot reviendra chercher Florent. Il jure qu'il ne touchera plus jamais une casserole si nous ne le ramenons pas sur la terre ferme.

Quand ils accostèrent, la pluie glaciale avait gagné en force. Patrick sauta à terre et tendit la main à son épouse.

Comme il se retournait pour aider Simone, Sophie sourit au jeune homme rondouillard qui les attendait. Il avait un visage potelé, des boucles blondes et l'air espiègle. Il portait une robe semblable à celles des moines, mais il ne pouvait être moine, puisqu'il n'y en avait plus dans les îles Britanniques. Peut-être tout simplement aimait-il cette tenue, se dit-elle.

— Bonsoir. Comment allez-vous ?

L'homme la regardait attentivement.

— Je vais bien, je vais bien, répondit-il au bout d'un moment, avec l'accent typique du pays de Galles.

Patrick vint lui serrer la main.

— Je suis Patrick Foakes, et voici mon épouse, lady Sophie.

— Mon nom est John Hankford, répliqua le Gallois.

Il avait un côté gentil, songea Sophie, comme un petit chérubin. Pourtant, il ne semblait pas enclin à la conversation.

— Nous vous remercions infiniment de nous offrir l'hospitalité, monsieur Hankford, dit-elle.

Celui-ci jeta un coup d'œil derrière eux, constata que le canot avait disparu en direction du navire, puis il tira de sous sa robe un fusil rouillé qu'il braqua sur Patrick.

Sophie sursauta, mais ne dit mot. Simone poussa un faible cri. Quant à Patrick, il demeura silencieux, se contentant de lancer un rapide regard à sa femme.

Le petit homme se mit soudain à parler à toute vitesse.

— N'ayez pas peur, n'ayez pas peur. Je ne veux pas effrayer les dames, non, pas du tout. En fait, eh bien… il faut que vous me donniez votre parole de ne rien dire, avant que je vous emmène dans cette maison. Parce qu'il y a là quelque chose que vous n'aimerez pas – ou bien que vous aimerez, je ne sais pas, mais vous venez de Londres, je suppose, alors il faut absolument que vous me juriez de garder le secret.

Sophie leva vers son mari un regard interrogateur. Il fixait Hankford, les sourcils froncés.

— Vous retenez une personne contre son gré ? Vous avez blessé quelqu'un ?

— Oh, non ! Non ! s'écria le Gallois. Au contraire, à vrai dire. Bien au contraire. Nous guérissons les gens. Cependant, le problème, c'est *qui* nous guérissons. Mais je ne peux pas aller plus loin, ou plutôt *vous* ne pouvez pas aller plus loin, si vous refusez de me donner votre parole d'honneur de ne pas raconter ce que vous verrez.

Patrick se tourna vers Sophie, qui lui sourit. Peu d'hommes auraient pris l'avis de leur femme dans de telles circonstances, même de façon tacite.

— Je pense que nous devrions accompagner M. Hankford, dit-elle, sans tenir compte du gémissement de Simone.

Patrick s'était déjà aperçu, à ses nombreuses questions, que son épouse possédait une insatiable curiosité. Il aurait dû se douter qu'elle se jetterait au-devant du danger.

Il adressa un regard sévère à Hankford, qui flancha visiblement. Il jugea alors qu'il n'était pas dangereux et hocha la tête.

— Très bien. Si vous n'êtes malfaisant envers personne, vous avez ma parole que nous ne parlerons pas aux autorités londoniennes de vos activités.

Sans un mot, Hankford fit demi-tour et entreprit d'escalader le long escalier de l'ancien monastère.

Les yeux de Sophie brillaient.

— Que peut-il bien faire, là-haut ?

Patrick grinça des dents. Décidément, son épouse lisait trop de romans ! Elle devait imaginer qu'ils montaient vers un château hanté, ou quelque sottise de ce genre.

— Il doit faire de la contrebande, dit-il avec assurance avant de se tourner vers Simone, qui tremblait et semblait au bord de la crise de nerfs. C'est le monastère ou le *Lark*, lui rappela-t-il gentiment.

La domestique regarda les nuages chargés d'orage.

— Le fusil qu'il brandit est une antiquité hors d'usage, précisa Patrick. Et Hankford n'a pas l'air d'un expert en armes.

Brusquement, Simone s'aperçut que Sophie avait emboîté le pas à l'homme.

— Ne laissez pas ma maîtresse entrer toute seule dans un repaire de brigands, monsieur !

Avant qu'il pût protester, elle était passée devant lui et se hâtait de rattraper Sophie.

Patrick suivit en soupirant. En haut des marches, une grande porte de chêne s'ouvrit. Il pénétra à l'intérieur. L'endroit ne ressemblait pas du tout à l'antre d'une troupe de voleurs. En fait, la pièce était vide comme un tombeau. Le Gallois s'était débarrassé de sa robe et se tenait près de la grande cheminée de pierre.

Patrick marcha sur lui.

— Alors ? Vous allez nous révéler votre sombre secret ? s'enquit-il, une pointe d'irritation dans la voix.

John Hankford le considéra avec incertitude.

— Il n'y a rien de mal, ici. Rien du tout. C'est seulement un hôpital.

Patrick ricana.

— Alors pourquoi nous avoir demandé le silence ?

Soudain, il comprit.

— Par le Ciel, nous sommes tombés dans un nid de sympathisants bonapartistes !

John fut aussitôt sur la défensive.

— Nous ne sommes pas pour les Français, non. Mais nous ne sommes pas non plus pour les Anglais. Tout ce que nous faisons, c'est soigner quelques pauvres garçons qui ont été blessés et ont fui la guerre.

— Des déserteurs... Comment sont-ils arrivés ici ? demanda sèchement Patrick.

— Ils étaient parqués dans un hôpital, aux soins d'un chirurgien ivrogne, et ils mouraient comme des mouches. Alors le plus jeune d'entre eux en a mis autant qu'il pouvait dans une barque, et ils sont partis. Ce ne sont que de pauvres fantassins. Deux d'entre eux ont tout juste quatorze ans. Les Français les laissaient mourir.

— Quelle horreur ! s'écria Sophie. C'est merveilleux de votre part, monsieur Hankford !

Elle adressa un chaleureux sourire au Gallois.

— Ce sont des déserteurs, Sophie, lui rappela fermement son mari.

Peut-être ces hommes étaient-ils vraiment des déserteurs... ou peut-être étaient-ils des soldats français en pleine forme, qui faisaient semblant d'être blessés.

Elle haussa les épaules.

— Ce sont de jeunes garçons, et ils souffrent. Qui pourrait reprocher à M. Hankford de les soigner ?

Patrick connaissait une bonne douzaine de personnes qui seraient fort intéressées par ce repaire de sympathisants bonapartistes, et en tout premier lieu Breksby. C'était précisément ce genre de situation qui avait inquiété les Anglais, au point de leur faire ériger des fortifications sur la côte galloise. Mais à quoi servaient des fortifications, si un groupe d'illuminés invitait tout simplement les Français à venir se réfugier à terre ?

— Vous savez, Sophie chérie, dit-il avec une pointe de condescendance, l'Angleterre a déclaré la guerre à la France en mai dernier.

— Bien sûr, nous le savons tous, répliqua-t-elle, une délicieuse petite ride entre les yeux. Nous n'avions pas le choix, après qu'Addington a décidé de garder Malte. Cela a brisé le traité de paix.

Patrick sourit. Décidément, son épouse ne cessait de l'étonner !

Déjà, elle s'était retournée vers John.

— Auriez-vous l'amabilité de nous laisser visiter votre hôpital ? Je n'ai aucune connaissance médicale, ajouta-t-elle vivement, mais je parle français.

Les yeux du petit homme s'illuminèrent.

— Vraiment ? Quelle chance, madame ! Remarquez, je connais quelques mots, le prêtre aussi, ainsi que ma mère. Et le garçon qui les a amenés jusqu'ici, Henri, parle un peu anglais. Toutefois, il y a certaines choses que nous ne comprenons pas.

Un prêtre ? se dit Patrick. Un prêtre était mêlé à cette activité contraire au patriotisme... Toutefois, si Hankford et sa mère soignaient des soldats français sans parler leur langue, ils ne devaient pas être de véritables bonapartistes.

Sophie suivait Hankford vers une porte dérobée.

— Je serai ravie de m'entretenir avec vos patients, dit-elle.

John semblait hésitant.

— Je vous demande pardon, je ne devrais peut-être pas vous laisser entrer dans l'hôpital, madame. Et si votre mari se mettait en tête de parler de tout ça en haut lieu, et que l'on décapite mes garçons ?

— J'ai donné ma parole, mon brave ! rétorqua Patrick, hautain.

— Qu'il en soit ainsi, marmonna Hankford.

Il ouvrit la porte pour Patrick et Sophie, suivis de Simone.

Ils passèrent sous une arche qui menait à une vaste pièce, fermée par un drap blanc. Patrick le souleva, et ils découvrirent une rangée de lits de camp sur lesquels étaient couchés des blessés. Certains avaient des bandages autour de la tête, d'autres aux jambes, plusieurs étaient amputés. Pour la plupart, ils ne se tournèrent pas vers eux. Une petite femme dodue leva les yeux, puis elle revint au pansement qu'elle appliquait sur la poitrine d'un soldat.

Toute couleur avait déserté le visage de Sophie, et son mari passa un bras sur ses épaules.

— Seigneur, Patrick, ce sont des enfants !

— Leurs blessures les font paraître plus jeunes, dit-il doucement.

— Non ! Celui-ci n'a pas plus de quatorze ans !

Patrick suivit la direction de son doigt tremblant. Il avait déjà vu ce genre de blessure à la tête, et il doutait que le garçon ait une chance de s'en sortir.

Soudain, un adolescent se dressa devant eux, les bras croisés sur la poitrine, vêtu d'un uniforme français lacéré.

— Que faites-vous là ? questionna-t-il avec un fort accent.

Il avait le regard perçant, et semblait bien plus dangereux que John Hankford. Il jeta un coup d'œil de biais à ce dernier.

— Pourquoi les avez-vous laissés entrer ?

John toussota, l'air piteux.

— Leur bateau est ancré au port. Ils vont passer la nuit ici, Henri. Il fallait bien que je leur dise...

Patrick regarda le Gallois, amusé, renonçant définitivement à croire le petit homme mêlé à un complot napoléonien. De toute évidence, le gamin français le tenait sous sa coupe.

Sophie esquissa une révérence.

— Vous êtes certainement le jeune homme qui a eu le courage de sauver ses compagnons d'infortune, dit-elle d'une voix emplie d'admiration.

L'adolescent examina attentivement la belle dame qui lui adressait la parole.

— Je les ai seulement mis dans un bateau, répondit-il. Ils étaient mourants, avec des mouches partout sur leurs plaies. Mais je n'ai pas pu... je n'ai pas pu les faire tous monter à bord.

— Vous en avez sauvé dix, intervint Patrick.

Henri se tourna vers lui.

Patrick inclina la tête.

— Félicitations, *Henry*. Vous avez été très courageux...

Pour la première fois depuis qu'ils étaient entrés dans la pièce, le garçon eut l'air un peu confus.

— Je m'appelle *Henri*, corrigea-t-il.

Il fit une petite mais parfaite révérence de cour.

Patrick haussa un sourcil interrogateur en direction de sa femme. Henri n'était pas n'importe qui, il en était certain.

— Quel âge avez-vous ? demanda-t-il.

— Presque treize ans.

— Diantre ! s'écria Patrick, dégoûté. Un soldat de douze ans ?

— Non, j'étais... je ne connais pas le mot anglais. Je portais le drapeau. Je devais devenir soldat à quatorze ans.

Sophie s'accrocha au bras de son époux.

Visiblement, Henri était sous le charme, car il regardait la jeune femme avec timidité.

— Vous voulez que je vous les présente ? proposa-t-il avec un geste en direction des blessés.

Sophie lui répondit en français, ce qui acheva de le conquérir. Il l'invita à faire le tour de la pièce, en lui indiquant le nom de chaque soldat.

Patrick l'observa un moment. Le garçon devait avoir trois ou quatre ans, quand les Français avaient guillotiné leurs aristocrates… Or il n'avait pas appris cette révérence d'un paysan.

— Comment Henri est-il arrivé à ce monastère ? demanda-t-il à Hankford.

— Ma mère et moi sommes membres de la famille d'Amour. Vous en avez entendu parler ?

Patrick hocha la tête. Qui ne connaissait pas la « famille d'Amour », ce groupe religieux hollandais qui avait souvent été accusé d'adultère et de nudisme, depuis le règne de la reine Élisabeth ? Il regarda l'infirmière replète qui avait terminé son pansement et remontait le drap sur le blessé. Elle n'avait certes pas l'allure d'une femme adultère !

— Je ne savais pas que la « famille » existait encore, dit-il prudemment.

— Oh, si, elle existe, au moins au pays de Galles, répondit Hankford d'un ton découragé. Mon grand-père en est devenu membre en 1731. Il a acheté ce monastère en espérant y établir une communauté. Mais il a épousé ma grand-mère, qui n'aimait pas le groupe et a jeté tout le monde dehors. Il est décédé, à présent, mais nous faisons toujours partie de la famille d'Amour. Nous ne pouvions pas refuser d'aider ces jeunes gens, quand la mer nous les a apportés. Ils ont contourné le cap et sont arrivés dans notre anse. Comme je vous l'ai dit, nous ne pouvions les abandonner à leur sort, car le gouvernement les aurait exécutés. Or la famille d'Amour n'apprécie guère les exécutions gouvernementales.

À juste titre ! songea Patrick. Des membres de ce groupe avaient été condamnés à mort par le gouvernement anglais, au cours du siècle dernier. Néanmoins, il pouvait oublier l'idée d'une invasion de Napoléon à partir de ce monastère.

Ils dînèrent à une grande table dans la cuisine. Florent, débarqué du *Lark*, était assis au bout en face de Simone. Sophie se glissa sur un banc, suivie d'Henri qui ne la quittait plus.

Patrick la contemplait, fasciné. Si seulement la haute société londonienne avait pu voir sa reine, en cet instant ! Elle avait les cheveux en désordre, car elle avait ôté son bonnet et l'avait jeté n'importe où, et ses yeux brillaient d'excitation à l'idée de souper avec ses serviteurs dans un monastère du XIe siècle.

16

Le lendemain matin, Sophie se réveilla de bonne heure. Elle sortit du lit sans faire de bruit, afin de ne pas réveiller Patrick qui dormait, entortillé dans les draps qui sentaient un peu le moisi. Le sol de pierre était froid sous ses pieds nus, et elle se hâta d'enfiler la robe qu'elle portait la veille, sans l'aide de Simone. Puis elle chaussa ses bottines, prit sa pelisse et sortit de la pièce.

Dès qu'elle fut partie, Patrick ouvrit les yeux et regarda d'un œil sombre les poutres ornées de toiles d'araignées, quatre mètres au-dessus de sa tête. Il avait beau la séduire de son mieux, sa petite épouse ne succombait pas... Bien qu'il ne fût pas tout à fait le libertin qu'elle imaginait, ses anciennes maîtresses lui avaient toujours juré un amour éternel, à ce stade de leurs relations.

Il fronça les sourcils. Quelle arrogance de sa part ! Il avait estimé que Sophie oublierait aisément Braddon, l'homme à qui elle était fiancée. Et il n'avait jamais souhaité toutes les déclarations si volontiers données par les autres femmes. Mais cette fois... c'était différent.

Il eut un grognement de frustration. Il voulait entendre ces mots de la part de Sophie. Seigneur, il était pris au piège ! Piégé par les paroles traditionnelles du mariage, et par son désir obsessionnel.

Une ombre de sourire adoucit ses traits. Après tout, elle était sa femme, et s'il était piégé, elle aussi. Quelle importance si elle ne murmurait pas les paroles qu'il voulait entendre ? Peut-être ne les pensait-elle pas. Et peut-être que les autres ne les avaient prononcées que pour lui faire plaisir…

Puis un souvenir de la jeune femme arquée contre lui, le souffle court, lui revint à l'esprit. En réalité, elle lui disait ce qu'elle ressentait, bien que ce ne fût pas avec des mots. Et à quoi bon ? Ils avaient une relation honnête, sans vain bavardage.

Il s'assit dans le lit, envahi d'une toute nouvelle détermination. Il finirait par arracher ces paroles à Sophie. Car, même si ce n'étaient que des phrases sans profondeur, il voulait les entendre de sa bouche. Il avait besoin de les entendre. Parce que…

Il préféra s'habiller et sortir, plutôt que d'affronter ce « parce que ». Pourquoi lui, qui n'avait jamais dépendu de personne, avait-il besoin d'entendre les mots d'amour d'une femme ? C'était déconcertant.

Il prit son petit déjeuner dans la cuisine. Florent avait autour de lui une cour de Galloises, qui ne comprenaient sans doute pas ce qu'il disait, mais qui béaient d'admiration en le regardant casser les œufs d'une seule main, l'un de ses grands exploits.

Le ciel, qu'il apercevait derrière une toile cirée qui se soulevait parfois à la fenêtre de la cuisine, semblait avoir retrouvé sa sérénité. L'orage était passé, et Patrick avait hâte de se rendre sur le *Lark* afin de voir s'il avait souffert de la tempête.

Il rejoignit Sophie dans la salle de soins, où elle s'entretenait avec la mère de Hankford. Henri, évidemment, était collé à elle.

— Le jeune Henri s'est entiché de votre femme, dit la voix de Hankford derrière lui. Il n'arrête pas de lui parler. De sa mère, de tout…

— Que ferez-vous d'Henri et des autres, lorsqu'ils seront remis ?

Le Gallois semblait anxieux.

— Je ne sais pas exactement. Certains d'entre eux sont déjà assez bien pour pouvoir partir, mais j'ignore où les envoyer. Il n'y a guère de Français, dans cette région, alors on les repérera tout de suite. Et ils ne peuvent pas retourner chez eux, sous peine de redevenir de la chair à canon.

Patrick soupira.

— Envoyez-les à Londres.

Hankford lui lança un regard méfiant.

— Que voulez-vous dire, monsieur ?

— Envoyez-les à Londres, répéta Patrick, et nous leur trouverons du travail. Londres regorge de Français, personne ne prêtera attention à eux.

Les yeux bleus de Hankford s'illuminèrent.

— C'est très bon de votre part, monsieur. Très bon, en vérité. Votre dame a proposé la même chose, mais j'ai refusé parce que je craignais que cela ne vous déplaise. Comme dit la Bible, c'est l'homme qui est le maître du foyer. C'est vraiment très aimable à vous.

Patrick traversa la pièce, une question en tête. John n'avait-il pas prétendu que sa mère ne parlait pas anglais, et très peu français ? Alors, en quelle langue s'entretenait-elle avec Sophie ?

Cependant, lorsqu'il rejoignit les deux femmes, Mme Hankford était retournée à son patient. Sophie l'accueillit en souriant.

— Bonjour, Patrick. J'ai assuré à Henri que nous serions heureux qu'il nous accompagne...

— Monsieur, coupa Henri, je lui ai dit que vous n'aimeriez pas que je sois votre invité, mais peut-être pourriez-vous me donner du travail aux écuries ?

Patrick considéra l'adolescent au petit visage angoissé. Il s'était un peu tassé sur lui-même, comme pour se préparer à la déception. Mais ses yeux gris demeuraient fiers.

— Je serai ravi de mieux vous connaître, répliqua Patrick. Comme invité, et non comme palefrenier.

Henri secoua la tête.

— Je ne demande pas la charité, je dois payer ma pension.

— Qui était votre père, Henri ?

Le garçon se redressa.

— C'est sans importance, parce qu'il est mort quand j'étais très petit. Et j'ai été élevé par M. Pairie, un marin-pêcheur.

— Qui vous a appris à saluer ? s'enquit Sophie.

— J'avais une gouvernante anglaise. Mais elle est morte, et ma mère aussi.

Henri était fils de gentilhomme, cela sautait aux yeux. Peut-être serait-il possible de retrouver des membres de sa famille à Londres...

— Connaissez-vous le nom de votre père ? insista Patrick d'un ton gentil mais ferme.

— M. Latour, dit Henri à contrecœur. Le comte de Savoie.

La jeune femme se pencha pour lui prendre les mains.

— J'aimerais que vous veniez à Londres avec nous. Je me sens seule, parfois, et vous seriez pour moi un agréable compagnon.

Patrick dissimula un sourire. Sophie, seule ?

Henri leva fugitivement vers elle ses yeux frangés de longs cils, avant de fixer de nouveau le sol.

— Je crois... Ma place n'est pas dans une belle demeure, murmura-t-il d'une voix proche des larmes. Mes parents ne pourront vous rendre la politesse...

— Vous me seriez fort utile, intervint Patrick. Je m'absente fréquemment et, comme mon épouse vient de vous le dire, elle se sent souvent très seule. Vous pourriez être son... aide de camp.

Henri se mordillait la lèvre.

— Vous ne pouvez pas retourner en France, insista Sophie. Et vous ne pouvez pas non plus rester éternellement dans ce monastère.

Comme le gamin ne semblait pas convaincu, Patrick prit la relève.

— C'est ce que votre père aurait souhaité.

— Je ne me souviens pas de mon père.

Bon sang, ce garçon était têtu comme une mule !

— Alors, il vous faudra accepter que j'aie raison, répliqua Patrick de son ton le plus sévère. Votre père aimerait que vous viviez dans la demeure d'un gentilhomme, pas dans un monastère gallois, et encore moins dans une écurie !

La jeune femme se redressa.

— Bien ! C'est décidé ! Henri, voulez-vous aller trouver Simone et Florent, pour les informer que nous sommes prêts à regagner le *Lark* ?

Tandis que le garçon filait à la cuisine, Hankford, qui avait écouté la conversation, s'approcha.

— J'étais ennuyé quand vous avez souhaité trouver refuge chez nous, dit-il, parce que je pensais que tous les gens de Londres avaient le cœur noir. Mais je suis heureux de constater que ce n'est pas le cas. Tous les Londoniens n'ont pas le cœur noir.

Sophie allait répondre, mais déjà il poursuivait :

— Et jamais je n'aurais cru que vous pouviez si bien parler notre langue, madame. J'en suis... ému. Je le raconterai à mes camarades au pub du village, ce soir. Des gens de Londres qui parlent gallois ! Décidément, les Anglais ne sont pas tous mauvais !

Sophie lança un coup d'œil nerveux à son mari, qui semblait déconcerté.

Oh, après tout, le mal était fait, alors pourquoi ne pas aller jusqu'au bout ? Ignorant Patrick, elle salua la mère de John dans un gallois parfait, avant de se retourner vers lui.

— Nous pouvons regagner le *Lark*, déclara-t-elle, le cœur battant.

Son mari était-il en colère ? Il n'en avait pas l'air. Il paraissait plutôt désorienté.

Dès qu'ils furent dans le couloir, il lui demanda :

— Du gallois ? Votre mère est-elle franco-galloise, si une telle combinaison existe ?

— Oh, non, c'est la blanchisseuse qui était galloise.

— La blanchisseuse !

— Elle s'appelait Mary. Je passais beaucoup de temps avec les domestiques, car mes gouvernantes ne cessaient de démissionner, ou d'être renvoyées. Mary m'a enseigné le gallois.

Patrick l'observait en plissant les yeux.

— Que faisiez-vous pour faire fuir vos gouvernantes ? Vous mettiez des souris dans leurs lits ?

Elle pouffa de rire.

— Non ! Non, j'étais une enfant très sage. C'était mon père, à dire vrai, qui les faisait fuir… ajouta-t-elle, embarrassée.

— Oh…

Patrick lui tendit son manchon tandis qu'Henri, qui prenait visiblement son rôle d'aide de camp au sérieux, dirigeait Simone et Florent vers les marches. Le soleil s'était levé sur une journée froide et claire. Deux aigles planaient autour des cheminées du monastère.

— Regardez ! s'écria Sophie. Ma nounou disait que les aigles balaient les toiles d'araignées du ciel !

— Votre nounou, répéta Patrick. Où était-elle, pendant que vous bavardiez avec les lavandières ?

— Elle était mariée au frère de Mary. C'est comme ça que Mary a trouvé un emploi chez nous. Normalement, mon père n'acceptait que des serviteurs français.

Patrick hocha la tête.

— Ainsi, tous les domestiques étaient français, entre autres les gouvernantes après qui votre père courait sans vergogne ?

— Ce n'est pas exactement ça. Il les attirait toujours dans ses bras quand ma mère était dans les parages. Il le faisait avec ostentation, et même enfant, j'ai compris que son attitude était davantage destinée à blesser ma mère qu'à séduire les gouvernantes.

— Cela ne devait pas leur plaire !

— En effet. Peut-être ne se seraient-elles pas autant insurgées, si papa leur avait témoigné une admiration sincère. En tout cas, je pense qu'il aurait eu du mal à courtiser certaines de mes gouvernantes. Mlle Dumas, par exemple, avait une poitrine comme la proue d'un navire. Elle est restée longtemps avec nous.

— Et que s'est-il passé, alors ?

— Mon père avait été abandonné par sa dernière conquête en titre, ce qui signifiait qu'il ne pouvait plus faire enrager maman dans les salles de bal. Il lui fallait se rabattre sur le personnel. À cette époque, ma mère avait remplacé toutes les servantes par des femmes très vieilles et très laides, alors il ne restait plus que Mlle Dumas...

À la fois révolté et fasciné, Patrick insista :

— Qu'a-t-il fait ?

— Si je me souviens bien, il a embrassé la demoiselle avec fougue dans le salon bleu.

— Et ?

— Elle l'a frappé avec une carafe de brandy.

Patrick frémit.

— Ce n'était pas vraiment sa faute, reprit Sophie, c'était tout ce qui lui était tombé sous la main. C'est la première fois que mon père a renvoyé une gouvernante... Il a eu un œil au beurre noir pendant plusieurs jours. Moi, j'étais heureuse parce qu'il est resté à la maison tous les soirs durant une semaine. Après le départ de Mlle Dumas, on m'a envoyée en pension. Je crois que ma mère désespérait de trouver la gouvernante idéale.

Patrick grimaça un sourire. Pas étonnant qu'elle s'imagine qu'il irait acheter des déshabillés pour d'autres femmes, dès qu'elle aurait le dos tourné ! La demeure du marquis devait ressembler à une maison de fous !

Ils étaient arrivés au quai, où les attendait le canot. Ils regagnèrent le voilier. Même Simone grimpa à l'échelle de corde sans rechigner, trop contente d'échapper au vent violent qui finissait de chasser l'orage.

Patrick accompagna son épouse à leur cabine, remit Henri entre les mains d'un marin de confiance, puis il alla trouver Hibbert. La tempête n'avait apparemment pas endommagé le voilier, et il décida de larguer les amarres tout de suite.

Curieusement, il n'était pas pressé de rejoindre Sophie. Il envoya un marin l'informer qu'il déjeunerait sur le pont, et non avec elle dans leur cabine, comme d'habitude.

Ce fut seulement une fois seul à la barre qu'il comprit d'où lui venait ce malaise. Bon sang, sa femme pourrait-elle un jour tomber amoureuse de lui, alors qu'elle était persuadée que tous les hommes ressemblaient à son père ? Elle paraissait accepter comme une évidence que Patrick suive le même chemin que le marquis...

Il en eut le cœur serré. Mais sa réaction était compréhensible. Il fallait bien être un débauché pour séduire une jeune fille dans sa propre chambre ! Un libertin de la pire espèce pour voler la fiancée de son ami !

Dans la cabine, Sophie était au bord du désespoir. Visiblement, sa mère avait eu raison en prétendant que les hommes n'aimaient pas les bas-bleus. Jamais encore Patrick n'était resté une journée entière sur le pont sans elle. Il était déçu. L'idée qu'elle ait pu passer du temps avec une lavandière devait le hérisser. Sans parler de sa connaissance du gallois.

Impulsivement, elle ouvrit le hublot et jeta sa précieuse grammaire turque à la mer. Il ne fallait surtout pas que Patrick apprenne un jour qu'elle parlait sept langues !

Quand les ombres commencèrent à s'étirer dans la cabine, elle soupira, malheureuse. Le pire était qu'elle avait secrètement souhaité qu'il soit au courant de son talent. Elle avait même eu envie d'étaler ses connaissances devant lui, car elle en était très fière...

Elle refoula son désarroi. Patrick était un homme comme les autres. Or elle avait appris que la déception d'une épouse ne devait pas envenimer les rapports du couple.

Il fallait accepter, puis oublier. La leçon s'appliquait aux petites choses et aux grandes, aux langues étrangères et aux maîtresses...

Patrick se montra enfin à l'heure du souper, plutôt honteux de son comportement. Le *Lark*, à l'ancre, était doucement bercé par les vagues. Le lendemain matin, il pourrait aller inspecter les fortifications en cours.

Toute la journée, il avait piloté le navire, admiré l'habileté d'Henri pour réaliser les nœuds marins, consulté le journal de bord du capitaine, sans cesser de regarder en direction de l'escalier, dans l'espoir de voir apparaître Sophie. Mais elle n'était pas montée, et elle lui manquait.

Aucun des marins ne broncha lorsque le maître, n'y tenant plus, abandonna la barre pour se ruer vers sa cabine. Hibbert leur avait recommandé de ne jamais réagir devant des comportements inhabituels.

Mais Sophie ne l'attendait pas. Au fond du lit, elle dormait profondément. Surpris, Patrick discerna des traces de larmes sur son visage. Il avait simplement pensé que si elle avait envie de le voir, elle le rejoindrait. Maintenant, il s'en voulait. Pourquoi n'était-il pas venu la chercher ?

Elle se réveilla quand il lui caressa les cheveux.

— Que signifie ceci ? demanda-t-il, un peu bourru, en effleurant ses joues encore humides.

Elle sourit.

— J'ai eu un peu de vague à l'âme, cet après-midi, c'est tout. Vous savez que les pleurs sont le privilège des femmes.

Il posa un baiser sur ses lèvres.

— Était-ce parce que je ne vous avais pas invitée à me retrouver pour une partie de backgammon ?

— Non.

— Vous m'avez manqué, murmura-t-il. J'ai passé mon temps à espérer vous voir arriver, épouse aux multiples langages !

Sophie scrutait son regard sombre, mais il était indéchiffrable.

— Cela vous ennuie que je parle gallois ?

— Seigneur, pourquoi cela m'ennuierait-il ?

Il semblait sincèrement surpris par sa question.

— J'ai été étonné, reprit-il. Pas tant par votre connaissance du gallois – qui était une charmante découverte – que par ce que vous avez révélé de votre enfance. Cela n'a pas dû être facile.

La jeune femme ne tenait pas à en parler davantage.

— Et vous ? Vos parents se disputaient-ils souvent ?

Patrick s'allongea à son côté, soulevé sur un coude.

— Je n'en sais rien. Je voyais rarement mon père, seulement pour les grandes occasions. Je suppose qu'ils s'accommodaient l'un de l'autre, car je n'ai jamais entendu dire le contraire.

Il n'avait pas besoin d'ajouter que la mésentente entre les parents de Sophie était connue de toute la bonne société.

— Comment était votre mère ? s'enquit-elle.

Patrick dessina la courbe de sa pommette.

— Elle vous ressemblait. Petite, délicate... Je me souviens que notre gouvernante nous grondait, car lorsque maman venait à la nursery, nous nous jetions sur elle, Alex et moi, au risque de froisser sa robe. Elle était toujours très élégante. Elle portait des crinolines, je me souviens. Et elle sentait la jacinthe sauvage.

— Quel âge aviez-vous, quand elle a disparu ?

— Nous avions sept ans. Elle est morte en donnant naissance à un bébé qui n'a pas survécu.

Sophie posa la joue dans sa main et se serra davantage contre lui.

— Je suis désolée, Patrick...

Il se tourna vers elle. Il avait fixé le mur, en repensant à son enfance.

— C'est du passé, dit-il en souriant. Avez-vous d'autres grandes nouvelles pour moi, ma chérie ? Peut-être parlez-vous norvégien, ou suédois ?

Il y eut un bref silence.

— Non... oh non ! assura-t-elle en secouant la tête avec véhémence. Rien d'autre.

Il roula sur le dos en l'attirant contre sa poitrine.

— Je suis ravi d'avoir une épouse aussi savante, dit-il, rêveur. Demain, nous accosterons pour environ une semaine. Nous séjournerons dans une auberge, et vous pourrez discuter les prix avec le tenancier.

La jeune femme se sentait au bord des larmes.

— Votre mère vous a-t-elle terriblement manqué, après son décès ?

— Oui. J'étais très proche d'elle. Alex était convoqué pour de longues réunions avec mon père, puisqu'il était l'aîné, alors j'avais maman pour moi seul. C'était considéré comme une consolation de ne pas être l'héritier. Alex aurait tout donné pour pouvoir passer autant de temps avec elle, nous le savions tous les deux.

Une larme roula sur la joue de Sophie. Elle ne supportait pas l'image du petit garçon orphelin.

— Avez-vous beaucoup pleuré ? demanda-t-elle d'une voix étranglée.

Patrick ne remarqua rien, il était perdu dans ses souvenirs. Une semaine de cauchemar avait suivi la disparition de sa mère.

— Pleuré ? Toutes les larmes de mon corps ! Je n'avais pas été sage, la veille de sa mort. J'avais inventé des histoires, et elle m'avait réprimandé comme je le méritais. Mais personne n'avait imaginé que l'accouchement serait difficile, puisque tout s'était bien passé pour Alex et moi. Je l'ai attendue, ce soir-là. Elle venait toujours nous embrasser dans notre lit, et je savais qu'elle ne serait plus en colère contre moi. Mais elle n'est jamais venue.

Les larmes de Sophie redoublaient.

— Alors je me suis levé. Je me suis levé et je suis sorti dans le corridor en chemise de nuit. Elle venait toujours ! Cependant, je ne suis pas allé bien loin...

— Que s'est-il passé, Patrick ?

Machinalement, il la serra davantage contre lui.

— Je l'ai entendue crier, alors je suis retourné dans mon lit et je me suis caché la tête sous l'oreiller. Le lendemain matin, j'ai cru que j'avais fait un cauchemar. Mais elle était morte.

— Oh, quelle horreur !

Il se redressa pour la regarder. Sa belle épouse sanglotait à fendre l'âme.

— Qu'est-ce que... ? Ne pleurez pas, chérie, c'est fini...

Elle continua pourtant, le visage contre sa chemise, et il embrassa ses cheveux. Enfin, elle se calma et autorisa Patrick à lui essuyer les joues.

— Je suis désolée, s'excusa-t-elle, un peu honteuse. Je suis mélancolique, aujourd'hui...

Elle rougit en pensant à tous les mensonges qu'elle lui racontait. En fait, elle savait exactement d'où venait sa mélancolie.

— Ce n'est pas parce que je suis resté sur le pont toute la journée ? s'inquiéta-t-il.

— Pas du tout. Je... j'avais juste envie de pleurer.

Sophie allait bientôt être indisposée, certainement, se dit Patrick. Eh bien, il valait mieux qu'elle réagisse avec des larmes, dans ces périodes-là, plutôt qu'en jetant tous les objets qui lui tombaient sous la main, comme Arabella. Tous les mois, celle-ci avait brisé une porcelaine en la lui lançant à la tête.

— Êtes-vous régulière ? demanda-t-il.

— Régulière ?

Patrick était vaguement gêné.

— Régulière... dans les histoires de femmes.

Sophie s'empourpra en comprenant de quoi il voulait parler.

— Euh, oui... plus ou moins... Pas particulièrement.

— Oh, irrégulière, dit-il d'un ton suffisant. Sans doute parce que vous étiez vierge. Maintenant que vous êtes mariée, tout va rentrer dans l'ordre.

Elle ouvrit de grands yeux.

— Comment savez-vous cela ?

Il ignora la question.

— Il faut que nous en parlions ouvertement, Sophie, parce que la régularité est le meilleur moyen d'éviter de procréer.

— Que voulez-vous dire ?

— Il y a certaines périodes du cycle où un couple peut faire l'amour sans risquer d'avoir un bébé, expliqua-t-il. Et il y a d'autres précautions à prendre pendant les jours dangereux. Nous ne devons pas continuer comme des amants étourdis. Dès que vos prochaines menstruations apparaîtront, dites-le-moi, et nous établirons un calendrier.

— Je n'ai jamais parlé de cela avec quiconque, dit-elle d'un ton un peu coupant. Et personne ne m'a demandé de détails de ce genre.

— Mais vous n'avez jamais été mariée, fit remarquer Patrick. Croyez-vous que cela va commencer demain ?

— Je n'en sais rien, rétorqua-t-elle sèchement.

Il préféra changer de sujet.

— Si nous soupions au lit ? suggéra-t-il. Je vous donnerai à manger.

Elle haussa les sourcils.

— Vous me donnerez à manger ?

Il eut son sourire diabolique, irrésistible.

— Vous aimerez, je vous le promets...

En fait, elle adora l'expérience. Et ce fut tellement délicieux que toute pensée de calendrier, conception et autres, leur sortit totalement de l'esprit.

Confronté à la perspective de voir sa fille partir dans l'Amérique sauvage ou lui permettre de se faire passer pour une aristocrate pendant quelques semaines, le père de Madeleine n'hésita guère.

— Tu aimes ce lourdaud ? demanda-t-il à Madeleine dans un français rapide, tandis que Braddon se tenait poliment à leur côté.

— Oui, papa. Et ce n'est pas un lourdaud !

— C'en est un, insista son père. Mais il est aussi comte, alors tu pourrais plus mal tomber... Avez-vous une bonne situation ? reprit-il en anglais à l'intention de son futur gendre.

Celui-ci avait perdu le fil de la conversation quand le père et la fille s'étaient exprimés dans leur langue. Il n'avait jamais été très doué pour les langues étrangères.

— Oui, répondit-il vivement. J'ai vingt-cinq mille livres de rentes, un domaine dans le Leicestershire, des manoirs à Delbington et Londres. Il y a trente-quatre chevaux dans mon écurie.

— Trente-quatre ? Les grandes familles n'en ont jamais moins de cinquante ! aboya Garnier.

Il observait son futur gendre, les yeux plissés. Trop de consanguinité chez ces aristocrates ! se disait-il. C'était là le problème de ce jeune homme.

— Quel comte êtes-vous ? reprit-il.

Braddon resta un instant bouche bée. Que voulait-il dire ?

— Le... le comte de Slaslow, balbutia-t-il.

— Non ! Quel numéro avez-vous ?

— Oh... Le second. Mon père a été fait comte dans les années 1760.

Il vit Vincent se renfrogner. Apparemment, même les entraîneurs de chevaux savaient que les seconds comtes étaient de noblesse récente.

— Mon arrière-grand-père était vicomte, se défendit-il.

— Hum !

— Je veux épouser cet homme ! intervint Madeleine, qui se moquait bien des stupides préjugés masculins sur le nombre de chevaux et le rang des comtes.

— Tu ne l'épouseras pas s'il a l'intention de t'emmener en Amérique ! décréta son père.

— Alors nous resterons en Angleterre, et je ferai semblant d'être une noble française, conclut la jeune femme, pratique. L'amie de Braddon m'apprendra tout ce que je dois savoir, j'irai à un bal, il paraîtra avoir le coup de foudre, et le tour sera joué.

Garnier fit la grimace.

— Et si quelqu'un découvre le pot aux roses ? demanda-t-il à Braddon d'un air sombre.

— J'épouserai Madeleine immédiatement. J'aimerais autant me marier tout de suite, d'ailleurs. Ma famille ne peut m'en empêcher, et je me moque complètement de ma réputation au sein de la haute société.

Garnier eut un hochement de tête approbateur.

— Tu pourrais te faire passer pour la fille du marquis de Flammarion, dit-il à Madeleine. Vous avez le même âge.

— Oh, papa, quelle merveilleuse idée ! s'écria-t-elle, avant d'expliquer à Braddon : Mon père a travaillé pour le marquis et sa famille. J'étais trop jeune quand nous avons quitté la France pour me les rappeler, mais papa m'a beaucoup parlé de leur propriété dans le Limousin, et de leur demeure parisienne. Le marquis était un peu étrange, on ne le voyait guère, mais sa femme était fort belle et élégante.

— Et la famille de ce monsieur ? Londres est plein d'émigrés français qui semblent tous se connaître.

— Personne ne connaît la famille du marquis. La marquise se rendait parfois à Paris, mais le marquis et sa fille ne sortaient pas de leur campagne.

— Parfait, dit Braddon, soulagé. Vous n'aurez pas à en parler beaucoup, Madeleine. Après tout, si la fille du marquis avait votre âge au moment des troubles, elle ne doit pas se rappeler grand-chose. Je suppose que le marquis n'est plus de ce monde ? Il ne risque pas de venir à Londres ?

Garnier secoua la tête.

Mais Madeleine n'était pas totalement convaincue.

— Comment pourrais-je prétendre être la fille de la marquise de Flammarion ? gémit-elle. Vous m'avez souvent dit, papa, combien la marquise était élégante, parfaite... Si des gens la connaissent, il leur suffira d'un seul regard pour savoir que je n'ai rien de commun avec elle !

Les deux hommes de sa vie la regardèrent d'un air déconcerté.

— Vous êtes magnifique ! affirma Braddon avec conviction. En outre, les filles ne ressemblent pas toujours à leurs mères. Regardez ma pauvre sœur, Margaret. Maman a toujours affirmé qu'elle avait trop de taches de rousseur pour être sa fille, pourtant elle a fait un mariage très satisfaisant.

Après ce discours embrouillé, il y eut un bref silence. Garnier fronçait les sourcils.

— Tu es une belle fille ! décréta-t-il. Et puis, les gens penseront que tu tiens du marquis.

— Mais ils risquent de savoir à quoi il ressemblait, insista-t-elle. Je suis sûre qu'il était grand, mince et élégant.

Elle baissa les yeux sur son corps voluptueux :

— Je n'ai pas l'air d'une aristocrate...

— Tu es bien mieux que toutes ces femmes sophistiquées à la cervelle de moineau ! tonna Vincent. Et plus un mot à ce sujet !

Madeleine sursauta. Son père était un homme plutôt taciturne, qui ne parlait guère. Il ne se mettait jamais en colère contre elle.

— Très bien, papa, obtempéra-t-elle.

Braddon lui sourit, toute la sincérité du monde dans son regard clair.

— Je ne vous veux pas mince et élégante, Madeleine. Je vous veux exactement telle que vous êtes.

Elle rougit.

— Taisez-vous, papa pourrait vous entendre.

Mais Garnier était déjà retourné à ses livres de comptes, et ils n'auraient su dire s'il avait entendu le commentaire de Braddon ou non.

— Allez ! Filez ! aboya-t-il avant de lancer un dernier coup d'œil au jeune homme. Quand lady Sophie rentrera de voyage, demandez-lui de venir nous voir. J'aimerais rencontrer la femme qui est censée apprendre à ma fille comment on devient une dame. D'après le *Morning Post*, elle me semble bien légère !

Braddon s'inclina respectueusement, en espérant de tout cœur que Sophie n'était pas de ces créatures qui poussent de hauts cris à l'idée de se rendre dans une écurie. Et il espérait aussi que le *Lark* serait bientôt de retour.

Lord Breksby partageait cette hâte de voir rentrer le *Lark*. Il s'inquiétait beaucoup pour cette histoire de sceptre saboté.

La mère de Sophie, prise dans un tourbillon de nouvelles mais plutôt agréables expériences, avait aussi grande envie de voir sa fille. La demeure était étrangement silencieuse, sans sa présence, malgré la quarantaine de domestiques. D'autre part, elle croisait sans cesse le chemin de George, alors qu'elle le voyait à peine avant le mariage de leur fille.

Son mari semblait moins enclin à prendre le chemin de son club. Depuis qu'elle lui avait de nouveau ouvert la porte de sa chambre... eh bien, il était fort plaisant pour George de séduire la rigide marquise au milieu de l'après-midi. Pourtant, sa petite Sophie lui manquait également.

Bref, nombreux étaient les Londoniens qui attendaient le retour du *Lark*.

Dans le quartier de Whitefriars, un homme anguleux était en train d'exprimer ce vœu.

— Dès que Foakes sera rentré, déclarait-il, nous l'approcherons... doucement.

Son compagnon essayait de comprendre ce qu'il voulait dire.

— Doucement ou pas, Foakes n'a pas le sceptre. Et maintenant, ils ne le lui donneront que lorsqu'il sera là-bas, il paraît. Dommage ! Sacrément dommage !

Le premier homme, M. Foucault – c'était le nom sous lequel on le connaissait à Londres –, soupira. Il ignorait comment le gouvernement anglais avait appris son astucieux projet de substituer un sceptre piégé à celui qu'ils envisageaient d'offrir à Sélim, mais il était inutile de gémir indéfiniment.

— Clemper a été renvoyé, dit-il avec une pointe de désapprobation, donc nous devons atteindre notre but d'une autre manière. Or notre but est que l'ambassadeur anglais représente un danger pour le couronnement de Sélim.

— Je trouve quand même que c'est dommage, répéta La Taupe – le nom que lui donnaient ses intimes. Tout était si bien organisé ! Clemper aurait opéré la substitution en un clin d'œil.

M. Foucault soupira encore une fois. Il était contrarié aussi, d'autant qu'il avait projeté de s'approprier quelques-uns des rubis dont les Anglais voulaient orner le sceptre.

— Pourquoi ne pas nous tourner vers l'un des nouveaux artisans qui travaillent sur le sceptre ? suggéra La Taupe.

— Impossible.

L'odeur qui régnait dans le petit logement de La Taupe était si nauséabonde que Foucault était obligé de respirer par la bouche, ce qui lui donnait une élocution curieuse.

— Les joailliers pressentis au début ont été renvoyés, et je suis sûr que les nouveaux seront moins accommodants que notre cher Clemper.

— Vous avez peut-être raison. Alors, que dironsnous à Foakes quand il rentrera ?

— Nous l'aborderons comme si nous étions des ambassadeurs de la cour de Sélim.

— Oh...

Il y eut un silence.

— Vous parlez turc, reprit Foucault en agitant un mouchoir de dentelle devant son nez. Je me rappelle que c'était une condition pour que je vous embauche...

— Un peu, répondit La Taupe sans grand enthousiasme. C'est ma mère qui me l'a enseigné.

Foucault s'abstint de répliquer que la mère de La Taupe n'était peut-être pas un professeur émérite.

— *Bu masa mi ?* Traduisez-moi ça, s'il vous plaît, mon cher.

La voix était douce, mais trahissait une volonté de fer.

La Taupe releva le défi.

— « C'est une table ? » risqua-t-il.

Foucault sourit, et l'autre se détendit.

— Vous n'aurez pas besoin de beaucoup parler. Je me présenterai comme un envoyé de Sélim. Et *je* parle parfaitement le turc. Vous, mon cher, vous surveillerez la maison de Foakes durant les jours à venir. J'aimerais lui parler dès son retour. Et pendant que vous y êtes, vous pourrez vous renseigner sur sa maisonnée – au cas, peu probable, où notre prise de contact amiable ne porterait pas ses fruits...

Les yeux de La Taupe se mirent à briller. Ce langage-là, il le comprenait !

— D'accord ! dit-il joyeusement.

Foucault retourna vers sa voiture, qui attendait devant la maison, un mince sourire aux lèvres.

17

Le *Lark* accosta un mardi soir de mars, après une absence de six semaines. L'honorable Patrick Foakes et son équipage durent attendre une demi-heure avant de débarquer, pour le plus grand plaisir de quatre dockers qui patientaient sur le quai. Ils ne manquèrent pas d'admirer Sophie, dont la frêle silhouette et les boucles blondes étaient typiques d'une jolie Britannique. Une modeste et tranquille dame anglaise…

Ce qu'elle n'était pas.

Le *Lark* avait une rebelle à bord. Sophie s'était embarquée pour le pays de Galles, bien déterminée à ne pas aider Braddon. Pourtant, lorsqu'elle arriva à quai, elle se rendit compte qu'elle n'avait devant elle que des journées vides, passées en thés ou en courses diverses, et une excitation irrépressible l'envahit. Héloïse se piquait d'avoir une acuité parfaite en matière de mondanités, de repérer une véritable dame à dix pas. Qui mieux que Sophie serait capable de leurrer toute la bonne société, et de faire passer la fille d'un entraîneur de chevaux pour une aristocrate ?

Fini l'étude de langues qu'elle n'aurait jamais l'occasion de parler. Elle allait devenir artiste, comme son amie Charlotte. Elle allait créer l'image d'une noble française. Ce serait un témoignage vivant de l'éducation inculquée par Héloïse… à l'insu de cette dernière. Sa mère avait une moralité trop stricte, pour permettre à une intrigante de franchir les murs sacrés de la haute société.

Restait tout de même un problème de taille. Qu'en penserait Patrick ? Parfois, elle se disait que le défi l'amuserait, ainsi que le risque, mais à d'autres moments, elle le voyait tout à fait opposé à cette petite comédie...

Ce soir-là, Patrick, Sophie et Henri terminaient un souper tardif, lorsque la jeune femme s'enquit :

— N'aviez-vous pas l'habitude, Braddon et vous, d'inventer de grandes mises en scène quand vous étiez au collège ?

Patrick releva les yeux. Il se demandait justement si son épouse avait oublié Braddon. Apparemment pas.

— Des bêtises d'adolescents, répondit-il. Pourquoi ?

— Oh, pour rien... Je vous imaginais simplement enfants, tous les deux.

De pire en pire ! songea Patrick. Pourquoi sa femme imaginerait-elle Braddon enfant, si elle n'avait pas hâte de le revoir ?

— Quel genre de bêtises ? intervint Henri, les yeux brillants de curiosité.

— Braddon essayait toujours de berner nos professeurs en se faisant passer pour un autre.

Henri haussa les épaules. Cela ne semblait guère passionnant.

— Est-ce que vous voulez bien m'excuser ? demanda-t-il.

Il revenait peu à peu aux occupations normales d'un garçon de son âge, loin des horreurs de la guerre. Il avait passé l'après-midi aux écuries, et un lad lui avait proposé de l'emmener voir un veau à deux têtes, dans la soirée.

— Braddon réussissait-il, dans ses déguisements ? poursuivit Sophie lorsque l'adolescent eut quitté la pièce.

Son mari leva les yeux au ciel.

— Jamais !

— Le pauvre...

Visiblement, Braddon ne faisait que continuer sur sa lancée, en tentant de faire passer sa future femme pour une aristocrate. De toute évidence, Patrick refuserait de participer à la nouvelle comédie de son camarade et, pire encore, cette idée semblait complètement folle, vu le nombre d'échecs essuyés par le jeune homme !

Patrick n'aimait pas l'expression soucieuse de son épouse. Pourquoi s'intéressait-elle au sort de ce bon à rien ?

— Braddon ment, déclara-t-il brusquement.

Sophie fut surprise par le mépris qui perçait dans sa voix.

— Il ment ? Que voulez-vous dire ?

— Il est un peu faible d'esprit. Il a du mal à distinguer le vrai du faux.

Elle le regarda d'un air interrogateur, mais il n'avait pas envie de développer son idée. En fin de compte, il était d'humeur plutôt maussade.

Le seul moyen de se sentir mieux, c'était de se retrouver dans l'intimité avec sa femme, aussi vint-il s'asseoir sur l'accoudoir du siège de Sophie. Il ôta les épingles de ses cheveux et les laissa tomber sur le tapis. Doucement, très doucement, les boucles dorées se déroulèrent sur les épaules de la jeune femme. Et quand il eut fini d'y passer les doigts, quand il s'occupa des boutons de sa robe, elle avait oublié Braddon et ses problèmes.

Aussi Patrick fut-il assez contrarié, lorsqu'il constata que le premier message qui arrivait le lendemain matin émanait du comte de Slaslow.

— Que diable veut-il ? grogna-t-il, image parfaite du mari jaloux.

Sophie le dévisagea, étonnée.

— Il se montre simplement courtois. Il m'invite à une promenade.

Depuis quand Braddon se mêlait-il d'étiquette, lui qui faisait souvent preuve d'une négligence frisant la goujaterie ?

— Vous n'êtes pas libre ! décréta-t-il.

— Ah bon ?

La jeune femme n'en revenait pas. Patrick était-il du genre possessif ? C'était assez flatteur, mais peu crédible.

Elle croisa les bras.

— Y a-t-il une raison pour que vous ne souhaitiez pas que je voie Braddon ?

— Ce n'est pas une bonne idée.

— Je suis une femme mariée, lui rappela Sophie. Personne n'y trouvera à redire si je me promène au parc avec un célibataire.

— Mais vous avez été fiancée avec ce célibataire !

— C'est quand même vous que j'ai épousé. Vous ne pouvez imaginer que j'aie envie d'une aventure avec Braddon, j'espère !

Considéré sous cet angle, Patrick devait bien reconnaître que non, il ne pensait pas que Sophie pût lui être infidèle, ni avec Braddon ni avec un autre. Elle était honnête, sa petite épouse !

— Soit, dit-il avec l'impression d'avoir perdu une bataille. Voyez-le tant que vous voudrez ! Faites de lui votre chevalier servant, si ça vous chante !

— Je ne l'envisage pas, répondit-elle calmement. Un chevalier servant doit être capable d'aligner plus de deux phrases de suite, ne pensez-vous pas ?

Ses yeux pétillaient, et il se sentit un peu rasséréné.

— On a toujours son mari, si on veut une conversation compliquée, ajouta-t-elle, taquine.

Patrick, avec un grognement amusé, se précipita pour l'attraper, mais elle avait déjà franchi la porte. Il s'empara de la lettre de Braddon, qu'elle avait laissée sur la table, et qui n'était décidément pas le message d'un amoureux transi : *J'ai besoin de vous voir. Je passerai vous prendre avec mon landot à quatre heures.* « Landau » était mal orthographié.

Le jeune homme dut avouer qu'il se montrait déraisonnable. Mais... mais Sophie ne lui avait toujours pas dit qu'elle l'aimait. Cela ne semblait même pas l'effleurer. Enfin, ils avaient passé six semaines ensemble, dans une parfaite intimité, et elle ne montrait aucune intention de déclarer ses sentiments !

Elle réapparut à la porte.

— En plus, déclara-t-elle, je tiens à ce que tous mes chevaliers servants parlent français !

Elle avait une lueur malicieuse dans les yeux. Patrick avait découvert, pour son plus grand plaisir, qu'il pouvait la faire fondre en lui murmurant quelques mots français.

Le sourire de Sophie disparut.

— Vous lisiez mon courrier, Patrick ? demanda-t-elle, soudain glaciale.

Il s'aperçut qu'il avait toujours la lettre de Braddon à la main, et il la lâcha comme s'il s'était brûlé.

— Pourquoi a-t-il *besoin* de vous voir ?

Elle se raidit.

— Ce n'est pas un rendez-vous galant. En dehors de cela, ça ne vous regarde pas.

Patrick serra les dents. La culpabilité qu'il éprouvait pour avoir été indiscret rendit son ton plus rude qu'il ne l'aurait souhaité.

— Ça me regarde sacrément ! Vous êtes ma femme, et je me soucie de votre réputation.

— Vous voulez dire que ma réputation souffrira, si l'on me voit au parc avec Braddon ?

— Elle n'est déjà pas au plus haut, me semble-t-il. Maintenant que nous sommes mariés, tout le monde s'attend à ce que vous m'en fassiez voir de toutes les couleurs.

— De toutes les couleurs... répéta lentement Sophie. Vous pensez que j'ai si mauvaise réputation ?

— Je me moque de votre réputation ! Ce qui m'importe, ce sont les motivations de Braddon. Je ne vois pas ce qu'un libertin notoire pourrait vouloir à une jeune épouse, hormis ce qui tombe sous le sens...

— Entre libertins, vous vous comprenez certainement, rétorqua Sophie avec mépris. Toutefois, Braddon ne s'intéressait guère à moi quand nous étions fiancés, et je suis certaine que désormais, c'est tout à fait terminé.

— Braddon est un peu dérangé ! s'écria-t-il en se passant nerveusement la main dans les cheveux. Je n'aime pas qu'il vous mène en bateau, pour quelque raison que ce soit. Je veux dire que je connais son but : c'est malin, de marcher sur les plates-bandes de son meilleur ami !

— Voilà une affirmation incroyablement commune, répliqua-t-elle froidement. Mais puisque vous vous placez sur ce niveau, laissez-moi vous rappeler que c'est vous qui avez « marché sur les plates-bandes » de Braddon.

— Il est normal que je m'interroge sur vos intentions ! cria Patrick, hors de lui. Peut-être qu'il n'avait pas envie de vous embrasser, mais vous ne pourriez en dire autant, n'est-ce pas ?

Sophie eut un haut-le-corps.

— Que voulez-vous dire ?

— Ceci : Braddon m'a affirmé que vous insistiez pour vous enfuir avec lui, parce que vous l'aimiez à la folie. Dommage que ce soit moi qui ai monté l'échelle, ce fameux soir...

La rage envahissait Sophie.

— Vous osez insinuer que je vous ai séduit ? Vous, dont tout le monde sait que vous êtes un vrai don juan ? Le genre d'homme qui pervertit la fiancée de son meilleur ami ? Vous n'avez pas le droit ! J'avais décidé de rompre ces fiançailles, et vous le savez ! Vous avez attendu assez longtemps avant d'avouer qui vous étiez !

— Une dame n'invite pas un homme dans sa chambre si elle n'a pas l'intention de s'offrir à lui. Et vous ne vous êtes pas débattue, quand je suis venu vers le lit.

La jeune femme avait la gorge brûlante.

— Si ! dit-elle, partagée entre l'envie de crier et celle de pleurer. Je vous ai repoussé, jusqu'à ce que vous rabattiez votre capuche.

— Vous essayez de me faire croire que vous avez succombé parce que c'était moi, sous le déguisement ? C'est un peu fort !

— C'est la vérité.

— Donc vous espérez me persuader que vous m'avez épousé par amour ?

Patrick avançait sur elle, silencieux et dangereux comme un fauve.

— Voyons, reprit-il. Vous étiez tellement amoureuse de moi que vous avez refusé de m'épouser et avez supplié un autre homme de vous enlever ?

— Je n'ai jamais dit ça !

— Dit quoi ?

— Je n'ai jamais dit que je vous épousais par amour, lança-t-elle méchamment.

Patrick était tout proche d'elle, proche au point de voir les larmes qui tremblaient dans ses yeux. Sa colère tomba d'un coup.

— Alors vous m'avez épousé pour le sexe, dit-il un peu plus calmement. On dirait que nous sommes tombés dans le même piège...

Sophie fut un instant déconcertée, puis elle se ressaisit. Ce n'était pas pour rien qu'elle avait assisté à des centaines, des milliers de scènes de ménage !

— Je n'ai pas d'aventure avec le comte de Slaslow, et je n'envisage pas d'en avoir ! décréta-t-elle.

— Bien, fit Patrick.

Il finissait par se demander au sujet de quoi ils se disputaient.

— Et je n'ai jamais eu l'intention de séduire Braddon, fût-il entré dans ma chambre à votre place.

— Je veux bien le croire.

— Encore une chose, poursuivit Sophie froidement. Je vous ai peut-être épousé pour des raisons de sensualité, mais jamais je ne vous poserai de questions sur les objets de votre désir. Il est possible qu'un jour nous cherchions tous les deux des distractions ailleurs, mais jamais je ne lirai votre correspondance, et je ne supporterai pas que vous lisiez la mienne.

— Parfait. Je ne vous poserai pas de questions, vous ne m'en poserez pas. Joli mariage que vous nous concoctez là, *mon amour*.

Blanche comme un linge, la jeune femme tourna les talons et sortit de la pièce. La rage monta de nouveau en Patrick, comme un feu dévorant.

— Bon Dieu ! jura-t-il.

Une chose était claire : il ne tolérait pas l'idée que Sophie pût chercher d'autres « distractions ». Ni avec Braddon ni avec aucun autre.

Il s'arrêta net. Machinalement, il avait commencé à suivre Sophie dans l'escalier, mais il fit demi-tour et se dirigea vers la porte pour sortir. Sombre, il se mit à marcher vers le fleuve.

Trente minutes plus tard, il se sentait nettement mieux. Certes, Sophie avait admis qu'elle l'avait épousé pour le sexe, mais il savait que jamais elle ne prendrait un amant. Son intégrité était l'un des aspects de sa personnalité qu'il préférait... Cela, et le fait qu'elle fût alternativement si délicieusement vulnérable et si femme du monde.

Cependant, s'il rentrait maintenant chez lui, il arriverait vers trois heures, et elle croirait qu'il attendait la visite de Braddon. Alors qu'il se moquait bien de savoir avec qui elle allait se promener, se rappela-t-il. Il ferait mieux de se rendre à son bureau, où les messages de son homme d'affaires, Henry Foster, s'étaient accumulés pendant sa croisière.

Toutefois, changeant d'avis, il sauta dans un fiacre et se fit conduire au ministère des Affaires étrangères. Autant aller voir ce qui perturbait Breksby : celui-ci lui avait envoyé deux messages alors qu'il le savait au pays de Galles.

Cette visite ne fit rien pour lui remonter le moral. Breksby apprit avec calme que les fortifications n'étaient pas terminées. Il s'y attendait.

— Nous vous sommes très reconnaissants, milord, d'avoir mené votre mission à bien.

Patrick inclina la tête.

— Ce sera tout ?

— Non, non !

Pour la première fois, autant que Patrick se souvienne, Breksby – l'efficace, le pédant lord Breksby – semblait ennuyé, voire anxieux.

— L'autre problème... c'est le cadeau, reprit-il.

Il y eut une pause, durant laquelle le ministre repensa à son idée de cacher à Foakes la tentative de sabotage. L'homme était tellement... impressionnant !

— Alors ? s'impatienta Patrick.

Il fallait qu'il rentre chez lui avant que Sophie ne sorte avec Braddon, avait-il décidé. Il pourrait se montrer indulgent, peut-être inviter son camarade à se joindre à eux pour le souper. Cela montrerait à sa chère épouse qu'il se moquait pas mal de savoir avec qui elle se promenait.

— Il y a eu quelques désagréments concernant le cadeau que nous voulons envoyer à Sélim pour son couronnement, se lança Breksby. Il pourrait bien y avoir un complot pour dérober le sceptre. Évidemment, nous avons l'intention de le surveiller de près. Nous hésitons à vous mettre en danger, compte tenu de l'intérêt que le sceptre éveille chez les voleurs, aussi envisageons-nous de le faire voyager par un autre trajet. Notre messager vous le remettra quelques heures avant la cérémonie.

— Vous pensez sérieusement que l'on pourrait essayer de le voler ?

— Exactement.

Le ton n'invitait pas aux questions, et Patrick n'en posa pas.

— J'envisage de partir pour la Turquie début septembre, dit-il. Je pense que votre représentant n'aura pas de mal à me joindre à Constantinople.

— En effet.

Le jeune homme se leva.

— Il y a encore le problème de votre titre, monsieur Foakes, dit aimablement Breksby.

Patrick se rassit, bouillant d'impatience. Bon sang, Sophie allait partir !

— J'ai déclenché le processus, reprit le ministre. Et je dois vous informer que, jusqu'à présent, je n'ai reçu que des réponses favorables.

Patrick acquiesça, et Breksby étouffa un soupir. Il était piqué au vif d'accorder le titre de duc à un homme qui n'en avait visiblement rien à faire.

— La seule question soulevée est de savoir si le futur duché de Gisle sera héréditaire.

Il s'interrompit de nouveau, mais Patrick garda le silence.

Bon sang, songea le ministre, cet individu n'était pas normal ! N'importe quel homme aurait insisté pour que son fils hérite du titre !

— Je m'arrangerai pour que ce soit le cas, conclut-il.

Patrick sourit. Breksby était un brave homme, et il se rendait compte qu'il ne lui témoignait pas assez de gratitude.

— Je vous remercie infiniment des efforts que vous faites pour moi, milord.

Comme tant d'autres avant lui, Breksby tomba sous le charme de son sourire.

— Ma foi, j'essaie de remplir mon devoir, dit-il.

— Je suis certain que mon fils, si j'en ai un un jour, vous en sera encore plus reconnaissant que moi.

Lorsque Patrick prit congé, lord Breksby était fort content de lui. Il avait eu raison de ne pas confier à Foakes qu'ils craignaient surtout une substitution du sceptre. Lui-même, d'ailleurs, n'y croyait guère. Pourquoi Napoléon prendrait-il la peine de bourrer un sceptre d'explosifs ? C'était trop sophistiqué. Il ne se passerait vraisemblablement rien du tout.

Le ciel était menaçant, quand Patrick quitta le ministère. Il avait sûrement manqué Sophie et Braddon, aussi descendit-il les vastes marches de marbre qui menaient à la Tamise afin de contempler un moment ses eaux grises. Puis il héla un fiacre. Qu'avait-il dans la tête, pour abandonner ses affaires ? D'habitude, après une absence, il se précipitait à ses entrepôts. Il n'était marié que depuis six semaines, et déjà il oubliait ses responsabilités !

Dès qu'il arriva aux docks, son gérant se précipita, l'air infiniment soulagé.

— Par saint Georges, je suis heureux de vous voir, monsieur !

Patrick fut aussitôt pris dans le tourbillon des affaires. L'un de ses vaisseaux s'était échoué au large de Madras, avec une cargaison de coton. Son correspondant à Ceylan avait envoyé un message urgent au sujet du thé noir. Foster avait l'impression que le capitaine du *Rosemary* les escroquait avec une cargaison de sucre.

Le jeune homme se mit à la tâche. Là, dans les bureaux poussiéreux qui résonnaient de cris et de chocs en provenance des entrepôts tout proches, il n'y avait pas d'épouse troublante, pas de regards de reproche ni de remords de conscience.

Il avala un léger dîner et continua à travailler tard dans la nuit.

Sophie jeta un coup d'œil méfiant dans la rue avant de monter dans le landau de Braddon, mais il n'y avait pas trace de son mari. Malgré les larmes qui lui brûlaient le fond de la gorge, elle était parfaitement maîtresse d'elle-même. Elle accepta sans hésiter de rencontrer le père de Madeleine, le lendemain.

— Ensuite, si cela convient à miss Garnier, ajouta-t-elle, nous pourrions nous voir une ou deux fois par semaine.

Braddon acquiesça avec fougue.

— J'ai seulement une condition à poser, précisa-t-elle.

Il se raidit. Il avait déjà vu ce regard déterminé, et il sentait pointer les ennuis...

— Tout ce que vous voudrez, répondit-il néanmoins.

— Que mon mari ne sache rien.

— Patrick ? Vous voulez dire... Patrick ?

— Évidemment, Patrick ! répliqua-t-elle sèchement. Je n'ai qu'un époux !

— Mais, mais...

Braddon était déconcerté.

— Pourquoi, au nom du Ciel ? Patrick a toujours participé à mes plans, même s'il ne les approuvait pas toujours...

— S'il l'apprend, je ne pourrai plus m'occuper de miss Garnier, décréta la jeune femme. C'est à prendre ou à laisser.

Cependant, l'obstination était une seconde nature, chez Braddon.

— Écoutez, Sophie, comment expliquerez-vous vos absences ? Que pensera Patrick ?

Elle lui lança un coup d'œil glacial.

— Les époux ne sont pas des chiens de garde. Ma mère fait ce qu'elle veut de ses journées.

Il y eut quelques secondes de silence, durant lesquelles Braddon se demanda s'il était judicieux de lui rappeler que ses parents n'étaient pas un modèle d'entente conjugale.

— Ma mère n'aurait pas pu s'absenter régulièrement chaque semaine sans que mon père s'en inquiète, dit-il enfin.

— Je suis certaine que Patrick et moi n'aurons aucun différend à ce sujet, affirma Sophie. Je doute qu'il exprime un intérêt quelconque sur la façon dont j'emploie mes après-midi, mais si c'est le cas, je lui dirai que je vais rendre visite aux enfants malades à Bridewell.

— Bridewell ! Jamais Patrick n'accepterait que vous y alliez ! s'exclama-t-il, choqué.

En effet, l'hôpital était situé dans un quartier peu fréquentable.

Elle haussa un sourcil.

— Vous avez l'intention de rudoyer miss Garnier de cette façon ? Vous devriez savoir que des dames visitent régulièrement Bridewell et jouent avec les orphelins. Le personnel de l'hôpital leur en est fort reconnaissant.

— Mon Dieu ! Vous êtes sûre, Sophie ? Pourquoi ne pas tout dire à Patrick ? Ce serait tellement plus simple.

— Il n'en est pas question. Et si vous lui en parlez, je ne lèverai pas le petit doigt pour Madeleine.

Il soupira.

— De tous les caprices les plus stupides...

— Si c'est stupide, trouvez quelqu'un d'autre pour vous aider !

Ah, les femmes ! songea Braddon. Toujours prêtes à renâcler, comme les chevaux rétifs.

— D'accord, dit-il, conciliant. Je suis sûr que vous avez raison. Finalement, Patrick n'était pas très emballé par ma dernière mise en scène...

En fait, plus il pensait à la réaction de son ami concernant sa « jambe cassée », plus il se réjouissait qu'il ne sût rien de ce nouveau projet. Il n'oublierait jamais l'expression de Patrick quand il avait tapé sur le plâtre, ni les remontrances qui avaient suivi. Il avait cru en devenir sourd !

— Oui, vous avez raison, répéta-t-il avec une vigueur renouvelée. Mieux vaut que personne ne soit au courant. Vous, le père de Madeleine et moi, c'est bien suffisant.

À cet instant, Sophie agita la main.

— Arrêtez-vous ! J'aperçois Charlotte et Alex !

Braddon tira sur les rênes, et Alex vint placer sa calèche à côté du landau.

— Belle voiture ! lui dit Braddon.

Il avait toujours été plus proche de Patrick que de son jumeau, qui l'intimidait un peu. Patrick avait un tempérament vif, mais il y avait dans les yeux d'Alex un reflet d'acier inquiétant.

— Où est Patrick ? demanda joyeusement Charlotte.

Sophie se contenta de secouer la tête, certaine que son silence indiquerait à son amie que quelque chose n'allait pas.

La réponse de Charlotte fut immédiate.

— Voulez-vous vous joindre à nous pour un souper informel ce soir, Sophie ?

Celle-ci se pencha afin de la voir malgré la masse imposante de Braddon.

— J'en serais ravie, Charlotte, mais j'ignore quels sont les projets de Patrick. Nous ne sommes arrivés qu'hier soir.

— Vous êtes jeunes mariés, intervint Alex. Je suis sûr que Patrick vous suivrait au bout du monde. En attendant, Charlotte, il faut rentrer à la maison. Certains sont ligotés par leurs femmes, mais nous, ce sont nos filles qui règlent nos horaires. Or c'est l'heure pour Pippa et Sarah de nous rejoindre au salon.

Son épouse plissa le nez.

— Pauvres chéries ! Pippa arrive toute compassée et malheureuse, et on l'oblige à se conduire comme une dame pendant une demi-heure. Donc, nous vous voyons à huit heures ?

Sophie acquiesça.

Patrick n'étant pas rentré à huit heures, la jeune femme laissa pour lui un mot au majordome, Clément, puis elle dit bonsoir à Henri et pria le cocher de la conduire chez son beau-frère.

En arrivant, elle se força à ne pas raconter leur querelle à son amie. Cela lui aurait fait tant de bien ! Mais avait-elle envie que Charlotte apprenne que Patrick l'avait épousée uniquement pour le sexe ? Il fallait tout de même garder un peu de dignité.

La conversation roula sur la dernière dent de Sarah, et les soldats français soignés au pays de Galles. Ce fut seulement quand Alex se retira dans son bureau, que l'occasion de parler entre femmes se présenta.

Charlotte n'y alla pas par quatre chemins.

— Que se passe-t-il ? Vous vous êtes disputés ?

Sophie s'installa sur un sofa, la gorge serrée.

— Oh, Charlotte, dit-elle en prenant l'air dégagé. Vous me connaissez, j'ai mauvais caractère...

Son amie la regarda droit dans les yeux.

— Sophie ! gronda-t-elle, menaçante.

— Je ne sais pas où il est, avoua Sophie, qui redressa les épaules. Je suppose qu'il passe la soirée avec sa maîtresse.

— Balivernes ! Il n'a pas de maîtresse, et vous êtes une sotte si vous ne vous rendez pas compte qu'il n'a d'yeux que pour vous.

— Nous nous sommes querellés au sujet de Braddon.

— Braddon ? Comment, au nom du Ciel, peut-on se quereller à cause de lui ?

— Il m'a invitée à une promenade, et Patrick ne voulait pas que j'accepte.

— Mon Dieu... Il doit être jaloux. Comme c'est étrange !

Elles échangèrent un sourire complice.

— Jaloux de Braddon ! reprit Charlotte. Les hommes sont vraiment stupides, parfois ! Braddon, le joyeux viveur, qui volerait à Patrick sa belle et jeune épouse !

Elle pouffa de rire.

— Si c'est une question de jalousie, ajouta-t-elle, il suffit que vous évitiez de rencontrer Braddon, voilà tout !

Comme Sophie avait promis à celui-ci de ne parler à personne de Madeleine, elle se contenta d'acquiescer à ce sage conseil.

Quand elle rentra chez elle, Clément prit son manteau en lui demandant si elle souhaitait un rafraîchissement. Elle refusa, et il lui rendit le mot qu'elle avait laissé pour Patrick.

— Puisque milord n'est pas rentré, expliqua-t-il en saluant tandis que sa maîtresse se dirigeait vers l'escalier.

Il était onze heures et demie. Sophie était restée chez Charlotte aussi tard que possible, espérant que Patrick serait rentré avant elle.

Eh bien, se dit-elle en jetant son chapeau sur une chaise, l'idylle de ses parents avait duré deux mois, et eux ne faisaient pas mieux, voire pire. Elle compta sur ses doigts. Son époux délaissait le lit conjugal au bout de six semaines... Finalement, Héloïse avait raison.

Ou alors, songea-t-elle avec amertume, le marquis avait cru être amoureux quand il avait épousé Héloïse, et s'était aperçu ensuite qu'il s'était marié uniquement pour le sexe. Tandis que le cynique Patrick n'avait jamais considéré l'amour comme indispensable à leur union.

La jeune femme se coucha enfin à une heure du matin, mais ne s'endormit pas. Elle ne pleura pas non plus. Elle restait les yeux ouverts dans le noir, l'oreille tendue vers la porte de communication. En vain. À six heures, le valet de Patrick, Keating, entra dans la chambre voisine pour ouvrir les rideaux. Sans doute imaginait-il que son maître avait dormi chez elle.

Enfin, à sept heures, elle entendit un bruit de pas dans le corridor. Une voix joviale s'éleva :

— Bon sang, mon brave, regardez dans quel état je suis ! J'ai bien besoin d'un bain !

Elle eut l'impression qu'un poids énorme lui écrasait la poitrine, mais elle ne pleurait toujours pas. Lorsque sa porte s'ouvrit, elle fit signe à sa camériste de la laisser, et se réfugia dans le sommeil.

Patrick erra dans la maison toute la matinée en attendant que sa femme se lève, jusqu'à ce qu'il comprenne qu'elle restait dans sa chambre afin de l'éviter. Il convoqua Simone et lui lança un regard noir quand elle répéta que sa maîtresse dormait.

À trois heures de l'après-midi, il perdit tout à fait patience en voyant Braddon se présenter chez lui.

— Salut, Patrick ! dit-il gaiement. Où est ta femme ? Je viens la chercher pour l'emmener en promenade.

— Elle n'est pas levée, répondit Patrick.

En réalité, Sophie venait tout juste de sortir de sa chambre, et elle s'immobilisa sur le palier en entendant la voix de son époux.

— Tu n'es pas déjà sorti avec elle hier ? demandait-il.

— Si fait, répondit Braddon. Et je l'emmène de nouveau aujourd'hui… Alors, comment trouves-tu la vie d'homme marié ?

Braddon était d'humeur charmante. Madeleine allait devenir sa femme : tout allait bien dans le meilleur des mondes.

Patrick lui lança un regard glacial.

— Pour un homme condamné aux fers, ce n'est pas trop mal.

— Condamné aux fers ?

Braddon n'avait pas le droit de se montrer choqué, se dit Patrick, puisqu'il essayait de voler son épouse !

— Tu as choisi l'une des plus belles femmes de Londres, sans doute la plus belle, et tu parles de fers ?

— Ça pourrait être pire, rétorqua Patrick, laconique. Comme elle n'a pas de frères ni de sœurs, je suppose que je n'aurai pas à supporter une abondante progéniture.

Sophie eut l'impression de recevoir un coup de poignard.

— C'est un peu dur, vieux, non ?

Braddon tapotait ses poches à la recherche de sa tabatière.

— As-tu essayé mon nouveau mélange ? s'enquit-il pour changer de sujet. Il y a du cynorhodon, dedans.

— Je n'aime pas le goût de la rose dans le tabac à priser, grinça Patrick, les dents serrées.

Braddon prit une pincée de tabac.

— Crois-tu que Sophie va tarder ? Mes chevaux attendent dans la rue.

— Je n'en ai pas la moindre idée.

Braddon haussa les sourcils.

— Tu n'as pas l'air d'un jeune marié épanoui, Patrick…

— Mais si, je suis épanoui.

Il se sentait incroyablement las. Il avait travaillé à l'entrepôt la moitié de la nuit, puis il était rentré chez lui pour s'endormir dans la bibliothèque, un verre de brandy à la main.

— As-tu toujours l'intention de mettre ta maîtresse dans ses meubles ? demanda-t-il sans grand intérêt.

— Non. Euh... en fait, nous nous sommes séparés.

Braddon évitait soigneusement le regard de son ami, qui avait une façon déconcertante de le démasquer lorsqu'il mentait.

Patrick haussa un sourcil ironique. Braddon avait-il honte ? Il aurait dû, puisqu'il s'était apparemment débarrassé de sa maîtresse pour prendre Sophie à la place.

Les deux hommes se tournèrent en entendant la jeune femme descendre l'escalier. Vêtue d'une charmante robe rose pâle, elle offrit à son époux un visage amical.

— Je vous souhaite une bonne journée, lui dit-elle aimablement.

Il n'y avait pas trace d'amertume dans sa voix.

Elle accepta le bras que lui tendait Braddon et sourit à Patrick.

— Peut-être vous verrai-je plus tard ?

Il secoua la tête – non qu'il eût des projets pour le dîner, mais parce qu'il voulait voir s'il parvenait à la perturber. Sans succès.

— Alors, je vous souhaite également une bonne nuit, dit-elle avant de s'éloigner vers la porte en compagnie de Braddon.

— Bon Dieu ! pesta Patrick.

Il retourna à la bibliothèque où il avait passé la nuit.

Sophie se mordait les lèvres en montant dans le landau, refoulant une terrible envie de retourner se terrer dans sa chambre.

Mais finalement, l'après-midi fut fort agréable. Lorsqu'elle s'était demandé si elle devait ou non accepter la requête de Braddon, elle n'avait pas pensé une seconde à la jeune personne dont il était tombé amoureux. La fille d'un entraîneur ? Impossible ! Toutefois, Madeleine se révéla merveilleuse, très française, pleine de sens pratique et tout à fait amusante.

Elles eurent de nombreux fous rires en discutant d'étiquette. Madeleine trouvait ridicules certaines coutumes que Sophie avait toujours considérées comme évidentes.

— Mais pourquoi devrais-je faire semblant de rien, si quelqu'un renverse sa soupe sur ma robe ?

— Parce que c'est comme ça. Peut-être un jour une duchesse ivre vous éclaboussera-t-elle de jus de viande. Cela arrive, je l'ai déjà vu. Eh bien, même quand vous vous essuierez le visage, vous devrez faire comme s'il ne s'était rien passé.

— Quelle sottise ! s'écria Madeleine en éclatant d'un rire communicatif.

Après tout, ce n'était pas aussi difficile d'enseigner les bonnes manières. Madeleine possédait une grâce innée qui simplifiait sa tâche. Sophie lui apprit la révérence en arrière, et à la fin de l'après-midi, la jeune femme l'exécutait à la perfection.

Sophie en resta bouche bée.

— Il m'a fallu des semaines d'entraînement pour parvenir à ce résultat, Madeleine ! s'écria-t-elle.

Celle-ci sourit.

— Je ferai la révérence à chaque cheval tous les matins...

Elles passèrent ensuite à la cérémonie des présentations officielles.

18

— Je peux le faire, disait La Taupe. Il ne me faudra que quelques minutes. Le garçon passe ses journées à l'écurie.

M. Foucault ne répondit pas, et son compagnon ne put savoir s'il appréciait cette opportunité ou non.

— Je vous le répète, monsieur, je tiens le petit dans le creux de ma main. Je lui ai dit que je connaissais un cheval capable de compter jusqu'à cinq. Je lui donnerai rendez-vous à l'extérieur de la maison, je le jetterai dans ma voiture, et voilà !

— Voilà quoi ?

— Eh bien… nous tiendrons le garçon de la famille.

La Taupe avait l'impression de s'enliser dans des sables mouvants.

— Si par « garçon de la famille », vous sous-entendez qu'Henri est le fils naturel de Foakes, vous vous trompez. Ce gamin est un Français, un gosse des rues qu'il a ramassé Dieu sait où.

— Mais ils l'aiment beaucoup, non ? On raconte qu'il va avoir un précepteur la semaine prochaine, et qu'on l'enverra dans un collège huppé au printemps. Il faut faire vite, mais je l'ai dans le creux de ma main, répéta La Taupe. S'ils l'aiment suffisamment pour lui offrir un professeur particulier, ils paieront une bonne rançon pour le récupérer. Je persiste à penser que c'est un bâtard de Foakes.

— Nous ne cherchons pas une rançon ! protesta Foucault qui montrait des signes d'irritation. Vous n'avez rien appris d'important, quand vous bavardiez avec tout un chacun aux écuries ?

— Ils sont fâchés, à ce qu'on dit. La lune de miel est terminée. Il est dehors toutes les nuits, il travaille jusqu'à point d'heure, il n'entre jamais dans sa chambre, et elle, elle sort souvent avec un autre aristo. On raconte qu'elle voulait l'épouser, mais qu'il est arrivé quelque chose et qu'elle l'a quitté.

— Intéressant, mais pas très utile, marmonna Foucault. Accordez-moi le plaisir de votre compagnie mardi en quinze, mon cher. Nous irons rendre visite à Patrick Foakes. Vous serez un certain Bayrak Mustafa, et vous ne parlerez pas anglais. Cela vous convient ?

Sans attendre la réponse, Foucault épousseta son pantalon et quitta la pièce.

Patrick étendit ses longues jambes, dans sa loge à Drury Lane, et regarda sa femme assise sur le devant. Si lady Sophie York, la ravissante fille du marquis de Brandenburg, avait été naguère fort recherchée, il semblait que l'exquise épouse de l'honorable Patrick Foakes allait devenir la coqueluche de la haute société. Elle était environnée d'admirateurs. Les filles à marier étaient parfaites, mais les chevaliers servants craignaient d'être piégés dans le mariage s'ils s'intéressaient plus précisément à l'une d'entre elles ; en outre, ils pouvaient se permettre des compliments plus hardis avec les jeunes femmes.

Le rire frais de Sophie s'éleva de nouveau. Ses admirateurs étaient penchés sur elle comme des saules dans la tempête. Sans doute essayaient-ils de plonger dans son décolleté, songea Patrick avec amertume. Elle portait une robe du soir mordorée qui découvrait largement la naissance de ses seins.

— Cette tenue n'est-elle pas un peu trop... habillée pour le théâtre ? lui avait-il demandé lorsqu'elle était arrivée au salon en enfilant ses gants.

Elle lui avait jeté un regard provocant entre ses cils.

— J'aime être habillée, parfois. Cela donne envie aux gens de déshabiller...

Patrick n'avait su que répondre. Rien qu'à voir sa poitrine dévoilée, il avait envie d'elle, et il s'était hâté de lui poser un châle sur les épaules et de la pousser vers la porte, avant qu'elle ne constate l'évidence de son désir.

Que fabriquait-il, bon sang ? Elle était son épouse. Elle ne semblait pas lui en vouloir de leur querelle... Pourtant, il avait passé les derniers jours en arpentant les quartiers mal famés de Londres, au lieu de séduire sa propre femme, dans son propre lit, comme il l'aurait dû !

Il prit une profonde inspiration. Il se trouvait derrière la barrière de galants qui formaient la cour de Sophie, mais il pouvait admirer la rondeur de ses seins sous la robe révélatrice. Il croisa les jambes. Cette satanée pièce, *Un chrétien devenu turc*, n'allait pas tarder à recommencer. Le chrétien en question mettait une éternité à devenir turc, et cela lui laissait beaucoup trop de temps pour penser à sa femme. Au moins, la fin de l'entracte ferait sortir tous ces godelureaux de la loge. Braddon, naturellement, en faisait partie, et Patrick commençait à le haïr de tout son cœur...

Sophie était consciente de chaque geste de son mari, bien qu'elle évitât soigneusement de se tourner vers lui. En cet instant, elle riait, tout en tapotant le poignet de Lucien Blanc de son éventail. C'était l'un de ses favoris, car ses traits d'esprit n'allaient pas trop loin.

Lucien lui saisit la main pour la porter à ses lèvres.

— Je suis l'esclave de vos yeux, belle dame.

— Que Dieu vous sauve, parce que je ne peux rien pour vous, répondit-elle, espiègle.

— Vous seule pouvez me sauver... Vous êtes une fée !

— Alors, je vous ordonne de retourner à votre place.

— Hélas, je ne le puis ! déclama Lucien en se frappant la poitrine. Je suis l'apôtre de votre beauté, lady Sophie. Je crains pour ma vie, si je reste éloigné de la source de ma béatitude.

— Balivernes ! protesta-t-elle en riant. Vous vous laissez aller, mon cher !

— J'aimerais que ce soit votre cas, entre les rideaux de mon baldaquin...

Sophie jeta un coup d'œil machinal à Patrick, qui fixait son programme en fronçant les sourcils. Elle n'était pas habituée aux plaisanteries que se permettaient les hommes avec les femmes mariées, et elle en était un peu embarrassée, ce qui lui arrivait rarement. Avant d'épouser Patrick, elle était renommée pour sa façon libre de s'exprimer, mais elle était alors jeune fille et n'avait pas, elle s'en rendait compte maintenant, la moindre idée de ce dont elle parlait, la plupart du temps.

D'ailleurs, pour être franche, elle ne prêtait guère attention aux compliments ampoulés de Lucien. Tout son être était concentré sur son mari... qui, pour sa part, ne semblait pas remarquer les regards concupiscents que les autres hommes portaient sur elle.

— Je plaisante, lady Sophie, dit-il gentiment. Je vous courtise ainsi parce que c'est la mode, mais je ne voudrais pour rien au monde vous choquer.

Elle sourit.

— Vous voulez dire que vous pourriez adresser ces compliments à n'importe quelle femme ?

— Exactement. Je vous respecte beaucoup trop pour vous infliger davantage ces fadaises. D'autant que, de toute évidence, vous êtes novice à ce jeu.

Elle s'empourpra.

Patrick levait les yeux à ce moment, et il se rembrunit encore. Sophie adorait être séduite en français, il le savait, alors il ne faisait aucune confiance à Lucien. Bon sang ! se dit-il. S'il n'y prenait pas garde, il finirait comme la mère de Sophie, qui n'acceptait chez elle que des Françaises laides et vieilles !

La jeune femme chuchotait avec Lucien, mais Patrick essaya de retrouver un peu de bon sens. Tout le monde savait que Lucien était fidèle à la mémoire de sa défunte épouse : ce flirt n'était donc qu'un jeu.

Agacé, il se leva et sortit de la loge. Pourquoi rester là, à regarder d'autres hommes courtiser sa femme ? Il était obsédé, se dit-il en s'éloignant à grands pas dans le couloir. Obsédé par la jalousie. Par exemple, où était-elle allée, cet après-midi ? Braddon était venu la chercher à deux heures précises, et il ne l'avait ramenée qu'à sept heures, juste à temps pour le théâtre. Et la même chose s'était produite le vendredi précédent.

Patrick brûlait de rage. Mais il se sentait incapable d'exiger qu'elle lui dise ce qu'elle faisait tout l'après-midi avec son soupirant.

Soudain, il se souvint que Sophie était comme une goutte d'eau : claire, honnête, vraie. Lorsqu'il lui faisait l'amour sur le bateau, par exemple, sa réponse avait été délicieusement sincère. Elle ne s'était pas crue obligée de faire de fausses déclarations d'amour, basées uniquement sur le désir. Encore n'était-ce pas l'aspect de son honnêteté qu'il préférait, s'avoua-t-il.

Pour tout arranger, il s'était emberlificoté dans une situation intérieure tellement compliquée, qu'il ne pouvait se résoudre à pénétrer dans la chambre de Sophie, à la prendre dans ses bras… Sa petite épouse dormait seule.

Si seulement elle manifestait de la colère, du chagrin, si elle montrait qu'il lui manquait dans son lit, le sujet serait plus facile à aborder. Mais elle était toujours agréable, toujours amicale…

Elle se moque pas mal que je sois ou non auprès d'elle, pensa-t-il.

Il rebroussa chemin. Il était suffisant qu'il erre dans les rues la nuit, ou qu'il travaille jusqu'à des heures indues, sans qu'en plus il l'abandonne dans sa loge afin de chercher un apaisement qu'il ne trouverait pas !

Quand il ouvrit le lourd rideau de velours, il n'y avait plus que Braddon et Sophie. Le « chrétien » avait dû finalement se convertir, car un combat se livrait sur la scène, et le chrétien se servait d'un cimeterre.

Braddon et Sophie formaient un beau couple, dut reconnaître Patrick. Leurs cheveux avaient la même couleur, et il régnait entre eux une atmosphère de complicité, de camaraderie qu'il n'aimait pas du tout.

Il vint s'asseoir à la droite de sa femme. Le voyant, Braddon se leva, puis il s'attarda un instant derrière sa chaise et lui donna une tape amicale sur l'épaule.

— Je file, Patrick. Ma mère m'attend.

En effet, la comtesse de Slaslow, installée dans une loge juste en face de la leur, fixait obstinément son fils.

— Elle est furieuse parce que je n'ai pas encore trouvé de fiancée, ajouta Braddon, l'air sombre.

Oubliant combien il détestait son ancien ami, Patrick lui adressa un sourire compatissant.

Tandis que la pièce poursuivait son cours, à grand renfort de cliquetis d'épées, un fragment de pensée cohérente fit son chemin dans l'esprit de Patrick. Braddon n'avait jamais su garder un secret. Or son attitude envers Sophie ne trahissait aucun sentiment de culpabilité… Cependant, cela n'expliquait pas le fait que la jeune femme traitât aussi légèrement l'absence de son mari dans sa chambre !

Par le diable, que faisaient donc Sophie et Braddon, au cours de leurs interminables promenades, s'il ne s'agissait pas d'une aventure amoureuse ?

Un peu plus tard, cette semaine-là, Patrick leva les yeux de ses livres de comptes pour découvrir son frère debout devant son bureau.

— Alex !

Si Alex fut surpris de voir son jumeau, habituellement peu démonstratif, trébucher dans sa hâte de venir le serrer dans ses bras, il n'en montra rien.

— Je voulais justement te parler, dit Patrick.

Alex eut un demi-sourire.

— Laisse-moi deviner. Tu as gâché ton mariage, comme seuls savent le faire les Foakes, et tu aimerais me demander de l'aide.

— Pas du tout ! répondit Patrick avec assurance.

— Tu parles ! Tu ne crois tout de même pas que j'ai traîné Charlotte jusqu'à Londres par ce temps horrible, juste pour que tu m'envoies promener !

Patrick fronça les sourcils.

— Je ne t'ai pas demandé de venir, fit-il remarquer.

— C'était inutile.

Curieusement, si les jumeaux étaient incapables de sentir leurs douleurs physiques, ils savaient tout de suite si l'autre souffrait sentimentalement. Quand le mariage d'Alex allait à vau-l'eau, Patrick avait eu mal à l'estomac pendant des mois.

— Allez, Patrick ! l'encouragea son frère.

Il y eut un moment de silence.

— D'accord, dit enfin Patrick en se dirigeant vers la fenêtre, pour regarder sans la voir la pluie de mars qui frappait au carreau. J'ai gâché mon mariage comme savent le faire les Foakes, mais je ne pense pas que tu y puisses quelque chose...

Alex, silencieux, le laissa continuer.

— Nous ne partageons plus la même chambre, et je ne sais comment y remédier.

— Est-ce ton choix, ou le sien ?

— Le mien, par le Ciel ! Mais ce n'était pas vraiment un choix. Je ne sais plus très bien comment c'est venu. Nous nous sommes disputés pour une vétille, et ce soir-là, je ne suis pas rentré à la maison...

— Grave erreur, coupa Alex.

— Je suis allé aux entrepôts, pas courir les filles.

— Le conseil que je pourrais te donner est de ne pas quitter ta maison, tant que les querelles ne sont pas résolues. Les femmes ne le pardonnent jamais. Charlotte m'arracherait les yeux, si je faisais une chose pareille.

— C'est bien là le problème. Sophie avait l'air de s'en moquer, alors je ne suis pas rentré le lendemain non plus.

Alex semblait surpris.

— C'est absurde, poursuivit son frère, mais... j'attendais une réaction de sa part. Or elle se montre parfaitement courtoise, et à dire vrai, je pense qu'elle se fiche totalement que je vienne de nouveau lui rendre visite dans sa chambre ou non.

Alex fronçait les sourcils.

— Elle aimait faire l'amour avec toi ?

— J'en avais l'impression, en tout cas. Non, j'en suis sûr. Et Dieu sait si moi j'adorais ça ! Mais maintenant... Cela fait plus de deux semaines. Elle m'accueille aussi gentiment que si nous passions toutes nos nuits ensemble. Elle est d'humeur parfaite, quoi que je fasse.

— Alors, il faut aborder franchement le sujet avec elle, suggéra Alex.

Patrick eut l'air déconfit.

— Comment demander à une femme qui semble comblée, si elle a remarqué l'absence de son mari dans son lit ? Elle n'en paraît nullement incommodée.

— Qu'en sais-tu ? Essaie de t'en rendre compte. Va la voir, et même si tu ne parles pas ouvertement de ce qui te tracasse, va dans sa chambre.

Il y eut un petit silence.

— Je pourrais essayer, admit enfin Patrick.

— Tu n'as rien à perdre.

— Je suppose que tu as raison...

— Lui as-tu dit que tu l'aimais ?

Patrick lança à son frère un regard noir.

— Bien sûr que non !

— Pourtant, c'est la vérité. Sinon, tu ne serais pas mortifié que Sophie soit moins enthousiaste que toi, en ce qui concerne les plaisirs conjugaux.

— Enthousiaste ! Tu n'as pas compris ! aboya Patrick. Elle est heureuse de vivre la vie d'une satanée nonne ! Bon sang, je ne sais pas pourquoi elle n'est pas entrée au couvent !

— Et tu ne le sauras pas, tant que tu n'auras pas pénétré dans sa chambre… Quant à moi, je songe à la façon dont je vais dépenser mes cinq cents couronnes. Tu ferais mieux de t'habituer à l'idée de dormir dans une chemise de nuit en dentelle !

— Par le diable, qu'est-ce que…

— Tu n'as même pas tenu une année, lui rappela Alex, ironique. Tu te souviens ? J'avais parié cinq cents couronnes que tu serais fou de ta femme avant la fin de l'année. Tu n'es marié que depuis quelques semaines, et ça y est déjà !

Il reprit son sérieux pour ajouter :

— Pourquoi ne l'avoues-tu pas à Sophie ? Dis-lui que tu l'aimes…

Patrick leva sur son frère un regard douloureux.

— Ce n'est pas réciproque, Alex. Elle n'a aucun besoin de moi, elle vit fort agréablement avec tous les hommes qui tournent autour elle à longueur de journée. Braddon habite pratiquement avec nous.

Alex passa un bras sur ses épaules.

— Nous allons revenir à Londres d'ici à quelques semaines, mais tu peux nous rendre visite à Downes quand tu veux, tu le sais.

Patrick grimaça un sourire.

— Merci.

— Je dois aller chercher Charlotte. Elle veut faire quelques courses avant que nous ne repartions à la campagne. Elle rendra visite à ses parents ce soir. Aimerais-tu que nous en profitions pour nous offrir une petite partie de billard, tous les deux ?

Patrick acquiesça, et Alex s'arrêta sur le seuil.

— Les mariages ne sont pas toujours des réussites, Patrick...

Ils pensaient tous les deux à la première et catastrophique union d'Alex.

— Il ne faut pas s'en vouloir, conclut-il.

La porte refermée, Patrick se laissa tomber dans un fauteuil. Son frère avait à la fois raison et tort. Il était inconcevable de parler avec Sophie de leurs problèmes intimes, mais il pouvait en effet se rendre dans sa chambre... Oui, c'est ce qu'il ferait. Ce soir, il devait dîner avec Petersham, et ensuite disputer une partie de billard avec Alex, mais demain il irait la voir. Sinon, il allait devenir fou ! Quoi qu'en pense sa froide petite épouse, il mourait d'envie de l'écraser sur un lit.

N'importe quel lit !

Patrick l'ignorait, bien sûr, mais la « froide petite épouse » versait des larmes brûlantes à l'étage.

Henri pénétra dans son boudoir et s'immobilisa, désorienté.

— Qu'y a-t-il, lady Sophie ?

L'anglais du garçon n'était pas parfait, pourtant Sophie lui interdisait de parler français, afin qu'il soit à l'aise au collège.

Elle s'essuya vivement les yeux.

— Ce n'est rien, Henri. Je deviens une véritable madeleine, c'est tout.

— Une madeleine ?

— Quelqu'un qui pleure tout le temps.

Henri sentait que le problème était délicat, et il hésita un instant avant de demander :

— Vous pleurez parce que... parce que vous êtes séparée de votre époux ?

Elle aurait dû se douter que toute la maisonnée parlait de la désertion de Patrick ! Et les domestiques savaient sûrement avec qui son mari passait ses nuits. Ils étaient toujours au courant de ces choses.

— Est-ce que l'on dit, à l'office, qui est l'amie de Patrick, Henri ?

— Pardon ?

— Avec... avec qui il passe ses nuits ?

Le visage d'Henri exprimait une sympathie sincère. Il secoua la tête, sans essayer de dissimuler le fait que tout le monde pensait, naturellement, que Patrick avait une maîtresse. Il se garda cependant de révéler ce qu'imaginaient les gens au sujet de ses fréquentes sorties avec le comte de Slaslow.

Sophie prit une profonde inspiration. Ce n'était pas une conversation convenable pour un adolescent !

— Je pourrais l'apprendre, proposa Henri. Cet après-midi, je suivrai M. Foakes comme... comme un détective. Et je verrai bien à quoi il occupe son temps.

— Il n'en est pas question, Henri ! répliqua Sophie en le regardant avec affection. Nous allons oublier cette conversation. Ne devions-nous pas aller voir le lion à la Bourse du commerce ?

Henri acquiesça. Mais, en début de soirée, il se glissa de nouveau dans le boudoir, avec une telle expression que Sophie devina tout de suite que quelque chose n'allait pas.

— Que s'est-il passé, Henri ?

Il vint près d'elle.

— Je l'ai suivi, lady Sophie, bien que vous me l'ayez défendu. Il a... Je croyais l'avoir perdu sur Bond Street, et puis il est sorti d'une maison. Oh, lady Sophie, M. Foakes a bien une amie !

Le cœur de la jeune femme se serra.

— Ce n'est pas bien, Henri, dit-elle machinalement. Il est très vilain de l'avoir suivi...

Surprise, elle s'aperçut que sa voix ne tremblait pas.

Le garçon était visiblement en état de choc. Il adorait Sophie, et la trahison de Patrick allait à l'encontre de son esprit loyal.

— C'est mal ! s'écria-t-il avec fougue. Je le lui dirai ! Cette… cette grande femme aux cheveux noirs… Pouah ! C'est un monstre, comparée à vous !

Sophie faillit sourire à cette image. Ainsi, Patrick avait une maîtresse brune. Sans doute une liaison d'avant leur mariage, qu'il n'avait pas jugé bon de rompre.

— Ce n'était pas convenable de le suivre, répéta-t-elle. Surtout pour le voir avec une… amie.

Il eut une pointe de remords.

— Mais je ne voulais pas les croire, en bas, quand ils disaient que M. Foakes était un libertin !

Son petit visage était ravagé.

— C'est ainsi, Henri, dit gentiment Sophie en posant les mains sur ses épaules. Cela ne menace pas un mariage, c'est juste… comme ça.

Peu après, ils se mirent à table. Sophie était infiniment malheureuse. Elle n'avait jamais eu la moindre chance de gagner le cœur de Patrick. Une femme brune était là avant elle, et il partageait sans doute un dîner d'amoureux avec elle, car il ne parut pas ce soir-là.

Elle resta éveillée jusqu'à trois heures du matin, priant pour que Patrick vînt la rejoindre dans son lit. Enfin elle l'entendit rentrer, remercier son valet de chambre et tomber sur son propre lit.

Sophie put constater à quel point il dormait bien, car elle alla sur la pointe des pieds entrouvrir la porte de communication. Ses journées devaient être épuisantes… Mais elle n'arrivait pas à se sentir réellement en colère.

Ce qu'elle éprouvait, c'était de la peur. Bien qu'elle eût refusé de parler de ses menstruations avec Patrick à bord du *Lark*, elle était obligée de constater qu'elles n'étaient pas venues, depuis qu'il avait grimpé l'échelle jusqu'à sa chambre… Décidément, elle ressemblait à sa mère ! Une grossesse immédiate, et un mariage raté !

Le bébé avait déjà légèrement modifié sa silhouette. Elle avait les seins plus voluptueux, et son ventre marquait un petit renflement qu'elle chérissait en secret. Elle dormait plus tard le matin, mais la seule personne qui l'eût remarqué était sa caméariste.

Bientôt, elle deviendrait énorme et disgracieuse. Patrick, qui avait déjà des distractions ailleurs, ne viendrait plus jamais la retrouver dans sa chambre.

Elle se mit à sangloter longuement dans son oreiller. Non pas tant à cause des escapades de son mari, que parce qu'elle n'arrivait pas à se réjouir de la venue de ce bébé si désiré. C'était trop tôt ! Patrick ne s'intéressait déjà plus à elle, et il voulait un seul enfant. Maintenant, il n'aurait plus aucune raison de revenir vers elle.

Ce qui signifiait des années de mariage semblables à ce qu'avait vécu sa mère. Elle rencontrerait son époux au cours des dîners, puis il s'en irait ; ils assisteraient à des parties de campagne où leur hôtesse leur attribuerait automatiquement des chambres séparées, parfois même à des étages différents.

Hélas, chaque fois qu'elle voyait Patrick, une chaleur intense s'emparait d'elle, un désir étourdissant – et d'autant plus humiliant qu'il n'était pas partagé, de toute évidence.

Cette nuit-là, Sophie eut toutes les peines du monde à s'empêcher d'aller se glisser dans le lit de son mari.

L'orgueil vint à la rescousse. Irait-elle auprès d'un homme qui sortait des bras d'une autre ? Et s'il la repoussait ? S'il sentait un parfum inconnu ?

Aussi demeura-t-elle où elle était, dans sa propre chambre.

19

Le lendemain matin, Sophie s'efforça de réfléchir à la situation. Certes, son mari délaissait son lit au profit de celui d'une courtisane, mais il importait de rester en bons termes avec lui, sinon le bébé à venir en subirait les conséquences. Et mieux valait qu'on la crût indifférente aux incartades de son époux. Toute manifestation de jalousie de sa part déclencherait le genre de commentaire méprisant qui suivait partout ses parents.

Très chère maman, écrivit-elle sur son meilleur papier à lettres. *J'espère que papa et vous passez un agréable séjour à la campagne. Votre récit de la fête du printemps de Mme Braddle m'a amusée. Patrick est extrêmement occupé, en ce moment, aussi ne pouvons-nous venir vous rendre visite, mais je vous remercie de votre invitation. Londres est plutôt désert, à cette époque, mais je passe beaucoup de temps avec Madeleine Cornille, la fille du marquis de Flammarion. Il faudra que vous fassiez sa connaissance dès votre retour en ville. Je suis persuadée que vous la trouverez charmante. Henri va bien. C'est gentil à vous de prendre de ses nouvelles. Il est tout excité à la pensée de commencer le trimestre à Harrow. Patrick l'y conduit la semaine prochaine. Je vais tâcher de trouver les verres que vous me demandez, et je vous les enverrai aussitôt. Votre fille qui vous aime, Sophie.*

Elle eut bien quelque scrupule en fermant l'enveloppe, avant de la remettre à un valet de pied. Si la marquise apprenait qu'elle était enceinte, elle se précipiterait sur-le-champ.

Héloïse, en lisant la missive, fronça les sourcils. Sophie parlait peu de son mari, et elle se demandait si elle se faisait des idées, ou si le mariage de sa fille ne tournait pas au vinaigre...

— Que savez-vous de Patrick Foakes, George ? s'enquit-elle le soir même.

— Pardon, ma chère ?

— Patrick Foakes est-il un débauché ?

Héloïse avait coutume d'appeler un chat un chat, songea George. Il choisit ses mots avec soin.

— Foakes n'était pas d'une sagesse exemplaire, quand il était jeune...

— Je me moque de sa jeunesse, coupa-t-elle avec impatience. Pensez-vous qu'il entretienne une maîtresse ?

D'après ce que connaissait George de la haute société, c'était vraisemblable. Son silence fut une réponse éloquente.

— Je le savais, murmura la marquise. J'ai conseillé à Sophie d'épouser un libertin ! Quelle folle j'ai été !

George congédia le valet d'un signe de tête et s'approcha de sa femme, qu'il aida à se lever.

— Peut-être Sophie tient-elle de sa mère, ma chérie...

Héloïse était perplexe, et il effleura ses lèvres.

— Sa mère sait comment apprivoiser un libertin... précisa-t-il.

— Voyons, George, le reprit-elle, vous ne pensez tout de même pas que vous allez m'entraîner dans la chambre avec ce discours ! Vos belles amies oubliaient peut-être de dîner pour... folâtrer avec vous, mais pas moi !

Elle se rassit, le dos bien droit.

— Et sonnez, je vous prie, grommela-t-elle. On dirait que Philippe a abandonné son poste.

George, en souriant, regagna sa place. Il adorait ces assauts incessants avec la marquise. Elle était têtue comme une mule !

— Ne vous tracassez pas trop pour notre petite Sophie, dit-il, rassurant, en se servant de tarte aux abricots. Elle a la tête sur les épaules.

— Vous êtes un incurable optimiste, George, répliqua Héloïse, de la tendresse plein les yeux.

20

M. Foucault sourit, montrant ses dents blanches et pointues.

— Rappelez-vous, mon cher, vous ne parlez que le turc.

La Taupe acquiesça. Étant donné sa connaissance de cette langue, il ferait mieux de se présenter comme muet.

Foucault descendit de voiture et se dirigea vers la porte ouverte de la demeure de Patrick Foakes. Il était l'image même de l'élégance, avec son gilet rayé, ses cheveux coupés à la romaine et le mouchoir de dentelle qu'il tenait à la main. Hélas, ce n'était pas le cas de son compagnon, bien qu'il portât aussi un gilet rayé.

Quelques minutes plus tard, Foucault expliquait à Patrick qu'ils représentaient la cour du grand sultan Sélim III.

Patrick les salua cérémonieusement.

— Je suis très honoré de faire votre connaissance, dit-il.

Il avait l'habitude de ces formalités internationales et s'attendait à une demi-heure de salamalecs.

— J'ai le regret de vous dire que mon estimé compagnon, Bayrak Mustafa, ne maîtrise pas encore votre langue. C'est un proche de Sélim, et il lui est tout dévoué. Parlez-vous turc, cher monsieur ?

— Hélas, non, répondit Patrick en s'inclinant devant La Taupe, avant de revenir à Foucault. Puis-je vous offrir quelque rafraîchissement ?

Foucault se tourna vers Bayrak Mustafa et s'adressa à lui en turc. Patrick suivait la scène avec intérêt. Il avait craint que Foucault ne fût un imposteur, mais il parlait turc couramment. Cependant, d'après son intonation, il ne s'adressait pas à l'autre comme à un égal. Bayrak Mustafa devait être une sorte de sbire.

Celui-ci hocha la tête et répliqua en turc.

— Mon compagnon et moi, traduisit Foucault de son ton languissant, serons très heureux de faire plus ample connaissance avec vous.

Patrick sonna.

— Vous parlez parfaitement le turc, dit-il à Foucault. Félicitations.

L'homme agita son mouchoir.

— Ah, vous avez remarqué, monsieur, je ne suis pas turc de naissance.

Patrick lui lança un regard encourageant, et il poursuivit :

— J'ai rencontré mon très cher Sélim quand il voyageait en France, en 1788. Nous nous sommes découvert des… affinités intellectuelles.

Il eut un mince sourire. C'était en partie vrai ! Il avait rencontré le stupide Sélim alors qu'il traînait à Paris en courant après tous les jupons qu'il croisait et en cherchant la bagarre.

Cette explication convenait à Patrick qui, lui aussi, avait connu Sélim. Le Français était exactement le genre d'individu dont le Turc aimait s'entourer.

— Quand ont eu lieu les malheureux événements qui ont obligé Sélim à rompre ses relations avec la France, continua Foucault, il m'a supplié de ne pas l'abandonner. À vrai dire, ce cher Mustafa est mon assistant dévoué. Nous attendons les messages de Sélim, et nous lui envoyons ce qu'il nous demande. Il adore positivement les bottes de cavalier, par exemple, or chacun sait que les plus belles sont fabriquées par les Anglais.

Il posa sur ses propres souliers un regard affectueux.

— Sélim a été averti, mon cher monsieur, que vous deviez vous rendre en Turquie pour son couronnement – quelle cérémonie splendide ce sera ! Donc il désirait, tout naturellement, que je fasse votre connaissance.

Il prit une délicate gorgée de ratafia.

Patrick se demandait ce que Foucault lui voulait. Il semblait légèrement tendu, et cela le mettait en alerte. Quant à son compagnon, il avait tout l'air d'un fauteur de troubles. Foucault semblait être une sorte de pourvoyeur pour Sélim, et, Patrick en aurait mis sa main au feu, les produits qu'il envoyait au sultan n'étaient pas tous de cuir anglais.

Mais ce n'était pas le moment de le brusquer. Après un nombre raisonnable de mondanités, l'homme en vint au but.

— J'adorerais assister au couronnement de notre cher Sélim, dit-il, malheureusement ma présence est indispensable ici, à Londres !

Il laissait entendre qu'on l'attendait dans toutes les meilleures maisons, cependant Patrick ne l'avait jamais rencontré aux soirées de la bonne société.

— Dans ces conditions, poursuivait Foucault, je me demandais si vous auriez l'amabilité d'emporter un modeste présent de ma part pour le sultan... ou devrais-je dire l'empereur ? Je ne voudrais pas que mon très cher Sélim imagine que je l'oublie, dans cette magnifique occasion.

Patrick réprima un soupir. De toute évidence, Foucault voulait s'assurer un retour chaleureux en Turquie, s'il était obligé de quitter l'Angleterre. Il était de plus en plus persuadé que l'homme était un escroc, voire un criminel.

Néanmoins, il lui assura qu'il serait enchanté de se charger de son présent, et qu'il le remettrait en main propre à Sélim de sa part.

Enfin le visiteur quitta la pièce, laissant derrière lui une traînée de parfum ambré, et la promesse de revenir deux mois plus tard avec le cadeau.

— Sélim adore les rubis ! conclut-il avant de prendre congé. J'envisage de faire fabriquer un encrier incrusté de ces pierres.

Les doutes de Patrick s'atténuèrent. Breksby n'avait-il pas dit lui-même que Sélim adorait les rubis ? Et il n'avait nul besoin de savoir comment Foucault se procurerait l'argent pour payer un tel objet.

Il fixa la porte refermée sans la voir. Il n'avait pas pensé au couronnement de Sélim depuis des jours, mais cela prenait maintenant une signification bien différente. Il faudrait qu'il quitte Sophie. Il serait absent plusieurs mois et, à son retour, elle vivrait pratiquement avec Braddon...

Ce soir-là, pendant que le valet de chambre lissait soigneusement sa veste sur ses épaules, Patrick prit sa décision. Bon Dieu, Alex avait raison, il se comportait comme un collégien ! Son but était que sa femme tombe amoureuse de lui, et déserter son lit n'était certes pas le meilleur moyen d'y arriver !

Quand il pénétra au salon, Sophie regardait par la fenêtre, vêtue d'une simple robe de soie vert pâle. La pièce était mal éclairée, car la pluie s'était mise à tomber brusquement, et les domestiques n'avaient pas encore eu le temps d'allumer les candélabres.

La tenue de la jeune femme n'était pas provocante, le décolleté était sage, et elle portait même un châle drapé sur ses bras nus. Patrick fut une fois de plus subjugué par sa beauté.

— Henri dîne-t-il avec nous, ce soir ?

Elle sursauta et se tourna vers lui.

— Non, il...

Il traversa le salon en quelques rapides enjambées et l'enleva dans ses bras.

Elle poussa un petit cri, son châle glissa, tandis que Patrick prenait ses lèvres avec fougue. Elle s'offrit naturellement à lui, comme s'ils s'étaient embrassés la veille. Un grand incendie s'allumait en elle. Il était revenu, il lui était revenu... Gratitude, triomphe, amour, désir, tout se mêlait en elle alors qu'elle fondait entre ses bras.

Très lentement, il la lâcha et la reposa sur ses pieds.

Le regard sombre, indéchiffrable, il traça du doigt la ligne de sa lèvre inférieure.

Sophie n'osait dire un mot. Maintenant que Patrick s'était brusquement souvenu qu'il avait une femme, les questions tremblaient sur ses lèvres... Où passez-vous vos nuits ? Pourquoi m'embrassez-vous ? Votre maîtresse n'est-elle pas libre ce soir ?

Il se taisait, aussi finit-elle par balbutier :

— C'était très... très... agréable, Patrick.

Comme il ne répondait toujours pas, elle prit son bras et ils se dirigèrent vers la salle à manger.

Le jeune homme était abasourdi. Quand Sophie se coulait dans ses bras, une immense joie l'envahissait. Lorsqu'elle se serrait contre lui, il se sentait *bien*.

Mais quand elle le regardait de cet air doux en lui disant que ses baisers étaient « agréables », il avait envie de s'en aller pour ne plus jamais revenir.

Il but, au souper, trois fois plus que de coutume. Chaque fois qu'il contemplait Sophie, en face de lui, le désir le brûlait et il s'emparait de son verre de vin. Il ne pouvait penser à autre chose qu'à ce qu'il allait faire, après cet interminable repas.

Elle avait attaché négligemment ses cheveux, et de petites mèches bouclaient autour de son visage, jusque sur ses épaules. Une mèche rebelle s'était même posée sur le dossier de sa chaise, ambre pâle sur le bois presque noir.

Clément remplaça le filet de veau par du chevreuil.

La jeune femme s'agitait sur son siège, comme si elle était assise sur une fourmilière. Sous le regard de son époux, elle se sentait à la fois mal à l'aise et excitée. La pluie qui martelait les carreaux rendait tout échange difficile ; en outre, les talents naturels de Sophie pour la conversation lui échappaient complètement. Et puis, chaque sujet qu'elle tentait d'aborder était balayé par les réponses monosyllabiques de Patrick.

Elle cherchait désespérément un moyen de l'intéresser, lorsqu'il déclara :

— Alex est venu en ville, hier.

Le visage de Sophie s'illumina.

— Comment va Charlotte ?

— Je n'ai pas demandé.

— Et les enfants ?

— J'ai oublié.

Sophie laissa échapper un soupir. Franchement, ce n'était pas facile ! Elle se creusa la tête. Parler littérature ? Il y avait encore un plat, avant qu'il ne la quitte pour ses distractions du soir...

— Avez-vous aimé *Les Rivaux* ?

C'était ce qu'ils avaient vu au théâtre, quelques jours auparavant.

— La pièce a vingt-cinq ans, et cela se sent.

— J'ai trouvé Lydia Languish fort amusante, insista Sophie.

— L'héroïne ? Celle qui passait son temps à lire des romans ineptes ?

— Oui.

Patrick ricana.

— *L'Innocent Adultère, Délicate Détresse !* Quelle perte de temps !

— Je suis en train de lire *Délicate Détresse*, dit Sophie, les yeux brillants. Ce sont les Mémoires de lady Woodford. Elle a mené une vie passionnante, vous savez !

La conversation tomba de nouveau, et elle piqua du nez dans son assiette.

Elle ne pouvait penser qu'au baiser de son mari. Pourquoi avait-il fait ça ? Et, plus important encore, avait-il l'intention de recommencer ?

Elle risqua un coup d'œil de l'autre côté de la table et vit Patrick, appuyé au dossier de sa chaise, qui fixait son verre de vin. Tout de noir vêtu, il avait un air un peu diabolique, avec sa chevelure en désordre et les ombres que le chandelier projetait sur son visage viril. Comment pouvait-elle espérer garder pour elle seule un homme aussi séduisant ?

Rien qu'à le contempler, son cœur dansait. Peut-être ne sortirait-il pas, ce soir… Peut-être pourrait-elle l'attirer dans son lit ?

Avant de perdre tout courage, elle fit signe au valet de sortir, puis elle se leva. Patrick, absorbé dans ses pensées, ne le remarqua pas.

Elle fit le tour de la table sur la pointe des pieds, enhardie par la chaleur intense qui s'était emparée d'elle. D'un souple mouvement de hanches, elle se glissa entre la table et son époux. Il sursauta quand elle se pencha pour passer la langue sur ses lèvres. Instinctivement, il la prit sur ses genoux. Elle était perdue dans un océan de sensualité, renforcé par des semaines d'abstinence.

Elle gémit sous le baiser passionné de Patrick, qui se rendait vaguement compte que sa docile et « agréable » petite épouse déchirait sa chemise au beau milieu de la salle à manger ! Clément risquait d'entrer à tout instant, ou bien un valet !

Néanmoins, il se laissait faire, afin de ne surtout pas briser le charme. Sophie se pressait contre lui, et il avait glissé la main sous sa robe, lui arrachant de petits soupirs de plaisir.

Il s'aperçut qu'il était sur le point de la renverser sur le tapis et de la prendre là, au vu de tous !

Il la souleva dans ses bras et passa sans un mot devant le valet qui s'était posté derrière la porte. L'homme serait certainement capable de comprendre tout seul qu'il était inutile d'apporter le dessert.

Patrick montait rapidement l'escalier, et Sophie enfouit la tête contre son épaule comme si elle voulait se cacher. Mais en réalité, elle caressait sa peau de la langue, le mordillait, le rendant fou de désir.

Dès qu'il eut refermé du pied la porte de la chambre, elle se dégagea de ses bras et arracha sa robe, sans se soucier des boutons ni des agrafes.

Elle était là, la femme dont il rêvait toutes les nuits…

Avec une sorte de feulement, il se jeta sur elle et la poussa sur le lit. Au lieu de passer les bras autour de son cou, elle s'affaira à déboutonner son pantalon. Patrick finit de s'en débarrasser et, sans prendre la peine d'ôter son caleçon, il lui prit les hanches et la pénétra d'un coup.

Elle cria en se cambrant vers lui.

Plus tard, Sophie se réveilla en sentant son mari qui, d'une main sur ses reins, l'attirait à lui.

Et quand l'aube se leva, ce fut Patrick qui ouvrit les yeux pour trouver un corps ravissant penché sur lui. Il croisa son regard bleu et répondit d'un sourire.

L'homme d'affaires de Patrick, ponctuel, arriva à onze heures, et il tourna dans le bureau une bonne demi-heure avant que le majordome guindé vienne le prévenir que son maître n'était pas disponible.

Antonin Carême attendit en vain lady Sophie pour l'essayage d'un nouveau costume.

Les Foakes ne se retrouvèrent pas pour le petit déjeuner. Ils ne se croisèrent pas par hasard dans le hall, ils n'assistèrent pas à la représentation de *La Mégère apprivoisée* que l'on donnait à Covent Garden. Car ils ne s'étaient pas séparés. La faim qui torturait Patrick ne fut assouvie qu'après des heures de caresses et de jeux sensuels. Le désespoir qui avait envahi Sophie fut apaisé par l'ardeur inextinguible de son époux.

Ils n'abordèrent aucun sujet important, mais le monde s'était remis à tourner normalement. Ils revivaient l'intimité qu'ils avaient connue sur le *Lark*.

Patrick se traitait d'imbécile pour avoir cru son épouse indifférente à ses absences. Il avait connu bien des maîtresses avides de sexe, mais aucune qui eût le désir merveilleux et joyeux de sa femme. Il lui en demanda pardon en silence.

21

Le matin suivant, Patrick et Sophie se séparèrent sur un dernier baiser.

Dans les quartiers des domestiques, au rez-de-chaussée, deux cloches sonnèrent en même temps.

— C'est pour toi, Keating ! brailla Clément. Et pour toi aussi, Simone !

Celle-ci leva les yeux au ciel en abandonnant son croissant.

— Le maître l'a enfin laissée sortir de son lit ! J'espère qu'elle peut encore marcher...

Keating lui lança un regard sévère.

— On ne parle pas comme ça du maître, tonna-t-il.

Simone tira la langue dans son dos.

— Faux jeton ! marmonna-t-elle. Que pense-t-il que faisait son maître bien-aimé au lit, toute la journée d'hier ? Qu'il jouait aux échecs ?

Sophie accueillit sa caméariste avec un sourire épanoui.

— Voulez-vous bien faire préparer un bain ? Je porterai mon costume d'amazone vert.

Simone dissimula un sourire. Inutile de se demander à quoi s'étaient occupés ses maîtres : il suffisait de voir l'air enchanté de lady Sophie !

Sa maîtresse avait-elle parlé à son époux du bébé ? La domestique avait des doutes depuis longtemps, mais lui n'en semblait pas conscient. Elle regarda autour d'elle. Il offrirait sûrement un bijou à lady Sophie, quand il apprendrait la nouvelle. Des diamants, peut-être. On le disait extrêmement riche...

De son côté, Sophie était tellement heureuse qu'elle eut l'impression de danser jusqu'à l'arrivée de Braddon. Elle devait enseigner à Madeleine l'attitude à avoir pendant un repas.

Pour une fois, Braddon fut autorisé à assister à la leçon. D'habitude, il en était banni, car il passait son temps à contempler sa dulcinée ou, pire, il s'arrangeait pour être assis à côté d'elle.

— Les hommes ! s'écria Madeleine avec son franc-parler. Ils ne pensent qu'à embrasser les femmes. À longueur de journée. C'est papa qui me l'a dit. Il ne m'a jamais laissée fréquenter les galants qui hantent l'écurie, parce qu'il avait peur qu'ils n'essaient de me voler des baisers.

— Alors, comment avez-vous rencontré Braddon ? s'enquit Sophie.

— Un jour où les écuries n'étaient pas encore ouvertes et où je soignais ma jument favorite, Gracie. Je lui avais concocté une mixture de flocons d'avoine. Elle vieillit, et j'aime bien la gâter de temps en temps... Tout à coup, j'ai levé les yeux, et un géant blond me regardait. C'était Braddon. Il avait oublié sa canne la veille, et il était venu la rechercher.

Elle pouffa.

— Papa avait raison, les hommes tentent toujours de vous embrasser !

En fait, Braddon était l'exemple parfait de ce qui inquiétait le père de Madeleine. Il ne cessait de regarder la jeune femme comme s'il avait envie de la dévorer.

— Braddon, dit sévèrement Sophie, si vous n'êtes pas capable de vous tenir correctement, nous vous demanderons de nous laisser.

Les yeux bleus de Braddon prirent une expression d'innocence bafouée.

— Je ne faisais rien de mal, protesta-t-il en ôtant bien vite son bras de la taille de Madeleine.

Sophie éclata de rire. Ce jour-là, tout resplendissait.

— Madeleine a besoin de tous ses moyens, déclara-t-elle en feignant la sévérité. Maintenant, asseyons-nous.

Tous trois s'installèrent à la table de la salle à manger de Garnier, couverte d'une simple nappe de coton mais dressée avec des assiettes de fine porcelaine, entourées chacune d'au moins quatorze couverts. Le jeune homme avait acheté le tout à Piccadilly.

— Mon majordome veille jalousement sur l'argenterie, avait-il expliqué. Je ne peux pas en subtiliser sans qu'il s'en aperçoive.

Sophie observa la table.

— Parfait, Madeleine. Pas la moindre erreur.

Braddon fronça les sourcils.

— Elle n'a pas besoin d'apprendre ça. J'ai une bonne quinzaine de valets de pied qui ne font rien de toute la journée...

— Ce ne sont pas les valets de pied qui mettent le couvert, coupa Madeleine, mais une des servantes, supervisée par le majordome.

— La maîtresse de maison doit connaître précisément ce que font ses domestiques, expliqua Sophie. Sinon, comment saurait-elle quand quelque chose ne va pas ?

— Hum ! grommela-t-il, peu convaincu.

Il s'assit près de Madeleine, face à Sophie.

— Nous sommes dans un souper officiel, commença celle-ci. Un valet se tient à votre gauche, Madeleine, et vous présente un rôti de filet de porc.

Madeleine eut un gracieux signe de tête accompagné d'un sourire, indiquant qu'elle goûterait volontiers au rôti. Puis elle prit la fourchette appropriée.

— Bon sang, jamais je n'ai vu autant d'argenterie de toute ma vie ! grogna Braddon. N'êtes-vous pas un peu trop perfectionniste, Sophie ?

— Non, répondit-elle, impitoyable. Que se passera-t-il, si Madeleine est invitée à dîner au St. James ?

— Il n'y a guère de chances ! Je ne laisserai jamais ces ducs l'approcher !

— Si nous dînions ensemble, Madeleine, je serais obligée de donner un mauvais point à Braddon, car il me parle directement par-dessus la table. Une dame ne parle qu'à ses voisins de gauche et de droite.

Elle plissa les yeux en discernant un mouvement de Braddon.

— Et, reprit-elle, jamais elle n'autorise un gentilhomme à lui faire du genou ! Prenez votre éventail, Madeleine.

La jeune femme rougit, confuse.

— Je crois que je l'ai remis au valet, avec mon châle…

— Oh non, une dame ne se sépare jamais de son éventail. D'autre part, si un monsieur vous a offensée, ou choquée, par exemple avec une plaisanterie déplacée, vous pouvez exprimer votre contrariété en pivotant de l'autre côté.

Madeleine jeta un regard offusqué à Braddon, puis tourna la tête.

— Non, non ! dit Sophie. C'est beaucoup trop net. Vous ne daignez même pas le remarquer.

Madeleine toisa Braddon avant de faire pivoter tout le haut de son corps avec une expression de parfaite indifférence.

— Bravo ! applaudit Sophie.

Braddon était beaucoup moins enthousiaste. Il prit sa fiancée par les épaules.

— Je n'aime pas cette expression, venant de vous, se plaignit-il.

— Essayez d'imaginer qu'un vieux débauché fasse une proposition malhonnête à Madeleine, suggéra Sophie.

Il réfléchit.

— Elle a raison, Maddie. Recommencez !

Madeleine se mit à rire.

— C'est exactement comme ça que maman regardait les domestiques impertinents.

Sophie fronça les sourcils.

— Des domestiques ? Quels domestiques ?

Madeleine eut l'air surpris.

— Je ne sais pas. J'ai juste vu cette expression dans ma tête, et je l'ai imitée...

— Si votre père s'occupait des écuries de Flammarion, votre mère devait travailler chez eux comme femme de chambre.

Madeleine acquiesça.

— Maintenant, imaginons que Braddon ait commis un acte inexcusable, comme approcher sa jambe de la vôtre. Servez-vous de l'éventail.

Madeleine s'empara de son éventail, et elle en frappa les doigts de Braddon.

— Aïe ! protesta-t-il. Vous m'avez brisé les phalanges, Maddie !

— Ne jouez pas les poules mouillées, Braddon, le morigéna Sophie. Recommencez, Madeleine. Il ne faut pas frapper trop fort, afin que les personnes qui risquent de vous voir puissent penser que vous flirtez, tout simplement. Vous remettez le monsieur à sa place, mais en même temps, vous ne tenez pas à ce que cela se sache. Si on apprenait qu'il a osé presser sa jambe contre la vôtre, c'est vous que l'on blâmerait.

— C'est vrai ! renchérit Braddon. Les vieilles pies comme ma mère ou celle de Sophie pensent toujours que la jeune fille l'a bien cherché. Allons-y ! déclara-t-il joyeusement en collant sa jambe à celle de sa fiancée.

Madeleine dégagea sa cuisse et lui tapa doucement sur les doigts.

— Oh, pardonnez-moi, ronronna-t-elle, la voix douce mais le regard dur. Votre main s'égarait vers mon assiette.

— Bon sang ! s'écria-t-il, admiratif. Vous avez un air aussi glacial que la mère de Sophie. Et c'est elle qui a le regard le plus mauvais de toute la haute société !

Madeleine était aux anges.

— Si elle veut passer pour la fille d'un marquis, leur rappela Sophie, il faut qu'elle soit encore plus réfrigérante que ma mère. On ne doit rien trouver à redire à ses manières. À présent, imaginons que le serveur arrive avec une crème catalane...

Quelques semaines plus tard, Patrick regardait avec dégoût les papiers accumulés sur son bureau. Parmi les factures et les lettres de ses différents directeurs à l'étranger, se glissait la vision de la petite main qu'il avait dû détacher de son épaule en se levant, ce matin. Sophie avait soupiré avant de se retourner, sa délicate chemise ouverte au col. Il avait eu du mal à la quitter.

La porte de la bibliothèque s'ouvrit soudain, et il leva les yeux, agacé. Le personnel avait l'ordre de ne pas le déranger. Mais ce n'était ni son secrétaire ni un valet de pied. Son épouse entra et referma derrière elle.

Elle alla vers lui sans bruit. Il avait l'air tellement étonné qu'elle faillit renoncer, mais elle vint tout de même jusqu'à son fauteuil et posa la main sur son bras. Il avait retroussé ses manches et, machinalement, elle referma les doigts sur sa peau.

— Vous n'avez pas rendez-vous avec Braddon ?

On était vendredi – jour qu'elle passait généralement avec Braddon. Au point qu'il l'appelait intérieurement le « jour de Slaslow ».

— J'ai annulé, répondit-elle. Que faites-vous ?

— Je travaille.

Elle haussa un sourcil, et il jeta un coup d'œil à ses papiers.

— Je règle les factures de la dernière cargaison en provenance de Russie, reprit-il.

— Qu'allez-vous en faire ? demanda-t-elle avec une sincère curiosité.

Elle se pencha sur les lignes de chiffres.

— À quoi correspond ceci ? s'enquit-elle en désignant un numéro.

— Ce sont des samovars. Nous en avons livré quatorze à un commerçant oriental.

Sophie soupira.

— J'adorerais aller en Russie !

— Vraiment ?

Elle avait les yeux brillants.

— Avez-vous lu les récits de voyage en Sibérie de Kotzebue ?

— Non.

Patrick reposa la plume sur son socle, puis il s'appuya à son dossier pour l'observer. En général, les dames anglaises considéraient Bath comme le bout du monde.

Or Sophie avait tout l'air d'une lady comme il faut, ce matin-là, avec sa robe de mousseline blanche, une toilette parfaitement coupée mais ni provocante ni extravagante. Il se rendit compte, et ce n'était pas la première fois, qu'elle avait changé de style depuis leur mariage. Il ne s'en plaignait pas, d'ailleurs, car il lui suffisait d'apercevoir un bout de chair rose sous le tissu léger pour que le désir monte en lui.

Il se pencha, interrompant Sophie dans la description des aventures de M. Kotzebue, et la fit asseoir sur ses genoux.

Elle ne se défendit pas. Au contraire, ses yeux prirent une teinte violette très prometteuse. Il s'empara de ses lèvres sans lui laisser le temps de protester.

De toute façon, elle n'y songeait pas. Elle s'ouvrit pour lui, comme si cette intimité était devenue une seconde nature, comme si elle était habituée au flot de désir qui menaçait de la submerger.

Il l'attira plus près encore, sans lâcher sa bouche, tandis qu'il dénudait l'un de ses seins. Lorsqu'il joua avec le petit bout rose, elle eut l'impression de se liquéfier, et elle s'accrocha à ses épaules. Le monde n'était plus que sensation.

Elle ne protesta toujours pas quand la main libre de Patrick remonta le long de sa jambe.

Soudain, il s'arrêta, et Sophie ouvrit les yeux. Était-il choqué ? Elle était à demi allongée sur le bureau, et la chemise de Patrick était ouverte au col, révélant sa poitrine musclée. Était-ce elle qui l'avait déboutonnée ?

L'air songeur, il avait repris sa caresse. Où était l'élastique sous lequel il glissait habituellement les doigts ?

— Pas de culotte ? demanda-t-il.

Elle était à demi aveuglée. Comment pouvait-il avoir une voix si calme alors qu'il... qu'il...

— Non, répondit-elle, frémissante.

— Pourquoi ? demanda-t-il d'un ton qu'il souhaitait indifférent.

Bien sûr, il savait pourquoi ! C'était vendredi, le jour de Braddon. Sans doute ne portait-elle jamais de culotte le vendredi... Sa main s'immobilisa de nouveau et quelque chose, dans le silence qui régnait, alerta Sophie.

Patrick regardait sa belle épouse. *Sa* belle épouse. La sienne... Non, pas sienne !

Elle se redressa et noua les bras à sa taille, les lèvres contre sa peau.

— Quand j'étais petite, j'ai entendu un jour ma gouvernante parler à l'une des servantes qui allait se marier. Je n'étais pas censée écouter, mais j'écoutais quand même. La gouvernante lui disait que si elle voulait... ravir son époux, il fallait de temps en temps qu'elle oublie de porter des sous-vêtements.

Sa voix baissa d'un ton :

— Ce matin... j'ai eu envie de ne pas porter de sous-vêtements. Mais évidemment, comme Simone m'habillait, il a bien fallu que j'en mette...

Patrick était douloureusement conscient de l'haleine de Sophie sur sa poitrine, des petits baisers qui ponctuaient son discours.

— Alors, reprit-elle, j'ai attendu qu'elle soit descendue, j'ai enlevé ma culotte et l'ai repliée exactement comme elle le fait avant de la ranger dans la commode. Ainsi, elle n'en saura rien. Toutefois, pendant le petit déjeuner, je me suis souvenue qu'elle me déshabillait tous les soirs. Que pensera-t-elle si j'ai perdu ma culotte ?

Patrick fut envahi d'un immense soulagement. C'était bien là sa Sophie. Suffisamment française pour porter des culottes – considérées comme trop osées par les Britanniques – mais suffisamment anglaise pour craindre la réaction de sa caméristе si elle n'en portait pas.

— Alors, souffla Sophie, je suis venue voir ce que vous faisiez...

Il la souleva, et elle noua instinctivement les jambes à sa taille. Ensuite, il la porta sur le divan et s'agenouilla près d'elle, empli d'une joie inexprimable.

Il la contempla, les yeux pétillants de bonheur, puis il baisa ses paupières tout en relevant sa robe jusqu'à la taille.

Elle était gonflée, douce, plus douce que tout ce qu'il avait goûté jusque-là, et chacune de ses caresses était accompagnée d'une prière susurrée, d'un gémissement de plaisir. Il souriait, réprimant le feu qui menaçait de l'emporter. Sa petite épouse était venue à lui sans culotte... Il n'allait pas laisser passer cet instant trop vite !

Il alla fermer la porte à clé et se dévêtit, puis il se plaça au-dessus de Sophie.

Il la taquinait, la taquinait encore, se repaissait de ses soupirs de plaisir, jusqu'au moment où elle ouvrit les yeux et cria :

— Patrick !

Il pencha la tête pour caresser ses lèvres, sans toutefois lui donner entière satisfaction.

Soudain, elle se dégagea d'un geste vif et le poussa sur le vaste divan.

Les yeux de la jeune femme avaient une lueur aussi diabolique que les siens. Ils riaient tous les deux de malice, de désir.

Elle s'assit à califourchon sur lui.

— Nous allons voir si vous aimez ça, murmura-t-elle contre sa bouche.

Lascive, elle se frottait contre lui, et il eut le souffle coupé. Elle éclata de rire.

Elle trouva ses bouts de seins qu'elle prit entre ses lèvres, comme il le faisait avec elle, puis elle glissa du divan, s'efforçant de ne pas précipiter les choses. Elle prit son sexe entre ses mains, y déposa un léger baiser.

— Sophie !

Elle s'enhardit, le caressa du bout de la langue, ouvrit la bouche.

Un gémissement rauque la récompensa.

Alors elle le mordit tout doucement, comme il semblait l'aimer. Cette fois, ce ne fut pas un gémissement qui échappa à Patrick, mais un véritable cri.

Il roula à bas du divan, si vite qu'elle n'eut pas le temps de réagir, et la seconde suivante, elle était sur l'épais tapis, la robe remontée, les jambes nouées à sa taille. Ils se lancèrent dans la danse sauvage de tous les amants du monde.

Ils explosèrent ensemble dans un grand cri avant de s'abattre l'un sur l'autre, épuisés.

Patrick roula sur le côté, entraînant Sophie avec lui. Elle tremblait encore de quelques spasmes et avait du mal à reprendre son souffle.

— Patrick ?

— Mmm...

— Vous n'avez pas aimé que je vous... mordille ?

— J'ai adoré, marmonna-t-il.

— J'ai un aveu à vous faire. Je n'ai pas été totalement franche avec vous.

Il écoutait distraitement.

— Je ne vous ai pas interrompu seulement parce que... j'avais résolu le problème de ma culotte. Je voulais vous séduire. Je n'ai pensé à rien d'autre de toute la matinée.

Patrick la serra contre sa poitrine. Quelle merveille de faire l'amour à son épouse sur une pile de factures, sur un divan, sur le tapis de la bibliothèque ! Quelle merveille d'avoir une épouse qui n'avait pensé qu'à *ça* toute la matinée !

Ce fut seulement plus tard dans l'après-midi qu'une idée lui traversa l'esprit. Inconsciemment, il revivait l'instant où il avait relevé la robe de Sophie. Il repensa à la volupté de ses seins...

Ils s'étaient épanouis, songea-t-il. Grâce à ses caresses ?

Il se raidit soudain et se mit à compter dans sa tête. La nuit où il était entré dans sa chambre de jeune fille... Seigneur, quand était-ce ? Presque quatre mois auparavant...

Quel idiot ! Quel triple idiot ! Il avait jusque-là protégé ses maîtresses de toute grossesse, des femmes dont il se moquait. Et voilà qu'il avait une épouse – une épouse qu'il aimait, pourquoi refuser de se l'avouer ? Il aimait Sophie de tout son cœur, de toute son âme. Il l'avait séduite, elle était sienne... Et de façon irresponsable, il l'avait exposée au pire danger que pût connaître une femme !

— Imbécile ! Imbécile ! gronda-t-il, les yeux au plafond.

En fait, il avait envisagé de la dissuader d'avoir même un enfant. Elle était trop menue, trop étroite, sa ravissante petite épouse. Il revoyait ses hanches minces, sa taille si fine qu'il en faisait le tour des deux mains. Comment avait-il pu être à ce point insouciant ?

Jamais elle ne survivrait à un accouchement. Il songea à sa belle-sœur, Charlotte, qui était beaucoup plus grande que Sophie et qui pourtant avait failli mourir en mettant au monde sa petite fille. Et sa mère... Même les femmes indiennes qu'il avait vues mourir en couches étaient plus fortes que Sophie.

Il entra en trombe dans la chambre de sa femme.

— Sophie ! Sophie ! hurlait-il.

Elle leva vers lui un regard chargé d'espoir. Depuis qu'elle avait jeté sa grammaire turque dans l'océan, elle s'interdisait de toucher aux langues étrangères. Malheureusement, à part ses visites à Madeleine, ses journées étaient vides. Elle s'entretenait avec la gouvernante, ou bien elle allait faire des courses. La saison n'avait pas vraiment commencé, et beaucoup de ses amies étaient encore à la campagne.

Pour l'instant, elle s'était plongée, un peu par hasard, dans les pièces de Ben Jonson, mais elle avait du mal à en comprendre le dialogue démodé. En fait, se disait-elle, elle n'était pas une intellectuelle. Elle avait simplement un don pour les langues.

Patrick vint s'agenouiller près d'elle.

— Écoutez-moi, Sophie ! Je suis venu dans votre chambre pour la première fois il y a environ quatre mois. Avez-vous... saigné, depuis cette nuit-là ?

Elle sourit.

— Cela fait si longtemps ?

Il s'adoucit.

— Oui. Je crains que nous n'attendions un enfant.

— Cela semble impossible, nous sommes mariés depuis si peu de temps...

— Il suffit d'une fois.

— Ce n'est pas vrai. Maman m'a dit...

La jeune femme s'interrompit en se rappelant les conversations des servantes, qui en connaissaient sûrement bien plus sur la conception que sa pauvre mère. Patrick se méprit sur son silence.

— Certaines femmes ont du mal à tomber enceintes. Peut-être votre mère était-elle de celles-là, ce qui expliquerait que vous soyez fille unique. Je suis certain que vos parents ont essayé d'avoir d'autres enfants, puisque le titre ne se transmet qu'aux héritiers mâles.

Il se redressa, alla nerveusement à la fenêtre.

Sophie pensa aux chambres séparées de ses parents, mais elle aurait eu l'impression de les trahir si elle en parlait.

Il y eut un long silence. Elle avait retardé le moment de mettre Patrick au courant. Leur récent bonheur semblait si fragile qu'elle ne voulait pas prendre ce risque. Pourtant, une joie immense l'envahissait chaque fois qu'elle songeait au bébé. Il était grand temps que son mari sache qu'il allait avoir un enfant.

Sa joie vacilla lorsqu'elle vit le visage de Patrick.

Il semblait à peu près aussi heureux qu'un chat tombé dans une mare !

— Qu'y a-t-il ? demanda-t-elle.

Patrick la regardait comme s'il ne la voyait pas vraiment, et quand il parla, ce fut d'un ton froid, distant.

— Je vous l'ai déjà dit, Sophie, je ne suis pas de ceux qui veulent à tout prix des enfants...

— Nous sommes mariés !

— Et alors ?

— Je croyais que nous étions d'accord pour avoir un enfant.

— En effet...

Il se conduisait comme un âne, il s'en rendait compte, mais c'était plus fort que lui. Il était paralysé par la peur. Pourquoi n'avait-il pas maîtrisé la situation ? Pourquoi avait-il oublié ses vieilles habitudes et avait-il fait l'amour de cette façon insouciante ?

— Alors, pour quelle raison êtes-vous en colère ? s'enquit Sophie, désorientée.

— C'est après moi que je suis en colère... N'en parlons plus, voulez-vous ? Je ne vois pas de raison de discuter davantage. Le sort en est jeté.

Elle alla sonner.

— Dans ce cas, j'appelle Simone. C'est l'heure de mon bain.

Il la dévisagea, surpris. Elle était détendue, aimable. Mais elle se tenait près du seuil, attendant qu'il sorte. Il obtempéra et descendit l'escalier.

Une fois en bas, il ouvrit brusquement la porte d'entrée, repoussant le valet de pied qui faisait un geste vers lui.

Sans réfléchir, il héla un fiacre. Il fallait qu'il laisse exploser sa fureur.

Deux heures plus tard, un groupe de curieux regardait Patrick Foakes, sur le ring central, qui démolissait un nouveau partenaire.

— Ça alors ! s'écria un boxeur professionnel qui se tenait au bord du ring. Il est pas mal pour un dandy, hein ?

— Il se débrouille bien, répondit distraitement Cribb, l'entraîneur. Votre droite, monsieur ! cria-t-il à Patrick.

— Il n'a pas besoin de conseils, marmonna l'autre.

En effet, Foakes venait de mettre son adversaire K-O.

Il se tourna vers Cribb, essoufflé, et fit un signe de main pour indiquer qu'il arrêtait.

— Merci, mon Dieu, murmura le boxeur qui se trouvait près de Cribb.

C'était son tour de monter sur le ring pour affronter l'un des messieurs qui payaient pour pouvoir se mesurer avec eux devant un public.

— Ce n'est pas une bonne idée de boxer quand vous êtes en colère, fit remarquer Cribb à Patrick.

Celui-ci écoutait distraitement les compliments qu'on lui adressait, tout en essuyant la sueur qui ruisselait sur son visage et sa poitrine.

Ce qui était fait était fait, se disait-il. Sophie était enceinte. L'image d'une petite fille aux boucles blondes et au ravissant sourire de sa maman lui vint à l'esprit.

Il se dirigea vers le vestiaire. Vraisemblablement, son épouse n'avait pas encore consulté. Il fallait donc trouver le meilleur médecin de Londres, et qu'elle le voie dès le lendemain !

Il écrivit quelques mots sur le papier à en-tête de la salle de boxe, et envoya un garçon porter le message à son avoué, M. Jennings.

Une demi-heure plus tard, Jennings était perplexe. *Trouvez-moi le meilleur médecin accoucheur de Londres*, y avait-il écrit. C'était suivi simplement de la grande signature caractéristique de Patrick Foakes.

Pourquoi un tel message ce soir ? Cela ne pouvait-il attendre le lendemain ? Et pourquoi la lettre venait-elle de la salle de boxe, plutôt que de chez Foakes ?

Jennings était mal à l'aise. Il craignait que Patrick n'ait fait un enfant en dehors de son foyer. Les transactions étaient toujours difficiles, quand des enfants illégitimes étaient en jeu. Il en savait quelque chose, puisque sa firme avait l'honneur de s'occuper des affaires de la famille royale...

Ce fut seulement sur le chemin du retour que Patrick se rappela la façon fort désagréable dont il avait quitté sa femme. Il avait de nouveau perdu son sang-froid. Heureusement, Sophie n'en avait pas pris ombrage. À moins que...

Son visage souriant, lorsqu'elle lui tenait ouverte la porte de sa chambre, lui revint en mémoire.

Une fois à la maison, il monta tout droit la rejoindre. La soirée était humide et suffisamment froide pour qu'on ait allumé un feu dans la cheminée. La jeune femme, assise près de l'âtre, était vêtue d'une chemise de nuit de fine batiste.

Il alla s'installer dans l'autre fauteuil à bascule, étendit ses jambes. Sophie lui sourit, mais ses yeux étaient d'un bleu sombre, avec une lueur de méfiance. Il savait déchiffrer ses regards.

— Je vous demande pardon, déclara-t-il.

Elle acquiesça.

— Je vous l'aurais dit, Patrick, si vous m'aviez posé la question...

Elle avait les mains crispées sur ses genoux.

En réalité, elle était raide de colère. Mais que dire ? Si elle ouvrait la bouche, elle allait crier, lui reprocher sa brutalité envers leur enfant à naître, sa stupidité en général. Mieux valait se taire. Elle croisait les doigts si fort que les jointures blanchissaient.

— Avez-vous consulté un médecin, Sophie ?

Elle releva les yeux, surprise.

— Non.

— Je vais en trouver un.

Au bout de quelques minutes, il se redressa, souleva son épouse dans ses bras et se rassit, la gardant sur ses genoux. Elle ne tarda pas à se détendre contre sa poitrine.

— Une épouse et un bébé, murmura-t-il.

Il referma les bras autour d'elle, comme pour mieux la protéger, et ils demeurèrent longtemps ainsi avant d'aller se coucher.

22

Début mai, la noblesse commença à rentrer à Londres. Les heurtoirs étaient réinstallés sur les portes de chêne, on ôtait les housses des sièges. Les gouvernantes s'affairaient à compter les bougies et vérifier le linge de maison.

Les majordomes se plaignaient de l'irresponsabilité des jeunes, et envoyaient des messages désespérés aux agences de placement :

Il faut que lady Fiddlesticks ait quatre valets de pied la semaine prochaine.

Sans deux excellentes femmes de chambre – nous préférerions des jeunes filles de la campagne –, la gouvernante du baron Piddlesford va devenir folle.

Lady Brimticky cherche deux valets de pied assortis, même couleur de cheveux, même taille, même corpulence, pour se tenir à l'arrière de son carrosse. Elle préfère les bruns. Il est inutile que les roux se présentent.

La saison allait commencer. Les dames convoquaient chez elles la couturière de leur choix et passaient, criblées d'épingles, des heures fort inconfortables. Les messieurs se rendaient chez leurs tailleurs, achetaient de nouvelles bottes, si brillantes qu'ils auraient pu nouer leurs cravates en s'y mirant. Les plus intrépides, ou les plus fats, essayaient leurs nouveaux rembourrages d'épaules et de jambes que leurs valets avaient achetés dans le plus grand anonymat. Les mollets dûment gonflés, ils allaient parader au White's ou à la Chambre des lords.

En l'espace d'une semaine, Piccadilly et le quartier de la Bourse s'étaient emplis de voitures de toutes sortes. De hauts phaétons parcouraient High Park. Les marchands de fruits de Covent Garden arboraient un air réjoui, et les vendeurs de lavande proposaient leurs bouquets aux passants de Mayfair.

Henri fut envoyé pour le trimestre à Harrow, nanti d'une nouvelle garde-robe et fier des jurons anglais que lui avaient appris les garçons d'écurie. Il avait les yeux brillants d'anticipation. Avec la force de la jeunesse, il avait chassé les atroces souvenirs de la guerre et se sentait prêt pour la grande aventure du collège.

Sophie et Madeleine arrivaient à la fin de leurs leçons. Madeleine était parfaite. Elle absorbait les instructions comme une éponge. Elle en savait davantage sur la noblesse britannique que Sophie ne s'était jamais donné la peine d'en apprendre.

Les aspects les plus difficiles de la vie d'aristocrate n'avaient plus de secrets pour elle. Elle savait comment remettre un domestique impertinent à sa place, elle se servait de son éventail comme d'une arme, tout en restant délicate, elle évoluait sur une piste de danse comme un poisson dans l'eau. Vêtue à la pointe de la mode française, elle avait l'air d'appartenir à la famille royale.

Alors, pourquoi ne suis-je pas plus heureuse ? se demandait Sophie.

Son objectif était atteint au-delà de toute espérance. Madeleine serait une comtesse parfaite. Ce soir-là, Patrick et elle donnaient un dîner, au cours duquel la jeune femme serait lancée dans le monde.

Mais Patrick... Il ne faisait plus aucune allusion au bébé. Pas depuis qu'il avait parlé du médecin.

— C'est le Dr Lambeth, avait-il dit. Il vous rendra visite demain.

— Je pensais consulter celui de Charlotte, avait-elle répliqué.

— Le médecin de Charlotte ? Vous êtes folle ! Elle a failli mourir en couches !

Sophie s'était abstenue de répondre que, pour autant qu'elle se souvînt, les problèmes de Charlotte n'avaient été en aucun cas la faute du médecin, mais à quoi bon discuter ? Finalement, ce n'était pas très important.

— Comment avez-vous choisi le Dr Lambeth ?

— Ce n'est pas moi. D'après mon avoué, qui a consulté les statistiques, c'est lui qui a le moins de patientes mortes en couches.

Sophie avait frémi sans mot dire.

Après la visite du médecin, elle avait fait part à Patrick des conclusions : il n'y avait aucune raison de s'alarmer. Il s'était contenté de hocher la tête...

Ils dînaient ensemble, ils prenaient leur petit déjeuner ensemble, mais jamais ils ne parlaient du bébé que portait la jeune femme. Une ou deux fois, elle s'était dit qu'il devait penser à l'enfant, car il prenait sa taille dans ses grandes mains, comme s'il le mesurait. Toutefois il n'émettait aucun commentaire, et lorsqu'elle soulevait le sujet, il en abordait un autre, ou alors il quittait la pièce.

— Il ne veut pas de ce petit, murmura Sophie pour elle, le regard anxieux, les mains croisées sur son ventre.

Ce n'était pas nouveau, finalement. Patrick n'avait jamais caché ses sentiments sur ce plan...

Peut-être était-il amer parce qu'ils ne pouvaient plus faire l'amour ? se dit-elle.

Sa mère avait décrété que dans cette situation, un couple ne devait plus faire l'amour. Quand Sophie y avait fait allusion, Patrick avait acquiescé en silence, et depuis ce jour, il ne l'avait plus touchée. Sophie ne savait comment lui avouer qu'elle n'avait pas l'intention de suivre les conseils de sa mère. Au moins auraient-ils pu demander l'avis du Dr Lambeth !

Cependant, elle était trop timide pour lui en parler. Patrick lui offrait son bras afin de la conduire à la salle à manger, il la contemplait avec plaisir mais sans désir, et ils se disaient bonsoir de façon formelle devant la porte de la jeune femme.

Pour sa part, Sophie se surprenait à considérer avec envie les longues jambes musclées de son mari, elle aurait aimé caresser son dos, elle rêvait de ses baisers, de ses mains sur elle. Mais elle était trop pudique pour se jeter à son cou. En outre, il semblait indifférent. Il avait dû retrouver les bras de sa maîtresse brune, car une ou deux fois par semaine, il rentrait dans sa chambre à l'aube.

Peut-être n'aimait-il pas la voir grossir... Elle se regardait dans la psyché et détestait ce qu'elle voyait. Trop de seins, trop de ventre... Dégoûtée, elle se détournait du miroir.

Au parc, où les voitures des courtisanes de haut vol se mêlaient à celles de la bonne société, Sophie cherchait les beautés brunes, comparait leur minceur élégante à sa silhouette arrondie, leur chevelure brillante à sa blondeur banale.

Mais elle était intelligente, se disait-elle pour se consoler dans ses pires moments de découragement.

Elle mit donc cette intelligence au service de dîners qu'elle organisait avec son mari. Elle lisait le *Times*, le *Morning Post*, des pièces de théâtre, des pamphlets, et ses réceptions devenaient des moments vivants, où l'on débattait des grands problèmes de l'époque. Les succès militaires de Napoléon dans l'Est, ou les nouvelles lois sociales en faveur des ouvriers. Elle parlait avec Patrick de ses importations et, la nuit, elle rêvait de grands navires voguant entre Londres et l'Inde.

Les seuls sujets qu'ils n'abordaient pas ensemble étaient l'enfant et la rubrique mondaine du *Morning Post*. Le journal semblait obsédé par les adultères, et

Sophie ne lisait ces pages que pour essayer de découvrir où Patrick passait ses soirées. Mais son nom n'y était jamais cité. Elle en conclut qu'il était plus discret que son propre père.

Toutefois, elle ne nourrissait aucune illusion sur la façon dont il occupait ses nuits.

Comme elle n'avait pas quitté Londres, elle n'avait aucun préparatif à faire pour la saison. Antonin Carême avait déjà livré d'élégantes robes de maternité, destinées à masquer l'épanouissement de sa silhouette, mais elle grossissait rapidement, et il fut bien vite impossible de dissimuler l'évidence.

Charlotte s'en aperçut dès qu'elle vit son amie, ce soir-là, et elle poussa un cri de joie.

— Sophie ! Pourquoi ne m'avez-vous pas écrit pour me prévenir ?

Quand Alex entra au salon quelques minutes plus tard, il trouva les deux belles-sœurs en grande conversation. Il jeta un rapide coup d'œil à Sophie, avant de se tourner vers son jumeau.

Celui-ci ne put retenir un sourire en croisant son regard. Non qu'il fût heureux de la future naissance – il refusait en tout cas de le reconnaître – mais il était tout de même un peu fier.

Alex lui donna une virile accolade.

— Ça va mieux, on dirait ?

— Nous ne dormons toujours pas dans la même chambre, répondit Patrick en haussant les épaules, mais c'est à cause de l'état de Sophie, donc c'est déjà un progrès.

Alex parut stupéfait.

— Quelle idée insupportable ! Qu'en pense le médecin ?

— Je ne lui ai pas posé la question. Mais c'est Sophie qui est enceinte. Si elle n'y tient pas, je ne vais pas la forcer...

Patrick avait une voix tellement tendue que son frère ressentit un pincement à l'estomac.

— À mon avis, ce sont des notions absurdes et obsolètes. Comment s'appelle votre médecin ?

— David Lambeth. C'est le meilleur de Londres, m'a-t-on dit.

— Pour l'amour du Ciel, Patrick, ne gâche pas ton mariage ! Les chambres séparées éloignent forcément les époux. Crois-moi, cette règle est absurde !

— C'est à Sophie d'en décider. De toute façon, ce sera notre seul enfant. Je ne prendrai pas le risque de la mettre enceinte une seconde fois.

Alex fronça les sourcils.

— Sophie est jeune, en pleine santé. Je suis persuadé que tout se passera bien.

— Comme pour Charlotte ?

Alex se raidit. Son frère savait pertinemment que le fait que Charlotte eût frôlé la mort en couches n'avait rien à voir avec un problème physique.

— Je veux dire, continua Patrick, que même une femme comme Charlotte est en danger quand elle met un enfant au monde. Sophie est menue… elle ressemble à notre mère.

Alex réprima un soupir. Il savait combien Patrick avait souffert de la mort de leur mère.

— Pas tant que ça. Rappelle-toi comme mère était fragile. Sophie est petite, certes, mais elle est robuste.

Patrick ouvrait la bouche pour répliquer, lorsque Clément vint annoncer le marquis et la marquise de Brandenburg.

— Maman ! s'écria Sophie en se précipitant vers la porte.

Héloïse l'accueillit avec un flot de paroles en français, tandis que George lui souriait affectueusement, avant de se diriger vers l'autre bout de la pièce. Bien que la marquise ait vu sa fille deux jours auparavant, elle débita une tonne de conseils et de mises en garde.

— Oh, maman ! protesta Sophie en riant. Un bain de lait ? Pouah !

Héloïse revint à l'anglais.

— Les bains de lait sont indispensables à une bonne constitution, or tu dois être au mieux de ta forme. Pense à Marie-Antoinette, qui prenait un bain de lait par semaine.

— Je ne tiens pas à penser à cette malheureuse, rétorqua Sophie avec un frisson. Et je ne veux pas de bain de lait, cela doit être horriblement épais. En outre, je crois que Marie-Antoinette en prenait afin de prendre soin de sa peau, pas de sa santé.

Clément se présenta de nouveau sur le seuil.

— Lady Skiffing, lady Madeleine Cornille, fille du marquis de Flammarion, et Mme Trevelyan. M. Sylvester Bredbeck. MM. Quentin et Peter Dewland.

Le cœur de Sophie s'accéléra. Il était dommage que Madeleine arrive en même temps qu'un groupe d'invités, car elle aurait aimé la présenter à sa mère sans témoin. Mais Sylvester Bredbeck étant un grand ami d'Héloïse, cette dernière salua Madeleine distraitement avant de se mettre à bavarder avec lui.

Madeleine, pour sa part, en fut grandement soulagée. Elle se tourna vers le jeune homme qui se tenait à son côté, et ses yeux bruns se chargèrent de sympathie quand elle vit que Quentin avait du mal à tenir debout.

Avec sa gentillesse spontanée, elle brisa aussitôt l'une des règles apprises – une jeune fille ne s'asseyait jamais avant ses aînés – et déclara qu'elle était un peu lasse. Quelques secondes plus tard, elle était assise près de Quentin, qui poussa un soupir de soulagement.

— Charmante enfant ! apprécia George qui passait près de sa fille. Tu as vu ce qu'elle a fait pour l'aîné des Dewland, Quentin ? Joli comportement. Et jolie créature, aussi ! Il y a bien trop de femmes qui n'ont que la peau sur les os, de nos jours.

Sophie lui lança un coup d'œil méfiant. Il n'allait tout de même pas courtiser Madeleine ! Il adressait à celle-ci un sourire tout paternel, et elle se mit à prier en silence. Si son père s'intéressait à Madeleine, ce serait une catastrophe, car sa mère détesterait instantanément l'infortunée jeune femme !

— Je n'ai jamais entendu parler d'un marquis de Flammarion, et vous ? s'enquit l'honorable Sylvester Bredbeck, petit homme au goût prononcé pour les ragots.

— Moi si, répliqua fermement Héloïse qui se piquait de connaître toute l'aristocratie française. Le marquis menait une vie très retirée, et je ne l'ai jamais rencontré personnellement. Je ne me souviens plus très bien de la province où se trouvaient ses domaines... Le Limousin, peut-être.

— On n'est jamais assez prudent, de nos jours...

Héloïse se hérissa. Sylvester sous-entendait-il que sa fille pouvait avoir invité une simulatrice ? Bredbeck surprit son regard courroucé, et fit marche arrière.

— Je ne voulais rien suggérer de désagréable sur la fille du marquis, étant donné qu'elle est une amie de votre famille.

— Il n'y a pas que cela, monsieur, dit sèchement la marquise. Lady Madeleine est une aristocrate jusqu'au bout des ongles, cela se voit au premier coup d'œil. Si c'était une simulatrice, je m'en serais rendu compte tout de suite, or je peux vous affirmer qu'elle ne l'est pas.

Sylvester hocha vigoureusement la tête. Il ne voulait surtout pas se fâcher avec Héloïse – qui le terrorisait, à vrai dire. En outre, il trouvait la jeune fille charmante.

— Vous m'avez mal compris, chère amie. Je ne mettais pas en doute les origines de lady Madeleine : c'était une généralité. Avec votre regard acéré, vous avez certainement remarqué qu'il y a plus d'aristocrates français à Londres qu'il n'y en a jamais eu à Paris, même quand Louis XVI était encore sur le trône !

Héloïse retrouva sa sérénité.

— En ceci, monsieur, vous avez tout à fait raison. Avez-vous entendu dire, ajouta-t-elle en baissant la voix, que le soi-disant comte de Vissale n'est rien de plus qu'un roturier ? Mme de Meneval m'a confié qu'elle le soupçonnait d'être le professeur de musique des enfants du véritable comte.

Les yeux de Sylvester brillaient.

— Vous m'en direz tant ! Figurez-vous que j'ai parlé avec le prétendu comte, pas plus tard que la semaine dernière !

Sophie vint les rejoindre.

— Maintenant que tout le monde est là, nous pouvons passer à table, maman.

Mais Sylvester Bredbeck avait encore une question.

— Et où se trouve-t-il, maintenant ? Il cherche du travail dans une académie de musique ?

— Mme de Meneval m'a dit qu'il avait fui l'Angleterre, répliqua Héloïse. Sans doute est-il parti en Amérique. Il paraît que beaucoup de criminels et d'imposteurs s'installent dans ce pays.

— Mon Dieu ! s'écria Sophie. De quoi parlez-vous donc, tous les deux ?

— Votre mère est fort amie avec Mme de Meneval, lui expliqua Bredbeck, et elle me racontait des histoires savoureuses sur certains Français qui se font passer pour ce qu'ils ne sont pas... Connaissez-vous Mme de Meneval ?

Sophie secoua la tête.

— De qui s'agit-il ?

— Sophie ! s'indigna la marquise. Je t'ai parlé d'elle il y a quelques jours. Tu ne m'écoutais pas, évidemment ! Elle faisait partie de la cour de Louis XVI et connaissait personnellement tout ce qui comptait en France. Elle est à Londres, à présent, et l'une de ses occupations les plus déplaisantes est de démasquer les simulateurs qui regorgent dans notre pays en se faisant passer pour des nobles français.

La jeune femme ouvrit de grands yeux. Il fallait à tout prix que Madeleine évite cette redoutable dame !

Mais déjà, Héloïse s'était levée pour rejoindre son mari qui l'attendait.

Sophie avait placé sa protégée entre Quentin et lord Reginald Petersham. Jamais Quentin ne s'amuserait à déconcerter une dame, et Reginald, qui allait ennuyer Madeleine avec d'interminables fadaises, était tout aussi inoffensif.

Braddon n'avait pas été invité, car Sophie avait redouté qu'il ne s'oubliât et n'adressât des sourires complices à Madeleine. Cependant, elle devait reconnaître qu'il prenait cette petite comédie très au sérieux. C'était lui qui avait insisté pour que Madeleine se présente avec un chaperon : Mme Trevelyan, veuve d'un évêque qui était le fils cadet d'un duc, était hautement respectée dans la bonne société.

En proie à quelques difficultés financières, elle avait accepté avec joie de chaperonner une jeune orpheline française, amie intime de Sophie Foakes, et cela conférait à Madeleine une apparence tout à fait convenable.

Une fois tout le monde installé, Sophie se sentit tellement nerveuse qu'elle ne put toucher à son homard. Par-delà les quatre chandeliers, elle chercha le regard de son mari, à l'autre bout de la longue table. Il parlait à lady Skiffing.

Sophie avait invité autant de colporteurs de ragots qu'elle avait pu. Si ces gens rencontraient Madeleine chez les Foakes, sous l'œil vigilant de la marquise de Brandenburg, ils ne se permettraient pas de mettre en doute les origines de la jeune Française.

Et cela paraissait marcher ! Lady Skiffing souriait béatement à Patrick, lady Prestlefield murmurait sur les dernières extravagances du prince de Galles, soupçonné d'avoir accumulé plus de soixante-dix mille livres de dettes. Aucune des deux ne semblait avoir la moindre réticence en ce qui concernait Madeleine.

Celle-ci jouait parfaitement le rôle d'une jeune fille née dans la meilleure société. Elle n'avait pas tellement peur, en réalité, tant elle était occupée à se rappeler les conseils de Sophie. Pour l'instant, elle comptait intérieurement. Neuf minutes, dix... Il était temps de sourire poliment à lord Petersham et de se tourner, à sa gauche, vers Quentin Dewland.

Merveille des merveilles, le jeune homme venait de terminer une conversation avec Chloé Holland. Ils devaient ressembler à une troupe de danseurs, se dit Madeleine, amusée. Ils tournaient leurs têtes d'un côté ou de l'autre au même moment !

— Si je puis me permettre, dit Quentin, que pouvez-vous bien penser de nous, lady Madeleine ? Les dîners anglais sont très sérieux, et l'on ne s'y amuse guère, voire pas du tout !

Madeleine sourit.

— Je pensais justement que nous devions avoir l'air d'un ballet soigneusement orchestré. J'en ai vu un, en France, lorsque j'étais petite. Tous les danseurs faisaient les mêmes mouvements en même temps. Et nous sommes là, à tourner nos têtes ensemble...

L'amusement pétillait dans le regard vert sombre de Quentin.

— Ainsi décrit, cela ferait plutôt penser à un spectacle de marionnettes !

Elle inclina gracieusement la tête.

— Jamais je ne serais assez mal élevée pour traiter l'élite de la société londonienne de marionnettes...

Quentin éclata de rire, attirant l'attention de lady Skiffing, de lady Prestlefield et de l'honorable Sylvester Bredbeck.

Lady Skiffing fronça les sourcils.

— Lady Madeleine pourrait trouver bien mieux que Quentin Dewland, fit-elle remarquer à Patrick. Certes, il sera un jour vicomte, mais on peut se poser des questions sur sa virilité. Bien qu'il semble remis de son accident, je crois que son père s'est arrangé pour qu'il épouse une riche héritière indienne.

Patrick résista à l'envie de la remettre vertement à sa place. Sophie avait l'air de tenir beaucoup au bon déroulement de la soirée, donc il n'allait pas rabrouer ses invités, même si lady Skiffing était une vieille sorcière.

Aussi afficha-t-il un visage amical.

— Quentin est l'un de mes excellents amis. Je vous assure que lady Madeleine ne pourrait faire mieux que d'accepter de l'épouser, s'il le lui proposait.

Lady Skiffing eut un petit reniflement désapprobateur.

— Vous me confondez, cher monsieur, roucoula-t-elle. Tout le monde se rappelle, naturellement, que lorsque votre frère est parti si longtemps à l'étranger, beaucoup de gens ont pensé que vous hériteriez du titre, et pourtant, vous êtes là tous les deux.

Sur un sourire satisfait, elle se tourna vers le marquis de Brandenburg, assis à sa droite.

Touché ! se dit Patrick avec une pointe d'admiration. Elle était arrivée à lui rappeler qu'il était fils cadet et sans titre...

Pour la centième fois, il se demanda la raison qui avait poussé Sophie à rassembler des gens aussi différents pour leur premier dîner officiel. Certes, Quentin semblait ravi du voisinage de Madeleine – et c'était une chance, car il quittait rarement sa demeure. Il était aussi fort agréable de voir Will Holland et son adorable épouse, Chloé. Et, au moins, Braddon n'avait pas été invité.

Mais pourquoi, au nom du Ciel, avait-elle convié cette vieille bique de lady Skiffing ? Et Sarah Prestlefield, la femme qui avait pénétré dans le salon des Cumberland au moment où il embrassait Sophie ?

Avec un soupir, il pivota vers Héloïse, qui picorait son chapon truffé d'un air contrarié.

— Voulez-vous que je demande que l'on vous retire votre assiette ? proposa-t-il.

La marquise sursauta légèrement. Une dame ne sursautait pas, car elle n'était jamais perdue dans ses pensées, mais toujours concentrée sur la conversation de ses voisins.

— Je songeais au bébé de Sophie, dit-elle.

Ce fut au tour de Patrick d'être surpris. Sophie et lui étaient parvenus à une sorte d'entente tacite. Ils ne parlaient pas de ce sujet, et il y avait même des jours où il oubliait qu'elle était enceinte. Ce soir-là, par exemple. La jeune femme trônait au bout de la table comme une étoile en haut de l'arbre de Noël. Elle n'avait pas du tout l'air d'attendre un enfant, elle était tout simplement délicieuse à croquer.

— Je ne suis pas certaine qu'elle suive un régime approprié, continuait la marquise.

— Il me semble qu'elle prend des repas réguliers...

— Je pense que des bains de lait la fortifieraient, insista Héloïse, inquiète. Mais elle refuse d'en prendre. Et quand je lui conseille de manger des oranges, qui sont bonnes pour la digestion, elle refuse aussi.

— Elle n'a pas de problèmes de digestion, j'espère ? demanda Patrick, un peu honteux de ne s'en être jamais préoccupé.

— Je ne crois pas. Cependant, j'aimerais qu'elle mange une orange par jour, et qu'elle boive un verre d'amer une fois par semaine.

— De l'amer !

— C'est excellent pour la santé ! décréta la marquise.

— Je l'ignorais, répondit gravement Patrick.

Ils se turent un instant, puis Héloïse repartit sur le sujet de sa fille, indiquant qu'elle devait manger des perdreaux aussi souvent que possible.

Patrick regardait son épouse. Elle était très grande dame, ce soir, bien différente de la petite créature sensuelle qu'il avait connue dans sa cabine sur le *Lark*. Son cou et ses oreilles s'ornaient de diamants, qui mettaient en valeur la soie crème de sa robe.

Au plafond brillait un lustre qu'il avait rapporté d'Italie, et le cristal bougeait doucement dans les courants d'air causés par le va-et-vient des domestiques, répondant à l'éclat des diamants qui rehaussaient l'éclat naturel de Sophie...

Patrick avala sa salive. S'il y avait une chose interdite durant un dîner, c'était bien de contempler son épouse jusqu'à se sentir à l'étroit dans son pantalon !

Pourquoi, se demanda-t-il, n'avait-il jamais pris des nouvelles de sa santé ? Pourquoi ne parlaient-ils jamais de l'enfant qu'elle portait ?

Il prêta une oreille distraite à la marquise, qui en était revenue aux bains de lait.

— J'en ferai part à Sophie, dit-il de son air le plus sérieux.

Il était conscient de l'écart qui se creusait entre sa femme et lui, mais il était pris au piège. Étranglé de peur, il ne voulait pas penser au bébé, car cela voulait dire penser à l'accouchement. Malade de jalousie, il ne voulait pas non plus penser à ce que faisait Sophie avec Braddon lors de leurs longues escapades l'après-midi, pourtant Braddon lui venait à l'esprit cinquante fois par jour. Alors il finissait par arpenter les rues dans la nuit, déchiré par ses deux obsessions : la peur et la jalousie.

Raisonnablement, il savait bien qu'il ne se passait rien de répréhensible entre les deux jeunes gens, cependant il lui arrivait parfois de douter. Sophie accueillait Braddon avec un sourire tellement affectueux ! Et puis, ils le rencontraient partout. S'ils allaient au théâtre, il était là. S'ils se rendaient à l'opéra, il y était. Il fallait que Sophie le tienne au courant de leur emploi du temps...

Pourquoi ? Afin qu'elle puisse offrir à son ex-fiancé ce sourire d'une intimité exaspérante ? Afin que Braddon pose la main sur son bras, jusqu'à ce que Patrick soit près d'exploser de rage ?

Il se sentait rougir de colère et s'efforça de se calmer. Si les gentilshommes ne devaient pas désirer leurs femmes au cours des dîners, ils ne devaient pas non plus se torturer avec des questions sans réponses.

Il se tourna vers Héloïse, mais ses dix minutes étaient terminées, et elle bavardait avec Peter Dewland. Un peu penaud, il s'adressa à lady Skiffing, qui eut la bonté de ne pas lui reprocher son manque d'attention.

— Votre épouse est particulièrement radieuse, malgré son état, dit-elle. J'espère qu'elle va se reposer, dorénavant. Il est tout à fait inhabituel de donner une réception dans une telle situation. De mon temps, les femmes restaient alitées pendant au moins six mois. Mais aujourd'hui, il semble que les jeunes se promènent autant qu'elles le désirent.

Patrick acquiesça. En fait, il avait complètement oublié que les femmes n'étaient pas censées se montrer durant les derniers mois de leur grossesse. De nouveau, il contempla son épouse, qui levait les yeux vers lui au même moment.

Elle s'empourpra délicatement en croisant son regard. Il leva son verre en signe d'hommage.

Un léger sourire aux lèvres, Sophie leva son verre en réponse. Il y avait dans les yeux sombres de Patrick la lueur de désir qu'elle adorait...

Elle s'arracha à la contemplation de son époux. Ce n'était pas l'heure des jeux sensuels, et elle se tourna vers Alex, pour s'apercevoir qu'il l'observait en souriant. Sans doute avait-il surpris l'expression de Patrick.

Il se pencha vers elle.

— Savez-vous, dit-il doucement, que je suis très heureux de vous avoir pour belle-sœur, lady Sophie ?

— Merci...

Beaucoup plus tard, Sophie et Patrick se retrouvèrent enfin seuls dans le salon. La jeune femme, épuisée, se laissa tomber dans un fauteuil.

— C'était une soirée fort réussie, ma chère épouse, dit Patrick.

Elle leva les yeux vers lui et sourit.

— Je vous remercie. Madeleine a été parfaite, ne pensez-vous pas ?

Il eut l'air un peu surpris.

— Bien sûr ! Elle est charmante.

Sophie ne pouvait lui expliquer qu'elle était fière d'avoir créé cette perfection chez la jeune fille. Personne n'aurait pu imaginer une seconde qu'elle n'appartenait pas à l'aristocratie.

— Avez-vous mal à l'estomac ? s'enquit-il.

Ce fut au tour de la jeune femme d'être étonnée.

— Non, pas du tout. Je vous avais placé à côté de ma mère, n'est-ce pas ? Vous aurait-elle parlé de bains de lait ?

Il répondit d'un sourire.

— Et d'amer ? poursuivit-elle avec un frisson théâtral. Je déteste les boissons amères !

Patrick, en riant, lui offrit sa main pour l'aider à se lever.

— Lady Skiffing a dit que vous deviez vous reposer…

Sophie eut un regard compatissant.

— Elles ont dû vous casser les oreilles. J'en suis navrée.

Il lui prit le bras et la mena vers l'escalier.

— Il est temps d'aller se coucher.

Sa voix était profonde, séduisante, mais ses traits demeuraient impénétrables.

Sur le seuil de sa chambre, elle se retourna, un peu hésitante.

— Bonne nuit, Patrick…

Il esquissa un sourire sensuel, et elle en fut tellement étonnée qu'elle sursauta presque.

— Pourquoi ne vous servirais-je pas de camériste, ce soir ?

Elle ouvrit la bouche, mais ne trouva rien à répondre. Il était si près qu'elle percevait sa chaleur.

— Maman… commença-t-elle.

— Votre mère n'a pas dit qu'il était interdit de s'embrasser.

Il prit ses lèvres avec fièvre, la poussa dans la chambre et la fit asseoir devant sa coiffeuse, tout en indiquant à Simone de se retirer.

Il défit son chignon d'un geste vif, et les épingles volèrent dans toutes les directions, contre le miroir, sur les genoux de Sophie, sur le tapis.

Elle éclata de rire.

— On dirait une crinière de poney !

Le regard de Patrick s'assombrit, et il lui caressa doucement le cou. Elle frémit.

— Si vous étiez un poney, souffla-t-il, je vous emmènerais pour une chevauchée.

Elle rougit, et il faillit gémir de désir.

— Oh, Sophie, je ne sais pas si je peux...

Il cueillit un sein dans sa main.

Elle ne pouvait s'empêcher de sourire. C'était merveilleux de s'apercevoir qu'il n'était pas indifférent !

— Alors, vous n'êtes pas contrarié de me voir grosse ? demanda-t-elle, une note d'anxiété dans la voix.

— Grosse ? Vous avez pris des formes là où il fallait, Sophie, et il y a de quoi me rendre fou !

— Embrassez-moi, Patrick, murmura-t-elle.

Il se laissa tomber à ses pieds et s'empara de sa bouche. Elle noua les bras à son cou.

Au bout d'un long moment, il la remit sur le tabouret, car elle s'était retrouvée à genoux devant lui.

Ils se regardèrent en silence.

— Je vais en mourir, dit-il enfin sur le ton de la conversation.

Sophie mordillait sa lèvre inférieure de ses petites dents très blanches.

— Je suis désolée, Patrick, maman a beaucoup insisté...

Il y eut une pause.

— Mais peut-être, reprit-elle, pourrions-nous considérer cela sur le même plan que ses idées incongrues de bains de lait ou de boissons amères ?

Il mourait d'envie d'acquiescer.

— Mieux vaut nous abstenir, répliqua-t-il néanmoins. Après tout, cela n'arrivera qu'une fois, je survivrai sans doute...

Sophie s'abstint d'avouer qu'*elle* ne survivrait pas.

— Bien, soupira Patrick. Je vais regagner mon lit solitaire...

Elle se leva si vite qu'elle faillit renverser le tabouret.

— Voulez-vous... Vous pourriez dormir ici. Enfin, nous pourrions dormir ensemble...

Il mit tellement de temps à répondre qu'elle rougit, embarrassée.

— Sophie, dit-il, vous ne comprenez pas.

Elle secoua la tête.

— Regardez un instant sous ma ceinture, mon amour.

Elle obéit. Il portait un pantalon moulant, comme l'exigeait la mode, et elle se détourna aussitôt.

— Je ne peux pas dormir près de vous, Sophie, parce que je ne fermerais pas l'œil. Donc je vais m'allonger de l'autre côté de la cloison, et lutter contre une violente envie de défoncer la porte. Si je dormais avec vous, je serais capable de tout.

La jeune femme sourit. Tant pis si Patrick passait une nuit de temps en temps avec sa maîtresse, il ne semblait pas lassé d'elle, et c'était l'essentiel.

— Seigneur ! gémit-il en contemplant sa chevelure dorée, la lumière de ses yeux bleus, la délicatesse de son teint. Il faut que je parte tout de suite !

Il fit volte-face et sortit en claquant la porte derrière lui.

Seule dans la chambre, Sophie éclata de rire et se mit à virevolter en serrant son ventre dans ses bras. Il avait envie d'elle ! Il la désirait encore !

Comme camériste, il laissait cependant à désirer ! Il avait défait son chignon, mais n'avait pas touché aux agrafes de sa robe. Étourdie de plaisir, elle sonna Simone.

À la cuisine, la domestique entendit sonner, et elle fronça les sourcils. Du diable si elle comprenait ces gens ! Une fois ensemble au lit, une fois séparés. Cela changeait sans cesse...

En soupirant, elle remonta chez sa maîtresse.

23

— Vous ne pouvez pas arrêter ! disait Braddon, un soupçon de panique dans la voix.

— Pourquoi ? Madeleine a été parfaite hier soir, et je ne vois pas ce que je pourrais lui enseigner de plus.

Sophie ouvrit son ombrelle, car il était venu la chercher dans son phaéton, et le soleil entrait dans l'habitacle.

— Nous ne saurons pas quelles invitations sélectionner, sans vous, insista-t-il.

— Sottises ! Nous en avons déjà parlé. Dans les semaines qui viennent, Madeleine acceptera huit ou neuf événements mondains. Chaque fois, vous lui ferez ouvertement la cour, puis vous annoncerez vos fiançailles au bal de lady Greenleaf.

— Mais pourquoi refusez-vous de nous aider davantage ?

— Eh bien, s'irrita Sophie, si vous voulez le savoir, j'aimerais rester chez moi à partir de maintenant. Je souhaiterais profiter un peu plus de mon époux.

Patrick continuait à s'absenter le soir, quand elle avait passé l'après-midi avec Braddon, or elle voulait le séduire suffisamment pour qu'il renonce à sa maîtresse brune.

— Je vous avais dit que cela ne plairait pas à Patrick, rétorqua Braddon. Il est contrarié par nos promenades, n'est-ce pas ? En y repensant, il est plutôt sec avec moi, depuis quelque temps...

— Il ne m'en a pas parlé, répondit-elle calmement. Je ne sais même pas s'il l'a remarqué.

— Dans ce cas, vous n'avez aucune raison de ne pas voir Madeleine.

Elle se tourna carrément vers lui. Le phaéton s'engageait sur Water Street, vers les écuries de Garnier, alors qu'elle avait clairement dit non.

— Je vous prie d'arrêter cette voiture, lord Slaslow.

Il se voûta un peu, se félicitant de ne pas avoir épousé cette jeune personne autoritaire.

— Braddon !

On aurait dit la voix ferme de sa mère... Il tira sur les rênes.

— Pourquoi voulez-vous que je continue à rendre visite à Madeleine toutes les semaines ? demanda-t-elle.

— Parce que sans vous, elle refusera de me voir. Bon sang, elle ne m'embrasse même plus !

— Eh bien, vous la verrez le soir. Et d'ici une dizaine de jours, vous pourrez l'emmener au parc, ou à une réception l'après-midi – dûment chaperonnée, naturellement.

Braddon arborait son air buté.

— Ne soyez pas sot, ajouta-t-elle. Maintenant, j'aimerais rentrer chez moi.

— J'ai peur, Sophie.

Avait-elle bien entendu ? Apparemment oui, car il la regardait de ses yeux de chien battu.

— Nous avons besoin que vous nous aidiez jusqu'au bout, Sophie. Trois semaines... Croyez-moi, ce n'est pas facile. Je crains de passer pour un idiot, que tout le monde apprenne qui est Madeleine et... Seigneur, quand j'ai monté cette comédie, je ne pensais qu'à Madeleine et moi. Je me suis rendu compte il y a seulement quelques jours de ce que cela ferait à ma mère, si on découvrait la supercherie.

— J'ignore ce que Madeleine peut apprendre de plus, répéta Sophie.

— Encore un peu de perfectionnement. Ma mère est une virago, vous le savez, mais elle ne mérite pas d'avoir un lourdaud de fils comme moi. Si ma petite machination ne marche pas, elle n'osera plus mettre le nez dehors !

C'était la pure vérité.

— Vous auriez pu y penser avant.

— Je sais, dit-il, désespéré, mais je n'étais pas en mesure de réfléchir sainement…

— Bon, c'est entendu, soupira la jeune femme.

Le lendemain matin, elle s'éveilla avec un sentiment de satisfaction. Madeleine, accompagnée de Mme Trevelyan, avait assisté à une soirée musicale, et tout le monde avait remarqué qu'elle plaisait fort au comte de Slaslow. Il était assis près d'elle, durant la seconde partie du récital, et lui avait offert du champagne. Comme la bonne société suivait depuis trois ans les efforts de Braddon pour trouver une épouse convenable, tout le monde avait compris que la jolie Madeleine Cornille était la nouvelle cible de ses ambitions conjugales.

Des paris furent aussitôt engagés au White's. Madeleine lui accorderait-elle sa main ? Ou l'abandonnerait-elle au dernier moment pour en épouser un autre, comme lady Sophie ? Braddon était soulagé. Il n'avait pas entendu la moindre allusion mettant en doute les origines de la fille du marquis de Flammarion.

En fait, personne ne le savait, bien sûr, mais Braddon et Madeleine projetaient de faire encore plus sensation ce soir-là. Ils se rendaient au bal que donnait lady Commonweal à l'occasion des fiançailles de sa fille, Sissy, et Madeleine allait autoriser Braddon à lui servir de cavalier au souper.

À neuf heures, Patrick n'était pas encore venu chercher Sophie pour l'emmener au bal, et, après avoir erré quelque temps, elle fit venir le carrosse et y monta, la tête haute.

Au moment où elle entrait dans la salle de bal, le duc de Cumberland se trouvait à la porte, et il la regarda, comme d'habitude, d'un air admiratif et amical. Il était majestueux, avec sa grande écharpe bleue fermée d'une médaille d'honneur, accordée par le roi quelques années auparavant.

— J'ai entendu dire que vous étiez duchesse à présent, ma chère ! dit-il en posant ses lèvres humides sur le dos de sa main.

— Pardon, Votre Grâce ?

— Vous êtes duchesse, n'est-ce pas ? Voyons... duchesse de Gisle ! Oui, c'est bien ça. On ne me dit pas grand-chose, mais j'ai tout de même appris que la nomination était passée au Parlement cet après-midi.

En voyant l'air déconcerté de Sophie, le duc sourit. Cela confirmait les rumeurs sur la mésentente du couple Foakes. Dès qu'elle aurait mis leur enfant au monde, se dit-il, le mari prendrait ses distances.

— Le Parlement a accordé un titre à votre époux, expliqua-t-il. Il a été nommé duc de Gisle, donc vous êtes duchesse de Gisle.

Instinctivement, Sophie recula d'un pas.

— Oh, oui, bien sûr... murmura-t-elle. J'avais oublié. Merci de me le rappeler, Votre Grâce.

L'humiliation qu'elle éprouvait au plus profond d'elle-même n'échappa pas à Cumberland. Jamais il ne pourrait garder pour lui cette savoureuse nouvelle : Patrick Foakes n'avait pas pris la peine d'annoncer à son épouse qu'il allait être duc !

Patrick ne parut pas au bal et, au bout d'une heure, la jeune femme rentra chez elle. La nouvelle s'était répandue comme une traînée de poudre, et elle n'en pouvait plus des « Votre Grâce » qu'on lui adressait à tout bout de champ :

— Où est le duc ce soir, *Votre Grâce* ? Quel honneur on lui a fait ! On pourrait penser que son nouveau titre ne l'intéresse pas !

Une fois à la maison, elle se rendit à la bibliothèque. Patrick y était confortablement installé, en train de lire.

Elle devint toute rouge de colère.

— Comment avez-vous osé ne pas arriver à temps pour m'accompagner au bal des Commonweal ? s'écria-t-elle.

Il se leva poliment.

— À la vérité, ma chère, vous ne m'avez pas indiqué où nous étions censés aller, ni même que vous aviez accepté une invitation. Si vous m'aviez dit que vous souhaitiez ma compagnie, je serais venu avec plaisir.

Elle avait tout de même dû lui en parler... quoiqu'elle oubliât toutes sortes de détails, depuis quelque temps. Oui, elle avait peut-être oublié.

— Vous auriez pu deviner que j'avais besoin de vous, rétorqua-t-elle néanmoins.

— Dans ce cas, je vous prie de m'excuser.

— Bon ! s'impatienta Sophie qui se rappelait soudain la véritable raison de son courroux. Ce n'est pas important. Vous... vous ne m'avez pas dit que vous étiez duc !

— Oh, Breksby a déjà mené cette affaire à bien ?

Sophie le regarda comme s'il venait d'une autre planète. Il ne semblait guère plus intéressé que s'il avait appris que son cheval favori avait gagné à Ascot.

— Vous êtes fou ? cria-t-elle. De quoi parlez-vous ?

— Je parle du titre, répondit Patrick avec une certaine hauteur. Je ne pensais pas que Breksby avait déjà soumis la proposition au Parlement.

— Et il ne vous est pas venu à l'esprit de m'en parler ? Imaginez-vous combien il est embarrassant d'entendre le duc de Cumberland m'annoncer que je suis duchesse ? Combien il est humiliant de voir les gens faire des gorges chaudes, parce que mon mari n'a pas pris la peine de me tenir au courant ?

Imperturbable, il la prit par le bras afin de la conduire à un fauteuil.

— Je vois que cela vous bouleverse, dit-il d'un ton apaisant. Pour être franc, j'ai oublié.

— Oublié !

Sophie bondit de son siège.

— Vous avez oublié que vous deveniez duc ! Oublié que vous pourriez avoir envie d'informer votre épouse qu'elle était duchesse !

— Inutile de se mettre dans un état pareil, répliqua Patrick, qui commençait à s'énerver à son tour. Vous vouliez épouser un homme titré, si j'ai bonne mémoire. Eh bien, à présent, je surpasse votre cher Braddon !

Il y eut un silence. Sophie cherchait désespérément une réponse à cette attaque outrageante.

— Pourquoi pensez-vous que je voulais épouser un homme titré ? demanda-t-elle enfin.

Il haussa les épaules.

— Je l'ai toujours su.

Il n'allait pas jouer les prétentieux en déclarant que Braddon était gras et peu intelligent. En outre, il soupçonnait de plus en plus sa femme d'éprouver une véritable affection - sinon de l'amour - pour ce lourdaud. D'ailleurs, Braddon était charmant, à sa manière.

Sophie avait le cœur serré. Elle ne comprenait rien aux raisonnements de son mari. Elle se rassit.

— Auriez-vous l'amabilité de m'expliquer pourquoi le Parlement vous a fait duc ? Duc de Gisle, je crois ?

— Je dois me rendre dans l'Empire ottoman cet automne, comme ambassadeur.

— L'Empire ottoman ? Cela a-t-il un rapport avec Sélim III ?

Patrick ne s'étonna pas de l'érudition de son épouse. Elle était remarquablement cultivée, il avait au moins appris cela depuis qu'ils étaient mariés.

— Cet automne ? reprit-elle, les yeux plissés. Eh bien, ne vous tracassez pas pour *nous*, ajouta-t-elle, sarcastique, je retournerai chez ma mère.

Elle posait une main protectrice sur son ventre.

— Certainement pas ! s'irrita Patrick.

— Pourquoi ? Au cas où vous ne vous en souviendriez pas, j'accouche au début de l'automne.

— Cela paraîtrait bizarre.

Sophie le fusilla du regard.

— Cela paraîtrait bizarre, répéta-t-elle, glaciale. Je suppose que vous passez beaucoup de temps à vous inquiéter de l'impression que donne notre mariage aux yeux des gens, *Votre Grâce*.

Patrick s'empourpra.

— Je suis désolé de ne pas vous avoir parlé du titre, Sophie.

Il ne jugeait pas nécessaire de s'expliquer davantage. D'ailleurs, qu'aurait-il pu dire ? Qu'il avait effectivement tout oublié de ce titre inutile ? Mais sa femme ne trouvait pas les titres inutiles ! Il suffisait de voir la scène qu'elle faisait !

— Vous voilà duchesse. Ne pouvez-vous tout simplement vous en réjouir ?

La jeune femme fixait le dos de son mari qui s'était tourné vers la cheminée. Se réjouir ? Son mariage était un désastre, pire que tout ce qu'elle avait imaginé !

— Peut-être en effet vaudra-t-il mieux que vous alliez habiter chez votre mère, grommela-t-il en donnant un coup de pied aux bûches. Je serai absent plusieurs mois…

C'était la fin, se dit Sophie. Même sa mère n'avait jamais été renvoyée dans sa famille par son mari. Patrick semblait oublier jusqu'à son existence. Sinon, comment aurait-il pu omettre de l'avertir qu'il allait devenir duc ? Et la naissance de son enfant ne comptait pas pour lui, puisqu'il ne serait même pas en Angleterre au moment de l'accouchement.

Les larmes aux yeux, elle déglutit avant de se lever et de quitter calmement la pièce. Toute discussion était devenue inutile.

Ce fut seulement son orgueil qui lui permit de garder la tête haute durant les semaines suivantes. Elle assistait avec quelque satisfaction aux succès mondains de Madeleine, mais Patrick rentrait de plus en plus tard, le soir. Elle envoya un message à Charlotte et se joignit à eux pour aller aux réceptions, puisque son époux ne l'accompagnait plus.

Alex la considéra de ses yeux sombres, à la fois si semblables et si différents de ceux de Patrick, mais ni lui ni Charlotte ne demandèrent pourquoi son mari désertait les soirées londoniennes. Sophie tira quelque courage du soutien silencieux de son amie.

Seule Héloïse réclama des explications. La jeune femme prenait le thé avec elle et repoussait distraitement la suggestion de manger un perdreau par semaine dans l'intérêt du bébé, lorsque sa mère croisa les mains sur ses genoux et la regarda dans les yeux.

— Est-ce à cause des langues étrangères, chérie ? s'enquit-elle, le dos bien droit, comme toujours.

— Les langues étrangères ?

— Ce sont les langues étrangères qui vous ont séparés, ton mari et toi ?

Sophie rougit.

— Oh non, maman. En tout cas, je ne crois pas...

— Tu ne crois pas ?

— Quand il l'a découvert, au pays de Galles, il semblait...

— C'est ma faute ! s'écria Héloïse, angoissée. Je n'aurais jamais dû laisser ton père avoir le dernier mot au sujet de ton éducation. Tes connaissances ont détourné Patrick de toi, c'est ça ?

Sophie secoua la tête.

— Je ne pense pas, maman. Il ne se soucie guère de moi, de toute façon. Il oublie mon existence.

— C'est impossible, dit simplement la marquise.

Sophie sourit. Quels que soient les défauts de sa mère, c'était une inconditionnelle !

— Ce n'est pas si terrible, maman, vraiment. Je m'en moque un peu. Et Patrick a ses... propres distractions. Il ne remarque pas si je suis là ou non. Il a même suggéré que je vienne m'installer chez vous cet automne, car il doit se rendre dans l'Empire ottoman en tant qu'ambassadeur.

— Ton père va régler cette affaire ! Ainsi, Foakes s'imagine qu'il peut se débarrasser de son épouse comme d'un paquet de linge sale ? Et le bébé ?

C'était pire encore, formulé par sa mère ! La jeune femme sentit ses yeux s'emplir de larmes. Elle ne cessait de pleurer, depuis quelque temps.

— Je vous en prie, maman. Ne pouvons-nous laisser les choses en l'état ? Je vous en supplie, ne dites rien à papa...

Héloïse vint près de sa fille sur le sofa et la prit dans ses bras.

— Ne t'inquiète pas, ma chérie. Ne pense qu'à toi et au bébé. Nous serons heureux de t'avoir près de nous cet automne.

— Je n'ai jamais fait de scènes au sujet de la maîtresse de Patrick, mais cela n'a rien changé. Il ne rentre plus dîner, le soir. Et puis... et puis nous ne communiquons pas. Je ne savais pas qu'il était duc, je ne savais pas qu'il devait aller en Turquie... juste au moment de la naissance du bébé...

— Nous n'en parlerons plus, promit Héloïse.

Elles se ressaisirent, et la marquise regagna son siège, d'où elle contempla sa ravissante fille, maintenant duchesse de Gisle.

— T'ai-je déjà dit combien je suis fière de toi, ma chérie ?

Sophie eut un petit rire qui ressemblait à un sanglot. De quoi aurait-elle pu être fière ? Sa fille s'était arrangée pour faire le mariage le plus catastrophique qui fût.

— Je suis fière de toi, poursuivait Héloïse avec véhémence, parce que tu montres ton excellente éducation. Je sais combien les prétendus amis peuvent être cruels, quand un mariage bat de l'aile. Or tu te comportes avec grâce en toute circonstance. Je suis vraiment fière de toi.

Sophie ravala ses larmes. Quel étrange héritage à se passer de mère en fille : se tenir droite sur les ruines de son mariage !

— Merci, maman, murmura-t-elle d'une voix étranglée.

24

Le lendemain, Sophie avait à peine terminé sa toilette que Clément vint lui annoncer la visite de lady Madeleine Cornille.

Elle gagna le salon avec quelque inquiétude. Elle l'avait vue la veille, et la jeune fille ne lui avait pas dit qu'elle viendrait.

Avec sa sollicitude habituelle, Madeleine attendit que Sophie fût confortablement installée – ce qui n'était pas évident avec son embonpoint – pour en venir à la raison de sa présence.

— J'ai décidé d'arrêter la comédie, dit-elle d'une voix claire et calme.

Sophie tressaillit.

— Pourquoi ?

— C'est malhonnête. Je ne veux pas d'un mariage basé sur des mensonges. Pouvez-vous imaginer de vous faire passer pour une autre, durant toute votre vie ?

— Mais vous n'y serez pas obligée. Une fois mariée, vous serez la comtesse de Slaslow, et personne ne s'occupera plus de vos origines.

— Moi, j'en serai consciente, répliqua Madeleine. Nous aurons des enfants… et que leur dirons-nous ? À quel moment avouerai-je à mon fils que je suis une menteuse, une usurpatrice ? Quel âge aura-t-il quand il apprendra que j'ai grandi dans une écurie et qu'il devra craindre sans cesse que les gens découvrent la vérité ?... Et leur grand-père. Deviendra-t-il maître des écuries de Braddon ? Non, jamais je ne pourrais faire ça à papa. Toute cette histoire ne tient pas debout, nous avons été fous d'y croire.

Des larmes montaient aux yeux de Sophie.

— Je suis désolée, dit-elle. Je ne voulais pas...

Madeleine était bouleversée, elle aussi.

— Vous n'y êtes pour rien, Sophie ! Je vous suis infiniment reconnaissante pour tout ce que vous m'avez enseigné, pour votre amitié, aussi. Mais Braddon et moi vivions dans un univers utopique. Jamais nous ne pourrions être heureux en partant sur de telles bases.

— Vous n'en savez rien, protesta Sophie. Braddon vous aime tant !

— L'amour ne suffit pas.

— Certes.

Elle aimait Patrick, pourtant leur mariage volait en éclats.

— Qu'allez-vous faire, alors ? demanda-t-elle.

— Braddon et moi en avons parlé hier soir. Nous irons peut-être en Amérique. Il refuse de rester en Angleterre sans moi, et vous le connaissez, il est opiniâtre.

— Jamais il n'acceptera de vous quitter, c'est vrai. Mais sa famille, Madeleine ?

Braddon craignait que sa mère ne fût humiliée, il le lui avait dit.

— C'est un problème, en effet. Alors nous avons mis au point un nouveau plan. Je vais continuer ce petit jeu jusqu'à la semaine prochaine. Au bal de lady Greenleaf, nous annoncerons nos fiançailles. Le jour suivant, nous ferons savoir que je suis tombée brusquement malade. Et puis, quand je serai morte d'une mauvaise fièvre, Braddon fera un voyage en Amérique pour se remettre de son chagrin.

— Et vous serez avec lui ? Oh, je reconnais bien là le goût de la mise en scène de Braddon... marmonna Sophie qui ne put retenir un sourire.

Madeleine plissa le nez.

— Ce n'est pas ce que je préfère chez lui. Mais je me rends compte que j'ai assez menti, et maintenant, il faut que j'en arrive au dénouement. J'irai en Amérique, où je serai la simple fille d'un éleveur de chevaux, et si le comte de Slaslow est assez fou pour m'épouser, qu'il en soit ainsi. Nos enfants iront peut-être un jour en Angleterre, mais moi je n'y retournerai jamais.

— Vous me manquerez, dit Sophie du fond du cœur.

— Je vous remercie de m'avoir appris les bonnes manières. Et vous me manquerez aussi.

Elle hésita un instant, avant de lancer tout à trac :

— Votre Patrick... il vous aime, vous savez.

Sophie rougit d'humiliation.

— Il vous aime, répéta Madeleine dont l'expression manifestait sa sympathie. J'ai vu la façon dont il vous regarde, quand vous ne lui prêtez pas attention. Il y a tout l'amour du monde dans ses yeux.

Sophie eut un petit sourire pincé, puis Madeleine et elle tombèrent dans les bras l'une de l'autre.

Quelques minutes après son départ, Clément apparut sur le seuil du boudoir avec un petit plateau en argent.

— M. Foucault et M. Mustafa sont ici, annonça-t-il.

Il y avait une vive hostilité dans son intonation, et Sophie devina aussitôt que le majordome, fort bon juge des caractères, n'appréciait guère ces deux personnages.

— Est-ce que je les connais ? s'enquit-elle.

— Certainement pas, Votre Grâce. Ce sont des relations... des relations lointaines de votre mari.

— Je ne comprends pas, Clément. Ont-ils demandé à me voir ?

— Ils voulaient rencontrer le duc, et lorsque je leur ai dit qu'il n'était pas à la maison, ils ont requis l'honneur de vous parler.

La moue de sa lèvre inférieure indiquait assez ce qu'il pensait de ce manque d'éducation. Solliciter un entretien avec la maîtresse quand le maître était absent ! Quelle grossièreté !

— Je vais les informer que vous n'êtes pas là, conclut-il.

Elle acquiesça, mais Clément revint quelques minutes plus tard. Cette fois, il y avait sur son plateau un château miniature en argent, absolument ravissant, dont les tourelles étaient surmontées de rubis.

Sophie haussa les sourcils.

— Un cadeau pour le sultan Sélim III, expliqua Clément qui semblait quelque peu adouci par la qualité du présent. M. Foucault prétend que le duc est au courant, et qu'il a accepté d'apporter cet encrier au sultan de sa part.

Elle se leva.

— Je ferais sans doute mieux d'aller le saluer, n'est-ce pas ? Dieu, quel bel objet ! dit-elle en effleurant le toit du château. Ceci est sans doute le couvercle de l'encrier...

— M. Foucault insiste beaucoup pour que l'on ne touche pas au couvercle, qui a été scellé pour le transport. Le réservoir est plein d'encre verte, la préférée du sultan.

Ses traits exprimaient la médiocre opinion qu'il avait des gens qui utilisaient de l'encre verte.

— Bien sûr, dit Sophie en retirant vivement sa main. Pourquoi ne le poseriez-vous pas ici, Clément ?

Elle désignait un petit guéridon dans un coin de la pièce.

— Où sont-ils ? ajouta-t-elle.

— Au salon.

— Si vous voulez bien demander à Simone de venir me rejoindre, je verrai ces messieurs dans un quart d'heure.

Le temps que l'on trouve Simone et qu'elle arrange la coiffure de sa maîtresse, plus de quinze minutes avaient passé. Mais M. Foucault ne voulut pas écouter les excuses de Sophie.

— C'est un plaisir de rencontrer une personne aussi élégante, dit-il en lui baisant la main. Les Anglaises sont souvent tellement... surannées dans leur façon de s'habiller.

Sophie eut du mal à ne pas frissonner au contact de sa bouche molle. Lorsque Foucault lui présenta son compagnon, elle hésita à le saluer en turc. Elle en connaissait assez pour soutenir une conversation, mais elle eut peur de se ridiculiser. Aussi dit-elle quelques mots de bienvenue en anglais, que M. Foucault traduisit.

Elle n'eut pas de difficulté à le comprendre, cependant la réponse de M. Mustafa fut nettement plus étrange. En fait, autant qu'elle pût en juger, cela n'avait aucun sens. Sa phrase, accompagnée d'un profond salut, ressemblait à un vers de comptine. Elle devait se tromper, puisque Foucault ne marqua nulle surprise. Il traduisit le charabia en un compliment conventionnel.

La curiosité de la jeune femme en fut piquée. M. Foucault semblait avoir envie d'orienter la conversation sur la mode, mais au bout d'un moment, elle parvint à revenir à M. Mustafa.

— Je suis désolée que votre compagnon soit tenu à l'écart de notre conversation, dit-elle aimablement. Voudriez-vous lui demander ce qu'il pense de notre capitale, comparée à la grande cité de Constantinople ?

Si Foucault parut fugitivement contrarié, il afficha bien vite un large sourire.

— Comme c'est délicat à vous, Votre Grâce, roucoula-t-il. Mais nous avons suffisamment abusé de votre temps, nous allons prendre congé.

— Je vous en prie, insista-t-elle du même ton charmant. Accordez-moi encore quelques minutes. Constantinople me fascine tant !

Il se tourna vers Mustafa, et Sophie écouta attentivement, tout en gardant un visage impassible.

Foucault traduisit correctement la question, mais la réponse de son compagnon fut un galimatias de mots dénués de sens. Et si elle ne se trompait pas, il n'utilisait que des substantifs, aucun verbe.

En outre, ce que lui raconta ensuite Foucault n'avait rien à voir avec ce charabia. D'après lui, Mustafa préférait mille fois Londres à Constantinople.

— Pardonnez-moi, Votre Grâce, nous devons absolument partir à présent. Je suis votre très dévoué serviteur. Je pense que le duc trouvera l'encrier amusant... Mais je vous supplie de lui rappeler que le couvercle doit rester scellé tout le temps du voyage vers l'Empire ottoman.

Elle se leva gracieusement.

— Bien sûr, nous n'y toucherons pas. Puis-je vous féliciter sur le choix parfait de ce cadeau ?

Foucault la salua et poussa Mustafa hors de la pièce. Celui-ci salua à son tour, sans se risquer de nouveau dans la langue turque.

Quand ils furent partis, Sophie monta dans son boudoir et caressa doucement le ravissant objet, l'air songeur. Il y avait quelque chose de louche, chez ces deux hommes...

Toutefois, elle avait à peine vu Patrick depuis le catastrophique bal des Commonweal. Comment amener le sujet de M. Foucault dans la conversation ?

Elle y réfléchissait encore, lorsque Clément se présenta avec d'autres cartes de visite sur son plateau d'argent. La duchesse de Gisle était très sollicitée, et elle oublia provisoirement ses soucis.

Un peu plus tard dans la semaine, Patrick tomba sur son frère au milieu de la rue.

— Tu me fais mal au ventre, vieux, attaqua Alex.

— Je me moque de l'état de ton ventre, rétorqua Patrick, dont la résistance était mise à rude épreuve par des nuits sans sommeil.

— Tu pourrais au moins demander à un valet de s'occuper de ta femme, poursuivit Alex, acide. J'ai vu

Sophie descendre seule de voiture, hier, et elle a failli tomber de tout son long sur le trottoir.

La rage brûlait Patrick. Il acquiesça poliment.

— Je prierai mes valets de se montrer plus prévenants, dit-il, ignorant le reproche.

Il aurait dû accompagner lui-même son épouse en ville, vu son état.

Alex jura intérieurement. Il éprouvait beaucoup d'affection envers sa petite belle-sœur, or il y avait dans son regard une sorte de douleur qui montrait qu'elle ne comprenait rien à l'attitude de Patrick.

— As-tu parlé à Sophie de ta crainte au sujet de l'accouchement ? s'enquit-il, un peu brusque.

Son jumeau se raidit encore.

— Ma « crainte », comme tu dis, est une réaction tout à fait logique, puisqu'une femme sur cinq meurt en couches. Contrairement à toi, j'avais espéré ne pas mettre mon épouse en danger pour le simple plaisir de me reproduire.

Les regards des deux hommes flamboyaient, à présent.

— Si tu n'étais pas mon frère, gronda Alex, je te provoquerais en duel pour ces paroles. Mais qu'il me suffise, frère, de te dire que tu es devenu fou furieux. Tu gâches la vie de ta femme et la tienne, à cause d'une absurde terreur enfantine.

Patrick serra les dents.

— Explique-moi donc ce qu'il y a d'absurde à penser que la proportion d'une sur cinq est inquiétante !

— Ce pourcentage inclut les femmes qui accouchent sans médecin ni sage-femme, ou quand elles sont déjà malades. Combien connais-tu de femmes de notre milieu, mortes en couches ?

— Beaucoup ! s'écria Patrick avec force. Et tu devrais être de mon avis, car la tienne a failli subir le même sort !

Ils se turent un instant, puis Alex répondit d'une voix étranglée :

— L'accouchement de Charlotte se déroulait au mieux jusqu'à ce que j'arrive, Patrick, tu le sais. Tu n'ignores pas que c'est ma faute... Essaies-tu de me briser le cœur ?

Il y eut un nouveau silence, troublé seulement par les roues des voitures sur les pavés.

— Seigneur, soupira Patrick, calmé. Je ferais mieux de me tirer une balle dans la tête, n'est-ce pas ?

Alex esquissa un sourire.

— Ne me prive pas de ce plaisir !

Les deux hommes se précipitèrent tout à coup l'un contre l'autre, pour une accolade aussi affectueuse qu'inattendue. Émus, ils ne savaient plus que dire.

— Il reste quoi... deux mois, trois mois ?

Patrick leva vers son frère un regard désemparé.

— Je ne sais pas. Sophie et moi n'en parlons jamais.

— Tout le monde s'étonne, en ville, que tu n'aies pas dit à ton épouse qu'elle était duchesse. Où as-tu la tête, Patrick ?

— J'ai oublié. Tout simplement oublié. Tu sais combien les titres comptent peu, à mes yeux. Je croyais que cela lui ferait plaisir, mais elle est furieuse que je ne l'aie pas mise au courant. Nous nous parlons fort peu, en vérité.

Alex hocha la tête. Il se doutait que le mariage de son frère ne tenait qu'à un fil.

— Je pense que Sophie est au début du septième mois, estima-t-il, sans trace de reproche dans la voix. Elle a dit à Charlotte qu'elle cesserait de sortir après le bal de lady Greenleaf, demain soir.

Patrick n'avait pas du tout imaginé que Sophie se priverait du reste de la saison.

— Je l'accompagnerai.

— Je suppose qu'il est inutile de te conseiller d'avoir une conversation avec ton épouse ?

— J'essaierai, Alex.

Ce soir-là, Clément vint frapper à la porte de sa maîtresse pour l'informer que le duc avait l'intention de souper à la maison. Comme il n'y avait pas pris ses repas depuis deux ou trois semaines, le domestique pensait, à juste titre, qu'il valait mieux avertir la duchesse qu'elle ne dînerait pas seule.

Sophie était en train d'attacher un bracelet à son poignet. Simone leva brièvement les yeux sur elle, avant de les baisser aussi vite. Tout le personnel savait, naturellement, que les maîtres menaient des vies séparées.

En fait, Simone et le valet de Patrick, Keating, avaient des discussions enflammées au sujet des occupations du duc la nuit. Keating affirmait que son maître ne faisait pas de frasques, tandis que Simone prétendait qu'il avait une belle amie quelque part en ville. La bagarre était si acharnée que Keating avait apporté dans les communs l'une des vestes de Patrick, afin de lui montrer qu'elle ne recelait ni parfum, ni poudre de riz, ni cheveux féminins !

Sophie, imperturbable, acheva de fixer son bracelet comme si Clément n'avait rien dit. Elle portait une robe du soir verte, agrémentée d'un panneau supplémentaire sur le ventre.

Elle hésita un instant devant le miroir. Elle se sentait tellement laide ! se dit-elle avec l'envie de faire monter un plateau dans sa chambre.

Mais elle s'arma de courage et descendit lentement l'escalier, en s'efforçant de contrebalancer l'excès de poids qui la poussait en avant. Patrick l'attendait au bas des marches.

Elle lui sourit poliment, et accepta son bras pour se rendre à la salle à manger.

Machinalement, elle attaqua son perdreau.

— N'est-ce pas la deuxième fois que Clément sert du perdreau cette semaine ? s'étonna Patrick.

— En effet, acquiesça Sophie qui avala péniblement une seconde bouchée. Sans doute ma mère a-t-elle exercé son influence sur lui...

Comment savait-il que Clément avait servi du perdreau le mardi ? Ce soir-là, lorsqu'il était rentré, elle dormait depuis longtemps. Elle avait fini par renoncer à attendre son retour, car elle avait besoin de sommeil, plus que de se rendre compte que son mari revenait rarement avant l'aube...

Elle prit une nouvelle bouchée qui avait goût de sciure.

— Je vous accompagnerai chez lady Greenleaf demain soir, si vous voulez bien, annonça-t-il. Il y aura un monde fou.

Sophie enregistra la nouvelle. Son mari dînait avec elle, et il proposait de l'accompagner au bal ?

Comme elle ne disait rien, il poursuivit :

— Cela vous amusera peut-être d'apprendre que des paris sont engagés au White's. On se demande si Braddon se déclarera auprès de votre amie Madeleine la semaine prochaine.

Elle se taisait toujours, et il se maudit en silence. Sophie ne serait pas ravie d'apprendre que Braddon allait en épouser une autre, étant donné ses sentiments pour cet homme...

Il eut une brusque inspiration.

— Nous pourrions aller pique-niquer à la campagne, s'il fait beau dimanche.

Il parlerait plus facilement à la jeune femme s'ils étaient seuls, plutôt que dans cette salle à manger, entourés de deux valets de pied.

Elle leva soudain la tête, les yeux plissés, l'air furibond.

— Il n'est pas question que vous veniez faire le joli cœur dans cette pièce, comme si de rien n'était, pour m'inviter à un pique-nique ! s'écria-t-elle avec colère.

Patrick adressa un signe de tête à Clément, qui fit sortir les valets avant de quitter lui-même la salle à manger.

— Pourquoi ? demanda-t-il, sidéré.

Il avait en face de lui une nouvelle Sophie, emplie de fureur.

Elle se leva et jeta sa serviette sur la table.

— Je ne me suis jamais plainte quand vous sortiez avec votre maîtresse. Je ne vous l'ai jamais reproché, pas une fois. Si vous voulez la voir, allez-y ! Mais ne revenez pas ensuite vers moi, comme si j'étais un bibelot que vous pouvez retrouver quand cela vous chante. Je suppose que vous vous attendiez à me voir sourire avec gratitude et partir pique-niquer avec vous, émerveillée que vous ayez décidé de m'accorder une miette de votre temps ?

Patrick ne broncha pas.

— Je monte dans ma chambre, poursuivit-elle sèchement. J'accepte que vous m'escortiez au bal demain, mais je décline votre invitation à la campagne. Je ne me sens pas l'âme d'une courtisane, ce soir, et ce ne sera pas le cas demain non plus. Donc, conclut-elle avec une ironie féroce, je ne pense pas que vous vous sentiriez à l'aise en ma compagnie.

Sur ce, elle sortit de la salle à manger et monta l'escalier aussi vite que possible…

Cette nuit-là, le duc et la duchesse de Gisle restèrent chacun dans son lit, à fixer le plafond. Si un ange avait pu voir à travers le toit du manoir de Huppert Brook Street, il aurait vu deux silhouettes immobiles, en proie à l'insomnie. Patrick était sans doute le plus désespéré. Quant à Sophie, elle venait de redécouvrir la colère, et elle trouvait cela plutôt soulageant.

Si le même ange avait pu pénétrer dans le carrosse qui s'arrêta devant la demeure des Greenleaf, le lendemain soir, il aurait vu de nouveau deux silhouettes immobiles, à cette différence près : Sophie regardait la vitre, et Patrick regardait sa femme.

Elle portait une toilette qui mettait délibérément l'accent sur sa grossesse, une robe de soie arachnéenne d'un bleu très pâle, qui jouait avec ses courbes voluptueuses.

Inconsciente du regard de son mari, elle rajusta machinalement le châle sur ses épaules. Ses seins menaçaient de jaillir hors du corsage.

« Je ne suis pas tenté, se dit Patrick. Je ne suis pas jaloux. »

Ces belles affirmations moururent aussitôt de leur belle mort.

« Très bien, s'avoua-t-il, je suis tenté : je la désire... »

Il sauta à bas du carrosse et aida son épouse à mettre pied à terre.

« Et je suis jaloux », ajouta-t-il tandis que la foule, amassée près du manoir pour voir passer les nantis de ce monde, ouvrait de grands yeux.

Si seulement Sophie lui jetait un coup d'œil, si elle effleurait sa manche... Mais au lieu de lui tomber dans les bras pour descendre du carrosse, elle avait dégagé sa main à peine sur le trottoir. Manifestement, elle tolérait tout juste sa présence. Il se sentit au bord du désespoir. Il valait mieux marcher indéfiniment dans les rues de Londres que près de cette si ravissante, si désirable et si lointaine épouse !

Dès qu'ils eurent passé la rangée d'accueil, de nombreux jeunes gens se pressèrent pour obtenir le privilège de danser avec la belle duchesse. Patrick, au bout d'un moment, envoya promener un impudent et réclama la danse qui précédait le souper.

Sophie, sans mot dire, lui lança un bref coup d'œil. Il savait qu'elle ne ferait pas de scène en public. Il la salua et s'éloigna.

Elle le suivit des yeux, ignorant un instant ses soupirants. Hélas, sa juste colère la fuyait, alors qu'elle en avait le plus besoin. Elle respira un bon coup. C'était, Dieu merci, la dernière de ces atroces réceptions. Ensuite, elle serait confinée chez elle, et cela lui semblait le paradis. Il était d'ailleurs aussi bien qu'elle danse avec Patrick, car elle en avait assez des commentaires pleins d'une fausse sollicitude sur les absences de son mari.

L'heure de la dernière danse avant le souper arriva, mais, comme son époux se présentait près d'elle, la jeune femme adressa un signe de tête à quelqu'un, de l'autre côté de la salle. Patrick se retourna. Il s'agissait de Braddon, qui tenait la main de Madeleine.

Lord Greenleaf s'éclaircit la gorge d'un air important avant de déclarer à la cantonade :

— J'ai l'honneur de vous annoncer que lady Madeleine Cornille a accepté d'épouser le comte de Slaslow !

La mère de Braddon se tenait près de lui, épanouie. L'orchestre attaquait un menuet quand Braddon, après avoir remercié lord Greenleaf, entraîna sa fiancée sur la piste. Ils se tinrent à distance respectueuse. Braddon ne se permit pas d'effleurer les jambes de Madeleine, ni de la toucher de façon intime.

Toutefois, il lui souriait si tendrement qu'elle en oublia sa crainte de danser devant tout le monde et lui rendit un sourire tout aussi amoureux. Sophie ne fut pas la seule à en avoir la gorge serrée et les larmes aux yeux.

Mais si Patrick avait la gorge serrée, c'était à cause du mal que ce lourdaud de Braddon faisait à Sophie. Elle pleurait presque, tout cela parce qu'il se fiançait !

Il la conduisit à son tour sur la piste. Au moins pouvait-il lui éviter la vexation d'être vue en larmes à cause d'un homme qu'elle avait évincé.

Ils dansèrent en silence. Sophie tournait la tête, afin que Patrick ne pût constater que sa colère s'était évanouie. Elle était humiliée de se rendre compte qu'elle accueillait une fois de plus le libertin qu'elle avait épousé, et qu'il en serait sans doute toujours ainsi. Elle l'aimait tant !

Ils soupèrent avec d'autres couples autour d'une grande table ronde. Au milieu du repas, Sophie se leva alors que Patrick était allé chercher une coupe de sabayon.

— S'il vous plaît, Sissy, dites à mon mari que je suis partie dans le salon des dames.

Sissy la considérait avec le regard de compassion que tout le monde posait sur elle, depuis quelque temps ! Probablement savait-elle où Patrick passait ses nuits... Il était étonnant que personne ne lui ait encore rapporté le nom de la femme brune ! Elle s'éloigna sans se retourner, et ne vit pas son époux qui revenait avec le sabayon qu'elle lui avait demandé.

Toutefois, elle ne pouvait passer la soirée aux toilettes, et Patrick la retrouva un peu plus tard. Il lui réclama une seconde danse, qui était heureusement une danse campagnarde et ne favorisait pas l'intimité. Elle exécutait machinalement les figures quand soudain, elle aperçut une scène qui lui fit battre le cœur. Sa mère, Héloïse, accompagnait aimablement Madeleine vers une Française d'un certain âge – sans aucun doute Mme de Meneval, réputée pour débusquer les imposteurs. Sans hésiter, elle lâcha la main de son mari et traversa le parquet.

Patrick en fut ébahi. Les jeunes femmes bien éduquées ne quittaient pas leurs cavaliers au milieu d'une danse ! Il s'ébroua et s'élança à sa suite.

Mais Sophie arriva trop tard. Elle contournait le dernier groupe de gens, lorsqu'elle vit Madeleine faire la révérence devant Mme de Meneval.

Sophie pesta entre ses dents. Héloïse lui tendit la main.

— Ma chérie, viens donc saluer Mme de Meneval. Je lui ai présenté notre chère Madeleine.

Le cœur battant, Sophie s'approcha. Dans une minute, Mme de Meneval aurait démasqué Madeleine, anéantissant à jamais tous les beaux projets de Braddon.

Patrick était déjà à son côté, et elle lui lança un regard paniqué.

Que diable se passait-il ? Son épouse paraissait effrayée à l'idée de rencontrer une vieille dame française, vêtue de soie noire. Certes, elle avait un profil d'aigle, mais rien qui pût provoquer une telle terreur !

Elle semblait même plutôt émue. N'avait-elle pas les larmes aux yeux ?

Mais si, Mme de Meneval pleurait. Elle versa une larme – une seule – et lâcha sa canne pour tendre les mains à Madeleine.

— Madeleine ! Chère Madeleine ! Je vous croyais morte ! Votre mère m'a tellement manqué, et vous voilà… Tout son portrait. Je me souviens de vous, ma chérie. Vous aviez cinq ans, votre mère vous avait amenée à Paris, juste pour assister à un ballet. Elle adorait la danse !

Sophie se taisait, Madeleine aussi. Toutes deux regardaient Mme de Meneval comme si une corne lui avait poussé sur le front. Mais la vieille dame ne le remarqua pas. Elle se tamponnait l'œil avec un mouchoir de dentelle.

— Vous êtes aussi belle que votre mère quand elle éclipsait toutes les dames de la Cour. J'ai l'impression d'avoir ma chère Hélène devant moi à nouveau. Vous avez ses yeux, ses cheveux, sa silhouette… Je revois le roi Louis loucher sur son décolleté comme si c'était hier. Marie-Antoinette prenait la mouche, mais il n'y avait rien à dire, car votre mère avait une conduite irréprochable. C'était une personne modeste, qui ne se mettait jamais en avant. Ce n'était pas sa faute si Louis la trouvait infiniment désirable !

Enfin, Mme de Meneval vit l'air surpris de Madeleine.

— On ne vous a jamais dit à quel point vous lui ressemblez, ma chère enfant ?

— Mon père le répétait souvent, madame, répondit lentement Madeleine.

Braddon arrivait derrière elle, et il lui effleura le coude.

— Je crois que c'est ma danse, décréta-t-il en s'inclinant.

— Braddon ! s'écria Madeleine en oubliant toutes les règles de bienséance. Mme de Meneval dit que je ressemble trait pour trait à ma mère !

Il resta un instant bouche bée, et Sophie cessa de respirer. Il va dire une bêtise ! songea-t-elle. Sa main se crispa sur le bras de Patrick, qui ne comprenait pas la raison de cette nervosité.

Heureusement, Mme de Meneval reprit la parole avant Braddon.

— Vous êtes sûrement le comte de Slaslow, lança-t-elle en le regardant d'un air ouvertement critique.

Elle n'avait pas une passion pour les Anglais, avec leurs cheveux blonds et leurs yeux bleus...

— Je viens d'apprendre que vous aviez l'honneur d'épouser la fille de ma très chère amie, la marquise de Flammarion.

— En effet, répondit Braddon, sans bien savoir où il allait.

Mme de Meneval eut un petit reniflement de dérision. Encore un sot, pensa-t-elle.

— Votre père le marquis a dû survivre aussi, alors, dit-elle en revenant à Madeleine.

La jeune femme, très pâle, était pétrifiée.

— Mon père m'a amenée en Angleterre... en 1793, balbutia-t-elle.

Mme de Meneval frissonna.

— 1793 ! Quelle horrible année ! Votre mère a été dénoncée en avril. Une année atroce !

Madeleine pâlit davantage encore.

— Mon père m'a toujours dit qu'elle était morte d'une mauvaise fièvre.

— Oh, non ! répliqua la Française. Elle a été arrêtée. Fouquier-Tinville, ce boucher, n'avait pas besoin de prétextes. Elle venait rarement à Paris, vous le savez, puisque votre père vivait en ermite. Mais elle était là, peut-être pour effectuer quelques achats, de nouvelles robes, je ne sais pas...

Madeleine savait. Elle entendait encore les fréquentes condamnations que faisait son père, sur la mode en général et les femmes qui la suivaient en particulier.

— Toujours est-il qu'elle s'est fait prendre, continuait Mme de Meneval. Votre père est venu à Paris plaider sa cause devant le tribunal. S'il n'a pas été emprisonné, lui aussi, c'est qu'il était plutôt original. Toujours fourré aux écuries, toujours couvert de crottin. On racontait même qu'il avait appris à ferrer les chevaux.

— C'est vrai, murmura Madeleine d'une voix blanche.

— Eh bien, cela lui a sauvé la vie. Le tribunal a jugé qu'il était meilleur que les aristocrates oisifs. De vraies canailles, ces gens qui siégeaient là-bas, des dégénérés qui se permettaient de juger leurs supérieurs ! Vous êtes mieux ici, mon enfant. Même mariée à un Anglais. Même sans la fortune de votre père... A-t-il pu en emporter un peu en Angleterre ?

— Oui, répondit Madeleine en songeant à la forte somme d'argent dont il avait soudain, étonnamment, disposé quand il s'était agi de renouveler sa garde-robe et d'engager Mme Trevelyan. Oui, il s'est débrouillé...

— Tant mieux, dit Mme de Meneval avec une certaine considération. Je n'ai jamais eu tellement d'atomes crochus avec Vincent Garnier. Il était étrange, même lorsqu'il était jeune, mais Hélène l'aimait. Elle était folle de lui, et elle ne voulait entendre aucune critique à son sujet. Après leur mariage, il l'a emmenée dans le Limousin, et il ne la laissait pratiquement plus retourner à la Cour. J'ignore comment elle a obtenu la permission de se rendre à Paris en 1793.

Madeleine tourna vers Braddon des yeux emplis de larmes.

— Je suis désolé, je vais vous enlever ma fiancée, déclara-t-il vivement. Votre serviteur, madame, ajouta-t-il en saluant la Française.

Celle-ci eut un signe de tête tout à fait royal, puis son regard s'attendrit sur Madeleine.

— Ma chère enfant, je vois que je vous ai involontairement apporté de mauvaises nouvelles... Je vous prie de me pardonner.

— Non, non, dit doucement la jeune femme. Il est bon de rencontrer quelqu'un qui a connu ma mère. J'ai, hélas, fort peu de souvenirs d'elle.

— J'aimerais que vous veniez prendre le thé chez moi, un jour. J'ai connu votre mère depuis la naissance, et je serais heureuse de parler d'elle à sa fille. Comme elle aurait été fière de vous, ma chère !

Les larmes de Madeleine menaçaient de déborder, et elle fit une rapide révérence avant de quitter la salle de bal au bras de son fiancé.

La finesse n'était pas la qualité principale de Braddon, mais il connaissait bien sa Maddie. Il l'entraîna dans un petit salon, où il la serra contre lui.

— Braddon, Braddon, sanglota-t-elle, c'est maman. Hélène est maman.

— Quoi ?

— Mme de Meneval... elle parlait de ma mère !

— C'est impossible, objecta-t-il gentiment. Votre mère était mariée à un éleveur de chevaux, ma chérie. Elle ne pouvait pas faire partie de la Cour.

— Vous n'avez pas compris ? Mon père est ce marquis si bizarre qui apprenait à ferrer les chevaux. Quand il m'a amenée en Angleterre, il a ouvert une écurie. C'est pourquoi il a suggéré que je me fasse passer pour la fille du marquis de Flammarion. J'ai trouvé étrange, sur le moment, qu'il accepte si facilement cette comédie...

— Vous voulez dire que vous êtes vraiment la fille de cette dame ?

Les yeux bleus de Braddon trahissaient sa confusion.

— Papa est le marquis de Flammarion, expliqua patiemment Madeleine. Lorsque ma mère a été condamnée, il s'est enfui avec moi en Angleterre, et là, il a ouvert une écurie.

Il en resta un instant bouche bée.

— Vous êtes une aristocrate ?

Elle acquiesça, tandis que des larmes roulaient sur ses joues.

— Et maman, Braddon...

Il lui caressa les cheveux.

— Vous saviez qu'elle était morte, Maddie.

— Oui, mais pas de cette manière ! La guillotine...

— La vieille dame a raison, Maddie, votre mère serait fière de vous, maintenant. Vous avez appris tout ce qu'elle aurait aimé vous enseigner, et vous êtes devenue la plus ravissante jeune femme que je connaisse.

Elle enfouit son visage contre l'épaule de Braddon.

— Je vous aime.

— C'est vrai ? C'est bien vrai, Madeleine ?

Elle eut un petit rire tremblant.

— Oui.

— Oh, Maddie !... Épousez-moi, Maddie, je vous en supplie.

— J'ai déjà accepté, répliqua-t-elle en retrouvant un peu de son humour.

— Non. Je veux dire, épousez-moi tout de suite. Demain.

— Vous voulez m'enlever ?

— Pour vous, je serais capable de grimper à une échelle, dit-il gravement.

Cette fois, Madeleine éclata franchement de rire.

— Je dors au rez-de-chaussée, Braddon ! rétorqua-t-elle. Non. Je ne peux pas. Cela ne plairait pas à mon père, mais peut-être pouvons-nous nous marier rapidement...

— Demain.

— Pas demain.

— Après-demain.

— Non !

— La semaine prochaine ?

Les baisers de Braddon étaient si tendres que le cœur de Madeleine s'affolait.

— La semaine prochaine, céda-t-elle.

25

Le lendemain matin, Sophie pénétra dans son boudoir pleine d'une énergie renouvelée. Jusque-là, elle s'était contentée d'occuper cette pièce ; désormais, elle voulait la faire sienne. Elle était tapissée de papier décoré de grosses roses qui ressemblaient à des nuages, mais cela ne la gênait pas trop. Ce qui la dérangeait, c'était le buste de femme nue, incongru, qui décorait l'un des murs.

Elle sonna un valet de pied, puis commença à sortir les livres qui se trouvaient sur une étagère sous la fenêtre. C'était un étrange mélange d'ouvrages qui traitaient de sujets aussi différents que la sorcellerie ou le miracle de la machine à vapeur.

Quand on frappa à la porte, elle répondit machinalement « Bonjour » sans se retourner.

— J'aimerais que vous montiez ces livres au grenier, dit-elle, et aussi que vous emmeniez cette… personne, ajouta-t-elle en désignant le buste.

Mais c'était Patrick qui se tenait derrière elle, l'air sombre.

— Vous devriez être plus prudente, Sophie. Vous n'allez pas soulever ces livres, j'espère ?

Elle essuya ses mains poussiéreuses sur sa robe jaune pâle sans se soucier des traces brunes qu'elle y laissait, et leva les yeux vers son mari en essayant d'effacer tout sarcasme de son expression. Après tout, elle avait transporté bien des livres au cours du mois précédent, sans qu'il le sache.

Elle désigna les volumes éparpillés.

— Ceux-ci ne sont pas lourds, il s'agit principalement d'essais.

— Pourquoi voulez-vous monter mon buste au grenier ? Il représente Galatée, une divinité de la mer.

— Je ne veux pas d'une femme nue ici.

— Regardez, objecta-t-il en se dirigeant vers le buste. Elle a un voile sur le sein gauche. C'est plutôt ravissant...

Elle laissa tomber un autre paquet de livres à ses pieds.

— Très bien, reprit-il. Elle montera au grenier... Alex m'a fait remarquer que j'avais tort de vous laisser sortir sans escorte, ajouta-t-il après un bref silence. Désormais, j'aimerais que vous m'avertissiez quand vous prenez le carrosse. Je vous accompagnerai.

Sophie pinça les lèvres. Il y avait une explication à l'apparition soudaine de son mari : Alex.

— J'ai décidé de commencer ma retraite, aussi je ne vous dérangerai pas souvent.

Patrick était complètement désemparé. Il ne savait que dire. Son frère lui avait conseillé de parler à Sophie. Mais de quoi ? Elle s'était visiblement raidie, donc il avait sans doute été maladroit.

Il hésita un instant, salua, et ouvrit la porte au moment où un domestique allait frapper. Il se retourna :

— Sophie, aimeriez-vous que l'on change le papier mural ?

Les roses ressemblaient selon lui à de gros champignons.

Elle lui adressa une ombre de sourire.

— Non, je le trouve plutôt gai. Mais j'ai l'intention d'acheter quelques meubles, si vous n'y voyez pas d'inconvénient.

— Voulez-vous que nous nous en occupions cet après-midi ?

— Nous verrons plus tard dans la semaine.

Mais Patrick souhaitait faire quelque chose pour elle, et tout de suite.

— Êtes-vous sûre que vous n'aimeriez pas faire un tour au parc ?

— Tout à fait sûre, merci.

— Voulez-vous que j'envoie un message à votre mère, ou à Charlotte, pour leur demander de venir vous rendre visite ?

— Non merci, Patrick.

Visiblement, elle avait hâte qu'il s'en aille, et c'est ce qu'il fit, en se demandant ce qui pourrait bien faire plaisir à une femme enceinte. Il envoya un valet chercher Galatée pour la porter dans le grenier. Puis il en expédia un autre acheter trois bouquets d'énormes roses. Si les roses la rendaient joyeuse, pourquoi ne pas en mettre partout dans la maison ?

Sophie disposa l'étagère de livres à sa manière. Elle aimait bien le rangement logique : aussi commença-t-elle par des ouvrages d'allemand, suivis, par ordre alphabétique, de français, gallois, hollandais, italien et portugais. Dès qu'elle en aurait l'occasion, se promit-elle, elle se rachèterait une grammaire turque.

Au déjeuner, Patrick lui proposa de nouveau de l'accompagner où elle le souhaiterait, et de nouveau, elle déclina l'invitation. Elle était lasse, elle avait mal au dos.

— J'ai rencontré M. Foucault et son compagnon, Bayrak Mustafa, dit-elle tout à coup, brisant le silence tendu qui régnait dans la salle à manger. Ils étaient venus apporter l'encrier. Je ne l'aime pas beaucoup, Patrick.

Il leva les yeux de la pêche qu'il pelait délicatement. Il était perdu dans un rêve, où Sophie lui souriait comme autrefois.

— M. Foucault ? En effet, il n'est pas très sympathique.

— Ce n'est pas une question de sympathie, répliqua la jeune femme, qui sentait une immense lassitude la gagner. Je comprends un peu le turc, et son acolyte ne le parlait pas correctement. M. Foucault le parle, mais par deux fois Mustafa a répondu une sorte de charabia.

— Charabia ?

Toutes les réticences de leur première rencontre revenaient en force, à tel point qu'il ne releva même pas le fait que son épouse connût la langue turque.

— Je savais qu'il y avait quelque chose de louche chez cet individu... murmura-t-il. Bon sang, j'aurais dû aussitôt aller voir Breksby !

Sophie ignorait à quoi il faisait allusion, mais elle était trop épuisée pour s'en soucier. Le repas terminé, elle monta dans sa chambre, sans se rendre compte que Patrick, au pied de l'escalier, la considérait avec inquiétude.

Elle fit la sieste, mais à l'heure du dîner, elle se sentait encore plus léthargique. Elle décida de se faire monter un plateau. Il lui était déjà difficile de sortir du lit, alors s'il lui fallait affronter son mari... Celui-ci soupa donc seul - encore du perdreau, il faudrait qu'il dise deux mots à Florent ! - en se demandant si Sophie l'évitait, ou si elle était réellement indisposée.

Toute la soirée, il résista à l'envie d'aller prendre de ses nouvelles, et quand il céda enfin à son impulsion, elle dormait profondément. Il la contempla un instant, si pâle, de larges cernes sous les yeux. Il posa une main sur son ventre, mais elle ne bougea pas.

— Bonsoir, chuchota-t-il.

Puis il retira vivement sa main, mal à l'aise. Il quitta la maison, et ses pas le portèrent au fil des rues avoisinantes, si souvent arpentées.

Au matin, Sophie ne se sentait pas mieux. Elle parvint tout juste à se lever de son lit pour aller jusqu'au fauteuil. En serait-il ainsi durant les deux mois à venir ?

Peu à peu, l'angoisse s'emparait d'elle. Elle était apathique, elle avait chaud, sa tête était douloureuse. Et pourquoi le bébé ne bougeait-il pas ? Elle posa les mains sur son ventre, mais ne sentit rien.

Sortant brusquement de son état second, elle sonna et pria Simone d'envoyer un message au Dr Lambeth.

— Il faut que je le voie immédiatement. Le messager attendra avec la voiture et le ramènera ici.

Simone sortit en courant, tandis que la jeune femme se rasseyait, guettant le moindre mouvement de l'enfant... En vain. Son ventre était lourd, inerte. Le bébé devait dormir, se dit-elle. Elle était en train de tomber malade, et il était fatigué, lui aussi...

Lorsque le médecin pénétra dans sa chambre, une demi-heure plus tard, elle était au comble de l'angoisse.

— Excusez-moi de vous faire venir en urgence, docteur.

— Ce n'est rien, répondit-il en venant ausculter son ventre.

Au bout de quelques secondes, il se redressa.

— Je vais vous demander de déboutonner votre chemise de nuit, Votre Grâce, dit-il gentiment.

Il se dirigea discrètement vers la fenêtre, et Simone aida sa maîtresse à remonter sa chemise.

Sophie vit la tête rousse du médecin se pencher sur elle.

Il l'examina sans un mot, puis secoua la tête.

— Vous devriez passer une robe, Votre Grâce.

D'expérience, le Dr Lambeth savait que les gens étaient plus calmes, une fois habillés.

Il se retira dans le couloir et fixa le mur. Il se rappelait le visage grave de l'avoué de Foakes quand il l'avait interrogé sur ses compétences. Le mari allait certainement fort mal prendre la mort de son bébé... Il soupira. Parfois, il se demandait pourquoi il passait tant de temps à soigner des membres de l'aristocratie. L'argent, se rappela-t-il.

Simone ouvrit la porte et lui indiqua qu'il pouvait entrer. Sophie était de nouveau dans son fauteuil. Il croisa son regard.

— Je suis navré, déclara-t-il. Pour une raison inconnue, votre bébé n'a pas survécu. On peut dire une seule chose : c'est la volonté de Dieu.

— Il est mort, souffla-t-elle.

— Nous verrons. Je n'aime pas les conclusions hâtives, mais je n'ai discerné aucun signe de vie. Certains enfants meurent pendant la période de gestation, et personne ne sait pourquoi... Avez-vous mal ici ? s'enquit-il en touchant délicatement son ventre.

— Non.

— Si le bébé a cessé de vivre, le travail commencera sans doute aujourd'hui, ou demain.

— Le travail ?

— Il faut que le bébé sorte, Votre Grâce.

Sophie était au-delà des mots.

— Voulez-vous que j'informe votre époux ?

Elle le regarda en secouant la tête.

— Je vais sonner et demander si le duc est dans la maison, insista-t-il.

— Non ! s'écria Sophie, blême. Il faut que je réfléchisse. Je...

— Ne voulez-vous vraiment pas que je lui parle ?

— Je le lui annoncerai moi-même, plus tard. Je vous en prie, docteur...

Lambeth acquiesça et se tourna vers Simone pour lui donner ses instructions à voix basse, avant de revenir à Sophie :

— J'ai expliqué à votre camériste les symptômes auxquels vous devez vous attendre, dit-il en lui prenant le pouls. Envoyez quelqu'un me prévenir dès que le travail de l'accouchement aura commencé. Maintenant, vous feriez mieux de vous reposer. Je passerai demain à la première heure.

« Accouchement » semblait un mot curieux, pour la jeune femme. On accouchait d'un enfant vivant...

Une politesse innée et la stricte éducation de sa mère la firent se lever.

— Demain, avez-vous dit ? demanda-t-elle comme s'il s'agissait d'une garden-party.

Le Dr Lambeth acquiesça. Sophie avait l'air d'une somnambule. Le choc, songea-t-il.

— Gardez-la au chaud, dit-il à Simone.

La caméristе hocha la tête, les yeux pleins de larmes.

Le médecin s'inclina poliment.

— À demain, Votre Grâce.

— Je vous raccompagne, décréta Sophie.

Le Dr Lambeth ne protesta pas. Il n'était guère courant que ses patients le raccompagnent à la porte, mais elle n'était pas dans son état normal.

Il fit une dernière tentative.

— Vous ne voulez vraiment pas que je parle à votre époux ?

— Vraiment, je vous remercie, répondit-elle, toujours courtoise.

Ils descendirent ensemble l'escalier de marbre, le médecin avec ses cheveux roux et ses yeux las, Sophie plus belle que jamais. Son visage avait perdu sa pâleur, et elle avait sur les joues des taches rouges qui auraient alerté Lambeth s'il les avait remarquées.

Mais il réfléchissait déjà à la suite de sa journée. Il devait passer voir une vicomtesse, mère de quatre filles, qui allait probablement accoucher le jour même. Tout se passerait bien, comme pour les quatre enfants précédents, mais si c'était encore une fille, il allait avoir sur les bras une jeune mère hystérique. Sans parler de la réaction du mari !

26

Sophie salua le Dr Lambeth comme si tout allait bien. Alors qu'elle remontait vers sa chambre, Patrick sortit de la bibliothèque.

— Vous n'avez pas l'intention de me dire ce que pense le médecin ?

— Si, plus tard.

— Non ! Venez, s'il vous plaît. J'aimerais savoir pourquoi vous avez convoqué Lambeth.

Sophie regarda vivement autour d'elle. Il n'y avait pas de domestique en vue.

— Pas maintenant. Je vais dans ma chambre.

— Sophie !

Le hurlement dut s'entendre jusqu'aux cuisines ! La jeune femme redescendit quelques marches, s'arrêta sur la troisième.

— Il a dit... Il a dit...

Cela ne sortait pas, elle était incapable de répéter les paroles du médecin.

— Il a dit qu'il reviendrait demain matin.

C'était une demi-vérité. Sophie souffrait le martyre. Il fallait qu'elle se réfugie dans sa chambre, loin du visage interrogateur de Patrick. Sa tête était horriblement douloureuse.

— Vous ne vouliez pas de ce bébé, s'entendit-elle prononcer, comme si ses propres mots venaient de très loin.

Elle s'agrippa à la rampe. Que lui arrivait-il ? Patrick avait l'air furieux, il lui parlait, mais les sons ne lui parvenaient pas. Son cœur battait encore plus fort que la douleur de sa tête, et elle avait l'impression que celle-ci allait éclater. Elle serra plus fort la rampe.

Patrick criait. Derrière lui, Clément venait d'apparaître, stupéfait. Sophie s'efforça de se concentrer sur ce que disait son mari, elle le regarda. Ses yeux brillaient... de dégoût, songea-t-elle.

— Qu'est-ce que vous racontez ? s'indignait-il, fou de rage. Comment pouvez-vous dire une chose pareille ? Je *veux* cet enfant !

Elle esquissa un petit sourire. Soudain, il lui semblait que sa tête allait se détacher de son corps. En tout cas, l'atroce douleur s'atténuait.

— Je sais que vous ne voulez pas d'enfants, répliqua-t-elle doucement, comme si elle s'adressait, justement, à un enfant.

— Dieu, Sophie, de quoi parlez-vous ?

— Vous étiez content quand vous m'avez épousée, vous vous souvenez ? Parce que je suis sans doute comme ma mère, et que vous n'aurez pas à vous embarrasser d'une nombreuse progéniture. Mais je ne suis pas comme elle...

Cette pensée rendait sa tête encore plus légère.

Patrick venait de s'apercevoir que Clément était là, et il lui lança un regard noir qui le renvoya immédiatement dans ses quartiers. Il tenta de se calmer. Sophie ne savait pas ce qu'elle disait. Elle était enceinte, or les femmes enceintes n'étaient jamais logiques.

— De quoi parlez-vous ? demanda-t-il en articulant soigneusement, comme si lui aussi s'adressait à un enfant.

Elle était étonnée. Elle aurait tout donné pour que cette conversation cesse, et qu'elle puisse aller s'allonger.

— Vous avez dit à Braddon, et je vous ai entendu, que vous étiez plutôt content de m'épouser, s'il fallait être condamné aux fers, parce que je serais sans doute presque stérile, comme ma mère, et que vous ne seriez pas affublé d'une ribambelle de marmots.

Un silence pesant s'installa.

— Puis-je aller me coucher, maintenant ?

Elle se mit à reculer lentement dans l'escalier. Elle était certaine à présent que sa tête avait quitté ses épaules, et son cœur battait si fort qu'elle en était étourdie. Elle mit précautionneusement le pied sur la marche suivante. Elle s'accrochait toujours à la rampe, mais elle avait peur de tourner le dos à Patrick.

Il parla soudain, d'une voix éraillée.

— Je ne le pensais pas, Sophie...

De nouveau, elle l'entendait de très loin, comme à travers un paquet de coton.

— Vous avez sûrement raison, murmura-t-elle en secouant la tête.

Il était désespéré. Sa femme reculait devant lui, un sourire plaqué sur les lèvres. Un gouffre sans fond s'ouvrait sous ses pieds. Elle avait cru les horreurs qu'il avait prononcées ! Pas étonnant qu'elle ne fût pas tombée amoureuse de lui, qu'elle le regardât comme s'il était le diable incarné...

— Sophie ! cria-t-il de toute la force de son désespoir. Mon Dieu, Sophie, je veux ce bébé !

La jeune femme ne l'entendit pas. Elle ne perçut que sa voix furieuse, et c'était une fois de trop. Elle fut heureuse de sentir une grande ombre lui emplir la tête, noyant la douleur, détachant ses doigts de la rampe.

Patrick bondit, paniqué. Elle oscillait, tombait vers l'avant. Tout semblait se dérouler au ralenti. Elle s'effondra comme une poupée de chiffon, les genoux sur l'avant-dernière marche, son pauvre ventre gonflé heurtant le bois. Patrick parvint à retenir sa tête, qu'il empêcha de cogner le marbre.

Très doucement, il la retourna. Elle était d'une pâleur mortelle, hormis deux taches rouges sur les joues. Elle brûlait de fièvre, et elle était totalement inerte. Il n'entendait plus que son propre sang qui bouillonnait à ses oreilles.

De l'aide, il lui fallait de l'aide !

— Clément !

Le majordome fut là en quelques secondes. Il n'était pas allé plus loin que l'autre côté de la porte.

— Appelez le médecin !

Clément vit sa maîtresse inanimée, et il considéra le duc avec horreur.

— Le Dr Lambeth ! Tout de suite !

Le reproche qu'il lisait dans le regard de Clément reflétait celui de son cœur. Il baisa les paupières de sa femme, qui ne réagit toujours pas.

— Sophie, chuchota-t-il, je vais vous porter dans votre chambre.

Il la souleva dans ses bras, et la tête de Sophie tomba mollement sur son épaule. Son ventre paraissait plus volumineux encore.

Seigneur, s'il était arrivé malheur au bébé... ! Les battements de son cœur redoublèrent.

Quand Simone arriva en courant, il avait déjà déshabillé la jeune femme et lui passait une chemise de nuit. Elle l'aida en silence. Une fois Sophie couchée, les draps remontés sous le menton, il tourna vers la camériste un visage désespéré.

— Que faire ?

— Elle n'a pas bougé, pas parlé ?

Patrick secoua la tête.

— Elle n'a pas repris conscience depuis sa chute ?

— Non !

— Il faut d'abord la rafraîchir. Elle brûle de fièvre, pauvre ange.

Il alla crier un ordre à un valet, et quelques minutes plus tard, Simone bassinait tendrement les tempes de sa maîtresse. Ne supportant plus de rester sans rien faire, il lui prit le linge des mains pour s'asseoir au bord du lit.

— Réveillez-vous, Sophie, ordonna-t-il d'une voix douce.

Au bout de quelques minutes, elle ouvrit les yeux.

— J'ai mal.

— Je suis désolé, je regrette d'avoir crié ainsi...

Il en bafouillait presque de soulagement.

Sophie fronçait les sourcils.

— J'ai mal.

— Vous avez la fièvre, chérie. Ne vous inquiétez pas, le Dr Lambeth sera bientôt là.

— Non ! Non ! Ne le laissez pas venir ! Sinon, tout va arriver !

— Rien ne va arriver, chérie, la rassura Patrick en continuant de lui humecter le front.

— Vous ne pourrez pas l'empêcher, souffla-t-elle, ses yeux bleu nuit fixés sur lui. Bientôt, vous me détesterez.

Les larmes roulaient sur ses joues.

Le cœur de Patrick fit un bond. Elle devait délirer !

— Jamais je ne pourrai vous détester, Sophie, vous ne le savez pas ? Vous ne savez pas combien je vous aime ?

Elle s'était détournée.

— J'ai mal ! cria-t-elle.

Simone lui tendit un autre linge, et il continua à rafraîchir son visage brûlant.

Parfois, Sophie ouvrait les yeux et murmurait des phrases à peine audibles. Il bassina son front jusqu'à ce que l'oreiller soit mouillé sous sa tête. Que faire ? Il envoya d'autres valets chez le docteur pour lui ordonner de venir sur-le-champ.

Quand la porte s'ouvrit enfin, il lança au médecin un regard qui en aurait intimidé de moins aguerris. Mais le Dr Lambeth avait eu affaire à bien des parents furieux, notamment un certain vicomte qui venait d'accueillir dans ce monde sa cinquième fille, et il jugeait que les maris avaient un comportement souvent incohérent. Il vint poser deux doigts sur le front de la malade.

— La fièvre, dit-il avant de se tourner vers Patrick. Cela a déjà commencé ?

— Qu'est-ce qui a commencé ?

— La fausse couche ! lança sèchement le médecin.

Patrick se figea. Il avait l'impression qu'on le poignardait.

— La fausse couche… Vous êtes sûr qu'elle va perdre le bébé ?

— Oui.

Patrick voulut parler, mais le Dr Lambeth lui imposa le silence d'une main : il prenait le pouls de sa patiente. Ensuite, il lui fit ingurgiter une bonne dose de laudanum.

— Je vais vous demander de quitter la chambre à présent, monsieur.

Patrick se contenta de le regarder. Lambeth avait toujours pensé que la plupart des maris agissaient comme des démons, dans ce genre de situation, mais celui-ci avait l'air du diable en personne. Et il n'aimait pas du tout l'histoire de la chute de la duchesse. Non que cela eût changé quoi que ce soit au dénouement.

Quand Patrick se releva, impressionnant, pour plonger dans le sien un regard furieux, il se dit que non seulement Foakes avait l'air du diable, mais en plus qu'il se comportait comme tel.

— Je reste, décréta le jeune homme d'une voix qui dissimulait mal sa fureur.

Lambeth haussa les épaules. Il repoussa les draps de Sophie avant de relever sa chemise de nuit, ignorant le haut-le-corps du mari. À son avis, que faisait le médecin lorsqu'il examinait une patiente ? Il la regardait depuis l'autre bout de la pièce ?

Après un rapide examen, il constata qu'elle avait perdu les eaux. Tant mieux, la délivrance ne tarderait pas.

Il se raidit afin d'affronter le mari, qui était pâle comme un linge. Décidément, la place des hommes n'était pas dans la chambre au moment d'un accouchement ! Il ne comprenait pas pourquoi celui-ci refusait de sortir. Il semblait sur le point de s'évanouir.

Lambeth remonta le drap sur Sophie.

— J'insiste pour que vous nous laissiez, déclara-t-il en mettant dans sa voix toute l'autorité dont il était capable.

— Pourquoi ?

— Votre présence me dérange. J'ai besoin de tous mes moyens pour faire sortir l'enfant mort-né, alors que la mère est prise de fièvre et à demi inconsciente. Je ne tiens pas à ce que vous soyez là, prêt à me sauter à la gorge pour la moindre auscultation de routine.

Patrick croisa le regard exaspéré du médecin.

— Le bébé n'est pas en vie ? Il... il a sept mois.

— Non. Il n'est plus vivant.

— Je ne bougerai pas. Je resterai dans un coin...

— Non !

Patrick comprit qu'il ne parviendrait pas à l'impressionner.

— Mon épouse est-elle en danger ?

— Je ne le pense pas. Il vaut sans doute mieux qu'elle n'ait pas conscience de ce qui lui arrive. Encore que ce ne soit pas douloureux, avec un bébé si petit.

Patrick se dirigea vers la porte, s'arrêta, fit demi-tour.

— Je veux voir l'enfant. Quand il sera né, dit-il d'une voix rocailleuse.

Lambeth gémit intérieurement.

— Je vous dirai s'il s'agissait d'un garçon, rétorqua-t-il, désapprobateur.

— Que diable peut bien me faire le sexe ? Je tiens à voir le bébé, docteur. Si Sophie ne se réveille pas à temps, elle voudra savoir à quoi il ressemblait.

Le Dr Lambeth afficha un demi-sourire.

— Je vous appellerai le moment venu, Votre Grâce, dit-il en le poussant fermement vers la porte. Descendez à la bibliothèque. Je sonnerai quand vous pourrez monter.

Comme un automate, Patrick descendit l'escalier, la main sur la rampe, là où se tenait Sophie quelques heures auparavant. Il se planta au bas des marches, pétrifié. Une infirmière vêtue de blanc passa à côté de lui en compagnie de Clément.

Si seulement il n'avait pas crié de la sorte ! S'il avait compris qu'elle avait la fièvre, qu'elle était malade ! Pourquoi s'était-il comporté ainsi ?

Désespéré, il se rendit à la bibliothèque, où il se servit un verre de brandy auquel il ne toucha pas.

Durant une, puis deux heures, il arpenta le tapis entre les étagères de livres et le bureau. Il était obsédé par la douleur, par les questions qui le torturaient. Pourquoi n'avait-il pu se dominer ? Pourquoi n'avait-il pas vu qu'elle avait la fièvre ? Jamais elle n'avait les joues aussi rouges !

Lorsqu'on frappa à la porte, il avait vieilli de vingt ans, et se haïssait de toute son âme. L'infirmière se tenait sur le seuil, passablement inquiète. Quand elle était descendue prendre une tasse de thé, une heure plus tôt, on lui avait raconté comment le duc avait terrifié son épouse, au point de provoquer sa chute dans l'escalier. Ce n'était pas le genre d'homme que l'on avait envie de contrarier !

— Votre Grâce... c'est une fille, dit-elle enfin.

Il s'approcha sans un mot et prit le petit paquet entouré de langes. L'infirmière resta coite.

— Sortez ! gronda-t-il.

L'infirmière Mathers ne se le fit pas dire deux fois, et elle remonta en courant informer le médecin qu'il devrait aller reprendre l'enfant lui-même, parce qu'elle ne voulait plus rien avoir à faire avec cet homme au regard dément.

Seul, Patrick s'assit dans son fauteuil favori. On avait mis un linge sur le visage du bébé, et il le souleva. Pendant une minute, il tint contre lui cette toute petite parcelle d'humanité, si frêle qu'elle semblait vouloir s'envoler de ses bras.

Enfin, il se leva et monta l'escalier avec peine, comme s'il avait quatre-vingt-dix ans au lieu de trente.

Lorsque Sophie se réveilla vraiment, quatre jours plus tard, elle sut instantanément ce qui s'était passé. Une cascade d'angoisse déferla sur elle, et elle porta la main à son ventre... vide. Vide comme si le bébé n'avait jamais habité cette petite maison, n'avait jamais donné de coups de pied à sa mère...

Elle ne dit rien, mais le silence, dans la chambre, avait une qualité différente. Patrick, assis à son chevet, la vit fixer le mur d'un regard désespéré. Le moment qu'il avait tant redouté était arrivé. Elle ne semblait pas l'avoir aperçu, elle regardait simplement droit devant elle, tandis que les larmes roulaient sur ses joues.

Il se laissa tomber à genoux et prit ses petites mains dans les siennes.

Elle se tourna vers lui, sans cesser de pleurer.

— Je suis désolé, Sophie. Je sais que cela ne changera rien, mais je suis vraiment désespéré...

Elle fronça légèrement les sourcils.

— Vous vouliez le bébé ?

Il releva la tête, et elle remarqua qu'il pleurait.

— Je le voulais. J'ignore pourquoi j'ai dit des choses si cruelles à Braddon. Je mentais. Je n'ai pas cessé de penser au bébé, depuis que vous m'avez annoncé votre grossesse.

— Je suis navrée, Patrick. Je ne sais pas ce que j'ai fait de mal...

— De quoi parlez-vous ?

— Du bébé, notre bébé. Je ne sais pas ce que j'ai fait de mal, je ne sais pas ce que j'ai fait pour qu'il meure...

Elle avait dégagé ses mains et froissait nerveusement le drap. Misérable, elle croisa le regard de Patrick, et fut stupéfiée par la douleur intense qu'elle y lut.

— Vous n'avez rien fait. C'est moi qui vous ai fait peur, moi qui ai provoqué votre chute dans l'escalier.

Elle secoua la tête. Elle n'avait que des souvenirs très vagues des derniers jours.

— L'escalier ?

— Vous êtes tombée, et cela a déclenché une fausse couche. Je suis navré, répéta-t-il.

— Non, protesta-t-elle. Pour l'escalier, je ne sais plus, mais le bébé avait déjà cessé de vivre, d'après le Dr Lambeth. J'étais si malade que je ne comprenais pas bien. Pourtant, j'ai su avant que le médecin le dise, parce qu'il ne bougeait plus, ajouta-t-elle d'une voix brisée.

— Elle, rectifia machinalement Patrick.

— Elle ?

— C'était une petite fille, Sophie. Une ravissante petite fille... Vous voulez dire que ce n'est pas à cause de la chute qu'elle est mort-née ?

Elle fit oui de la tête.

Patrick enfouit son visage dans la couverture, secoué de sanglots déchirants. Soudain, il sentit deux bras menus lui entourer les épaules.

— Non, mon amour, non, murmurait Sophie. Ce n'était pas votre faute, ni la mienne. Elle n'était pas prête pour ce monde, c'est tout.

Il se calma. Un élan de joie se mêlait dans son cœur à la douleur.

— Rallongez-vous, dit-il en la repoussant doucement contre les oreillers.

— Vous l'avez vue ? reprit-elle d'une voix à peine audible.

— C'était un ravissant bébé, elle vous ressemblait. Je lui ai dit combien vous l'aimiez.

Les larmes de Sophie redoublèrent, et Patrick les essuya tendrement.

Elle leva une main tremblante pour l'attirer à elle et, avec les plus grandes précautions, il s'allongea à son côté. Elle posa la tête sur son épaule en soupirant.

— Où est-elle ?

— Elle est enterrée dans le caveau de famille. Je ne voulais pas vous quitter, c'est Alex et Charlotte qui l'ont emmenée à Downes. Elle est près de ma mère... Ma mère adorait les bébés.

Il frottait sa joue contre les cheveux de Sophie.

— Vous lui avez donné un prénom ?

— J'ai préféré que nous le choisissions ensemble.

Il jugea inutile de préciser que les prêtres refusaient de baptiser un enfant mort avant d'être venu au monde. Ou que le prêtre de la famille ne l'était plus, car il n'avait pas voulu enterrer leur enfant en terre consacrée. Alex l'avait chassé sur-le-champ et était revenu à cheval jusqu'à Londres, chercher David Marlowe.

— Alex vous a envoyé une lettre, et Charlotte aussi. Ils viennent à Londres demain. C'est David qui a procédé à la cérémonie. Vous vous souvenez de lui ?

Bien sûr, elle se rappelait le gentil vicaire aux yeux bruns qui avait été en classe avec Braddon et Patrick.

Elle se remit à sangloter à fendre l'âme, son corps menu secoué de la tête aux pieds, et Patrick ne put rien faire d'autre pour la consoler que de la tenir serrée contre lui en murmurant des mots d'amour.

27

Les jours suivants, Sophie resta alitée, touchant à peine aux repas soigneusement concoctés par Florent. Patrick lui tint compagnie des heures durant, à lui lire à haute voix ses romans préférés, les potins mondains du *Morning Post* et les nouvelles internationales du *Times*. Elle n'écoutait pas vraiment. Elle suivait un instant, puis la réalité revenait l'accabler, des larmes silencieuses roulaient sur ses joues. Alors Patrick posait son livre, lui essuyait les joues et la serrait dans ses bras. D'autres fois, elle se contentait de fixer le mur, tandis qu'un vide immense s'installait en elle.

Sa mère lui rendait visite chaque jour et lui prédisait d'autres grossesses. Son père vint aussi la voir et demeura un long moment silencieux près de son lit.

— Je regrette que nous n'ayons pas conçu d'autre enfant, dit-il enfin. Ainsi, tu aurais eu une sœur pour t'aider dans cette épreuve.

Sophie le regarda, les yeux brûlants de larmes.

— Cela ne changerait rien, papa.

— Nous avons commis bien des erreurs, ta mère et moi. J'ai été stupide.

Avait-il renoncé à courir les jupons ? Sophie, qui en avait rêvé toute sa vie, s'aperçut que désormais elle ne s'en souciait plus.

— C'est bien, papa, murmura-t-elle.

George, après une brève hésitation, les traits tirés, quitta la chambre.

Enfin, au bout de plusieurs semaines, elle cessa de saigner, et le Dr Lambeth la jugea suffisamment remise pour se lever. Elle se plongea dans le bain chaud que lui avait préparé Simone, en prenant bien soin de ne pas regarder ce corps qu'elle détestait, ce corps incapable d'abriter un bébé...

Patrick entra au moment où Simone tendait une serviette tiède à sa maîtresse. Sophie, qui agissait comme un automate, ne se rendit même pas compte qu'il était dans la pièce.

Il indiqua à la domestique de se retirer et fit asseoir son épouse sur un tabouret devant la cheminée. Là, il entreprit d'essuyer sa longue chevelure. Cette apathie l'inquiétait fort, même si le médecin affirmait qu'elle était normale. Qu'en savait-il ? Ce n'était pas dans la nature de la vivante et gaie Sophie. Patrick avait le cœur serré d'angoisse, devant ce visage immobile et ces yeux vides.

Il parlait de choses et d'autres, quand la petite voix de la jeune femme l'interrompit :

— Je veux aller chez Charlotte. Voir la tombe.

Il s'immobilisa, puis se remit à frotter ses cheveux.

— Nous partirons pour Downes dès demain matin, promit-il.

— Je veux y aller tout de suite, et seule, déclara-t-elle d'un ton sans réplique.

Il laissa tomber la serviette pour venir s'agenouiller face à elle.

— Ne me rejetez pas, Sophie, implora-t-il d'une voix étranglée.

— Je ne vous rejette pas, Patrick. J'aimerais simplement, la première fois, être seule devant la tombe.

Les yeux de Patrick étaient cernés de fatigue.

— Pourquoi ?

— Je suis sa mère. *J'étais* sa mère, rectifia-t-elle.

— J'étais son père, rétorqua-t-il.

— Je l'ai portée durant des mois ! cria Sophie. Et il faut que je lui demande de me pardonner.

— De quoi ?

— Je...

Elle tremblait de tous ses membres.

— C'était *mon* corps, vous ne comprenez pas ?

— Non. De quoi parlez-vous ?

Les larmes revenaient. Patrick, en l'obligeant à s'expliquer, lui faisait perdre le contrôle qu'elle avait tant de mal à s'imposer.

— Je n'ai pas pu la mener à terme... je l'ai trahie.

— Ce n'est pas votre faute, dit-il tendrement en lui caressant la joue.

Elle se détourna.

— Je veux y aller seule, insista-t-elle. J'ai besoin de...

— Ce n'est pas votre faute, répéta Patrick en la secouant doucement aux épaules. Elle n'était pas prête pour ce monde, Sophie, vous vous souvenez ? C'est vous qui me l'avez dit. Ce n'est pas à cause de vous, c'est elle qui était trop fragile.

Il la souleva dans ses bras pour la porter jusqu'à un fauteuil, et la berça comme si elle était une toute petite fille.

— C'est parce qu'elle savait que je ne voulais pas d'elle, murmura-t-elle d'une voix brisée.

— Comment pouvez-vous dire ça ? Vous la désiriez tellement que vous ne m'avez pas laissé vous toucher pendant des mois !

Il y eut un silence.

— J'avais peur, reprit enfin Sophie. J'avais peur de perdre mon bébé.

— Alors comment pouvez-vous dire que vous ne vouliez pas d'elle ?

— Vous étiez avec votre maîtresse, vous ne veniez plus dans ma chambre, donc je savais que nous n'aurions jamais d'autre enfant. Oui, je la voulais, mais par moments je me disais que si je n'avais pas été enceinte, vous auriez continué à me rendre visite...

Le chagrin l'étouffait.

— Jamais je n'aurais dû penser ça. J'aurais dû accepter les faits et me réjouir de la venue du futur bébé.

Patrick, stupéfait, la pressa contre lui.

— Je n'étais pas avec une autre femme, Sophie.

Elle n'écouta même pas sa réponse.

— Je savais que vous n'aviez plus envie de me faire l'amour.

— Que *je n'avais*... ? Pourquoi n'aurions-nous pas un autre enfant, Sophie ?

Elle ne pouvait plus contenir ses sanglots, elle ne se souciait plus de révéler ses pensées les plus secrètes.

— Parce que vous êtes las de ce mariage. Et comme vous ne tenez pas à avoir un héritier, nous n'aurons pas d'autre bébé. Quand j'ai été enceinte, d'une certaine façon, je le regrettais car cela signifiait la fin de...

Exténuée, elle ne put terminer sa phrase.

— Que racontez-vous, Sophie ? demanda-t-il avec désespoir. Ignorez-vous que je passais des nuits d'enfer, dans ma chambre, à brûler de venir vous rejoindre ? Ce que vous dites n'a aucun sens ! Si je devenais fou de ne pouvoir vous faire l'amour pendant votre grossesse, pourquoi aurais-je cessé de vous désirer après la naissance du bébé ?

Elle ravala ses larmes. Tout cela lui avait paru si clair, à l'époque !

— Mais... mais le dernier mois, vous découchiez cinq soirs sur sept, dit-elle en se rappelant ses nuits blanches. Je suis au courant, pour votre maîtresse. La dame brune. Je ne vous en veux pas, se hâta-t-elle d'ajouter. Je savais qu'il en serait ainsi. Mais je ne comprenais pas pourquoi cela me faisait si mal...

L'étreinte de Patrick se resserra. Il lui releva le menton et la regarda dans les yeux.

— C'est faux ! déclara-t-il. Dieu m'en est témoin, je n'ai jamais eu envie d'une autre femme depuis la première fois où je vous ai embrassée, au bal des Cumberland.

Sophie le contemplait, désorientée.

— Je n'ai fait l'amour avec personne d'autre, continua-t-il, et il n'y a pas de femme brune dans ma vie. Pour l'amour du Ciel, je n'en ai même pas *regardé* une seule ! Je ne pense qu'à vous, à votre corps. Oh, ma chérie, vous vous êtes trompée en me prenant pour un libertin, vous ne le comprenez pas ?

— Cela signifie-t-il que vous avez encore envie de... ?

— Dieu, oui !

Sophie posa la tête contre l'épaule de son époux. Elle était en pleine confusion, mais une chose était nette dans son esprit : Patrick la désirait. Cela voulait dire qu'il reviendrait dans son lit lorsqu'elle serait tout à fait remise, qu'ils referaient l'amour, qu'ils auraient peut-être un autre bébé... Instinctivement, elle se détendit, corps et esprit.

— Vous le pensez vraiment ? s'enquit-elle d'une voix éteinte. Vous avez vraiment envie de faire l'amour avec moi ? Vous n'êtes pas lassé ?

— Lassé ? Mais bon sang, Sophie, où avez-vous pris cette idée absurde ?

— Je croyais que vous aviez une maîtresse. Vous passiez tant de nuits dehors, Patrick !

Il baissa les yeux.

— Je me torturais, avoua-t-il.

Il ne pouvait se résoudre à aborder le sujet des sorties du vendredi. Malgré la jalousie qui le taraudait, il ne voulait pas entendre Sophie lui parler de ses sentiments pour Braddon. Il ne le supporterait pas, bien qu'il fût certain qu'elle ne l'avait pas trompé physiquement. À quoi bon lui faire avouer qu'elle aimait un autre homme ? Elle était honnête, elle ne l'avait pas trahi, alors de quel droit aurait-il exigé son amour ? D'autant plus qu'il l'avait pratiquement forcée à l'épouser.

Mais Sophie attendait de plus amples explications.

— Pourquoi vous torturiez-vous ? J'étais là... et je vous espérais.

Que répondre ? « Je ne voulais pas vous voir, dîner avec vous, vous parler... parce que je savais que ce n'était pas moi que vous aimiez » ? Elle se serait moquée de lui !

— Je ne savais pas ce que je faisais, reconnut-il enfin d'une voix à peine audible. Mais je n'avais pas de maîtresse, je vous le jure. En général, je marchais inlassablement dans les rues. D'autres fois, je passais la nuit dans mon bureau, aux entrepôts.

Sa sincérité ne pouvait être mise en doute.

— Je... j'en suis heureuse, murmura-t-elle. Même si je sais que... que cela ne durera pas toujours, mais...

— Bon Dieu, Sophie, explosa-t-il, qu'est-ce qui vous pousse à penser que je suis si vil ? Qu'avez-vous entendu raconter à mon sujet ?

La jeune femme comprit brusquement qu'elle venait de l'insulter.

— Ce n'est pas vous personnellement, Patrick, mais je sais comment sont les couples, en tout cas les hommes. Vous ne pourrez vous contenter de la même femme toute votre vie, cependant je ne serai pas une épouse acariâtre. Je ne l'ai pas été, n'est-ce pas ? Je ne me suis jamais plainte de vos absences...

— C'est vrai, grommela-t-il, les dents serrées. J'avais l'impression que vous vous moquiez bien que je sois là ou non.

Sophie eut un haut-le-corps.

— Oh ! Je voulais simplement que vous ne vous sentiez pas emprisonné !

— Car vous aviez peur, sinon, que je ne vienne plus dans votre chambre ?

Patrick commençait à y voir un peu plus clair.

Elle acquiesça, et il reprit doucement :

— Je ne suis pas votre père, ma chérie. Et vous ne ressemblez pas à votre mère. Je suis absolument certain que je vous rendrai visite chaque nuit jusqu'à au moins quatre-vingts ans. D'ailleurs, je vais même brûler votre lit afin que nous n'en ayons plus qu'un pour nous deux. Qu'en pensez-vous ?

Elle était un peu perdue.

— Pourquoi ?

— Parce que je veux dormir avec vous toutes les nuits, Sophie. Nous n'avons pas assez parlé. Nous aurions dû le faire, durant toutes ces nuits où je marchais au hasard dans les rues, en ne pensant qu'à vous faire l'amour...

Une fois encore, il n'osa évoquer Braddon. Oui, il faudrait en parler, mais quand elle irait mieux, quand lui-même serait un peu remis de toutes ces émotions. Alors il serait capable de supporter la vérité. L'important, dans l'immédiat, c'était qu'elle avait envie de l'avoir, lui, dans son lit. Il baisa tendrement ses paupières.

— J'ai été stupide. Me pardonnerez-vous ? Me permettrez-vous de dormir avec vous durant les soixante années à venir ?

Elle lui caressa la joue.

— Oui. Oh, oui !

Il effleura ses lèvres, et ce fut elle qui l'attira pour un baiser qui parlait plus d'amour que de passion.

Il releva la tête.

— Il y a une chose que je dois vous dire, Sophie...

Anxieuse, elle se mordilla la lèvre.

— Je veux un enfant, continua-t-il. Je désirais ce bébé plus que tout au monde.

Il y eut un bref silence.

— Alors pourquoi étiez-vous si cruel ? Pourquoi avez-vous prononcé ces horreurs ?

— Ma mère...

Patrick s'interrompit pour s'éclaircir la voix.

— Je ne voulais pas que mon épouse connaisse le même sort que ma mère. C'est ridicule, je sais, mais après sa disparition, Alex et moi nous sommes retrouvés seuls. Pendant les vacances, nous allions chez qui voulait bien de nous. C'était mieux que de retourner dans notre grande demeure vide. Alors je me suis juré de ne jamais avoir d'enfants, et je n'en ai jamais eu envie, avant de vous rencontrer.

Elle noua les bras à son cou.

— Mais j'aimerais avoir des enfants de vous, poursuivit-il. Nous aurons un autre bébé, Sophie. Je m'inquiéterai pour vous, c'est inévitable, mais nous en aurons autant que vous le souhaiterez – trois, quatre, ou même dix.

Il eut un petit coup au cœur en se rappelant qu'elle avait donné ce chiffre à Braddon.

Elle déposait des baisers dans son cou, silencieuse, de crainte de laisser échapper ses mots d'amour. Patrick avait dit qu'il la désirait, qu'il ne dormirait jamais avec une autre, qu'il voulait avoir des enfants. Elle devait s'en contenter... *s'en contenter !*

Malgré ses bonnes résolutions, elle ne put s'empêcher de chuchoter :

— Je vous aime. Je vous aime...

Patrick lui releva le menton.

— Vous n'êtes pas obligée de dire cela, Sophie. Je connais vos sentiments. Nous aurons d'autres enfants.

Surprise et honteuse, elle se détourna. Il connaissait ses sentiments ? Malgré tous ses efforts pour le lui cacher, il avait toujours su qu'elle était amoureuse de lui ? Elle en avait mal au cœur d'humiliation, pourtant elle laissa retomber la tête contre son épaule. Oui, elle l'aimait. Elle était folle de lui.

De son côté, Patrick avait l'impression qu'un poignard le transperçait. Il avait espéré ces mots, or il s'apercevait qu'il n'avait plus envie de les entendre. Il ne voulait pas d'un amour qui n'était que de la gratitude, basée sur sa promesse d'avoir des enfants. Il ne voulait pas de la tendresse qui s'était tissée entre eux depuis la mort du bébé – ou, en tout cas, il ne voulait pas que cela s'appelle « amour ». Il voulait que la jeune femme connaisse la même ardente passion que celle qui le consumait, qu'elle ait comme lui la certitude qu'elle deviendrait folle s'il lui arrivait malheur.

— Sophie… chuchota-t-il dans ses cheveux, la gorge nouée.

Elle attendit, mais il était incapable d'en dire davantage, et quand il reprit enfin la parole, ce fut pour changer totalement de sujet.

— Vous souhaitez toujours partir pour Downes aujourd'hui ?

Elle prit une profonde inspiration.

— Oui, s'il vous plaît.

— Je vais prendre les dispositions nécessaires… Pourrai-je vous rejoindre d'ici quelques jours ?

Elle enfouit le visage dans son cou.

— Venez maintenant, Patrick. Venez avec moi, dit-elle d'une voix qui tremblait légèrement.

Il s'empara de ses lèvres.

— Je viens. Je viendrai toujours avec vous, partout où vous irez.

Lorsque Sophie se réveilla, quelques jours plus tard, dans un grand lit à Downes Manor, elle eut l'impression que le souffle de la grâce était passé sur son cœur. Son bébé – leur bébé – n'était plus, mais ils en auraient d'autres.

Et son mari était allongé près d'elle, sur la couverture… vêtu d'une invraisemblable chemise de nuit de dentelle, que son frère avait exigé de le voir porter, pour quelque raison inconnue. Il avait le visage un peu émacié, un début de barbe lui ombrait le menton, pourtant jamais elle ne l'avait trouvé plus beau.

28

On lui caressait le nez. Avec une fleur, s'aperçut Sophie en ouvrant les yeux. Elle eut un sourire ensommeillé.

— Ai-je dormi longtemps ?

— Une bonne heure, répondit son époux avec un regard tendre.

Elle s'étira, sentit le picotement de l'herbe sous ses omoplates, tandis que Patrick s'attardait à contempler sa poitrine sous le coton de la robe. La marguerite descendit le long de son cou.

— Ce corsage a besoin de quelque ornement, dit-il en le parsemant d'une pluie de pétales blancs.

Elle frémit.

Patrick était un peu ébouriffé. Sans doute avait-il fait la sieste, lui aussi, après leur léger pique-nique arrosé d'une bouteille de vin pétillant.

Cela faisait deux longs mois qu'ils étaient arrivés de Londres, le cœur lourd.

Ils avaient choisi une pierre tombale toute simple pour leur bébé et y avaient gravé son prénom, Frances, ainsi que les mots : *Notre bien-aimée*. Puis, un jour, Charlotte et Sophie étaient venues planter dans le cimetière familial des centaines de perce-neige, sous l'œil offusqué du jardinier. Les dames ne se salissaient pas les mains dans la terre !

Mais ils n'étaient pas retournés en ville. L'idée de leur résidence londonienne, pleine de souvenirs de journées silencieuses et de nuits sans sommeil, ne les tentait guère. Ils s'étaient donc installés dans l'une des vastes chambres du manoir, tels deux oiseaux blessés.

C'était l'époque de la convalescence. La présence chaleureuse de Charlotte et d'Alex les réconfortait, et Downes Manor n'était plus la sinistre demeure qu'avait connue Patrick enfant. Le trimestre terminé, Henri était venu les rejoindre, pour la plus grande joie de Pippa, et désormais, le grand hall résonnait de rires.

Mais surtout, où qu'aille Sophie, Patrick était là. Il lui tenait sa chaise, il ne lui laissait rien porter de plus lourd que son tambour à tapisserie ; le soir, il congédiait Simone afin de brosser lui-même sa chevelure de soie.

La nuit, ils dormaient enlacés, le visage de Patrick contre le cou de son épouse. Si elle roulait dans son sommeil, il la ramenait aussitôt à lui. Même dans ses rêves, il ne voulait plus la lâcher.

Ce soir-là, ils attendaient des invités pour une petite fête entre amis. Devant l'agitation causée par la préparation d'une dizaine de chambres, Patrick avait pris la jeune femme par la main et l'avait poussée dans la voiture pour l'emmener en pique-nique.

— Où est le cocher ? demanda-t-elle paresseusement.

Elle voyait bien les couvertures et les restes de leur repas, mais la calèche n'était plus là.

— Je l'ai renvoyé à la maison, répliqua-t-il sans lever les yeux.

— À la maison ? Mais comment allons-nous rentrer ?

Il faisait tellement bon près de la rivière, dans la chaleur de l'après-midi, qu'elle se souciait fort peu de la réponse.

D'ailleurs, Patrick avait découvert un nouveau jeu : il avait trouvé des fleurs de chèvrefeuille qu'il mêlait à la chevelure de Sophie.

— Patrick ?

Elle adorait voir son regard s'assombrir quand il la désirait.

— Oui ?

— Ma nourrice avait l'habitude d'effeuiller les marguerites, comme vous venez de le faire...

— Ah bon ?

— C'est pour deviner si quelqu'un vous aime.

Un peu intimidée, elle se redressa, le visage caché par ses boucles. Il lui tendit une marguerite.

— Il m'aime, dit-elle en arrachant le premier pétale.

Une main tendre repoussa ses cheveux.

— Un peu, continua-t-elle.

On lui mordilla l'oreille.

— Beaucoup.

Patrick passa derrière elle et l'assit sur ses genoux.

— Passionnément.

De solides bras l'encerclaient, et elle se laissa aller contre sa poitrine.

— Pas du tout.

Les lèvres si douces caressèrent son front.

— Il m'aime.

Le dernier pétale venait de glisser au sol.

— Il vous aime, conclut-il de sa voix ferme, assurée.

— Savez-vous à quel point *je* vous aime, Patrick Foakes ? À la folie.

Les mots pénétrèrent lentement le cerveau de Patrick, et il y eut un moment de silence, comme si le temps s'était suspendu. Il n'entendait plus les criquets, ni le bourdonnement des abeilles. L'univers se limitait aux yeux bleus de son épouse.

Il n'osait parler, de peur de briser la magie de l'instant.

— C'est... vrai ? dit-il enfin.

Sophie avait légèrement rougi, et elle posa les mains sur les joues de son mari.

— Bien sûr. Pourquoi semblez-vous surpris ? Je croyais que vous le saviez.

— Je pensais... que vous aimiez Braddon.

— Braddon ?

Elle écarquillait des yeux stupéfaits.

— Comment pourrais-je être amoureuse de Braddon ? Il est fou de Madeleine !

— Ce qui ne vous empêcherait pas de l'aimer, insista-t-il.

C'était le moment de mettre les choses au point.

Sophie tombait des nues.

— Où diable êtes-vous allé chercher une idée aussi invraisemblable ?

— Invraisemblable ? ironisa Patrick. Braddon affirmait que vous l'adoriez, et c'est bien l'impression que vous donniez. Vous teniez absolument à vous enfuir avec lui, pour l'amour du Ciel ! Et quand il a annoncé ses fiançailles avec Madeleine, vous avez pleuré.

— J'ai pleuré ?

Sophie cherchait à se rappeler.

— Non, je n'ai pas pu pleurer sur les fiançailles de Braddon, parce que franchement, je me moque bien de savoir s'il se marie ou non !

Elle réfléchit un instant.

— Et il vous a dit que j'étais amoureuse de lui ?

Il acquiesça, et le regard de Sophie vira au bleu marine.

— Quel prétentieux, quel... goujat ! Moi ? Amoureuse de lui ?

Patrick avait le cœur qui chantait.

— Voyons, la taquina-t-il, si je me souviens bien, il a dit que vous étiez folle de sa personne...

— Il me le paiera ! cria-t-elle avant d'éclater de rire. Pour me venger, je le raconterai à Madeleine, dès qu'ils rentreront de leur voyage de noces.

— J'aime bien Madeleine, murmura Patrick. Où l'avez-vous rencontrée, la première fois ?

— Oh, ce devait être au bal des Cumberland...

Il secoua la tête.

— Impossible. Elle m'a dit que son premier bal était celui que lady Commonweal avait donné en l'honneur des fiançailles de Sissy. Or vous aviez reçu Madeleine à dîner bien avant cela.

Sophie se détourna. Elle détestait lui mentir, et opta pour une demi-vérité.

— C'est sans doute Braddon qui me l'a présentée, mais je ne sais plus à quelle occasion.

— Braddon...

Patrick jouissait d'une excellente mémoire, qui lui avait été fort utile dans ses négociations internationales, et il se souvint d'une phrase de Braddon : « Madeleine est différente. Elle est à moi seul, et pour toujours ! »

Il parlait alors de sa future maîtresse, la jeune femme qui avait remplacé Arabella. Il voulait lui acheter une maison à Mayfair, il la voulait près de lui...

Il eut une brusque illumination. Braddon avait entraîné Sophie dans l'un de ses plans stupides ! Or celui-ci était dangereux, socialement au moins. Mais, finalement, c'était avec Madeleine qu'elle passait ses vendredis. Madeleine, la maîtresse de Braddon...

— Vous avez appris à cette jeune personne comment on se tient en société, c'est cela ?

Sophie eut un rire contrit.

— Elle n'a pas eu besoin de beaucoup de leçons.

Il respira un bon coup.

— Je croyais que vous passiez vos après-midi avec Braddon...

— Eh bien, c'est vrai, répondit-elle distraitement, mais la plupart du temps nous ne pouvions le garder avec nous, car c'était un vrai chien fou. Il ne parvenait pas à s'éloigner de Madeleine de plus d'une dizaine de centimètres.

Patrick referma les bras sur elle. Quel imbécile il était !

— Vous n'étiez tout de même pas... Mais si ! Vous étiez jaloux ! l'accusa Sophie.

Il envisagea fugitivement de nier, mais ils s'étaient promis de tout se dire.

— J'étais malade de jalousie, avoua-t-il contre ses lèvres. J'aurais pu en mourir.

— Mais je... je croyais que vous aviez une maîtresse.

— À ce propos, reprit-il, curieux, qui était la beauté brune avec laquelle vous imaginiez que j'avais une liaison ?

Sophie se délectait encore de la jalousie déraisonnable de son mari.

— Charlotte avait suggéré que vous étiez jaloux de Braddon, mais je n'arrivais pas à le croire...

Ses yeux s'agrandirent.

— Charlotte ! reprit-elle. C'était Charlotte, votre maîtresse !

— Pas à ma connaissance, répliqua-t-il en riant.

— Voyez-vous, Henri a cru vous surprendre avec une ravissante jeune femme brune...

— Or il n'avait pas rencontré Charlotte avant de partir pour le collège, et il ignorait que j'avais un frère jumeau, termina Patrick. Cela vous apprendra à ne pas faire confiance à votre époux !

Il appuya son front contre le sien.

— Quels idiots nous avons été, ma chérie. Pourquoi n'avons-nous pas révélé nos craintes ?

— Je ne pouvais pas, répondit-elle simplement. Je pensais que vous vous comportiez comme mon père, alors à quoi bon en discuter ? Vous ne vous affichiez pas avec vos belles amies dans les salles de bal, c'était déjà ça. De quoi me serais-je plainte ?

— De quoi ? Mais vous auriez eu tous les droits de vous plaindre ! s'écria Patrick, offusqué. Vous êtes ma femme, sapristi !

— Vous ne vous êtes pas plaint de mes escapades avec Braddon, lui rappela-t-elle doucement. Il avait peur que vous n'en preniez ombrage, et moi, je pensais que vous n'aviez rien remarqué.

— Comment aurais-je pu vous reprocher de voir Braddon ? Sans ma conduite déplorable, vous auriez vécu heureuse avec lui.

Cette simple idée lui déchirait le cœur.

— Sophie... êtes-vous sûre de m'aimer ? Alex dit que Braddon est charmant...

— Il l'est, admit-elle en prenant son visage entre ses mains. Vous, monsieur, vous ne l'êtes pas. Vous êtes un raisonneur, et vous aboutissez à d'absurdes conclusions. Vous m'ignorez, et ensuite vous prétendez que vous pensiez à moi... Vous m'avez donné envie de vous avoir dans mon lit, puis vous m'avez abandonnée sans la moindre explication. Vous êtes nommé duc, et vous oubliez de m'en parler. Je ne comprends rien à votre comportement, et je ne comprends pas non plus pourquoi je vous aime tant !

Horrifié, Patrick sentit des larmes lui picoter les yeux. Il renversa son épouse sur l'herbe et s'empara de ses lèvres avec une passion féroce. Comme d'habitude, elle répondit avec la même intensité.

— Moi, je sais pourquoi je vous aime, Sophie. Parce que vous êtes la plus merveilleuse personne du monde.

Elle passa la main dans ses boucles brunes et lui offrit de nouveau sa bouche.

— Je suis désolé, reprit-il d'une voix un peu rauque. J'étais jaloux. Puis vous êtes tombée enceinte, et j'ai eu tellement peur ! Je ne suis pas habitué à avoir peur. J'étais furieux, et absolument terrifié. Alors je ne pensais plus qu'à me tenir loin de vous.

Le baiser de Sophie fut un pardon silencieux, et ils restèrent un long moment à se regarder dans les yeux.

— Je ne vous quitterai plus jamais, promit Patrick.

— Si cela vous arrive, je hurlerai comme une harengère. Qu'en dites-vous ?

— J'accepte le marché. Pourtant, je sais que vous êtes bien trop intelligente pour faire une épouse tranquille.

Elle sourit.

— Jaloux de mon succès avec Madeleine ? se moqua-t-elle. Mon prochain but est de faire du duc de Gisle un duc digne de ce nom.

— Vraiment ? Et qu'est-ce qui ne va pas, avec le duc de Gisle ?

— Il n'a aucun sens de son rang. Son carrosse est simplement tendu de soie bleue, sans le moindre blason apparent. Et il ne possède pas son propre mélange de tabac à priser.

— Je déteste priser.

— Peu importe ! répliqua-t-elle gaiement. Tous les ducs ont leur tabac personnel, que personne d'autre ne peut acquérir.

— Moi, je pense qu'il y a plutôt un problème avec la duchesse...

Patrick la caressait, et elle frémit de tout son être.

— La duchesse s'y connaît en étiquette, murmura-t-elle. Elle a fait une comtesse de la fille d'un entraîneur de chevaux.

— Mais elle a menti au duc, objecta-t-il.

Il y avait dans ses yeux une pointe de sérieux qui alerta la jeune femme.

— Je ne pouvais pas vous parler de Madeleine, se défendit-elle.

— Il ne s'agit pas de ça, dit-il en se passant la main dans les cheveux, les ébouriffant davantage. Vous rappelez-vous avoir évoqué les récits de voyage de Kotzebue en Sibérie ?

Intriguée, elle se redressa sur ses coudes.

— Un après-midi, dans mon bureau, insista-t-il.

Elle rougit.

— Oh, oui !

— Je suis allé dans une librairie chercher un exemplaire de cet ouvrage.

Elle fut soudain sur ses gardes.

— Oui, ma chère épouse, grommela-t-il. Le seul livre que l'on m'ait proposé avait pour titre : *Merkwürdigste Jahr Meines Lebens*.

Elle s'empourpra.

— Je crois qu'un certain révérend Beresford travaille sur la traduction, dit-elle d'une toute petite voix.

— Vous me l'offrirez pour Noël, rétorqua Patrick qui, malgré son sourire, gardait un ton sévère. Et j'ai reçu un message de lord Breksby, hier. Bayrak Mustafa n'est pas turc, bien qu'apparemment sa mère l'ait été.

Il s'agit d'un Anglais pratiquement analphabète, connu sous le nom de La Taupe.

Sophie ne comprenait plus rien.

— Pourquoi alors ont-ils apporté l'encrier ?

— Foucault et son acolyte étaient à la solde de Napoléon. En réalité, ils projetaient de faire exploser la cour de Sélim III.

— L'encrier !

— Exactement, ma chère épouse. Napoléon a imaginé, semble-t-il, que l'explosion pousserait Sélim – au cas où il y survivrait – à déclarer la guerre à l'Angleterre. Mais ses sbires ont été vaincus par l'intelligence de ma femme.

Il se pencha vers elle, intense.

— Pourquoi ne m'avez-vous rien dit, Sophie ?

— Ma mère, répondit-elle, tendue. Ma mère prétendait que vous seriez rebuté par un bas-bleu. Selon elle, aucun homme n'aime que sa femme parle plus de langues étrangères que lui.

— Un bas-bleu !

Patrick contemplait sa ravissante compagne. Même après une sieste, elle évoquait une gravure de mode.

— J'étais tellement fier, quand j'ai découvert que vous lisiez l'allemand, dit-il. Je doute qu'un autre homme à Londres ait une épouse capable de parler le français, le gallois, le turc et l'allemand !

Il y eut un bref silence, comme lorsque l'on attend le bruit de la pierre que l'on vient de jeter dans un puits, et Patrick reprit :

— Oh, Seigneur, je suis le dernier des crétins, n'est-ce pas ? Combien de langues la duchesse de Gisle parle-t-elle ?

Sophie était toute rose d'embarras.

— Eh bien, l'italien ne compte pas, car il ressemble beaucoup au français...

— J'aurais dû m'en douter, soupira-t-il, une étincelle amusée dans le regard. Quoi encore ?

— Un peu de portugais et de hollandais.

— Un peu ?

Il lui planta un baiser sur la bouche.

— Cela signifie-t-il que vous les parlez couramment ?

— Non, non ! se hâta de rectifier Sophie. Nous n'avons pas pu trouver une personne avec qui je puisse pratiquer le hollandais, alors...

— C'est tout ?

Elle leva vers lui des yeux angoissés.

— Vous êtes en colère ?

Il sembla sincèrement surpris.

— Pourquoi le serais-je, mon amour ? J'adore voyager, et vous êtes experte en langues étrangères. Je considère au contraire que j'ai une chance de pendu ! Et je suis particulièrement heureux que vous parliez turc.

Elle l'interrogeait en silence.

— Vous pensiez que j'allais partir sans vous ?

Elle hocha la tête.

— Je ne serais pas heureux, loin de vous, dit-il. Je ne veux plus jamais dormir seul, donc nous voguerons ensemble vers l'Empire ottoman le mois prochain.

— Oh, Patrick ! s'écria Sophie. C'est merveilleux !

— Bien, conclut-il en laissant courir ses mains sur elle.

Elle lui saisit les poignets.

— Cela ne vous ennuie pas que je... parle toutes ces langues ?

Les yeux de Patrick étaient emplis de promesses coquines.

— Je me moque de la langue dans laquelle vous me parlez, Sophie, tant que...

— Tant que ?

— Tant que vous me laissez vous aimer matin, midi et soir.

— Seulement ?

— Et pour toujours.

— Je m'en doutais, dit-elle en riant.

— Il faut également que vous me pardonniez pour mes silences.

Elle se redressa un peu.

— Je ne m'exprimais pas non plus. J'avais peur. Je voulais à tout prix éviter les amères querelles de mes parents. Mais peut-être un silence poli est-il pire encore…

Il acquiesça.

— À la minute où vous reprendrez vos escapades hebdomadaires avec Braddon, vous constaterez que j'ai de la voix !

— Et si vous rentrez à la maison à l'aube, dit-elle avec une feinte solennité, je deviendrai une mégère, et je vous jetterai des objets à la figure !

Il sourit.

— Encore une exigence : il faudra que vous me donniez au moins cinq enfants.

Elle demeura un moment incapable de prononcer un mot. Ses yeux s'emplirent de larmes.

— Vous le voulez vraiment, Patrick ?

— Je serai mort de peur, et je me conduirai sûrement comme un tyran, mais je… j'ai aimé la petite Frances à l'instant où je l'ai vue. Il faut que nous ayons un autre enfant.

Les larmes de Sophie débordaient, et il la prit de nouveau dans ses bras.

— Je suis un idiot, dit-il tendrement. Il vaudrait mieux que je vous change les idées…

Il but ses larmes, mais ses mains prenaient un chemin beaucoup moins innocent, le long de sa cuisse.

Quelques nuages blancs dérivaient dans le ciel d'un bleu pur, les abeilles bourdonnaient non loin, les oiseaux chantaient leur joie de vivre.

Sophie ferma les yeux et caressa le dos de son mari, heureuse de le sentir frémir sous ses doigts.

Épilogue

Décembre 1807

Sophie se réveilla en sursaut et s'assit dans le lit. La seule lumière dans la chambre était celle de la cheminée. Un instant, encore ensommeillée, elle regarda les ombres dansantes sur le mur. Il faisait chaud, bien que l'hiver fût particulièrement rude.

Puis elle l'entendit de nouveau : un gazouillis, suivi d'un rire bas...

Les yeux plissés, elle distingua le fauteuil à bascule, près de l'âtre, qui s'agitait doucement.

— Patrick ?

— Nous sommes là.

Souriante, elle remonta ses oreillers contre la tête du grand lit d'acajou. Patrick et elle avaient été logés dans la suite royale d'un palais en Turquie, et il avait marchandé pour acheter ce lit au pacha. Au retour, il avait tenu sa promesse et fait enlever celui de la chambre de la jeune femme.

— C'est le seul lit dans lequel la duchesse de Gisle et son dévoué époux dormiront désormais, avait-il dit en la renversant sur la courtepointe de soie. Si vous avez une bonne raison de m'en chasser, sachez que je dormirai devant la porte, sur le parquet.

Sophie avait ri, et depuis, ils partageaient ce lit créé pour un roi.

Un nouveau trille s'éleva dans la chambre.

— Oh, Patrick, vous n'auriez pas dû !

Pourtant, il était difficile de se montrer stricte devant un rire de bébé.

— Elle ne voudra jamais se rendormir, après avoir joué avec vous, reprit-elle.

— Mais si, répondit Patrick, de la tendresse dans la voix. Tu te rendormiras gentiment, mon cœur, n'est-ce pas ? Pour faire plaisir à maman...

Le bébé poussa un petit cri enchanté.

— C'est l'heure du repas ? Oui, sans doute.

Il se leva et se dirigea vers le lit, un paquet langé dans les bras. Sophie ne voyait qu'un petit poing qui s'agitait.

Patrick, en marchant, frottait son nez contre celui de sa fille.

— Aïe ! gémit-il lorsque la menotte se referma sur ses cheveux.

— Katherine ? demanda Sophie.

— Depuis quand les mères ne reconnaissent-elles plus leurs enfants ? répliqua son mari, faussement sévère, en déposant le bébé dans les bras de sa maman. Cette petite coquine est Ella, évidemment.

Ella tournait à présent vers Sophie un regard plein d'attente.

— Voilà, chérie, dit-elle en ouvrant sa chemise.

Patrick s'assit au bord du lit, attendri.

— Katherine dort du sommeil du juste. Quand Nanny a amené Ella, elle a dit qu'elle espérait que Katherine ferait sa nuit.

— Elle est optimiste !

— Bonne qualité pour une nourrice. Mais vous noterez que même notre optimiste Nanny n'envisage pas qu'Ella fasse des nuits entières avant longtemps.

Sophie contempla sa fille qui tétait goulûment.

— C'est un petit goinfre. Elle ne veut pas dormir, elle a peur de manquer un repas !

— Ou un éclat de rire, renchérit Patrick. Elle aime toujours jouer, même si elle a faim.

— Je pense qu'elle veut rattraper sa sœur, qui était plus grosse à la naissance.

— Ma foi, elle a passé les trois derniers mois à se rattraper. Regardez son petit ventre rond !... Nous avons reçu un message, après que vous êtes montée vous coucher, ajouta-t-il, changeant de conversation.

— Maman ?

— Oui. Héloïse est mère une seconde fois. La maman et le bébé se portent bien. George dit que la naissance n'a duré que quatre heures en tout, alors je suppose que votre mère vous ressemble, ma chérie.

Après toutes ses angoisses, qui n'avaient fait que croître à mesure que l'accouchement approchait, les jumelles étaient nées si vite que le Dr Lambeth n'avait même pas eu le temps de chasser Patrick de la chambre. Aussi ce dernier avait-il Katherine dans les bras lorsque le médecin, avec un petit rire surpris, avait attrapé la tête d'Ella qui se précipitait pour rejoindre sa sœur dans le monde des vivants. Patrick avait encore le cœur gonflé de joie, à ce souvenir.

— Ai-je une sœur ou un frère ? s'enquit Sophie.

— C'est un garçon. J'imagine que votre père doit être au septième ciel !

— Il ne s'est jamais beaucoup occupé de la succession du titre.

— Eh bien, pourtant, il a un héritier. Alexander George, futur marquis de Brandenburg.

— Est-ce que cela vous donne envie d'avoir un héritier ?

— Non. Néanmoins, j'avoue que la naissance des filles s'est si bien passée que parfois je pense à un garçon. Pas un héritier, juste un fils.

Sophie eut un rire de pur bonheur. À vrai dire, le seul moment tendu de l'accouchement avait été quand le Dr Lambeth avait déclaré que la duchesse avait un bassin de paysanne, ce que Patrick avait fort mal pris.

Elle secoua la tête, taquine.

— Je n'y crois guère. Charlotte vient d'avoir une troisième fille, nous avons eu Frances et les jumelles. Vous et votre frère avez donné naissance à six filles. C'est peut-être votre lot dans la vie !

Il déposa un baiser sur son front.

— La pratique nous perfectionnera !

Ella poussa un petit soupir, et lorsque ses parents baissèrent les yeux sur elle, elle était profondément endormie.

— Je la ramène à la nursery, dit Patrick en la prenant dans ses bras.

— Je pourrais sonner Betsy...

— J'aime bien m'occuper de mes filles. Un jour, quand j'étais petit, j'ai dit à mon père que je voulais devenir valet de pied. Je trouvais la livrée jolie.

— Et comment a-t-il réagi ?

— Je ne me souviens pas. Il a dû être scandalisé. Il avait une haute opinion de sa position sociale.

Cinq minutes plus tard, la porte de la chambre se rouvrit sur Patrick, chargé de *deux* bébés !

— Celle-ci est pour vous ! déclara-t-il avec une bonne humeur inébranlable, en lui tendant un bout de chou aux joues roses.

— Katherine, je présume ?

— Katherine, acquiesça Patrick.

Il se débarrassa de ses babouches et s'allongea sur le lit, près de son épouse, Ella endormie dans ses bras. Une fois Katherine installée au sein, Sophie eut un petit geste d'interrogation en regardant Ella.

Il eut un sourire contrit.

— Nanny somnolait sur un fauteuil quand je suis entré dans la nursery, et Betsy dormait sur la couchette. En fait, Katherine était la seule réveillée. Elle s'agitait, et semblait sur le point de se mettre à pleurer, alors je l'ai prise dans mes bras et je les ai ramenées toutes les deux.

— Ella devrait être au lit ! déclara Sophie avec une feinte sévérité.

Patrick ne se donna pas la peine de répondre. Il contemplait le bébé.

— Ce sera une vraie beauté, Sophie. Il faudra que je chasse les prétendants à coups de cravache !

La jeune femme, pensive, regardait celle qu'elle tenait contre elle. Les jumelles se ressemblaient comme deux gouttes d'eau. Elles avaient hérité de leur père des sourcils arqués, et de leur mère une chevelure blond vénitien.

Un bref instant, elle se demanda si Frances aurait été aussi belle que ses sœurs...

Patrick baisa sa tempe.

— Elle était ravissante, ma chérie, mais différente. Elle avait vos sourcils.

Les yeux de Sophie s'embuèrent, et elle s'appuya sur l'épaule de son mari, qui passa son bras libre autour d'elle.

— Ne pleurez pas, dit-il tendrement.

Leurs regards se croisèrent, chargés de chagrin pour la petite fille qu'ils ne cesseraient jamais d'aimer. Et aussi chargés d'amour réciproque, d'amour pour ces deux nouvelles petites vies qui les unissaient davantage encore.

— J'ai la chance d'avoir un mari qui devine mes pensées, dit-elle en se frottant contre lui comme un chaton.

Patrick eut un sourire un peu suffisant. En trois ans de mariage, il avait appris à interpréter les regards de Sophie. Parfois même elle lui faisait les gros yeux, car elle s'était aperçue qu'elle ne pouvait lui dissimuler le moindre de ses sentiments.

— Une bonne épouse doit toujours savoir à quoi pense son mari, déclara-t-il.

— Vous pensez au petit déjeuner ?

— Non.

Katherine émit un rot sonore et se détendit dans les bras de sa mère avec un soupir de bien-être.

— Je ferais mieux de les ramener à la nursery, dit Patrick.

Quand il revint, Sophie ne s'était pas rendormie. Il contempla sa ravissante épouse.

— Devinez-vous maintenant à quoi je pense ?

— Peut-être... Je sais ! Vous pensez au *Sophie* !

Patrick avait donné à son nouveau navire le nom de sa femme.

Il vint s'allonger près d'elle.

— Le *Sophie* rentre au port demain, après son voyage en Chine, et j'ai hâte de monter à bord !

La chemise de la jeune femme était encore ouverte, et il cueillit l'un de ses seins dans sa grande main brune...

La dernière bûche se brisa dans une gerbe d'étincelles, le feu mourant dansa un dernier menuet sur le plafond, mais ils ne virent rien, ils n'entendirent rien.

Bientôt, il n'y eut plus dans la chambre que la chanson du désir, du plaisir, de l'extase, des mots d'amour.

Et puis, plus rien. Rien qu'un tas de braises encore rougeoyantes dans l'âtre.

Le silence fut enfin brisé par une voix profonde qui disait, en français :

— Être avec vous, c'est toujours rentrer au port, Sophie.

Elle caressa la joue de son époux, les yeux rayonnants d'amour.

— Vous êtes mon port d'attache, Patrick.

Il enfouit le visage dans ses cheveux.

— Auprès de vous, ajouta-t-elle, je suis chez moi.

AVENTURES & PASSIONS

6 septembre

Susanna Craig

Les espions qui aimaient – 1 – Mystères en Écosse

Inédit

Thomas Sutherland, espion écossais, est rappelé en Angleterre où il apprend qu'il a hérité du titre de Magnus et du domaine de Dunnock. Réticent à endosser cette responsabilité, il décide tout de même de se rendre au château, où réside M. Ratliff, un auteur populaire. Quelle n'est pas sa surprise d'y retrouver Jane Quayle, son amour de jeunesse ! Thomas remarque une lettre de menaces à l'intention de l'écrivain sur le bureau de Jane, secrétaire de Ratliff. Plutôt que d'avouer la vraie raison de sa présence à celle-ci, il lui affirme avoir été embauché par l'auteur pour enquêter. Ce qu'il ignore, c'est que c'est Jane, l'écrivain, et qu'elle a inventé de toutes pièces le personnage de Ratliff…

✦

Katharine Ashe

Le Falcon Club – 3 – Le dilemme de Diantha

Inédit

Diantha Lucas a décidé de partir en France pour retrouver sa mère qui l'a abandonnée quand elle était enfant. Elle se donne deux semaines et voyagera sans chaperon jusqu'à Calais. Cependant, pour éviter les importuns, il lui faut un protecteur. Ce voyageur qui somnole dans la voiture ferait bien l'affaire. Il paraît solide, possède charme et distinction. Or, l'homme en question, Wyn Yale, n'est pas tout à fait recommandable. Son lourd passé et son goût immodéré pour les alcools forts ne font pas de cet agent du Falcon Club quelqu'un de fiable. De plus, il se méfie des femmes comme de la peste. Pourtant, chemin faisant, il doit reconnaître que le joli minois de la jeune voyageuse et, surtout, ses petites fossettes sont en train d'allumer dans son cœur un feu qu'il croyait à jamais éteint.

Ella Quinn

Les Worthington – 4 – La vie mouvementée de lady Carpenter

Inédit

Lady Charlotte Carpenter fait les frais de la croisade de son beau-frère contre les maisons closes. Après la fermeture de l'une d'entre elles, elle est enlevée en représailles. Sa chance de s'évader lui apparaît sous les traits d'un beau gentleman. Hélas, elle comprend trop tard qu'il s'agit de Clifford, marquis de Kenilworth… et débauché notoire. Et à présent, la rumeur court qu'ils ont passé une nuit ensemble sans chaperon ! Tout le monde s'accorde à dire que le mariage résoudrait ce problème, y compris le marquis. Si Charlotte n'est guère enthousiaste, Clifford y voit une parfaite occasion de veiller sur cette demoiselle qui a ravi son cœur et dont les ennuis ne font que commencer…

✦

Emily Larkin

Les cousins Garland – 1 – Le stratagème de Primrose

Inédit

Oliver Dasenby est l'homme le plus exaspérant que Primrose Garland ait jamais connu. Son sens de l'humour est épouvantable et ses années dans la cavalerie comme son nouveau titre de duc n'ont pas amélioré les choses. Or, depuis qu'il a hérité de son duché, Oliver a fait l'objet de plusieurs tentatives d'assassinats ! Qui souhaite sa disparition ? Dotée d'un pouvoir de téléportation, Primrose entend le mettre au service d'Oliver, afin de confondre son agresseur. Au fil de l'enquête, leurs conciliabules secrets deviennent de plus en plus fréquents, de plus en plus longs, et de plus en plus… enflammés.

Eloisa James

Les débutantes – 2 – La mauvaise réputation de lady Régnier

Inédit

Giles Renwick, comte de Lilford, est un homme respectable qui abhorre les ragots, les tenues scandaleuses et les gloussements frivoles. Autrement dit, il déteste tout ce qui constitue Mlle Yasmin Régnier. Cette dernière se moque des convenances, elle n'est ni polie ni tout à fait anglaise, puisque son père était français, et elle n'a aucun mal à reconnaître que sa mère était la maîtresse de Napoléon. Pourquoi diable l'a-t-il demandée en mariage alors ? Et surtout : comment faire si elle dit oui ?

✦

Laura Lee Guhrke

Abandonnées au pied de l'autel – 3 – L'esclandre

Même si ses finances sont au plus bas, Christian Du Quesne refuse de se marier à une héritière. Mais où trouver l'argent pour entretenir ses domaines ? Un Américain, M. Ransom, lui fait une proposition : s'il empêche l'union de sa nièce avec le comte de Rumsford, il lui donnera un demi-million de dollars. Quelle aubaine ! D'autant qu'il ne s'agit nullement de séduire Annabel Wheaton, seulement de lui ouvrir les yeux sur la vraie nature de son fiancé. Ainsi, Christian embarque à bord du transatlantique où doit avoir lieu la cérémonie, provoquant un terrible esclandre et une déflagration dans son cœur !

Monica McCarty

Les chevaliers des Highlands – 8 – Le brigand

De tous les chevaliers de Robert de Bruce, Robert Boyd est le plus compétent. Tueur à gages sans scrupule de la Garde, sa haine pour les Anglais est profonde. Aussi, lorsque la sœur de son ennemi, lady Rosalind Clifford, tombe entre ses mains, il comprend qu'il tient enfin l'instrument de sa vengeance. Maintenant qu'il est devenu l'homme le plus redouté d'Écosse, quel sort va-t-il réserver à sa captive ? La réponse serait simple si la jeune femme n'avait pas allumé le feu dans le cœur de Robert…

6452

Composition
FACOMPO

Achevé d'imprimer en Italie
par GRAFICA VENETA
le 16 juillet 2023

Dépôt légal : août 2023
EAN 9782290255506
OTP L21EPSN002361-435726

ÉDITIONS J'AI LU
82, rue Saint-Lazare, 75009 Paris

Diffusion France et étranger : Flammarion